まりしてん誾《ぎん》千《ち》代《よ》姫《ひめ》

山本兼一

PHP
文芸文庫

○本表紙デザイン＋ロゴ＝川上成夫

まりしてん
誾千代姫《ぎんちよひめ》

目次

16世紀後半の北部九州

まりしてん
誾千代姫《ぎんちよひめ》

序

闇千代姫様《ぎんちよひめ》は、まことに摩利支天《まりしてん》のようなお方でございました。

いいえ、ような、などと申しますのは、かえって烏滸《おこ》がましゅうございましょう。

摩利支天は、勝利をもたらす軍神ながらも、陽炎《かぎろい》のごとく光に満ちた美しい女神《にょしん》だと聞いております。まさにその摩利支天が、梵天《ぼんてん》よりこの地上に降り立たれたのが、闇千代姫様でございます。

姫君としてご誕生になられた折から、わたくしは、かたときも離れることなく、おそばに仕《つか》えさせていただきました。

嬰児《みどりご》にしてすでに秀麗《ほぼ》なお顔立ちでございましたが、長じられてからの凜々《りり》しいお姿は女の目にも惚れ惚れするばかり。お肌が抜けるようにお白いだけに、艶《あで》やかな絲《いと》で縅《おど》した甲冑《かっちゅう》を着けて薙刀《なぎなた》をすっと構《かま》えられますと、それはそれは神々《こうごう》しく、思わず頭《こうべ》を垂《た》れてしまうほどでございました。

姫君のことを、ちかごろ悪く言う方がおいでなのは存じております。殿様の宗茂《むねしげ》公とのお仲が悪かったなどと、さも知ったように話すのを聞いておりますと、わたくしは、腹が立ってなりません。

――さようなことはない。

と、つい叱《しか》りつけたことが幾度もございます。

立花家、いえ、あのころはまだ戸次《べっき》と名乗っておられました。その戸次家に婿入《むこい》りされた宗茂公と、誾千代姫様ほど、心と心を深く契《ちぎ》り合わせていた御夫婦は、身分の高い方でも、凡俗《ぼんぞく》の家でも、どこにもいるものではありません。

わたくしは、御夫婦が伏見《ふしみ》に参じて、太閤殿下《たいこうでんか》にご挨拶《あいさつ》なさるときにもお供《とも》いたしておりましたので、その折、かの地の城に長いあいだ逗留《とうりゅう》し、お大名方のご様子もつぶさに見てまいりましたが、宗茂公と誾千代姫様ほど仲睦《なかむつ》まじい御夫婦は、ついぞいらっしゃいませんでした。

誾千代姫様に、生涯お仕えすることができたわたくしは、たいそうな果報者でありました。姫君のおそばにいるだけで、いつも、燦々《さんさん》とした陽光に照らされているように満ち足りた気持ちにさせていただいておりました。

もっとも、摩利支天のごとくと申しましても、誾千代姫様は、やはり生身《なまみ》の女子《おなご》でございます。

ふだんは、おやさしくてゆったりした心のお方で、立花山《たちばなやま》によく咲いている海老根《えびね》の花の可憐《かれん》さ、かそけさをたいそう愛《め》でていらっしゃいました。

そういえば、手にした花を見つめながら、ふっと、寂しげなお顔をお見せになったことが、たった一度だけございました。

あれは、そう、立花山のお城を去って、柳河《やながわ》に移るときのことでした。

――女子《おなご》は、生きにくい。

おそばにいましたのは、わたくしただ一人。気を許して、お心を吐露《とろ》なさったのでございましょう。

そのお言葉を耳にしたとき、わたくしは、はっと、胸を突かれました。わたくしなどの目からは、摩利支天にさえ見える誾千代姫様でも、じつは、懸命におのれを励ましながら生きていらっしゃるのだと知って、おいたわしく、なおいっそう頭の下がる思いがいたしました。

弱いお顔をお見せになったのは、あとにもさきにもそのとき一度きりでございます。

男まさり――？

とんでもないことでございます。お小さいころから武の鍛練《たんれん》をなさいましたので、足腰はお強く、ときには、体術をつかって大兵《だいひょう》の武者《むしゃ》を、みごとにひょいと転《ころ》ばせるなどという荒技《あらわざ》を披露《ひろう》なさったこともございますが、それは城を守る奥方としてのたしなみ。決して、ご気性《きしょう》が激しいなどということはございませんでした。

それはたしかに、お心根《こころね》の芯《しん》は、たいそう強い方でいらっしゃいました。人としての心の強さは、まさに父上の道雪《どうせつ》様ゆずり。その意味では、男まさりといってもいいかもしれません。

けれど、それは、七つのときに、城と九十四ヶ村三千町歩《ちょうぶ》、四万石《ごく》をこえる領地を道雪様から譲り受けられ、城督《じょうとく》となられたからでございます。

姫君は、城と領地と民草《たみぐさ》を守るべく、みずからを厳しく律し、摩利支天のごとく鍛《きた》え上げられたのでございます。城と民を守るためなら、摩利支天どころか、阿修《あしゅ》羅《ら》にでも、魔王にでもなられたことでございましょう。

摩利支天は、美しい女神ながらも、ただ陽炎《かぎろい》としてゆらめくばかりで、けっしてお姿をお見せにならないそうです。

誾千代姫様も、ほんとうのお顔は、世間の人々からまるで知られておりません。ときに人前でお見せになる凛冽《りんれつ》な女大将としてのお姿からは、まるで想像もつかない思いやりと慈悲に満ちたお顔をおもちでございました。

そして、女子《おなご》としての弱いお顔も……。お隠しになればなるほど、わたくしには、姫様のお心の痛みがわかり、苦しいほどに胸を締めつけられたものでした。

ご所望《しょもう》とあらば、闇千代姫様の物語、お聞かせいたしましょう。

人にして人にあらず——。

お美しくて、お強くて、おやさしくて、優美で、繊細で、それでいて、儚《はかな》げで、夢にたゆたう乙女《おとめ》の心をもった闇千代姫様は、まこと、摩利支天が、生きてそこにいらっしゃるほどな気高《けだか》いお方でございました。

立花城

立花城《たちばなじょう》の山道を登りながら、誾千代《ぎんちよ》は花を摘《つ》んだ。

――女に生まれてよかった。

まだ十二歳ながらも、つくづくそう思う。

女子《おなご》ならばこそ、胴丸《どうまる》を着けていても、山に咲く花を摘んで愛《め》でることができる。

合戦《かっせん》も大切だが、男たちは、無骨一辺倒《ぶこついっぺんとう》で、汗くさく荒っぽいばかりだ。人の生き死にを賭《か》けた合戦ならば、もっと慈悲の心と潤《うるお》いがあってしかるべきだと、誾千代はかんがえている。

この季節なら、立花山には、桔梗《ききょう》や吾亦紅《われもこう》、杜鵑草《ほととぎす》などがいくらでも咲いている。小刀《こがたな》で茎《くき》を伐《き》って侍女《じじょ》のみねに渡すと、枯れないように、水を入れた竹筒にさした。

ついいましがた、山麓で罪人が殺されるのを見てきた。

罪人とはいっても、物盗《ものと》りや人殺しではない。お城を裏切り、敵方の秋月党《あきづきとう》に内通していた侍《さむらい》が殺されたのである。

侍にも言い分があったらしい。

放し討ちといって、罪人にも刀を持たせ、大勢の見物人たちが集まった大門《おおもん》わきの広場で、討手《うちて》と一対一で戦わせた。

罪人は負けて倒れた。斬《き》られた肩から血があふれている。見ているあいだに、動かなくなった。

ひとつの命が消えたのに、だれも香華《こうげ》を手向《たむ》けない。

「命には、よい命と悪い命があるのでしょうか」

父の戸次道雪《べっきどうせつ》にたずねると、首をかしげた。

「さて、命のことは知らぬ。しかし、家来にはよい家来と悪い家来がおる。悪い家来を誅《ちゅう》するのは、大将の務めである」

「家来が悪いのは、大将が悪いからでしょう。いつもおっしゃっておられるではありませんか」

道雪は、いつも言っている。

――勇将のもと、弱卒《じゃくそつ》なし。

兵卒が弱いのは、大将の責任ゆえに、大将こそ手本となるように節義を守り、勇猛果敢に剛直に生きねばならぬ——と。

その伝でいえば、裏切り者が出たのは、実質的な城主である父道雪の責任であろう。

「なるほど、たしかにわしの不徳だ」

父は、床几《しょうぎ》にすわったまま、罪人の屍《しかばね》に手を合わせた。

罪人の首が切り落とされ、門前に晒《さら》されるのを見届けてから、山頂の御殿《ごてん》に向かって登っている。途中で摘んだ花は、本丸《ほんまる》にある御堂《みどう》に手向けるつもりである。

父の道雪や家来たちといっしょに、ちょうど城に来あわせていた高橋紹運《たかはしじょううん》とむすこの千熊丸《せんくままる》（のちの統《むね》〈宗〉虎《とら》・宗茂《むねしげ》）も、山道を歩いている。

闇千代の父の道雪は、千熊丸の父親がいっしょにいるというのに、遠慮なしに、他人のせがれを叱《しか》りつけた。

「情けなや。もっと堂々と歩け。おまえの歩き方は、負け戦《いくさ》の足軽《あしがる》だ」

たしかに前を歩く千熊丸の姿を見ていると、とてものこと、一手の大将が務まる器量には見えない。

いまはまだ、元服もすまぬ十四歳でも、いずれは筑前国《ちくぜんのくに》の要衝《ようしょう》・宝満城《ほうまんじょう》の城督《じょうとく》となる身である。もっとしっかりしてもらわねば困る。

背は高いものの、少年らしく痩《や》せている千熊丸には、着けている甲冑《かっちゅう》が重くてつらいらしい。

道雪と紹運は、どちらも入道して頭を丸めている。墨染《すみぞ》めの衣《ころも》に略袈裟《りゃくげさ》をかけた僧形《そうぎょう》である。

警護の侍たちをのぞいて、ほかの重臣たちは直垂《ひたたれ》を着ているが、千熊丸は、すこしでも力をつけさせようと、桶側胴《おけがわどう》を着け、筋兜《すじかぶと》をかぶらされているのだ。

「大将なら背筋を伸ばせ。肩を張って、顎《あご》を引いて、あたりを睥睨《へいげい》して歩け」

また、道雪の怒鳴《どな》り声がひびいた。頭を丸めているせいか、ことのほか目が大きくギョロリと見える。鼻が大きくすわり、口も大きい。

太い眉《まゆ》をつり上げ、目を大きく剝《む》いた道雪が腹の底からしぼった声で叱り飛ばすと、大兵《だいひょう》の武者《むしゃ》でも震《ふる》え上がる。

「はい。しかし、いささか草臥《くたび》れました」

千熊丸がしれっと、そんなことを言った。情けない声ではない。話しかたは明晰《めいせき》で、わるびれたところがまるでない。茫洋《ぼうよう》としてつかみどころのない少年である。

「馬鹿者ッ！　戦なら、草臥れたときが死ぬときだ」

道雪の罵声《ばせい》に、紹運がうなずいた。

「道雪殿のおっしゃるとおりだ。大将が、草臥れたなどと弱音《よわね》を吐《は》けばどうなる」

宝満城の城督高橋紹運は、道雪より三十五歳も年下なので、口調はいつも丁寧《ていねい》だ。それでも、六十八歳の道雪と、いたって気脈が通じるらしく、ことあるごとに、せがれの千熊丸を連れて立花城にやってくる。

むろん、ただ遊びに来るのではない。

戸次道雪と高橋紹運は、ともに豊後《ぶんご》の守護大名大友宗麟《おおともそうりん》とその子義統《よしむね》に仕《つか》えている。

二人とも、大友家三宿老《しゅくろう》のうちにかぞえられる重臣で、先祖をたどれば、どちらも大友家の一族である。

大友家は、合戦をくり返し、豊後から豊前《ぶぜん》、筑前、筑後《ちくご》、さらには肥前《ひぜん》方面まで勢力を拡大してきた。

そのときの功績をもって戸次道雪は、眼下に博多《はかた》湾をのぞむこの立花城の城督となった。

城督とはめずらしい呼び名だが、城主といってもさしさわりはなかろう。大友家では、方分《かたわけ》と称して、それぞれの方面の軍事、行政を、重臣たちに分けてまかせていた。城督とともに、大友家独自の呼び名である。

立花城は、領内に筑前国糟屋郡《かすやぐん》のうちの三千町歩《ちょうぶ》（約三〇〇〇ヘクタール）におよぶ広大な田地をもつうえ、たくさんの船がやってくる博多の湊《みなと》を支配しているため、そこからの運上金《うんじょうきん》が多く富裕である。

七十歳を目前にした道雪には、世継ぎとなる男子《おのこ》がおらず、子は誾千代姫ただひとりだ。

大友宗麟からは、養子をとって相続させるように言われていたが、道雪は、五年前、まだ七歳だった誾千代にいっさいの家督を譲った。

城とすべての領地、蔵《くら》のなかの刀剣や武具、食料まで、財産のことごとくを譲り状に記し、正式に相続させたのである。

蔵には、いく振《ふ》りもの名刀をはじめ、十五張《はり》の大鉄炮《おおでつぽう》、千斤《きん》（約六〇〇キログラム）の煙硝《えんしょう》、千斤の鉛《なまり》、千石《ごく》の米、十貫目《かんめ》（約三七・五キログラム）の銀子《ぎんす》などのほか、膨大《ぼうだい》な薪《たきぎ》や塩、水甕《みずがめ》など、とてつもない資産が蓄《たくわ》えられていた。

誾千代は、いま、十二歳ながらも、この立花城の正式な城督なのである。

高橋紹運は、立花城から南東に四里《り》（約一六キロメートル）離れた宝満城をまかされている。太宰府《だざいふ》のちかくにある険峻《けんしゅん》な山城《やまじろ》である。

ただし、山が高すぎていささか不便なので、ふだんは支城の岩屋城《いわやじょう》にいる。大宰府から筑前の平野が一望のもとに見渡せるよい城である。

二年前の天正《てんしょう》六年（一五七八）、主《あるじ》大友宗麟が、四万の大軍を率《ひき》いて、薩摩《さつま》の島津義久《しまづよしひさ》と、日向《ひゅうが》の耳川《みみかわ》で戦って大敗した。死者は三千人にもおよんだという。

それからというもの、筑前をふくむ北九州一帯の情勢は不安定だ。

それまでは、豊後の大友、薩摩の島津、肥前の龍造寺《りゅうぞうじ》が、九州の三強として、三つ巴《どもえ》を組んでいた。

そこに周防《すおう》から勢力を伸ばしてくる毛利《もうり》がくわわり、拮抗《きっこう》しながらも安定していたのだが、大友家の力がおとろえるにつれて、離れていく家臣があらわれた。

東からは、毛利をたのむ麻生《あそう》、宗像《むなかた》、杉《すぎ》、秋月らの地侍《じざむらい》が徒党を組んで押し寄せ、西からは、筑紫《ちくし》、原田《はらだ》の両党が隙《すき》をねらって攻め寄せてくる。

大友家に節義を通しつづけている立花城と宝満・岩屋城は、東西から挟《はさ》み打ちにされているのだ。

そのため、戸次家と高橋家は、たがいに連携してつねに警戒していなければ、どこから攻められるかわかったものではない。

ふもとの大門から、立花山山頂の本丸までは、九町《ちょう》（約九八一メートル）の道のりである。登りはじめはなだらかだが、しだいに胸突きの急な坂になる。高さが百二十丈《じょう》（約三六〇メートル）もある大きな山だが、足の速い誾千代なら、胴丸を着けていても、四半刻《しはんとき》（三〇分）で駆け登れる。父の道雪は足が悪いが、それでも腕《うで》貫《ぬ》きをつけた杖《つえ》をついてひょいひょい登って行く。

森は深く、あちこちにとてつもなく太い楠《くすのき》がたくさんそびえている。大楠《おおくす》ばかりの森もある。

前を歩いていた千熊丸が、とつぜん、山道にすわり込んだ。

「いたたつ。おい、由布《ゆふ》、毬《いが》が刺さった。抜いてくれ」

草鞋《わらじ》を脱《ぬ》いで、片足を突き出している。

栗《くり》の木が多いあたりで、あたりには毬がたくさん落ちている。

——迂闊《うかつ》なこと。

闇千代は、心のうちで笑った。注意して歩いていれば、毬くらいすぐに気づくはずだ。

その思いは、道雪も同じだったらしい。

「なんだ、意気地《いくじ》のない奴《やつ》め」

千熊丸のすぐうしろを歩いていた家来の由布雪下《せっか》は、若殿の足首をつかむと、毬を抜かず、逆に指で足に押し込んだ。千熊丸がひどく痛そうな顔で、哀《あわ》れな声をあげた。

「それしきのこと、怪我《けが》にもなりませぬ。我慢なさいませ」

しかたなしに、千熊丸は草鞋をはくと、また歩き出した。どうにもとぼとぼして覇気《はき》がない。

山頂に近づくにしたがって、山を削《けず》り、石垣をくみ上げた曲輪《くるわ》が増える。柵《さく》が巡《めぐ》らされている。いくつもの門をくぐる。槍《やり》を手にした番兵たちが、一行に頭を下げた。

曲輪には郎党《ろうどう》たちの寝小屋《ねごや》や蔵、納屋《なや》、台所など板葺《いたぶ》きの建物がたくさんある。家老たちの住いもここでは板葺きだ。

立花山のふもとには、たいそう立派な屋敷が建ちならんでいるが、ちかごろは合戦が多く、山上がふだんの暮らしの場である。つねに備えていなければ、いつ敵が攻めてくるかわからない。

本丸への最後の坂を登っていると、むく犬のトラが迎えに出てきた。

後ろ肢《あし》で立てば人の背丈《せたけ》ほどもある大きな犬で、全身が真っ黒いふさふさした毛におおわれている。博多湾に入ってくる明船《みんせん》が運んできた異国の犬だ。まだ子犬だったときから飼っているので、闇千代によくなついている。嬉《うれ》しそうに吼《ほ》えて、すり寄ってきた。

明船は、異国の犬ばかりでなく、象と、虎《とら》をはこんできた。

象は、足軽たちの小屋よりも大きかった。

世の中には、見たこともない化け物がいるもんだと、闇千代はものが言えないほど驚いた。

虎は獰猛《どうもう》で、檻《おり》に入れた鶏《にわとり》と野良犬《のらいぬ》を、牙《きば》でたちまち嚙《か》み殺した。強さが気に入ったので、そのときもらった犬を、トラと名付けた。千熊丸を見て、トラが吼えかかった。もう何十回も会っているのに、トラは、誾千代が千熊丸を軽《かろ》んじているのを知っているらしい。脅《おど》すように吼えたてた。

山頂の本丸に上がると、檜皮葺《ひわだぶ》きの立派な御殿がある。そこからは、博多の湾がよく見える。

長く延びた砂嘴《さし》は、海の中道《なかみち》だ。そのむこうに志賀島《しかのしま》がある。

秋のことで、空気がよく澄んでいる。青空の下、はるかに広がる海を渡れば、朝鮮や明国がある。

誾千代は、本丸のはずれにある小さな御堂に行くと、みねに持たせていた花を手向けて手を合わせた。本尊の阿弥陀如来《あみだにょらい》の木像は、いつの誰の作とも知れないが、おだやかな顔で立っておいでだ。

――罪人が成仏《じょうぶつ》いたしますように。

罪はあったにしても、命が消えるのは切ない。せめて後生《ごしょう》を祈るくらいはしてやりたい。

本丸のすぐ下にある二の丸の館《やかた》に下がり、母親の仁志《にし》に挨拶《あいさつ》した。

「ただいま戻りました」

仁志は、父の道雪にとっては三人目の妻で、離別、死別した前の二人にはどちらも子ができなかった。

「ご苦労さまでした」

縫《ぬ》い物をしていた仁志が、顔を上げた。仁志は、手が空《あ》いているときはいつも、お付きの女たちといっしょに縫い物をしている。

放し討ちの見届けに行ったことは知っているので、どうだったとも聞かれなかった。血なまぐさい話は聞きたがらない。

侍女のみねに手伝わせて、胴丸を脱いだ。桜色の絲《いと》で縅《おど》した胴丸は、甲冑師を城に呼んで、寸法をとらせてこしらえさせたので、ちかごろ少し胸のふくらんできた誾千代にも苦しくない。

当世風の桶側胴や鉄板一枚を叩《たた》いてつくった打出胴《うちだしどう》を試《ため》したこともあるが、どうも動きが不自由でいけない。いささか古い形だが、札板《さねいた》を絲で縅した胴丸のほうが屈伸の自由がきいて、誾千代の好みに合っている。

白い小袖《こそで》と襦袢《じゆばん》を脱ぐと、みねが、しぼった手拭《てぬぐ》いで誾千代の背中の汗をぬぐった。背中をぬぐい終わると、誾千代は手拭いを受け取った。

「自分でやる。おまえも着替えや」

「はい」

ふもとから付き従っていたみねと四人の女たちも、髪を束《たば》ね、白い小袖に胴丸を着けている。

大勢いる侍女たちのうち、いつもかならず何人かが緋色《ひいろ》の絲で縅した胴丸を着けて、誾千代の身辺を警護している。

女たちの胴丸は、男のものと違って胸が張り、腰がくびれているので、いかにも見栄《みば》えがよい。白い鉢巻《はちまき》を締め、脇に薙刀《なぎなた》を掻《か》い込《こ》んだ姿は、ことのほか凛々《りり》しいので、山道ですれちがうと、侍大将《さむらいだいしょう》でさえ侍女たちに頭を下げて道をゆずる。

誾千代は元結《もっとい》をいったんほどき、髪をていねいに梳《す》いてまた束ねた。鏡をのぞいて顔に泥などついていないのをたしかめると、紺地《こんじ》に金で秋草もようを縫い取った小袖を着て、本丸御殿に行った。

板敷きの広間で、道雪、高橋紹運、千熊丸のほか数人の重臣たちがくつろいでいる。

開け放した蔀戸《しとみど》からは、博多の海が見えている。吹きすぎていく風がここちよい。

「喉《のど》が渇《かわ》いた。茶を点《た》ててくれぬか」

脇息《きょうそく》にもたれた道雪が誾千代に言った。

「かしこまりました」

広間のすみにしつらえた台子《だいす》の釜《かま》が湯気《ゆげ》を立てている。ここに戻ってくるころあいに湯が沸《わ》いているよう、出かける前に言いつけておいたのだ。

台子の前にすわり、天目《てんもく》茶碗に薄茶《うすちゃ》を点てると、侍女のみねが、高橋紹運のまえに運んだ。干し柿を食べ終えた紹運が、茶を喫《きっ》した。

「甘露《かんろ》にござる」

「ありがとうございます」

つぎつぎと茶を点てて一同に飲んでもらい、最後は自分でも飲んだ。

「親のわしが言うと聞き苦しかろうが、なかなかよい娘に育ったものと胸をなで下ろしておる」

「およしくださいませ、父上」

すこし強い調子で、闇千代がたしなめた。なにを言い出すのか、聞かずともわかっている。

「ああ。しかし、そなたの婿取《むこと》りのこと、なんとしてもこの秋に決めておきたい。来年の正月となれば、千熊丸ももう元服。さすれば、嫁取りの話もあちこちから出てくるであろう」

父の道雪は、かねて千熊丸を、闇千代の婿に迎えたいと言っている。

高橋親子が来るたびにその話をするし、闇千代とともに岩屋城を訪ねたときも、その話をくり返ししている。

道雪は、足を横に投げ出してすわっている。足が悪いのだ。

ふだんは、杖で懸命にかばって山道を歩くが、からだの衰えは隠しようもない。

足が悪いのは、若いころ、雷《かみなり》と喧嘩《けんか》したからだと言っている。

――雷に斬《き》り付けて、しくじったわい。

愉快そうに笑っているが、本当かどうか、闇千代にはわからない。

戦場に出るときは、種子島鉄炮《たねがしまてつぽう》とともに駕籠《かご》に乗る。まわりに、百人ばかりの若い兵士を集めて、杖で駕籠を叩いて打ち鳴らし、まず自分を敵陣のまんなかに担《かつ》ぎ込ませてしまう。

――われを敵陣のなかに担ぎ入れよ。命の惜《お》しい者はそのあとで逃げよ。

大音声《だいおんじよう》を発して叱咤《しつた》するので、兵たちも戦うしかなくなる。そのやり方でかならず敵を切り崩し、連戦連勝している。そんな勇猛な武将である。

しかし、すでに老境である。どうしても跡継ぎのことが気にかかってならないのだろう。

高橋紹運は、その話をずっと断り続けている。

――嫡男《ちやくなん》にござれば、なにとぞお許しください。

というのが、いつもの断りの理由である。

——しかし、高橋家には、まだ弟がおるではないか。わしは、千熊丸の将器《しょうき》に惚《ほ》れ込んでおるのだ。なんとかひとつ考えてはくれぬか。

——いや、将器が必要なのは、宝満城とて同じ……。

そんなやりとりが、飽《あ》きもせずにくり返されてきた。

してみれば、道雪が千熊丸をしきりと叱るのは、将器をみとめるがゆえに、さらに厳しく育て上げようとの魂胆《こんたん》であるらしい。

いつもなら婿入りの話に眉を顰《ひそ》める紹運が、今日は、ちがった顔を見せた。

色白で端整《たんせい》な顔をした男である。頭は剃《そ》っているが、あご鬚《ひげ》を長く伸ばし、いかにも怜悧《れいり》で智恵のまわるよい顔立ちをしている。

その紹運が、道雪のことばに真顔《まがお》でうなずいた。

「これまでは、お断りしつづけてまいりましたが、いささか考えが改まりました。そこまで強く望まれるならば、このお話、お受けするべきであろうと思案しております」

誾千代は、わが耳を疑った。

「えっ……」

口を開きかけたとき、道雪が、にわかに両手をついて深々と頭を下げた。

「まことか。いや、ぜひにも、ぜひにも、婿にいただきたい」

「どうだ。世に名高い道雪殿から、これほどまでに執心《しゅうしん》されれば、侍冥利《みょうり》に尽きる。千熊丸にも否《いな》やはなかろう」

紹運が顔をむけると、千熊丸がうなずいた。

「さようでございます。かほどまで篤《あつ》くお望みいただけるのなら、お断りの返事をなすべきではありますまい」

千熊丸がさらりと言った。のっぺりとして表情のとぼしい顔立ちで、なにを考えているのかつかみどころのない少年だ。誾千代より二歳年上だが、頼りがいは感じない。

「勝手にお決めにならないでくださいまし」

つい強い調子で誾千代が言った。いつか言い出さねばならぬことだったが、父に遠慮して言いかねていた。

「このわらわが城督なれば、婿殿は、わらわ自身が決めさせていただきまする」

一座の者たちの目が、誾千代に集まった。

「おまえ、千熊丸になんぞ不満があるのか」

道雪がたずねた。

「いえ、不満というわけではございません。ただ、わらわには、千熊丸様のことがよくわからないのでございます」

すこし遠慮してそう言ったが、じつはその逆である。幼いころから頻繁《ひんぱん》に顔を合わせているので、どうにも弱々しい面ばかりが目についてしかたがないのだ。

あれは、闇千代が城督になってすぐのことだったから、千熊丸が九つのときだ。

やはりこの城に来て、ともに夕餉《ゆうげ》の膳にむかっていたとき、千熊丸は、鮎《あゆ》の骨をていねいに箸《はし》ではずしてから食べた。

それを道雪が強い調子で叱りつけた。

「情けなや。武士たるものが、女子《おなご》のような食べ方をするな。頭から骨ごと嚙み砕《くだ》いて食べろ」

言われてその通りに食べたが、そのときの泣き出しそうな顔つきが、闇千代の記憶にくっきりと残っている。

――あんな軟弱な顔をする男では……。

とても婿として迎える気にはならない。

「千熊丸は、これでなかなか大器《たいき》だわい。さきほどのふもとでの放し討ちのときも、悠然《ゆうぜん》としておった。わしはな、こやつの胸に手を当ててみたが、心《しん》の臓《ぞう》はいつものとおり。平然としておった」

闇千代は、目の前で人が殺されるのを初めて見た恐ろしさに、動悸《どうき》がし、全身に鳥肌《とりはだ》が立った。怯《おび》えているのを隠すのに懸命だった。

「親の口から言うのもなんだが、こやつ、これほど細いくせに、存外、相撲《すもう》が強い。足軽でも小兵《こひょう》なら、ひょいと投げ飛ばすことがある」

それは知らなかった。相撲を取ったのは見たことがない。

「そういえば、このあいだ、痩せておるゆえ弓など射ることはできまい、ともちかけると、わしの重籐《しげどう》の弓を放ったことがあったな。四本のうち三本まで的《まと》に当てておった。あのときは驚いたぞ」

道雪がうなずきながら話した。

足軽用の数弓《かずゆみ》とちがって、重籐の弓は膂力《りょりょく》がいるし、修練も必要だ。力は必要だが、力だけで引ける弓ではない。誾千代も試したことがあるが、とても引けなかった。

「弓なら得意です。半弓《はんきゅう》でも小鳥ならまず外《はず》しません」

「小鳥など射ても、自慢にはなりますまい」

誾千代は、千熊丸を正面から見すえた。

「合戦の役には立ちません。しかし、籠城《ろうじょう》して腹が減ったときなら、焼いて食えます」

千熊丸が平然と言い返したので、大人たちが笑った。

闇千代には、大人びた口のききかたさえ憎々《にくにく》しげに見えてならない。

「べつのお話、お聞きしております」

「はて、なにかな」

「せっかく初陣《ういじん》の機会があったのに、お出ましにならなかったとか。さぞや、臆《おく》病風《びょうかぜ》に吹かれなさったのでありましょうね」

さらに目に力を込めて、闇千代は、千熊丸を見すえた。

「ああ、あのこと。あれは二年前でしたか」

千熊丸が、愉快そうに笑った。

「せっかくの初陣なら、見物だけではつまらない。一軍を率いて大将首のひとつもとりたいと望んでいます」

なんの気負いも衒《てら》いもなく、そんなことをさらっと言う。大風呂敷《おおぶろしき》をひろげているようにも見えない。

「あのときはまだ体が弱かったゆえ、戦場に出ればすぐにやられたでしょう。犬死《いぬじ》にです。そろそろ体もできてきましたので、次の機会に初陣を飾りたいと願《ねご》うております」

「よう言うた。その落ち着き、冷静さこそ、大将の器《うつわ》であるぞ」

感じ入った目で道雪がうなずいた。

「ならば、今宵《こよい》を初陣になさいませ」

一同が闇千代に視線をむけた。

「なんだ。どういうことだ？」

道雪があごを引いて、大きな目玉で闇千代をにらみつけた。

「まもなく、日が沈みましょう。千熊丸様は、いったん山をお下りくださいませ。わが手勢に山を守らせますゆえ、合戦のおつもりで、力ずくでこの立花城をお取りなさいませ」

一座の者が、顔を見合わせている。

「同じ大友の杏葉《ぎょうよう》の旗をいただく者同士で合戦とはおだやかでない」

眉をひそめた紹運がつぶやいた。

「なんの。守るのは、わらわと三十人の女子たちのみ。そこにお一人で登っておいでくださいませ。みごと本丸のこの座敷にたどり着かれましたら、あっぱれな婿としてお迎えいたします」

「なるほど……。おもしろい思案かもしれぬ」

丸めた頭を撫《な》でながら、道雪がうなずいた。賛同ということだ。

「女子相手では合戦のまねごともできませぬか」

愉快そうに笑って、千熊丸が大きくうなずいた。

「おもしろい。この城、わが手でつかみ取ってみせろというのだな」

「さいわい今宵は十五夜の満月。女子たちには、遠慮のう戦えと命じておきますゆえ、ゆめゆめご油断なさいませぬように」

闇千代が両手をついて頭を下げると、千熊丸も、居ずまいを正して辞儀をした。

はるか眼下に見える博多湾の空が、赤い夕焼けに染まっている。

「では、いったん山を下り、腹ごしらえでもしてから、登ってまいりましょう。台所で飯《めし》を握ってもらいます」

千熊丸が立ち上がった。

「ああ、そうするがよい」

道雪がうなずいた。

「御武運をお祈りいたします」

闇千代は、にこやかに微笑《ほほえ》んで見送った。

「お手柔《てやわ》らかに」

目元で笑い返した千熊丸を見て、闇千代はどきりとした。幼さの残る顔立ちだが、心根《こころね》の芯《しん》に強さがあるのを感じた。

——ならば、遠慮は無用。

容赦《ようしや》なく、撃退してくれよう。

千熊丸を座敷から送り出すと、道雪と紹運が、たいそう呆《あき》れかえった顔をしていた。

「誾千代の誾《ぎん》は、和《やわ》らぎ慎《つつし》むの謂《い》い。その思いで名付けたが、このように強情《ごうじょう》な娘になるとはな」

道雪が首をふっている。

「いや、城督なら、これくらいな気丈《きじょう》さがあってしかるべし。頼《たの》もしいかぎりでござる」

紹運が取りなした。

「われらは、酒でも酌《く》み交《か》わして待っておるゆえ、おまえは存分に戦うがよい」

道雪が、酒のしたくを命じた。

「はい、そうさせていただきます」

御殿の縁《えん》に出ると、誾千代は、控《ひか》えていたみねをそばに呼び寄せた。

「女子《おなご》たちに、合戦のしたくをさせよ」

城督である誾千代には、三十人余りの侍女がいる。身のまわりの世話をするばかりでなく、ふだんから武《ぶ》を練《ね》っている。

いずれも十五、六から二十五歳くらいまでの家中の侍の娘たちで、夫のいる者もいる。夫たちもみな戸次《べっき》家の家臣で、この城内に住まっているから、みんな誾千代のことをとても大切にしてくれている。

「合戦……、でございますか」

闇千代はうなずいた。

「さよう。胴丸を着け、薙刀を手に集まれと命じよ」

これまで、闇千代が合戦に出たことはない。

しかし、父の道雪が立花城から出陣するときは、子どもながらも胴丸を着て、采《さい》配《はい》を手に城の留守を守った。

むろん、家老の薦野増時《こものますとき》か、若く有能な十時連貞《とときつらさだ》など、しっかりした侍大将と留《る》守居《すい》の軍勢が居残ってのことだが、闇千代にしてみれば、城督である自分にこそすべての責《せき》があると感じていた。

いみねが立ち去ると、闇千代は広間にもどり、一座の端《はし》にいた十時連貞のそばに行った。

「お聞きのしだいにて、合戦をいたします。手出しは無用なれど、門はしっかりと閉ざし、何人《なんぴと》たりとも通さぬように固めてください」

ふもとの大門から山頂にいたるまでには、いくつもの門があって、日没から夜明けまでは閉ざされる決まりである。門の脇には小屋があり、夜でも番卒《ばんそつ》が詰めて警戒を怠《おこた》らない。

「承知いたしました。ぬかりなきよう命じておきましょう」

十時連貞は、大柄《おおがら》な男で、骨太《ほねぶと》なよい顔立ちをしている。武者としての頼もしさに溢《あふ》れている。

「お願いします」

立花城に登る道は、大門からの大手道《おおてみち》のほかに、中腹にある井戸を通る水の手道《みずのてみち》、南の搦手道《からめてみち》などがあるが、門を閉ざせば、千熊丸は、それらの道をはずれて柵を迂回《うかい》し、山中の藪《やぶ》を登ってくるしかない。

藪を登れば、あちこちに張りめぐらせた縄《なわ》に足をかけることになる。縄には、小さな板に細い竹管《ちくかん》を糸で掛け連《つら》ねた鳴子《なるこ》が付けてある。藪の木をつかんでも鳴子が響く。

不審な侵入者があれば、門番たちが、欅《けやき》の打ち板を木槌《きづち》で叩き鳴らす。下の門で打ち板が鳴らされれば、上の門の番卒がさらに耳を澄まして警戒する。

それで、どちらの方面から登ってくるか、動きが読める。

薙刀を手にした女たちに、その方面を守らせれば、千熊丸を切り立った崖《がけ》に追い詰めることができる。

そこからはるか崖下《がいか》に追い落とせば、二度と登ってくることはかなうまい。

その策でいくと決めた。

闇千代は、自分も胴丸を着けようと立ち上がってから、考え直した。

ふと、さきほどの千熊丸の顔が浮かんだ。

――夫になるかもしれない男子《おのこ》なのだ。

千熊丸が、女たちの守りを破って、ここまで登ってくれば、約束通り婿に迎える。

それほど智恵と武に長《た》けた男子なら、敬って添い遂《と》げる。その覚悟はしておかねばなるまい。

生涯の連れ合いになるかもしれぬ男子を待つのである。

胴丸を着けて、女たちを指揮するのもよいが、それでは華《はな》がなくてつまらない。

――どうやって待っていようかしら。

考えながら外に目をやると、天と海とがあざやかな夕焼けに染まり、大きな夕陽《ゆうひ》が玄界灘《げんかいなだ》に沈んでいく。

ふり返れば、東の空には、もう満月が顔を出している。

――よい月見ができる。

ここの庭で、満月を眺《なが》め、あでやかな打掛《うちかけ》を着て、龍笛《りゆうてき》を吹きながら待つことにした。

ほどなく、胴丸姿に薙刀を掻い込んだ三十人の女たちが、館の庭に集まってきた。

縁にすわった誾千代は、みなを見まわした。

女たちは、右手に持った薙刀を立て、鉢巻をして顔を引き締めている。白い小袖に緋絲縅《ひいとおどし》の胴丸が、いかにも凜々しい。合戦のしたくを命じられて、さすがに緊張がみなぎっている。

「今宵、宝満城城督の一子高橋千熊丸殿が、一人で山を登ってきます。十時連貞に頼み、門は固めてもらった。この本丸に、けっして登らせてはなりませぬ。谷へ追い落とすのじゃ」

静かにそう命じた。

「かしこまりました。薙刀をふるってよろしゅうございますか」

みねが訊《たず》ねた。

いまは鞘《さや》に納めているが、女たちが手にしているのは、いずれも刃長二尺（六〇センチ強）の大振りな薙刀である。

「かまわぬ。存分にふるうがよい」

女たちがうなずいた。

「みね、ひふみ、いぶき。おのおの組を差配《さはい》して守りを固めよ」

名を呼んだ三人は、それぞれに十人ずつの女たちをたばねて組頭《くみがしら》を務めている。ただ、頭《かしら》ではどうにもむさ苦しい感じがするので、女子たちの心をたばねる意味でたばねと呼んでいる。


「みねは、大手道。ひふみは水の手道、いぶきは搦手。よいな」

「承知いたしました」

立花山には尾根続きでいくつかの峰《みね》があり、道がある。

いちばん高いのが、この本丸のある立花山だが、北には松尾山《まつおやま》が聳《そび》えているし、南には三日月山《みかづきやま》がある。それぞれに曲輪《くるわ》があり、館や櫓《やぐら》があって、将兵がいる。

大手道を登ってくると、いったん立花山と松尾山との鞍部《あんぶ》に出る。

そこが山上の曲輪群にいたる一番の要衝で、石を積み上げた堅固《けんご》な黒金門《くろがねもん》が守りを固めている。そこから上は曲輪が多い。山の斜面の削平地《さくへいち》に館や小屋、蔵などが建ち並んでいる。

水の手道は、東の谷を山上にむかって登り、大楠《おおくす》の森を抜けて井戸にまわり、本丸の下に出る。

搦手は、南の三日月山からの尾根だが、大楠の森を抜けて直進すれば、そちらにまわれる。

千熊丸が、どの方面から来るかはわからない。それぞれの道で、門番たちが打ち板を鳴らす音を聞き逃《のが》さぬよう待つ。千熊丸があらわれたら、呼子《よぶこ》を吹いて、ほかの組を呼び集め、三十人そろって薙刀をかまえ、追い詰めて谷に突き落とす。どの道も、上に登るほど坂が急になり、転げ落ちたら、骨くらい折れるだろう。打ち所が悪ければ死ぬかもしれない。

さらに警戒を怠らずに行方《ゆくえ》を見定め、べつの道を登ってきたら、また追い落とす。

何度かくり返せば、千熊丸は疲労困憊《ひろうこんぱい》して登ってくる力をなくすはずだ。

「もし、千熊丸様が、刀をお抜きになったら、いかにいたしましょう」

ひふみが訊ねた。ひふみは背が高い。すらっと伸びた背筋が美しく、後ろで束ねた黒髪が艶《つや》やかだ。美貌《びぼう》の女ばかり集めた侍女たちのなかでも、ことのほか端整な顔立ちをしている。

「殺すがよい」

闇千代がつぶやくと、女たちの表情が強張《こわば》った。

「殺してかまわぬ」

いま一度、はっきり断じた。

館のなかで、男たちの笑い声が湧《わ》いた。外の女たちとは無縁に、すでに酒杯を酌み交わしているらしい。

「ここまで登ってこられれば、わらわの婿に迎えると約束しました。たかだか女子《おなご》の群れに、刀を抜かねば勝てぬ男では、生きていても甲斐はなかろう。薙刀をふるって斬り殺すがよい」

闇千代は、女たちを眺めまわした。

すでにあたりは暗いが、西の海にはなお残光がある。

「それでもなお、みなの者を打ち負かして登ってくる男なら、喜んで婿に迎えたい。自分の夫を試すつもりで、心して臨んでもらいたい」

女たちが深々と頭を下げて、本丸を去った。組ごとに配置につき、ぬかりなくやってくれることを信じるばかりだ。

闇千代は、庭に毛氈《もうせん》を敷くよう、小姓《こしょう》に命じると、いったん二の丸の館に下がり、一番気に入っている打掛を羽織《はお》った。

真紅《しんく》の打掛には、飛翔《ひしょう》する白い鶴が何羽も縫い取ってある。優美で、なお力強い刺繍《ししゅう》である。

螺鈿《らでん》の箱にしまってあった龍笛を取り出すと、闇千代は、館の階《きざはし》を下りて、床下《ゆかした》を覗《のぞ》いて声をかけた。

「トラ、おいで」

むく犬のトラが尻尾《しっぽ》をふってあらわれた。トラを連れて本丸にもどると、闇千代は、庭に敷いた緋《ひ》毛氈にすわり、龍笛をくちびるに当てた。

ちょうど、暮れ残っていた空が暗くなって、満月が煌々《こうこう》と輝きはじめたころでございました。

「みねは大手道を守れ」

との闇千代姫様のご下命通り、黒金門の石垣の上から大手道を警戒しておりますと、山の上からみごとな龍笛の音が流れてまいりました。

いつもながら惚《ほ》れ惚《ぼ》れする音色《ねいろ》は、姫様がお吹きになっているのに相違ございません。

◇

門番たちが小屋の外に出てきて、聴き惚れている姿が、月光のなかに浮かび上がって見えました。

引き連れております十人の女子たちも、思い思いの姿勢でみな聴き惚れておりました。

ご承知のように、龍笛は、宮中の雅楽《ががく》につかう笛でございますが、天と地のあわいを飛びまわる龍のごとく、高い音も低い音も自由自在に奏《かな》でられることから、そんな名が付いているそうにございます。

その夜の龍笛は、いつものように静かに始まりましたが、やがて、狂おしいほど激しい調べとなって、聴いている女たちが顔を見合わせたほどでございます。

「……夜叉《やしゃ》が吹いているような」

思わずそうつぶやいた女子がいたほど激しい旋律《せんりつ》でございました。

「夜叉などであるものか。天界の摩利支天《まりしてん》が、姫様のおからだに降臨《こうりん》なさったのじゃ。そうでなければ、あのように妙《たえ》なる音色が奏でられるものか」

目を閉じて聴いていたわたくしがそう諭《さと》しますと、女子たちが一様《いちよう》にうなずきました。

「満月の夜なればこそ、摩利支天が降りてこられた」

「闇千代姫様が、摩利支天になられた」

そんなふうに囁《ささや》きあっておりました。

狂おしくも激しくのたうった調べが、やがて嫋々《じょうじょう》と静かに流れはじめたころ、はるか山の下で、打ち板を激しく叩き鳴らす音が聞こえました。千熊丸様は、われらが待ち構える大手道からやってくるようです。

「来た。みなの者、油断なきように」

わたくしは、立ち上がると、薙刀《なぎなた》の鞘《さや》を払いました。女子たちも、みな鞘を払いました。大きく反《そ》り返った薙刀の刃《やいば》が、月光を反射して妖《あや》しく輝いておりました。

　さて、千熊丸様が、大手道をそのまま登ってくるとは考えられません。登ろうとしても、途中には門があり、柵があります。見つからぬようにそれを避ければ、どこかで道をそれて、藪の中を進むしかありません。

　さすれば、鳴子が音を立てるはずです。

　鳴子の音は微《かす》かですから、とても遠くまでは届きません。それでも、なにかの気《け》配《はい》でも聞こえはせぬかと、じっと耳を澄まして待っておりました。

　山頂からは、さきほどとは打って変わって、しめやかに落ち着いた龍笛の調べが流れてまいります。

　つぎの打ち板の音を待ち構えておりますと、思いのほか早く打ち鳴らされました。大手道をまっすぐに登ってくるほどの速さでした。

「門を開けてもらったのでしょうか……」

　わたくしのそばに立っていたことが訊ねました。組のなかではいちばんの年嵩《としかさ》で、しっかりしている女子です。

「いや、命令が届いているはずゆえ、開けはすまい。柵をよじ登ったのであろう」

　柵は山全部をぐるりと巡らせてあるわけではありません。門の左右にそれぞれ一町（約一〇九メートル）ほど建ててあるばかりです。それでも、そこを避けてまわっていくとなれば、道はありませんし、夜のことでもあり、ずいぶん時間がかかりましょう。

丸太を組んだ柵ですから、登ろうと思えばさして難儀ではありません。高さはせいぜい二間《けん》（約三・六メートル）ばかり。横木が縛《しば》りつけてありますから、身の軽い千熊丸様なら、それを手がかり足がかりにして、さしたる造作《ぞうさ》もなく越えてしまわれるでしょう。

ほんとうの合戦で敵が登っているのなら、内側から槍で突き殺すところでございます。

しかし、番卒たちには、見つけたら打ち板を鳴らして報《しら》せるよう命じてあるだけで、手出しはせぬよう言いつけてあると聞いておりました。

ならば、いくら番卒に見つかっても心配はありません。わざわざ見つからぬように藪のなかを登ってくる手間はいらぬこと。千熊丸様は、それを読み切ったうえで、大手道をまっすぐ登ってきておられるのでした。

なんともしたたかで無駄のないお方だと、くすりと可笑《おか》しくなりました。

待つほどに、すぐ下の門で打ち板が鳴り響きました。

こちらにやってくるようです。

わたくしは、呼子を吹いて他の組の女子たちを集めるべきかどうか、迷いました。

大手道の黒金門は、柵ではなく石垣がありますので、さすがにここは避けて通るかもしれません。黒金門の下をぐるっと左手にまわれば、水の手道から搦手に行くことができます。反対に右手にまわって松尾山の尾根からこちらに来ることもできます。

「油断なく見張れ」

女子たちを、二人ずつあちこちに配置しました。石垣や崖の下を覗かせました。

――さて、どこから来やるか。

待ち構えていると、ことが叫びました。

「おられます。あそこでございます」

黒金門の脇の石垣の上から見下ろしますと、たしかに人が登ってきます。月明かりに照らされたお顔は、間違いなく千熊丸様でございました。夕刻まで着けていた甲冑《かっちゅう》は脱いで、いまは身軽な小袖姿です。

「いらっしゃいましたぞッ！」

大声で叫ぶと、わたくしは、呼子を高らかに吹き鳴らしました。

そのとたん、山上からゆるやかに聴こえていた龍笛の音が、またしても激しい旋律で響きわたりました。いかにも、薙刀を存分にふるえと督励《とくれい》なさっているようでございました。

石垣の上から、わたくしは、千熊丸様に向かって薙刀の切先《きっさき》を突き出しました。上をむいた千熊丸様は、笑っておいででした。

「物騒《ぶっそう》なことだ。さようなものは仕舞《しま》うがよい」

平気で登ってこられます。

「なりませぬ。通らせてもらうよ」

「帰らぬ。通らせてもらうよ」

その声が、たいそう剽《ひょう》げておりましたので、こんな見物《みもの》はめったにないとばかり集まっていた足軽たちが、どっと笑い転げました。

「どうしても登ってこられるとあらば、討ち取るまで。みなの者、心得《こころえ》よ」

命じますと、女子たちが、石垣の下に向かって、薙刀の切先をいっせいに突き出しました。

「おお怖《こわ》。斬るなよ。突くなよ」

声は、ちっとも怖がっているふうではありません。まさか実際に殺されるはずはないと高《たか》をくってそのまま登っておいでになります。

「戯《たわむ》れではありません。退散なさらねば、こういたします」

わたくしが薙刀を返し、柄《え》の石突《いしづき》で遠慮会釈《えしゃく》なく千熊丸様の肩を突きますと、体勢をくずされて、石垣から手を離し、そのまま二間ばかり下に落ちてしまわれました。

落ちたときに、地面で尻《しり》をしたたか打たれたようで、顔をゆがめておいでなのが月光に照らされて見えました。

「ご退散めされませ」

わたくしが申しますと、千熊丸様は、さも悔《くや》しそうに、こちらを見上げておられました。

「それなら、こっちだって策をねるまでのこと」

そうおっしゃると、立ち上がり、石垣の下を水の手道に向かって歩き始められました。

ゆっくりと満月を楽しみ、鼻唄《はなうた》でも聞こえてきそうな足どりでした。石垣はほどなく尽きて、途中からは掻上《かきあ》げ土居《どい》になっております。われらは、土居の上から、千熊丸様の足どりに合わせて、ついてまいりました。

そのまましばらく歩きますと、道が急な坂になり、本丸につづいております。

本丸への道を登ってしまいますと、土居の下が見えにくくなります。しかも、ちょうど月明かりの陰になってしまうので、暗くてお姿が見えなくなってしまいました。

「捜せ。ひふみの組は水の手道から搦手。いぶきの組はもどって黒金門のほうへ。なんとしても見失うな」

わたくしも、懸命に闇《やみ》に目を凝《こ》らしましたが、千熊丸様がどちらに向かわれたかまるで見当がつきませんでした。このあたりになると、立ち木がほとんど伐《き》り払ってありますゆえに、鳴子はありませんし、音で気配を知ることが難しくなってしまいました。

それから一刻《いっとき》（二時間）余り、気を張りつめて探索いたしましたし、何人かの女子たちを物見《ものみ》として山の中腹まで放ちましたが、どの方面からも、なんの気配も見つけられませんでした。

東の空にあった満月が、しだいに中天《ちゅうてん》に昇り、立花城が、深い海の底にでもあるかのように浮かび上がって見えました。

三方に延びる尾根には、曲輪が連なり、いかにも堅固な山城ゆえ頼もしいかぎりです。

筑紫《つくし》の平野と博多の海が満月に照らされ、えも言われぬ美しさを見せてくれました。

姫様の笛の音は、ときに激しく、ときにやさしく流麗になりながらも、絶えることなく続いておりました。あんなたおやかな満月の夜は、あとにも先にも初めてでございました。

「お諦《あきら》めになったのでございましょうか……」

ことの呟《つぶや》きに、わたくしが首をひねったときでございます。

本丸近くで呼子が響きましたので、駆けつけてみますと、一人が、崖下を指さしながら叫んでおります。

「あそこに人がおります。こちらに登ってまいります」

「見失うな。薙刀で脅して落としてしまえ」

みなで崖の下を覗き込み、いまや遅しと待ち構えておりますと、いちばん端にいた女子が声を上げました。

「あっちにも人が見えます。崖を登ってまいります」

指さすほうを見れば、たしかに人影。わたくしは、宗像《むなかた》か秋月か、敵方の間者《かんじゃ》が偶然に来あわせたのかと思いました。

それからすぐに、こんどは犬の吼《ほ》える声がしました。

姫様のむく犬のトラが、尾根の反対側で、搦手の崖下に向かって吼えたてています。

駆け寄った女子が大声で叫びました。

「こちらからも人が登ってまいります」

「油断するな。本丸曲輪に登り、周囲に広がって備えよ。登ってきたら、突き落とすがよい。抗《あらが》うなら、薙刀で斬り殺せ」

そう命じて駆け出しましたものの、予想外のなりゆきに、女子たちには不安が広がっておりました。

「あそこにいます」

「こっちからも登ってきます」

見れば、本丸のまわりの崖や出撃用に縦に掘った畝堀《うねぼり》を、何人もの男たちが這《は》い上がってくるではありませんか。

――面妖《めんよう》な。

千熊丸様が妖術を使って分身をおつくりになったのかと、背筋が凍《こご》えるほど恐ろしくなりました。

しかし、考えてみれば、さような妖術などあるはずがありません。満月の光を浴びて、気持ちがうわずっておったのでございましょう。

闇千代姫様が奏でる龍笛の音が、どこか華やいで聴こえたのは、気のせいでございましたでしょうか。

明るい月明かりのなか、三十人ばかりの男たちが崖を登ってきます。

「突けッ。斬り殺せ」

そう命じましたが、女子たちはいっこうに突こうとも斬ろうともいたしません。

崖を登り切って本丸に立ったのは、よく見れば、いずれも顔見知りの、この城の侍たちでありました。

「おまえさま、なにをしておいでか」

「こなた様は、いぶき様のご亭主殿では……」

そんな声があちこちで聞こえたところをみれば、山麓や中腹の屋敷に住む、女子たちの夫や恋しい懸想人《けそうびと》を集めてきたようでございます。

男たちのなかから、一人が進み出てまいりました。

千熊丸様でございました。

ずっと姫様の横に伏せていたむく犬のトラが、立ち上がると凄《すさ》まじい勢いで千熊丸様に吼えかかりました。

姫様は、かわらずに龍笛を吹いておいでです。

トラが、いまにも飛びかからんばかりに吼え立てていましたが、千熊丸様がしゃがんで手を差しだしますと、吼えるのをやめてしまいました。

しばらく見つめてから、鼻を鳴らしてすり寄り、千熊丸様の掌《てのひら》を舐《な》めているではありませんか。肉か骨か、なにか好物でも用意してあったのかもしれません。それとも、ご人徳を犬も慕《した》ったのでございましょうか。

トラの頭を撫でると、千熊丸様は、草鞋《わらじ》を脱いで、姫様がおすわりになっておいでの毛氈に上がられました。

まだ、龍笛で嫋々《じようじよう》たる音色を奏でている姫様の肩に手をのせられますと、千熊丸様がはっきりとおっしゃいました。

「やってきました。約束通り、婿にしてくれますね」

龍笛の音がぴたりとやみました。

笛を膝《ひざ》の前に置くと、姫様が、厳粛《げんしゆく》なお顔つきで、恭《うやうや》しく頭を下げられました。

「はい。女子たちの夫や懸想人を使っての策、感服いたしました。喜んで婿としてお迎えいたします」

真紅に白鶴《はくつる》をあしらった打掛に、長い黒髪を垂《た》らした姫様のお姿は、王朝の姫君もかくやと思われるほどの艶《あで》やかさでございました。

そのお言葉を耳にして、女子たちも男たちも、一同みな地面に片膝をついて、無言のまま祝福のご挨拶を申し上げたことでございます。

「ありがたし」

姫様のとなりに腰を下ろされた千熊丸様が、懐《ふところ》から布包みを取り出されました。

「どうぞ、これを差し上げます」

「なんでございましょう」

つぶやきながら、姫様が布の包みを開きますと、中からは、掌に載《の》るほどの小さな仏像があらわれました。

月明かりに見えますそれは、木彫りのもので、なにか動物に乗っているようでございました。

「摩利支天です。猪《いのしし》に乗った女神《にょしん》と聞いていますが、それではどうにも野暮《やぼ》くさい。虎がよいと思いまして、虎の背に乗せてみました」

「これを千熊丸様が……」

「さよう。自分で彫りました」

「おみごとでございます」

姫様のお顔が花のごとくにほころびました。ほんに心の底から嬉しそうな笑顔でございました。

「いつか、わたしの嫁になる者が決まったら、贈ろうと思って彫っておりました。そなたに差し上げられるのが、なによりです」

千熊丸様のお言葉をお聞きになったとたん、闇千代姫様のお顔が強張り、眉のあたりがにわかに曇《くも》りました。

「なんと仰《おお》せでございますか」

姫様の眉が、龍の髭《ひげ》のごとく跳ね上がりました。

千熊丸様は、なぜ姫様のお顔が曇ったのか、さっぱりお分かりにならぬご様子でございました。

「いつか、わたしの嫁になる者が決まったら、贈ろうと……」

「いりません」

「……」

「誰のためかも分からず彫った仏像など無用でございます。わらわのために彫ったものでなければ、欲しくありません」

像を置いて立ち上がると、姫様は打掛の裾《すそ》を引きずりながら、階《きざはし》を昇って御殿の内に入ってしまわれました。

姫様の背中を見つめながら、千熊丸様は、なんとも困りきったお顔をなさっておいでした。

「やれやれ、やっかいな女子だわい」

千熊丸様が、摩利支天の像に手を伸ばされますと、一声吼えたトラが駆け寄ってきてくわえ、そのまま走り去ってしまいました。

あっけにとられた千熊丸様は、追いかける気にもなられぬごようすで、毛氈の上に仰向《あおむ》けになって、ちょうど中天にかかった満月を眺められました。

わたくしたちも男たちも、どうしてよいか分かりません。声のかけようもなく、その場を立ち去ろうとしておりますと、いったん御殿の内に入られた闇千代姫様が、ふたたび縁にお姿をあらわされました。

先ほどとはうって変わって、満面の笑みを浮かべておられます。見れば、手には千熊丸様手彫りの摩利支天像をお持ちです。トラが館の裏からでも姫様に届けたのでしょう。

「千熊丸様、今宵のような気持ちのよい満月の夜に、婿殿が決まって、わらわは、たいへん喜んでおりますよ」

姫様はにこやかにそう仰《おつしや》いました。先ほどいきなり冷たく突き放されたのは、乙女《おとめ》らしい気まぐれないたずらだったようです。みごと本丸まで登ってきた千熊丸様に、ちょっと意地悪したいお気持ちもおありだったかもしれません。

起き上がった千熊丸様は、姫様のお心直しの速さに戸惑《とまど》っておいでのようでした。

「夜更《よふ》けに長いあいだ外においでで、さぞやお体が冷えられたことでございましょう」

「……ああ、いや」

「熱い汁《しる》を用意させておりますので、中にお入りくださいませ」

深々と頭を下げて、また微笑まれました。もともと端整なお顔立ちの姫様だけに、笑顔は蕩《とろ》けるようでございます。千熊丸様は、微笑みに惹《ひ》かれるように立ち上がられました。

「汁は、たくさん作らせてある。みなに行き渡るゆえ、殿方《とのがた》をいたわり、自分たちも温まるがよい」

わたくしたちにも、そんなお心遣いをなさる姫様に、一同は深々と頭を下げたことでございました。

祝言

祝言《しゅうげん》の日の前夜、誾千代《ぎんちよ》は、父の道雪《どうせつ》に呼ばれた。

本丸館《ほんまるやかた》の御座所《ござしょ》に行くと、父と母がならんですわっていた。

上段の間の床《とこ》にすえた州浜台《すはまだい》には、海辺の風景に蓬莱山《ほうらいさん》が飾《かざ》りつけてある。みごとな枝ぶりの松に竹、紙でつくった梅の花。そのわきに、尉《じょう》と姥《うば》の人形を立たせ、松の木に鶴、海に亀がいる。祝言のためのめでたい島台《しまだい》飾りである。もうとなりに置いた白木《しらき》の片木盆《へぎぼん》には、高橋《たかはし》家から贈られた結納《ゆいのう》の熨斗《のし》と扇子《せんす》。ひとつの盆に、海鼠銀《なまこぎん》の山が積み上げてある。

去年の秋、千熊丸《せんくままる》の婿入《むこい》りが正式に決まってから一年ちかくが経《た》った。

千熊丸は、今年、天正《てんしょう》九年（一五八一）の正月に元服して左近将監統虎《さこんのしょうげんむねとら》と名乗っている。統の一字は、大友宗家《おおともそうけ》当主大友義統《よしむね》からもらったという。

この一年、誾千代は顔を合わせていないが、元服してからの統虎は、見違えるほど体格がたくましくなり、武者《むしゃ》ぶりがよほどよくなったと聞いている。

家中の者たちが、粛々《しゅくしゅく》としたくをととのえ、かねて高橋家と約束した婿取りの八月十八日を迎えることとなった。

「いよいよ、明日が祝言だな。この飾りを見ていると、さすがに感無量だわい」

僧形《そうぎょう》の道雪が、島台飾りを眺《なが》め、目を潤《うる》ませた。還暦《かんれき》近くになって、三人目の妻でようやくできた一粒種《ひとつぶだね》の娘だけに、胸に迫るものがあるらしい。

「ほんに、ついこのあいだまで赤子《あかご》と思っておりましたのに、もう婿取りとは……。母も驚いておりますよ」

母の仁志《にし》が、目頭《めがしら》を袂《たもと》で押さえた。

仁志もまた、大友一族の娘である。ひとたびは他家に嫁《とつ》いで一男一女を得たが、故《ゆえ》あって別れ、二人の子を連れて道雪に再嫁《さいか》した。

連れ子の亀菊丸《かめぎくまる》は、筥崎宮座主《はこざきぐうざす》の養子として出した。娘の政千代《まさちよ》には、戸次《べっき》家重臣の薦野増時《こものますとき》を婿にしたいと道雪が言ったこともあったが、増時が固辞した。大友一族から婿をもらうのが筋《すじ》だというのが、その理由であった。そうこうするうちに、政千代は病《やまい》で亡くなった。

母としては、手元で育てた誾千代には、ひとしおの思いがあるようだ。

誾千代は、両手をついて、父と母に頭を下げた。

「統虎様を婿としてお迎えし、妻としてお仕《つか》えするようになりましても、いままでお育てくださいました父上様、母上様のご恩を忘れず、なおいっそう孝行させていただきたいと存じます」

「よくぞ言うてくれた。父として、これ以上の喜びはない」

道雪がゆっくりうなずいて鼻をすすった。わが娘の婿取りに、よほど感激しているようだ。ふだんは堂々とした男だけに、涙に潤んだ顔は、誾千代も初めて見た。

「ただひとつ、婿取りの前に、そなたに言って聞かせたいことがある」

「承《うけたまわ》ります」

誾千代は、また手をついて頭を下げた。

「そなたは、わしに気性《きしょう》が似て、勝気なところがある。城督《じょうとく》としては必要な性分《しょうぶん》だが、妻として婿殿に仕えるには、むしろ邪魔になろう。聡明なそなたゆえ、案じることはなかろうと思うが、ゆめゆめ婿殿を下風《かふう》に置くようなことがあってはなるまいぞ」

「はい。もちろんでございます。奸計《かんけい》とはいえ、女子《おなご》たちの守りを破って本丸まで登ってこられましたお方ゆえ、わが婿としてお迎えし、心からお仕えするつもりでおります」

「ならば、わしとしては案じることはなにもない。末永く、睦《むつ》まじゅうに暮らすがよい」

「ご心配は無用と存じます。妻としての道は、かねて母上から教えを受けておりますし、城督としての心掛けは父上の日々のおふるまいから学ばせていただきました。これからも、妻として、城督として励み、なおいっそう、この立花《たちばな》の城を守《も》り立ててゆきたいと存じます」

闇千代がそこまで言うと、道雪の顔が曇《くも》った。

首をかしげている。

「ちょっと待て。婿殿を迎えれば、婿殿が城督となる。おまえは、婿殿を城督として立て、手助けするのだぞ。もう城督として励む必要はない」

父に言われて、こんどは闇千代が首をかしげた。

「これは異なお話。父上から城督としてこの立花城を譲り受けましたのは、この闇千代。大友の御本家にその旨《むね》の文書を出されたではありませんか」

その文書には、立花城と領地ばかりでなく、城に備蓄されている物資まで細々《こまごま》と記してある。大友家からは、義統・宗麟《そうりん》連名で承認の袖判《そではん》が加えられて送り返されてきた。

「それはそうだが、婿を迎えれば、婿殿が城督となる」

「それは、いまの城督であるわらわが決めることではございませぬのか。わらわが決めて譲り状を書き、大友宗家の袖判をいただかねば、城督の地位は替わらぬはず」

闇千代が言うと、道雪がことばを詰まらせた。

「それはそのとおりだが……。夫唱《ふしょう》婦随《ふずい》ということを知らぬか」

「むろん、婿殿には従いまする。婿殿が右を向いていろとおっしゃれば、三日でも四日でも右を向いております。しかし、城督はわらわのはず」

道雪が、大きく恐ろしげな目を剝《む》いて、闇千代をにらみつけた。

「たしかに城督はおまえだが、後見人は前城督であり父であるわしだ。後見人が決めたことに従え。明日以降、城督は統虎だ」

毅然《きぜん》と言い放つと、道雪は顔をゆがめた。

とりなすように、母が口を開いた。

「あまり我《が》を通すものではありません。女子は、殿方《とのがた》に従ってこそ愛《いと》おしんでもらえるもの。そなたのように我を張っては、統虎殿に、可愛《かわい》がっていただけませんよ」

「………」

闇千代は、くちびるを噛《か》んだ。

思っていたことと、なにかが違っている。

婿を取る、男の妻になるとは、そういうことなのか――。

父の言うこと、母の言うことが分からぬではない。弓を引いても、女子の力では、甲冑《かっちゅう》を貫《つらぬ》くことができない。薙刀《なぎなた》で戦っても、組み打ちをしても男の力には勝てない。

ならば、男に従うだけが、女の生き方なのか――。

そうは思いたくない。

なにかが違う気がする。

「お城のことは、すべて父上と統虎殿におまかせなさい。そなたは内助の功を尽くすのです。さすれば、統虎殿はかならずやそなたを大切にしてくださいます。あんな立派な婿殿は、どこを探しても見つかりませんよ。まずは、そなたが婿殿を大切になさい」

母に言われて、誾千代はうなだれた。

料理にせよ裁縫《さいほう》にせよ、母には、女ひと通りの道を教わった。姫だからといって、生きることの大切な基本を侍女《じじょ》まかせにすることは許されなかった。城のなかのことを切り盛りするにしても、飯《めし》さえ炊《た》けず、汁《しる》さえ作れぬようでは、たしかに心もとない。

「いまの世の中は、戦《いくさ》に乱れています。女子は、合戦《かっせん》では役に立ちません。ならば、殿方を助け、城を守るのがなにより。わかりますね」

母に諭《さと》されて、闇千代はうなずいた。

「わかります」

「ならば、まずは父上のおっしゃることを聞き分けなさい」

「はい」

殊勝《しゅしょう》にうなずいた闇千代を見て、道雪は、きれいに剃《そ》り上げた自分の頭を撫《な》でた。困ったことがあると、父はときにそんな仕種《しぐさ》をする。

「まったく、世話を焼かせる娘だ。統虎と仲睦まじくやってくれ。それが、なによりのわしの願いぞ」

「むろん、そのつもりでおります」

夫婦《めおと》になるということは、二世《にせ》を契《ちぎ》ることだ。今生《こんじょう》で死に別れても、来世にはまた結《むす》ばれるのが、夫婦の契りである。

それだけの覚悟はしている。

でも、それがどんな暮らしになるのか、これからどんな日々が待ち受けているのか、十三歳の闇千代にはまだよくわからない。

翌日の婚礼の日、闇千代は、朝から、みねがたばねる侍女たちの言うがまま、されるがままであった。

父母とともに、二の丸の館で朝餉《あさげ》をすませると、まずは、すこし山を下って、井《い》戸曲輪《どくるわ》にある湯殿《ゆどの》に押し込められた。小屋の簀《す》の子《こ》の下で、湯をぐらぐら滾《たぎ》らせて、湯気《ゆげ》を充満させた蒸し風呂である。

父の道雪は蒸し風呂が好きだが、誾千代は、夏なら盥《たらい》に水を張り、寒い季節は湯《ゆ》浴《あ》みをするのが好きだった。

それでも、今日ばかりは、有無を言わさず湯殿にすわらされ、汗が玉になったところで、いっしょに入ったみねに、糠袋《ぬかぶくろ》で体をこすられた。

「痛い。そんなに強くこすらずともよいぞ」

誾千代がつぶやくと、みねが大仰《おおぎょう》に首をふった。

「花嫁の肌《はだ》に垢《あか》などありましては、婿殿に嫌《きら》われてしまいます。我慢なさいませ」

——我慢か。

誾千代は、なんだかすこしおかしかった。

祝言を挙《あ》げて夫婦になることは、我慢をかさねることなのかと思った。

「みねも、やはり、婿殿に嫌われとうなくて、我慢しているのか」

みねの夫は、道雪の馬廻衆《うままわりしゅう》で、いくつもの武功を立てた勇猛な男であった。

凛々《りり》しく逞《たくま》しく頼《たの》もしい。

「それは、やはり恋しいお方ですもの。嫌われとうはありません。でも、我慢などと思ったことはございませんよ。恋しい方ですから、なんでもできます」

「恋しい……」

闇千代はまだ、男子《おのこ》に恋しいという感情を抱《いだ》いたことがない。父から城督として勇ましく育てられたせいかもしれない。むく犬のトラの姿がしばらく見えないと寂しいが、それとは違う気持ちだろう。

――トラか……。

夫と同じ名が、飼い犬についているのは具合が悪かろう。トラの名は、替えたほうがいい。

「姫様は、まだお若いゆえに、大人の女子の恋の心はお分かりになりますまい」

乳房のまわりをこすりながら、みねが呟《つぶや》いた。闇千代の乳房は、いくらか膨《ふく》らんできたものの、湯帷子《ゆかたびら》を着ていてもはっきりと豊かさを示すみねの胸ほどの存在感はない。

「恋しいとは、どんな気持ちであろうか」

ふふ、と微笑《ほほえ》んだみねが、闇千代の脇腹《わきばら》をこすった。

「それはそれは、切《せつ》ない気持ちでございますよ」

「どんなふうにじゃ？」

「さようでございますね、たとえば……」

「たとえば……」

「旦那《だんな》様が、合戦にお出ましになっておいでの夜は、いつも泣きたいほどに、寂しゅうて切のうて心が締めつけられます」

それなら、わかる気がした。父が合戦に出ているとき、闇千代は、いつも切ない気持ちになって観音堂《かんのんどう》で無事を祈っている。

でも、相手は、実の父ではない。幼いころから知ってはいるが、まるで他人の男だ。

闇千代は、統虎の顔を思い浮かべてみたが、心が締めつけられるほどに恋しくなるかどうか、分からなかった。

「さようなふうになるものか……」

「はい。いっしょにお暮らしになれば、お分かりになりますよ」

闇千代は、うなずかなかった。

祝言を挙げて夫婦になった男子と女子が、いったいなにをするのかは知っている。何日か前に、母から言いつかったと、みねが教えてくれた。闇千代は、去年から月のものがある。赤子がどこから産まれてくるのかも、みねが話してくれた。

それでも、具体的にどうするのかは、まるで想像がつかない。

熱い湯を何杯も掛けられ、米のとぎ汁で髪を洗ってもらった。

湯殿から出ると、丹念《たんねん》にからだを拭《ぬぐ》い、二の丸の館にもどった。

母に見守られながら髪を梳《くしけず》られ、顔ばかりでなく首まで白粉《おしろい》を塗《ぬ》られた。鏡を覗《のぞ》くと、なんだか、自分が自分でなくなってしまった気がして不安になった。

真新しい帷子《かたびら》に、白絹《しらきぬ》の小袖《こそで》を着て、緋《ひ》の袴《はかま》を着けた。父が新調してくれた打掛《うちかけ》は、金糸《きんし》をたくさん使った贅沢《ぜいたく》な唐織《からおり》で、亀甲模様《きっこうもよう》の地に、さまざまな花を散らした扇《おうぎ》がいくつもあしらってある。あでやかさは、溜《た》め息《いき》が出るほどだ。

打掛を羽織《はお》ってすわると、衣《ころも》を着て荘厳《そうごん》な袈裟《けさ》をかけた父がやってきた。

「これは美しい花嫁だ。のう、これほどに見栄《みば》えがするとは思わなんだ」

父が言うと、母が首をふった。

「見栄えだけではありませんよ。闇千代は、心根《こころね》も日《ひ》の本一《もと》の花嫁ですよ」

「むろんじゃとも。言わずと知れたことよ」

闇千代は、父と母にむかって両手をついて、頭を下げた。

「りっぱな仕度《したく》をありがとうございました。これからは、統虎様のお役に立てますよう、励んでまいります」

「ああ……。まことにな」

父は、いまにも泣きだしそうな顔を見せまいと、そっぽを向いた。母はなんども、くり返しうなずいた。

立花城から四里《り》（約一六キロメートル）離れた宝満城《ほうまんじょう》へは、昨日からみねの夫が、馬廻衆をひきつれて花婿の行列を迎えにいっていた。

午《ひる》をすこし過ぎたころ、山麓で法螺貝《ほらがい》の音が響《ひび》いた。大切な客人の到来を告げる吹き方である。

道雪と薦野増時らの重臣たちは、山麓の村まで迎えに下りている。

誾千代は、本丸館上段の間で、唐織の打掛を頭から被《かず》き、婿があらわれるのを待っていた。母とみねがそばについていてくれているが、なにを言うでもなく、ただ誾千代の顔を見ているばかりである。

すわっていると、さまざまな想《おも》いが、胸中を駆けめぐった。

胸を占めるのは、不安である。

父も母もみねも、これからは、夫である統虎を頼みとして生きていかねばならないと諭す。

父やみねの夫のような偉丈夫《いじょうふ》ならば頼りもしようが、ひょろっと痩《や》せた統虎ではまことに心もとない。夫婦になって、うまくやっていけるものかどうか——。

そんなことを思ううちに、やがて、人のざわめきが本丸に近づいてきた。

「婿殿が参られました」

走り込んできた小姓《こしょう》に告げられ、閶千代は、我知らず頬《ほお》が引き締まった。縁廊《えんろう》下《か》をたくさんの足音がやってくる。

「さぁさぁ、婿殿のご入来《にゅうらい》じゃ」

大声で触れながら、最初に入ってきたのは、僧形の父だった。

続いて、背の高い若武者。

それから、三十がらみの武者が二人。

そのあとに、薦野増時や十時《ととき》連貞《つらさだ》ら立花城の重臣たちが続いた。みな祝言のための肩衣《かたぎぬ》を着け、袴を穿《は》いている。一族の連枝衆《れんししゅう》や重臣たちが広間に顔を見せた。

「ここにすわられよ。婿殿の座じゃ」

道雪に導かれて、背の高い若武者が、上段の畳《たたみ》に立った。

閶千代は、若武者を見上げて息を呑《の》んだ。一年見ないうちに、痩せて頼りなかった千熊丸は、武者ぶりのよい若侍《わかざむらい》に成長していた。

「ひさかたぶりじゃな」

それだけ言うと、統虎は前をむいて腰を下ろした。

「おひさしゅうございます」

閶千代は頭を下げたが、統虎はもう母の仁志と挨拶《あいさつ》を交《か》わしていて、閶千代のことばなど聞こえぬようである。

それからは、闇千代の意思とはまるで無関係に、めまぐるしく婚礼の次第が進んだ。

まずは、戸次《べつき》家の一族連枝衆と婿の顔合わせである。道雪に紹介されると、叔父《おじ》や縁戚《えんせき》の者たちが一人ずつ前に進み出ては、口上《こうじょう》を述べ、祝いの品を差し出して、花婿に挨拶した。

つぎに、重臣たちの挨拶。闇千代は、ただ婿の隣にすわって、延々と続く挨拶を眺めているしかない。みな婿に口上を述べ、ほんのつけ足しに闇千代に顔をむけるばかりである。

さらには、城下の僧侶や神職、大庄屋や博多《はかた》湊《みなと》の宿老《しゅくろう》たちが招き入れられた。大勢の人々が肩も触れんばかりに居並び、縁廊下や庭にまで溢《あふ》れている。統虎と闇千代は、見事な雌雄《しゆう》の鯛《たい》や雉子《きじ》、反物《たんもの》や壺《つぼ》、飾り物など、山ほどの祝いの品々でかこまれた。

それが一段落したとき、道雪が花婿と花嫁に告げた。

「大友本家の御同紋衆《ごどうもんしゅう》から、仲人《なこうど》見届け役として古庄《ふるしょう》殿がみえている。控えの間から、こちらに来ていただくぞ」

道雪に言われて、闇千代はあわてた。同紋衆は、大友本家と同じ杏葉紋《ぎょうようもん》をいただく譜代《ふだい》である。戸次の家も許されて杏葉紋を使っているが、家格は同紋衆のほうが上だから、上座《かみざ》にすわってもらわなければ困る。腰を浮かせて立ち上がろうとしたとき、肩衣を着た侍たちが祝いの品を捧《ささ》げて広間に入ってきた。

「なんの、そのままでいらっしゃい。こんな美しい花嫁をあちこち動かしたとあっては、帰ってから殿に叱《しか》られますゆえにな」

しばらく押し問答の末に、花婿と花嫁は、上座にすわったまま、祝いの言葉を受けた。ひとしきりの言祝《ことほ》ぎのあとで、古庄がたずねた。

「して、こたびの婿入り、高橋家からは、何人の御家来衆が付き人としてこの城に入られるのでござろうか」

「ここにおります世戸口《せとぐち》十兵衛《じゅうべえ》と太田《おおた》久作《きゅうさく》の二人でございまする」

統虎の返答に、古庄が大きくうなずいた。

「なるほど、さようか。高橋紹運《じょううん》殿は、さすがにご聡明であられまするな」

古庄は感心しているが、闇千代は驚いた。

まず二、三百人くらいは連れてきていて、館の外で休ませているのだろうと思っていたのである。宝満城には、二、三千人の家臣がいる。多ければ、そのうちの五百人くらい連れてくるのはなんでもないはずだ。

「立花城の衆は、紹運殿のご深慮《しんりよ》に感謝せねばなりませんな」

古庄がしきりと紹運を褒《ほ》めそやしたが、誾千代には意味がわからなかった。

「まことまこと。迎えに出て、わしも驚いた。紹運殿のご配慮、痛み入るばかり」

道雪が、広間の一同にむかって大きな声で話し始めた。

「よく聞くがよい。百人、二百人、あるいは十人、二十人でも婿殿お付きの家来がこの城で暮らすようになれば、同じ家中とはいえ、どうしても高橋の派閥《はばつ》となる。いつの日かそれが城内の罅割《ひびわ》れとなって、争いの種になるやもしれぬ。紹運殿は、そのことを配慮なさったのだ。まことに恐れ入るばかりであるわい」

「さよう。なかなか出来ることではござらぬ」

古庄が扇子《せんす》で膝《ひざ》を叩《たた》いた。

統虎がゆっくりと口を開いた。

「紹運からは、戸次家に婿に入った以上、道雪殿をまことの父と思えと言われてまいりました」

「ありがたいお言葉じゃ」

道雪が大きくうなずいた。

「この騒乱の世では、いつ道雪殿と敵味方になって戦うことがあるやもしれぬ。そのときは、先陣を切って、おまえがわしを討ち取れ、とも申しておりました」

「みごとなお覚悟。武門の鑑《かがみ》でござる」

さらに統虎がつづけた。

「道雪殿は卑怯《ひきよう》未練《みれん》がお嫌いな方。仮に、おまえが道雪殿から見限られ、離別されることがあっても、高橋の家にはけっして入れぬ。そのときは、潔《いさぎよ》く自害せよ、と、備前長光《びぜんながみつ》の刀を与えられてまいりました」

統虎の話に、一座が水を打ったように静まり返った。

「そこまでのお覚悟をもっての婿入りならば、大友一族も末永く安泰じゃ」

古庄が称《たた》えると、一座の者も、口々に婿を褒めそやした。

夜になって、床の間に八幡大菩薩《はちまんだいぼさつ》の軸《じく》がかけられた。白木の台には、金の御幣《ごへい》と瓶子《へいし》が飾ってある。

衣冠束帯《いかんそくたい》すがたの筥崎宮の座主が、居並んでいる大友家と同紋衆、連枝衆、重臣たちを御幣で祓《はら》い清め、祝詞《のりと》を奏上《そうじよう》した。

統虎と誾千代は、いちばん前で、頭《こうべ》を垂《た》れていた。

二人の稚児《ちご》が、三方《さんぼう》と瓶子を持ってあらわれた。三方には、朱塗《しゆぬ》りの杯《さかずき》が三枚重ねて載《の》せてある。

稚児に御神酒《おみき》を注《つ》がれ、統虎が一献《いっこん》、誾千代が一献、さらに統虎。杯を替え、あとさきを替えて、三三九度の固めの杯を交わした。

晴れて夫婦となった。

「めでたや、めでたや」

仲人役の古庄が、扇を広げて囃《はや》し立てた。

座主に黙礼し、みねに手を預けて広間のほうに向き直ると、女たちが次々と蒔絵《まきえ》の高足膳《たかあしぜん》を運んできた。五の膳までならんださまは壮観だった。

すぐに、杯の応酬《おうしゅう》がはじまった。

つぎつぎと、連枝衆や重臣たちが、酒を注ぎに来ては、にぎやかに話していく。統虎に酒を注ぎ、誾千代に祝いを言う。誾千代は、箸《はし》を取ることもできず、ただ微笑み返しているばかりであった。

婚礼の宴《うたげ》は、三日間つづいた。

一晩目の連枝衆、重臣たちに続いて、二日目は、朝から城下の僧侶、神官、大庄屋、博多の豪商らを招いての宴席である。連枝衆、重臣たちも引き続き、宴に連なっている。呼んであった太夫《たゆう》が幸若《こうわか》を舞い、家臣たちも謡《うたい》や舞を披露《ひろう》した。

三日目は、士分の上席の者を広間に招き、庭にも席をしつらえて足軽《あしがる》や小者《こもの》らまでに酒食が振る舞われた。

三日三晩、立花城は、婿取りの喜びに沸《わ》いたのであった。

統虎と誾千代には、本丸館の一室が寝所《しんじょ》として用意してあった。

一晩目も二晩目も三晩目も、夜が更《ふ》けて宴が果てたときには、統虎は顔を真っ赤にして酔っぱらい、薄縁《うすべり》に横になるとすぐさま寝入ってしまった。

朝、統虎はなかなか目がさめず、起きても、酒の酔いが抜けないせいで顔をしかめている。そうこうしているうちに、もう次の宴席がはじまった。

夫婦となった挨拶を、二人でしみじみと交わす間もなく、三晩が過ぎた。

四日目の朝、誾千代はやっと唐織の花嫁衣裳《いしょう》を畳《たた》み、白粉で化粧をすることもなく、つねの小袖を身に着けた。身軽になって、ようやく自分自身にもどった気がした。

三日三晩の宴席で誾千代があらためて感じたのは、立花城と戸次家を取り巻く人々の熱情であった。

――城は人が造り、人が守る。

いつだったか、道雪にそんなことを教えられたことが、実感された。

――人がいれば、城が守れる。

それが、なによりの戸次家の誇りであり宝なのだと知った。祝言に集まってくれた人たちは、どんなときでも、きっとこの城の味方になってくれるはずだ。

顔を洗って髪を梳り、身仕度をととのえても、なお、統虎は目をさましそうになかった。

寝相《ねぞう》の悪いまま、薄縁に横になっている。

闇千代は、わきにすわって、統虎が目をさますのを待った。

日がずいぶん高く昇ってから、統虎が目をさました。

「おはようございます。長々と続きました宴席、お疲れさまでございました」

統虎は、目を瞬《またた》かせて、天井《てんじよう》を見上げている。ここがどこか、わからないような顔つきだ。

ああ、とつぶやいて、上半身を起こした。

「世戸口はおるかっ」

闇千代にかまわず、いきなり大きな声を出した。

すぐに襖《ふすま》が開いて、宝満城からついてきた世戸口十兵衛が顔を見せた。

「ここに控えおります」

「いかがであったか」

それだけたずねた。なんのことを問うたのか、闇千代にはわからなかった。

「はい。宗像《むなかた》の大社に物見《ものみ》を出しておきましたところ、昨夕、三千ほどが集結しておるとの報《しら》せ。威嚇《いかく》しておくべしと、山麓に伏せてありました五百騎を率《ひき》いて駆けつけ、鉄炮《てつぽう》を撃《う》ち掛《か》けてまいりました。宗像の連中、急襲に驚いて腰を抜かさんばかり。はなはだ愉快でござった」

　世戸口十兵衛が、こともなげに答えた。宗像の大社は、ここから三里（約一二キロメートル）。馬を駆けさせれば、たしかにすぐの距離だ。

「なにがあったのでございますか。お供《とも》は二人だけとおっしゃっていたのに、そんなにたくさんの兵を連れていらしたのですか」

　闇千代がたずねると、統虎が笑いながら答えた。

「婚礼の夜などというのは守りに油断が生じるもの。敵にしてみれば、襲撃のなによりの好機だ。父から、いや、元の父から五百騎の精兵を借りて、ここの山麓に潜《ひそ》ませておいたのさ。秋月《あきづき》勢は宝満城で防いでくれるとして、この立花の城をすぐに攻められるのは、なんといっても宗像勢。世戸口と太田に、警戒するように申しつけておいたのだ」

「それは、紹運様のお考えですか」

「いや、おれが考えたんだよ」

　闇千代は、統虎をすなおに見直した。頼りなげな婿だと思っていた自分の不明を恥じた。

「五百の兵はいかがいたしましょうか」

　世戸口がたずねた。

「あと三日はあたりを警戒させてくれ。それで宝満城に帰してよい」

「かしこまりました」

「ここにいるあいだは、交代で酒を呑ませてやれよ」

「承知いたしました。みな喜びましょう」

世戸口が退出すると、統虎は立ち上がって、さっさと寝間着《ねまき》を脱《ぬ》ぎ捨て、衣裳盆《ぼん》に用意してあった小袖を自分で着た。

「お手伝いいたしますのに」

誾千代は、朝の身仕度を手伝うつもりだったのに、出る幕がなかった。

「よいよい。戦場《いくさば》なら手伝いなどおらぬもの。小袖でも具足《ぐそく》でも、自分一人で着られずしてなんとする」

「はい」

頼もしい言葉ではあったが、一抹《いちまつ》の寂しさもあった。新妻《にいづま》としては、なにか夫の役に立ちたい。

「では、参ろうか」

言うと、統虎はもう障子《しょうじ》を開けて、縁廊下に出ていた。

「どちらへ?」

「われらの新居。二の丸の館だ」

立花山の頂《いただき》には、本丸のすぐ下に、二の丸がある。誾千代が幼いころから父母とともに暮らしていた日常生活のための館である。

父の道雪から、祝言が終わったら、そこの館に入って、二人で暮らすように言われていた。父と母は本丸で暮らすことになる。

「かしこまりました。すぐに参ります」

「ああ、先に行っておるゆえ、ゆるりと来るがよい」

――待ってください。

言いかけて、誾千代は、言葉を呑み込んだ。待たせては、足手まといになって、嫌われてしまうのではないか――。

そんなふうに思ったことが、自分でとても不思議だった。

館を出て歩きはじめた統虎が、うしろをふり返った。

「二の丸に入る前に、山を一巡《ひとめぐ》りするぞ。ついてこられるか」

「はい」

山歩きなら自信がある。誾千代はすぐさまうなずいた。空はよく晴れていて気持ちがいい。

「よし」

とてもよい笑顔で笑うと、統虎が足早に歩き出した。いつのまに懐《なつ》いたのか、真っ黒なむく犬のトラが、尻尾《しっぽ》を振っていっしょについていく。

「お袴をお召《め》しになりませんと……」

侍女のみねに言われたが、誾千代は、もう館の階《きざはし》を下りて、草履《ぞうり》をはいていた。

いつもなら、城山《しろやま》の峰道《みねみち》を歩くときは野袴《のばかま》を穿《は》く。

統虎はと見れば、もうずいぶん先に行って、曲輪《くるわ》から出てしまった。お付きの二人の侍《さむらい》も、見えなくなりかけている。

「かまいません。このままで歩けます」

小袖の裾《すそ》を両手で摘《つま》んだ。白い脛《すね》が見えてしまうが、それよりも、統虎に遅れたくなかった。

統虎は、歩くというより、走っていた。

本丸の曲輪を出ると、すぐに急斜面の下り坂になっている。その坂を飛ぶように駆けていく。今朝《けさ》の統虎は、少年のひ弱さも、婚礼のあいだの酩酊《めいてい》もまるで消えて、いかにも逞しい。

駆けるように坂を下っていったので、もう統虎の背中が見えなくなってしまった。誾千代は懸命に追いかけた。

山の尾根《おね》に、階段状にならぶいくつもの曲輪を通り過ぎたところで、統虎の姿が見えた。黒金門《くろがねもん》で立ち止まって、番卒《ばんそつ》と話している。十人ばかりの兵卒と組頭《くみがしら》が、まわりを囲んでいる。トラも、おとなしくすわって話を聞いているふうだ。

息を切らしているのを覚《さと》られぬように、闇千代は、静かに近づいた。

「そうだ。それがいい。そうやって立っていれば、侍大将《さむらいだいしょう》のように見えるぞ」

どうやら、門脇の石垣の上に立つ番卒の立ち姿を直していたらしい。

いつもはだらしなく立っている番卒が、背筋を伸ばし、長柄《ながえ》の槍《やり》をまっすぐに立てて姿勢を正している。あたりを睥睨《へいげい》している顔つきが、凜々《りり》しく見えた。

「この大手道《おおてみち》を上がってきて門をくぐる者は、一日に何人いる？」

統虎が、番卒にたずねた。

「さて、数えたことはありませんが、四、五百人はおりましょうか」

「それは、城内の者か、外の者か」

「城内の者が多うございますが、宝満城や大友家からの使番《つかいばん》もいれば、博多湊の商人や物を運んで来る人足《にんそく》もおります」

立花城には、搦手《からめて》の下原《しもばる》から登り下りする者も多いが、やはり、博多と連絡のある大手道を通る者が多い。

「なるほど。それだけの人間が、おまえたち門番を見て、この城に入るのだ。自分が城の大将となったつもりでここに立っておらねばならぬぞ」

統虎が言うと、番卒たちがにぎやかに声を立てて笑った。

「大将は、大袈裟《おおげさ》でございましょう」

「なんの、この門では、番に立っている者が、不審者を入れるか入れぬかを決めることになる。なれば、城の大将の名代《みようだい》じゃ。すっくと背筋を伸ばして睨みつけてやるがよいぞ」

番卒から槍を借りた統虎が、まっすぐに立てて、あたりを睥睨した。

その顔を見て、番卒たちがうなずきあった。はなはだ得心《とくしん》がいったらしい。

闇千代はこころの内で感心していた。

自分などは、門をくぐるとき、門番にはただ会釈《えしやく》を返すだけだった。

父の道雪さえ番卒の立ち姿には、なにも言わなかった。

統虎は、新しい城督として、この城と将兵を自分の流儀で動かそうとしている。

思いもかけなかった統虎の行動に、闇千代はこころが騒いだ。

——なるほど、城督は、そうであらねばならぬ。

たしかに、統虎のやり方が正しく思えた。そういう些細《ささい》なところから始めれば、城内の風紀がきりりと引き締まるだろう。

しかも統虎は、それを押しつけるのではなく、うまく兵卒たちをおだてながらやっている。闇千代には、とても真似《まね》できない。

「みんな気張《きば》ってくれ。みながおるから、この城がやっていける。この城は、みなの城じゃ」

統虎が言うと、初老の組頭が、深々と頭を下げた。

「ありがたいお言葉じゃ。わしら、ただお城におれば、銭《ぜに》がもらえて飯が食えると思うておった。この城がみなの城じゃなどとは思うたこともなかったが、新しい殿様からそう言うてもらえるなら、気張ろうという気になりますわい」

「ああ、どんな城でも、城主だけで守れるわけではない。組頭がいて、兵がいてこそ立ちゆくのだ。しっかり頼むぞ」

そう言って、統虎が組頭の肩をがっしりつかむと、組頭がひざまずいて俯《うつむ》いた。

「殿様……」

落涙しているのは、新しい入り婿から直々《じきじき》に声をかけられ、励まされたのが嬉《うれ》しかったのだろう。

黒金門の番小屋にいる兵卒みなに声をかけると、統虎は、大手道を下ってまた早足で駆け出した。

いくつもの曲輪を過ぎて、途中で立ち止まっているところで誾千代は追いついた。

どうやら、空堀《からぼり》の具合を気にしているらしい。

統虎が首をかしげている。

「これでは、戦えぬな」

「とは……？」

闇千代はたずねた。自分がずっと住んで慈《いつく》しんできた城を、「戦えぬ」とばっさり切り捨てられては黙っていられない。

「よく縄張《なわば》りを考えた城だが、鉄炮衆が攻め寄《せ》せてきたら、これではどうにもならん。あちこちに土居《どい》をもっと掻上《かきあ》げさせて漆喰塀《しっくいべい》を巡らせ、虎口《こぐち》と狭間《はざま》を造るのがよい」

聴いて、闇千代は得心した。

この立花城は、もとはといえば立花鑑載《あきとし》という大友一族の城である。

寝返って大友家に叛旗《はんき》を翻《ひるがえ》したとき、大友軍の先鋒《せんぽう》として攻め落としたのが、父道雪であった。その後、道雪に与えられ、入城したのは元亀《げんき》二年（一五七一）、闇千代がまだ三つのときだった。いまから十年前のことである。

そのとき、曲輪の普請《ふしん》や空堀の掘削《くっさく》はし直しているはずだが、その後は手をかけていない。城の防備は、たしかに長柄の槍を想定したもので、鉄炮衆が攻め寄せてきたら、長くはもつまい。

統虎の指摘は、じつは父道雪も、闇千代自身もかねて気がかりとしていた点だ。

漆喰塀には多大な費用がかかるので見合わせていたが、そうしたほうがよいに決まっている。そのことを口にしようとすると、統虎が、誾千代のこころの底まで見《み》透《す》かしたようなことを言った。

「漆喰塀に金がかかるというのなら、まずは、土居を高くするのがよい。それならば、足軽たちの働きでできる」

たしかにその通りだった。

「薦野《こもの》か十時《ととき》にあとで相談しよう。その旨《むね》、忘れぬように書き付けておいてくれ」

「承知いたしました」

そばにいた世戸口十兵衛が矢立《やたて》から筆を取り出し、懐紙《かいし》に書き付けた。

誾千代は、統虎の将器《しょうき》をあらためて見直す気になった。

統虎がふり返り、誾千代をまじまじと見すえた。

大手道の谷筋《たにすじ》は、見通しが利《き》くように樹木が伐採《ばっさい》されている。あたりには朝のやわらかい光がいっぱいで、統虎がとてもよい顔に見えた。

「それにしても感心だ。女子《おなご》の足で、よく遅れずについてこられたな。おまえも、なにか気がついたことがあったら申すがよい」

言われて、誾千代は腹が立った。

いまの統虎の言辞《げんじ》には、許しがたい点が二つあった。

女子の足で――と侮《あなど》られたこと。

それから、おまえ――と呼ばれたことである。

女だから、と母に言われたのなら許す。母には、女は男を立てて生きよと教わった。

しかし、それは、男が女を侮ってよいということではないはずだ。

闇千代は、幼いころから、この立花の城を縦横無尽《じゆうおうむじん》に駆けまわって育った。今日は袴を穿いていないから遅れを取ったが、野袴を穿いて足仕度《あしじたく》をととのえていれば、統虎に負けない自信がある。

そして、もうひとつ許しがたい点。

おまえ――などという呼び方は、言語道断。下女《げじょ》なみに見下されているとしか思えない。

「正直申し上げて、いま背筋がぞっといたしました。わが夫となられたお方のお言葉とはとても信じられませぬ」

「とは……」

統虎が首をかしげた。鈍感なのか、とぼけたふりをしているのか、どちらか分からない。

その顔に、また腹立たしさが募《つの》った。言うべきことは言っておかなければならない。

「女子だからといって、足が遅いとは限りませぬ。女子にも……」

その先を言わせず、統虎が言葉を引き取った。

「なるほど、その通りだ。それはすまぬことを申した」

あまりに素直に統虎が謝《あやま》ったので、闇千代は驚いた。

「たしかに、ほとんどの女子は男より足が遅いが、みなが遅いとは限らぬ。そなたは、足が速いのが自慢なのだな。悪かった」

――この人は……。

天性、素直な質《たち》なのだ。

父上と母上、また重臣たちからも惜《お》しみなく愛情をそそがれ、まるで屈託のない人間に育ったのだ。

「いえ、自慢というわけでは……」

誇《ほこ》りたい気持ちはあったが、図星《ずぼし》を指されると、かえって落ち着かなくなった。

しかも、さっきは、おまえ、だったのが、そなた、に替わっている。たいへん敬意のこもった呼び方だ。

「そなた――、では居心地《いごこち》が悪いか」

統虎が、闇千代の顔を覗き込んでたずねたので、闇千代はさらにまた驚いた。こころの底まで読み取られていた。

「なんと呼べばよいかな」

真正面からそう問われると、闇千代は戸惑《とまど》った。

「はい……」

「祝言を挙げたとはいえ、まだ夫婦になったばかり。これから二人で居心地のよい棲家《すみか》をつくりたい。そなたが心地よい呼び名を教えてくれぬか」

父と母からは、闇千代、と名前を呼ばれたり、お闇《ぎん》、と約《つづ》めて呼ばれたりもする。

侍女や家臣たちは、姫様と呼ぶ。

子どものころの千熊丸には、闇千代姫と呼ばれていた。

夫になった男には、なんと呼ばれるのがよいのか――。

そういえば、父は母を呼ぶとき、仁志《にし》と呼び捨てにしている。

これまでなんとも感じなかったが、自分が夫から、闇千代、とか、闇《ぎん》、と呼び捨てにされるのは、まだなじめそうにない。

「そなた――がうれしゅうございます。いつか、闇と呼ばれたいと思う日が来るかもしれませんが、いまはまだ……」

なんだか恥ずかしくなって、つい、俯いてしまった。

◇

閭千代姫様と統虎様のご祝言は、それはそれは、何年の後までも語り継がれるほどに盛大でございました。本丸御殿《ごてん》には、三日間たくさんのお客が招かれましたが、山麓の家臣屋敷でも、山上、山中の曲輪でも、三日三晩は酒と馳走《ちそう》が振る舞われて、立花山から鳥も獣《けもの》も逃げ出すほどの大賑《おおにぎ》わいでございました。これでお城はいついつまでも安泰だと、みな唄《うた》い囃《はや》し、舞《まい》に興《きょう》じたのでございます。

婚礼の儀が終わって、姫様は統虎様とともに二の丸の館に住まわれました。

お二人とも、まだお若《わこ》うございましたが、なんと申しましても、お育ちがよろしゅうございますから、不躾《ぶしつけ》なことなどまるでなく、はたで見ておりますと、小鳥が枝で戯《たわむ》れてでもいるような暮らしぶりでございました。

ただ……。そうでございますね。

最初、閭千代姫様は、ちょっと戸惑っておいでだったかもしれません。

なにしろ、まだ十三歳。

しかも、父の道雪様から城督として強くあらねばならぬと躾《しつ》けられていらっしゃいましたゆえ、殿方とどのように接すればよいのか、おわかりにならなかったようでございます。

わたくし一人おそばにおりましたときに、訊《たず》ねられたことがございます。

「みねは、家で、旦那様のことをなんと呼んでいるのですか」

「はい。そのままに旦那様と呼んでおります」

ありのままにお答えいたしますと、思い詰めたようなお顔で、さらにお訊ねになりました。

「それは……、あの……、寝所でも、そう呼ぶのですか」

お訊ね難《にく》そうでしたので、明るくお答えいたしました。

「はい。寝所では、うんと甘えた声でそう呼んでおりますよ。そういたしますと、旦那様がたいそう大事にしてくださいます」

そう申し上げますと、首をかしげられました。

「甘えた声とは……」

それは、さすがに口にいたしかねました。

「女子は、愛《いと》しいお方のおそばにいれば、誰でも自然とそんな声が出るものでございます」

そうお答えいたしましたが、あのころの闇千代姫様には、殿方に甘えるということが、うまくお出来にならなかったのだと存じます。

むりもございません。

十三といえば、女としてはもちろん、娘としてもまだ熟しきらぬ子どもでございます。殿方の前でどのように振る舞えばよいのか、おわかりになろう道理がございません。

考えてみれば、女子というのは、わが身ながら、不思議な生き物でございます。いつのころからか、おのが身体《からだ》の内に、恋するこころが芽生《めば》え、殿方を慕《した》うようになります。

でも、それはやはり、十五、六になってからのこと。十三の姫君には、淡《あわ》い憧《あこが》れはありましても、いささか難題でございましたでしょう。

むろん、祝言はただ婿取りのことだけで、夫婦の契《ちぎ》りはまだまだ先でもかまわないわけでございますが、かたや、統虎様は、見違えるように首が太く、胸が厚く逞しくなられた十五歳。おそらくは……。

えっ？　なにをおっしゃいます。とんでもないことでございます。

お館でわたくしが宿直《とのい》をいたすこともございますが、侍女の部屋は離れておりますので、とても気配《けはい》などは……。それは、姫様と統虎様とお二人だけしかご存じないことでございます。

それでも、姫様が戸惑っておいでだったのは、ほんの数日でございました。

九月に入ったころには、すっかりまた、以前の快活さを取り戻されました。おそばで見ておりましても、まったく危《あや》うげがございません。お二人で寄り添ってお暮らしになるのに、ちょうどよい間合《まあ》いを見つけられたようでございました。姫様は、統虎様のことを、殿様とお呼びでございました。ときに、統虎様、とお名で呼びかけられることもございました。

統虎様は、姫様のことを、そなた、とお呼びでございました。

わたくしどもからいたしますれば、そなたという呼び方は、いささか他人行儀な気もいたします。むしろ、名前を呼び捨てにされたほうが、嫁として認められたようで誇らしい気もいたしますが、やはりお育ちのよい方々は違っておいでてございました。

しばらくは、なにごともなく、たいへん睦まじくお暮らしでございましたが、十一月になりまして、筑前《ちくぜん》、筑後《ちくご》の風向きが急変いたしました。秋月がまたしても、軍勢を動かしたというのです。

立花城としては、宝満城の高橋家とともにこれを撃退するために、出陣することになりました。

統虎様には、初陣《ういじん》でございます。

そうなれば、むろんのこと、誾千代姫様も、穏《おだ》やかでいられるはずがございません。

◇

大友家の使者が、立花城に駆け込んできたのは、十一月の初めだった。すでに冬が深まり、玄界灘《げんかいなだ》の空は、いつもどんよりと曇っていた。

二の丸の館で、道雪と統虎がならんで使者に会った。薦野や十時らの重臣がわきに控えている。

誾千代は、統虎のとなりにすわった。

これまで、正式な城督として、使者や使番が来たときは、誾千代が会った。父道雪が後見人としてついてのことだが、誾千代にとっては気持ちの引き締まる時間だった。

いまは呼ばれたわけではなかったが、誾千代も同席することにした。統虎の横にならんですわった。

使者は具足を着けたままで、冬だというのに、桶側胴《おけがわどう》の肩には汗が塩になってこびりついていた。よほど急いで駆けつけたに違いない。

「筑後生葉郡井上《いくはぐんいのうえ》城主の問註所鑑景《もんちゅうじょあきかげ》が寝返りました」

道雪が、口元をゆがめてうなずいた。さして驚いているふうではなかった。

使者がつづけた。

「兵三千を筑後に差し向けておりますので、そちらは大事なかろうと存じます。しかしこの機に乗じて、秋月が動いております。すでに、六千の兵が、背後からわが大友軍を襲《おそ》うために出撃しております。こちらからもただちに兵を出し、挟撃《きょうげき》をお願いしたい」

「ふむ」

「承知した。すぐに駆けつけるゆえ、なにも案ずることはないとお伝えあれ」

「ありがたし。そのように申し伝えまする」

しばらく、あれこれと細かい状況を聞くと、道雪は、使者に湯漬《ゆづけ》の膳を出すよう命じた。

飯に湯をかけ、大根の漬け物とともに搔き込むと、使者はすぐさま兜《かぶと》をかぶって館を飛び出していった。

「陣触《じんぶ》れだ。貝を鳴らせ」

立ち上がった道雪の命令を受け、控えていた小姓が駆け出した。

すぐに、法螺貝《ほらがい》の音が、三度高らかに立花山に響いた。

聴いた足軽たちは、合戦の身仕度をととのえて、それぞれの組頭のところに集まる段取りだ。いまは稲刈りの終わった冬の農閑期《のうかんき》なので、百姓たちも具足を着けて集まってくる。

統虎が、床《ゆか》に地図を広げた。

重臣たちが、それを取り囲んですわった。

筑前から筑後にかけては、広大な平野が広がっている。

闇千代も、父とともに何度か馬で駆けたことがあるが、山にも平野にもたくさんの城があり、地侍《じざむらい》たちが、いつでもとなりの所領を狙《ねら》っている。

「井上城ならば、ここでございますな」

統虎が、地図の一点を扇子の先で指した。

そこは、筑後でも東の豊後《ぶんご》に近いあたりで、大友の援軍は日田《ひた》からの街道を通ってすぐに駆けつけられる。

しかし、逆にいえば、本国に近い味方が秋月に寝返ったことの意味が大きい。

なんとしても叩いておかなければ、筑前の立花城と宝満城は孤立してしまう。まわりが秋月方だらけになってしまうではないか。

「宝満城は、もう出陣したであろうな」

大友からはべつの使者が宝満城に走ったはずだが、むこうのほうがずっと先に着いているはずである。周到な高橋紹運ならば、とっくに戦《いくさ》の仕度をととのえて、ゆるゆると出陣しているであろう。あとから立花城の軍勢が追いかけていくのを待ってくれているはずだ。

「秋月からは六千と申したな」

道雪がつぶやいた。

「御意《ぎょい》。いささかやっかいでございまするな」

叛《そむ》いた井上城を囲む大友勢が三千。

その背後から秋月の六千。

道雪と高橋紹運が出せるのは、それぞれ二千五百。合わせて五千。

敵と味方がいくえにも重なり、入り乱れて戦うとなると、戦線ははなはだ混乱するだろう。それくらいのことは、誾千代にもわかる。

「わらわも出陣いたします。一手をお任せください」

当たり前のこととして、なにげなく言ったつもりだったが、一同が驚いた顔で、誾千代を見すえた。

「それは……、ならん」

道雪が、困惑した顔でつぶやいた。

「なぜでございますか。父上はかねて、おまえにもいつか初陣の誉《ほま》れを与えたいとおっしゃっておいでだったではございませんか」

誾千代が立花城の城督となったころから、父はしばしば初陣のことを口にした。

——いつか自分も合戦に。

そう思うと、気持ちが奮《ふる》い立った。その思いは、いまも胸に燃えている。

「それは、婿《そ》を取る前の話だ……」

きれいに剃り上げた頭を、父が掌《てのひら》で撫でつけている。

「婿殿とともに初陣に出られるならば、これほどの歓《よろこ》びはございません。ぜひ、このたびの合戦を、わらわの初陣とさせてくださいませ」

両手をついて、まっすぐに道雪の目を見すえた。かねてからの約束である。譲るつもりはない。

「義父上《ちちうえ》」

静かに切り出したのは、統虎であった。誾千代は身構《みがま》えた。夫に止められては、やはり出陣しづらい。

「わが妻女《さいじょ》にも、ぜひ初陣の誉れをお与えくださいい」

統虎が、軽く頭を下げた。意外な言葉だった。

「しかしのう……」

道雪が口ごもった。自分がしていた約束だけに歯切れが悪い。

「わが室《しつ》の初陣には、城の守りを固めてもらうのがよろしかろうと存じます。城には、誰が残りましょうや」

ちょっと考えて、道雪が十時連貞《ととき つらさだ》に視線を投げた。

「十時、頼めるか」

「承知つかまつった」

十時連貞が、頭を下げた。

「ならば、城詰めの大将は、わが名代闇千代姫としていただきたい。十時殿、補佐をお願いできまするか」

「むろん、よろこんで」

笑顔で十時が答えると、統虎が大きくうなずいてから、闇千代を見すえた。

「聞いたとおりだ。義父上《ちちうえ》もわたしも外で戦わねばならぬが、城のことがやはり案じられる。そなたが十時殿を差配《さはい》して城を守ってくれるなら、いかに安心なことか」

「……はい」

なにやらうまく丸め込まれた気がしないでもないが、事態は緊迫している。我《わが》ままを通しているときではなさそうだ。

「承知いたしました。ただ、お願いがございます」

闇千代のことばに、道雪が大きな目を見開いた。

黙ったまま、先をうながしている。

「鉄炮が欲しゅうございます」

「鉄炮だと？」

道雪の目が、さらに大きく恐ろしげに開いた。

立花城には、十五張《はり》の大鉄炮《おおでっぽう》が備えられている。玉の重さは一貫目《いっかんめ》（三・七五キログラム）もある。

大筒《おおづつ》と呼ぶべき太さだが、構造は種子島《たねがしま》鉄炮と同じで、左腕で支え、右手で引《ひ》き鉄《がね》をひいて撃つ。重いうえ、反動が大きくて女子に扱える代物《しろもの》ではない。城攻めのとき、門や城壁を撃ち抜くのに絶大な威力を発揮するため、合戦には欠かせない。

「大鉄炮ではございませぬ。女子でも撃てる細い筒がございます」

「ああ、あの筒か」

鉄炮組が使う六匁《もんめ》玉の筒のほか、立花城内のあちこちの見張り小屋には、同じ鉄炮が番筒《ばんづつ》として備えてあるが、蔵《くら》にはもっと細い二匁半玉の筒もしまってある。

誾千代が言っているのは、その筒のことだ。

「はい。十挺《ちょう》お貸しください」

蔵には、予備の細い筒が十挺くらいはある。

「よかろう。使え」

「火薬も……」

「むろんだ。女子たちに稽古《けいこ》させたいのであろう」

「はい」

「惜しみのう使え。煙硝《えんしょう》は博多の商人からまた買えばよい」

「ありがとうございます」

闇千代は深々と頭を下げた。


道雪と統虎の出陣を、闇千代は山麓の大門《おおもん》で見送った。二千五百の軍勢の行軍は、凛々しくみごとだった。

統虎は、高橋家から持ってきた唐綾縅《からあやおどし》の鎧《よろい》に、鍬形《くわがた》の前立《まえだて》を立てた筋兜《すじかぶと》、金拵《きんごしら》えの太刀《たち》を佩《は》いて、いかにも初陣の若武者らしい。

「御武運をお祈りいたしております」

見送る闇千代と侍女たちは、胴丸《どうまる》を着けて薙刀《なぎなた》を掻《か》い込《こ》んでいる。侍女たちはみな白い小袖に紅縅《くれないおどし》の胴丸を着け、たいそう艶《あで》やかだ。

軍団のうしろ姿が見えなくなると、闇千代は山に登って馬責場《うませめば》に入った。尾根を平《たいら》に削《けず》った馬場で、山上にしては広く、長さが百間《けん》（約一八〇メートル）ある。

闇千代の侍女たちは、この一年で数をたいそう増やし、百人ばかりになっていた。みな、家中の娘や妻たちだ。

　もはや、侍女と呼ぶのが似つかわしくないほどの軍団になっている。男たちは女《おな》子組《ごぐみ》などと呼んでいる。しっくりきているわけではないが、呼びやすいので、誾千代もそう呼ぶことがある。

　広い馬責場に、女たちがならんだ。

「これから鉄炮の稽古をする。撃ってみたい者は、前に出よ」

　一同を前にして誾千代が言うと、ほとんどの女たちが前に進み出た。

「鉄炮は十挺ある。まず、わらわが手本を示すゆえに、手順をよう見て覚えるがよい」

　侍女たちをたばねるみねも、ひふみも、いぶきも、鉄炮の撃ち方を知らない。女たちのなかで知っているのは、父から手ほどきを受けた誾千代だけだ。

　誾千代は、女子には鉄炮がむいていると考えていた。女子こそ、鉄炮をつかうべきなのだ。弓を引いても、女子の力では、なかなか鎧を貫《つらぬ》くことができない。

　――鉄炮なら。

　威力は、人間ではなく、火薬がつくる。非力な女子でも、指先で引き鉄をひくだけで、たいへんな力を発揮できる。

　ただ、扱いに習熟していないと、撃てないし、的《まと》に当たらない。まずは、やってみたい者に撃たせて、しだいに慣れさせてやればよい。

——いずれは、百挺くらい。

あらたに鉄炮を買い揃《そろ》え、女子たちに持たせたい。誾千代は、そう考えていた。

それくらいの数なら、博多の町ですぐに揃うだろう。

銃床《じゅうしょう》を足の甲《こう》にのせて立てた火縄銃《ひなわじゅう》の巣口《すぐち》（銃口）に、早合《はやごう》をあてて火薬と玉を入れた。槊杖《カルカ》で突き固めて水平に持ち直し、火皿に口薬《こうやく》を注いだ。火蓋《ひぶた》を閉じて、火縄をつがえると、肩幅に足を開いて水平にかまえ、十五間先の角《かく》を狙った。

八寸《すん》（約二四センチメートル）角の杉板に、星と呼ぶ二寸の黒い丸を描いた標的である。

静かに息を吐《は》くと、ゆっくりと人さし指を絞《しぼ》った。

からくりの発条《ばね》が外《はず》れて、火縄が落ちた。

その刹那《せつな》、轟音《ごうおん》とともに玉が飛び出し、黒い星を貫いた。

◇

道雪様、統虎様がご出陣なさいましたあと、立花山のお城では、誾千代姫様が女《おな》子《ご》たちを馬責場に集めて、それはもう厳しいお顔つきで下知《げち》なさいました。

「殿方が出陣なさったうえは、われら女子しかこの城を守る者はおらんぞ。心せよ。決して油断してはならぬ」

お言葉のとおり、城にいた精兵たちは、みな出陣してしまいました。十時連貞《とときつらさだ》様と五百ばかりの人数が残っておられますが、留守を狙って、宗像《むなかた》でも攻めてきたら――と思えば心もとないかぎり。女子たちはみな、できるだけの働きをする覚悟を決めました。

姫様は、鉄炮こそ城を守るなによりの道具だと仰《おお》せになって、まず最初に、ご自分でお手本を披露なさいました。姫様は、ずいぶん前から、熱心に鉄炮の稽古をなさっておいでだったのでございます。

立ったまま鉄炮を構《かま》えて引き鉄をひかれますと、一直線に火が走って轟音がとどろきました。あまりの音の大きさに耳を塞《ふさ》いでしゃがみ込む女子もおりました。それほどに、そばで聞く鉄炮の音は大きゅうございます。

闇千代姫様が放《はな》たれた玉は、あやまたず黒星《くろぼし》に命中いたしました。角の黒星から板の粉が吹き飛んだとき、見つめていた女子たちがいっせいに歓声を上げたものでございます。

「鉄炮ならば、力はいらぬ。重ければ、片膝をつき、肘《ひじ》を支えに撃てばよい」

いまいちど射撃の手順を説明なさると、男たちが稽古に使う黒星は小さすぎるとおっしゃって、杭《くい》に古い桶側胴《おけがわどう》を吊《つる》すようにお命じになりました。

「小さい的になど当たらずともよい。敵兵の胴に当てて、確実に斃《たお》すのがなにより肝腎《かんじん》」

たしかに、小さな的に当てるのは難しくても、胴ならすこし稽古すれば当たりそうです。なにごとも地に足のついた考えをなさるのが、誾千代姫様なのでございます。

交代で女子たちに鉄炮を撃たせ、なかでも上手だった者三十余人を選んで、さらに稽古をさせましたので、二十間（約三六メートル）先でも三十間先でも、ほとんどの玉が胴に当たるまでに上達いたしました。

鉄炮が役に立ったのは、留守を守って三日目でございます。

まだほんのりと夜が白《しら》みはじめたばかりの時分に、伝令の女子が本丸館に駆け込んでまいりました。

ちょうど宿直《とのい》をしておりましたわたくしは、夜通し着ていた胴丸にすこし草臥《くたび》れ、そろそろ脱ごうかと思っていた矢先でした。寒い冬の夜明け前で、霜《しも》でも降りていそうな冷え込みでした。

「武者と足軽が五十人ばかり、柵《さく》を破って山を登ってまいります。宗像の手勢《てぜい》に相違ございません」

白い鉢巻《はちまき》を締めた伝令の顔が、たいそう強張《こわば》っておりました。

ふもとの大門では、百人余りの兵が番をしているはずですが、敵は夜の闇《やみ》に紛《まぎ》れて柵のどこかを破ったのでしょう。

ふすま越しに、寝所の姫様に声をかけますと、すでにお目覚めでした。ただならぬ気配を肌で感じていらっしゃったようです。

薄縁《うすべり》から静かに起きて、伝令にお命じになりました。

「鉄炮番にしたくを命じよ」

十挺《ちょう》ある鉄炮がいつでも撃てるように、姫様は、よい思いつきをなさいました。朝、昼、夜と番を定めて、鉄炮上手の女子たちを、十人ずつ黒金門の小屋に詰めさせておくのです。あそこにいれば、なにか変事があったとき、即座に出撃できます。

白い小袖を着て、足袋《たび》を履《は》いたまま御寝《ぎょしん》なさっていた姫様は、枕元に置いてあった胴丸を巻くとすぐに館を出られました。

黒金門の番小屋まで駆けていきますと、番の女子たちが鉄炮を手に一列にならんでおりました。門はすでに跳《は》ね上げて開かれております。

女子たちは、みな白い鉢巻を締め、緋色《ひいろ》の絲《いと》で縅《おど》した胴丸を着けております。敵が来たと聞いて、いちように緊張しておりました。

なかに一人、震《ふる》えている女子がおりました。怯《おび》えているようです。

姫様は、その女子の前に立つと、やさしいお顔で声をおかけになりました。

「そなたは、残るがよい」

「……」

「かまわぬ。戦が怖《こわ》いのは当たり前、なんの恥じることもない。女子の組じゃ。男たちのように蛮勇《ばんゆう》を誇るより、みなで助け合って生きることを大切にしようぞ」

そうおっしゃって鉄炮を受け取ると、姫様が先頭に立って黒金門を飛び出されました。

敵は修験坊《しゆげんぼう》の滝から谷筋《たにすじ》を大楠《おおくす》の森にむかって登ってくる、と、ちょうど道を登ってきた伝令が報《しら》せました。

五十人という敵の人数からかんがえて、山上の館に火をかけ、あわよくば物盗《ものと》りでもして攪乱《かくらん》するつもりなのでしょう。軍勢の留守をねらった乱波《らっぱ》（忍び）働きの部隊でございます。

夜が明けたばかりの大楠の森で、谷筋の道をはずれて待ち伏せておりますと、敵兵が登ってきました。

面頰《めんぼお》を着けた黒ずくめの武者が恐ろしい鬼に見えました。陣笠《じんがさ》をかぶった足軽たちは、小鬼《こおに》か羅刹《らせつ》に見えます。

女子たちは、それぞれが楠の木の陰に待ち伏せ、鉄炮の狙いを定めました。最初に放つのは、闇千代姫様と決めてあります。

恐怖に金縛《かなしば》りになりながらも、女子たちは、じっと我慢して狙いをつけて待っておりました。

先頭の黒武者がもうほんの十間ばかり先まで来たとき、ようやく轟音がとどろき、つぎの刹那《せつな》、武者がもんどり打って斜面を転《ころ》がり落ちました。

すぐさま女子たちも引き鉄をひいたので、森に雷神《らいじん》でも舞い下りたような騒々《そうぞう》しさでございました。

折よく、十時様が手勢を率いて森に駆け込んでまいられました。むろん、敵の乱波隊が城内に侵入してきたことはお報せしてあったのです。

十時様の弓隊が矢を放ちますと、敵の足軽たちがばたばた倒れました。

手槍《てやり》を掻《か》い込《こ》んだ十時様がすさまじい大音声《だいおんじよう》を上げて谷を下られますと、わずかに残っていた敵たちは泡《あわ》を食って逃げ出しました。

それからも姫様は、女子たちに油断なく警戒するように命じられ、夜は小袖を着て足袋を履いたままお休みでした。

枕元には、統虎様が手ずからお彫りになった摩利支天《まりしてん》の像が、いつも祀《まつ》ってございました。

◇

道雪と統虎の軍勢が帰ってきたのは出陣から五日目だった。

朝のうちに、母衣《ほろ》武者が息を切らしながら城の大手道を駆け登ってきた。

闇千代は、本丸の館で十時連貞とともに報告を受けた。

「勝ち戦でござる。秋月の六千の軍勢を蹴散《けち》らし、七百六十もの首級《しるし》を挙げる大勝利。本日の午《ひる》過ぎには城に凱旋《がいせん》されましょう」

武者がそう告げた。勝ち戦と聞いて、胸をなで下ろした。

「ごくろうさまでした。皆、無事でしょうか」

「道雪殿、統虎殿は、お怪我《けが》なく息災《そくさい》でいらっしゃいます」

「ほかの者たちは？」

「なにしろ大戦《おおいくさ》でございましたので、こちらも百余りが討ち死にいたしました」

高橋勢と合わせると三百人が殺されたという。

「さようか……」

合戦だ。人が死ぬのはやむを得ない。しばらく目を閉じて、冥福《めいふく》を祈った。

「負傷した者は？」

「さらに大勢おりまする」

闇千代は、そばに控えていたみねに顔をむけた。

「負傷した者に、山道はつらかろう。ふもとの館で手当せよ」

ふもとの館に火を焚《た》いて暖め、傷口を洗うための湯を大釜《おおがま》で沸《わ》かし、食べやすい粥《かゆ》を炊いておくように、と細かに命じた。

「布や膏薬《こうやく》、血止めの弟切草《おとぎりそう》なども運ばねばならぬ」

「承知いたしました。女たちに仕度させまする」

本丸館の広間では、大火鉢《おおひばち》にたくさんの炭を焚いて暖かくし、祝賀の宴の酒や馳走をととのえた。

午過ぎに、山の上から、筥崎宮《はこざきぐう》のあたりを帰ってくる軍列が見えた。旗指物《はたさしもの》の列が、なんとも雄々《おお》しい。

「勝ち戦だ！」

「勝った、勝った」

行列を迎えて、城は沸き立った。

闇千代は、軍列が城の下までやってきたのを見届けると、胴丸を脱いで着替え明るい気分で迎えたかったので、揚羽蝶《あげはちょう》の舞う紅《あか》の打掛《うちかけ》に甘い白檀《びゃくだん》の香《こう》を炷《た》きしめておいた。

待つほどに、軍列が坂道を登ってきた。

むく犬のゴンが、うれしそうに吼《ほ》え立てた。トラという名を、夫に遠慮してそう替えた。

曲輪《くるわ》に登ってきた統虎が、ゴンの頭を撫でている。

「お帰りなさいませ。勝ち戦とのこと、お祝い申し上げます」

館の階《きざはし》でていねいに手をついて、母の仁志《にし》とならんで父と夫を迎えた。

誾千代は、夫の凱旋がわがこと以上に誇らしかった。

「婿殿は、なかなか見事な初陣《ういじん》であったぞ」

草鞋《わらじ》を脱いだ父の道雪が階を昇りながら言った。

「いえ、とても誇れるような戦いではありませなんだ」

統虎は相変わらず気負いがない。

ただ、合戦をくぐり抜けてきたあとだと思うせいか、統虎のたたずまいは、飄々《ひょうひょう》としていながら、どこか落ち着いて男らしく見えた。背さえ高くなった気がする。

たった五日しか離れていなかったのに不思議な気分だった。

「松林で敵を待ち伏せたとき、婿殿はな、わしのそばにおれと言うたのに、わざわざ三町《ちょう》（約三二七メートル）も離れて陣を構えおったのだ」

着ている具足を外しながら、道雪が言った。母の仁志が手伝っている。

立花城の軍勢は、総勢二千五百。

そのうちの百五十人が、統虎の組に入ったという。

本隊から離れて少人数の部隊がいれば、むろん敵から狙われやすい。逃げるふりをしての待ち伏せだったが、敵は六千もいる。油断はできない。

「なぜそんなことをなさるのか、危《あぶ》のうござると申し上げたら、殿のそばにおっては、みなが殿の下知しか聞かぬではないか、との仰せでござった」

薦野増時《こものますとき》が言った。

「初陣から、おのが下知で戦おうとおっしゃるのですから、見上げた将器でござるよ」

薦野が真顔《まがお》で褒めそやした。

「わずか百五十の手勢で、秋月のやつらを手玉に取って戦いおった。誉《ほま》れの初陣じゃ」

豪快に笑った道雪が、とても嬉しそうだ。

「いや、みなの力でござる。手助けがなければ、わたしなど命を落としておりました」

統虎の唐綾縅《からあやおどし》の鎧《よろい》にこびりついているのは、泥の汚れだと思っていたが、よく見れば、どす黒く変色した血であった。たいへんな量を浴びている。それだけ血を流した敵は死んだだろう。

胴の紐《ひも》を誾千代が解《ほど》き、脱ぐのを手伝った。

「敵と組み討ちなさったのですか」

「ああそうだ。なんとか討ち取った」

どんな所で、どんな敵と、どんなふうに組み合いになって討ち取ったのか、詳《くわ》しく聞きたかった。

「よくぞご無事で……」

いまは、それしか言葉にならなかった。二人になったときに、ゆっくり聞かせてもらおう。

「そうそう……」

具足を脱いだ統虎がつぶやきながら、小袖の懐《ふところ》に手を入れると、なかから布を引っ張り出した。

ていねいに広げると、上座の床《とこ》の白木《しらき》の祭壇にかけた。

かけた布は、夫の武運を祈って闇千代が縫《ぬ》い取りした摩利支天であった。統虎が手彫りの摩利支天の木像をくれた日から、初陣の日のためにと思って、すこしずつ縫い続けていたのだ。

旗や指物にするほど大きいものはとても手に負えず、お守りにでもしてくれればよいつもりで、手のひらほどの大きさの刺繡《ししゅう》をこしらえた。

「おう、それそれ。陣中ではな、夜毎《よごと》、祀って祈っておったぞ」

道雪に言われて、闇千代は恥ずかしさに頰が火照《ほて》った。

丹念《たんねん》に針で縫い取りをしたつもりだったが、猪《いのしし》の背に乗った三面六臂《さんめんろっぴ》の摩利支天のお姿は、どこかゆがんでいて、お顔もちょっと情けない。それでも大事に腹に巻いていてくれたのが嬉しい。陣中で祀っていたと聞いては、なお誇らしい。

統虎は、床の八幡大菩薩《はちまんだいぼさつ》の軸《じく》と摩利支天の縫い取りに手を合わせて拝《おが》んだ。

道雪と重臣たちがそれにならった。

闇千代も、手を合わせた。夫が生きて帰ってきてくれたのを、なにより感謝した。

戦勝祝賀の宴《うたげ》が広間で始まってしばらくしたころ、立ち上がった統虎がすっと座敷を出ていった。

手水《ちょうず》にでも行ったのかと思っていたが、なかなか戻ってこない。

「どこに行かれたのでしょうか……」

一刻《いっとき》（二時間）ばかりたっても戻ってこないので、見かけなかったか、みねに訊《き》ねた。

「さきほど城に登ってきた女子が、ふもとの屋敷においでだったと申しておりました」

「ふもとの屋敷で、なにをなさっておいでなのでしょう」

「手傷を負った者たちと、粥や菓子を召し上がっているそうです」

誾千代は、ことばを喉《のど》に詰まらせた。

負傷者たちのことを忘れていたわけではない。夫や想い人が負傷した女子たちには、ふもとに下りてやさしく看護してやるように言っておいた。明日になったら、自分もようすを見に行くつもりだった。

「わたくしも……」

「はい。参りましょう」

誾千代は、羽織《はお》っていた打掛を脱いで、小袖に野袴《のばかま》を着けた。祝宴の馳走を重箱に詰め、数人の女たちに持たせて山を下りた。

ふもとの屋敷に入ると、大広間から笑い声のはじけるのが聞こえた。

「失礼いたします」

障子を開くと、数十人の男たちが思い思いのかっこうで寝そべっていた。

手足や肩を布で縛っている者が多い。布に赤い血が滲《にじ》んでいるのが痛々しい。顔に黒い大きな膏薬を貼《は》っている者もいる。さぞや痛かろうが、呻《うめ》いている者はいなかった。

男たちは仲間といられるのが嬉しいらしく、負傷しているのににこやかだ。

そばについている女子たちも、とにもかくにも男たちが生きて帰ってきたのを喜んで、粥を食べさせたり、足を揉《も》んだりと世話を焼いている。

「おう。そなたも来たか」

干し柿を食べていた統虎が、明るい声で迎えてくれた。

「はい。ご馳走を持ってまいりました」

「それは、ありがたし」

女子たちが重箱の料理を配ると、男たちが喜んで食べた。

「奥方様に、統虎殿のご活躍ぶりをお話しせねばなりませんな。それはそれは大層な武勇でございましたぞ」

足に布を巻いた武者が、焼いた魚にかぶりつきながら誾千代に言った。

「ぜひ、お聞かせください」

「松林での待ち伏せのときじゃ。敵の侍大将が大太刀《おおだち》を構えて、お味方に斬《き》りかかったところを、きりりと矢を放ち、みごと弓手《ゆんで》に命中させられましてな」

武者が、弓を絞る身振りをした。

「相手は堀江備前《ほりえびぜん》と申し、秋月では知られた剛《ごう》の者。大兵《だいひょう》の侍大将でござるよ。統虎殿をくわっと睨《にら》みつけると、大太刀を捨て、脇指《わきざし》を抜いて飛びかかりおった。くんずほぐれつ地面を転がりますので、まわりの者も手の出しようがございません。拙者《せっしゃ》など、手槍でなんとか備前を突いてやろうといたしましたが、とてものこと狙いが定まりませぬ」

「まあ……」

そんな戦は、とても女子にはできない。

「ごろごろ転げて、やっとのこと木の根方《ねかた》で止まりました。立ち上がったのは、統虎殿。堀江備前の脇指を奪い、脇腹《わきばら》に突き刺しておられました。よくぞあれだけの大兵を組み伏せられたものと、みな感嘆しておりました」

まわりの者が口々に、初陣の誉れだと称賛したが、統虎はさして自慢するふうでもなかった。

「それよりも、わしを助けてくれた有馬《ありま》の武勇のほうがすぐれておろう」

有馬伊賀守《いがのかみ》は高橋家の家来で、たまたま伝令に来たとき、統虎をかばって手傷《てきず》を負ったのだという。

「仲間というのはありがたい。命懸《いのちが》けで助けてくれるからのう」

統虎がつぶやいた。

「それは、よい殿様がいればのこと」

「さよう。殿が怯懦《きようだ》では、兵が命懸けで働くはずがござらぬ」

それからしばらく戦場の話で盛り上がった。聞いていて、闇千代は、仲間同士で助け合う男たちの戦いぶりをうらやましく思った。

「……さて、あちらを見舞おうか」

話の潮《しお》を見て、統虎が立ち上がった。すっと大広間を出た。

闇千代もついて出た。

「あちらとは……？」

「十時殿の屋敷だ」

重臣たちは、みなふもとに広い屋敷を持っている。十時連貞の屋敷なら、すぐそばである。

門をくぐり、館の土間に立ったとき、異様な空気を感じた。

血の臭《にお》いが満ち、呻き声が聞こえている。

框《かまち》から上がって広間に行くと、ここでも大勢の負傷者が寝ていた。こちらは重傷の者が多いらしい。起き上がっている者は一人もおらず、みな薄縁《うすべり》を敷いて横になっている。女たちがそばにいて世話をしている。ただ黙って、寝ている男の手を握っている女子もいる。

広間の奥に人が群がっていた。足軽が、数人の男たちに手足を押さえられている。

十時連貞が、やっとこを手にしている。

「動くんじゃないぞ」

諭すように言って、肩の傷口にやっとこの先を突っ込み、何かをつかんで力ずくで引っ張った。

押さえられている足軽が、大きな叫び声を上げた。

「我慢しろッ。助かるためだ」

十時が、足軽を叱りつけた。

うぎゃあ、と、大声を上げて足軽がのたうった。男たちが、のしかかって押さえつけた。

「よしッ。抜けた。もうだいじょうぶだ」

やっとこの先に、鏃《やじり》があった。血が滴《したた》り落ちている。

そばで見ていたお城の医師《くすし》が、大徳利《おおどっくり》の焼酎《しょうちゅう》を傷口にかけて血をぬぐい、布で縛った。

「血の道の切れなかったのが幸いじゃ。命に別状はあるまい」

医師が言ったが、足軽は気を失っていて返事をしなかった。

「助かりますか」

統虎が、低声《こごえ》で医師にたずねた。

「膿《う》みさえしなければ大事あるまい。しばらくは、日に三度、傷口を焼酎で洗ってやるがよい」

医師が、ついている女子に手当のやり方を説明した。

闇千代は、初めて見た光景に驚いていた。合戦があっても、父の道雪は、闇千代にあまり手負いの者を見せなかった。

「合戦では、その場で血を流して死ぬ者と、あとから傷口が膿んで紫色に膨らみ、全身が黄色くなって震えながら死ぬ者がいる。知っているか」

統虎に訊《き》かれて、闇千代は首をふった。体が強張っていた。

統虎が、負傷者一人ひとりに声をかけた。

「痛むか？　よう気張ってくれたな」

声をかけられた足軽がうなずいた。

闇千代も、続いて声をかけた。

「よくぞお城のために働いてくれました。お礼を申します」

命懸けで戦ってくれた男たちだ。心の底から、素直に礼を言った。

十時の屋敷を出ると、もう日が傾いていた。

統虎は、そのまま、すぐ近くの梅岳寺《ばいがくじ》にむかった。戸次《べっき》家の菩提寺《ぼだいじ》で、道雪の母の墓はここにある。

本堂に上がると、男たちはほとんどおらず、女子ばかりだった。

大きな桶《おけ》がいくつも並んでいる。

棺桶《かんおけ》だ。

一盛《ひとも》り飯の前で、灯明《とうみょう》がゆれている。その前で女子たちが啜《すす》り泣いている。

「連れて帰れた屍《しかばね》は少ない。ほとんどの者は髷《まげ》だけ切り取り、村人に頼んで松林に埋《う》めてもろうた」

「……はい」

誾千代は、うなずくのがやっとだった。

本堂には、鉄炮が得意な女子がいた。薙刀《なぎなた》の上手な女子もいた。

――力を落とされるな。

そう声をかけようとしたが、できなかった。

頼りにしている夫、大好きな男子《おのこ》が死んだのである。力が落ちないはずがない。全身の力が抜けるだろう。生きている力が消え失せるだろう。そう思えば悲しみがこみ上げてきた。泣くしかない。

「……泣きましょう。いっぱい泣きましょう」

闇千代も泣いた。泣いても泣いても、いくらでも涙が溢れてきた。

夜が更けてから、ふもとの屋敷に入った。

寝所に延べたひとつの薄縁で統虎と寝た。

生きている夫のぬくもりが嬉しくて、闇千代は涙がとまらなかった。

道雪の教え

あのころは、ほんとうに合戦《かっせん》が多うございました。秋月《あきづき》勢に勝ったのもつかの間、わずか数日後には、田川郡《たがわぐん》の鷹取城《たかとりじょう》から救援を求めてまいりました。

鷹取城は、立花城《たちばなじょう》から七里《り》（約二八キロメートル）ほど東にある城で、まわりはどちらを向いても秋月方に囲まれております。つねに秋月勢の襲撃《しゅうげき》を受けているうえ、もともと山間《やまあい》の地で田畑も少ないため、兵糧《ひょうろう》が乏《とぼ》しくなってしまったのでございます。

道雪《どうせつ》様は、すぐさまお助けになるとお決めになりました。

三百俵《びょう》の米俵を馬に背負わせ、一族衆の戸次兵部《べっきひょうぶ》様、十時《ととき》様、薦野《こもの》様、米多比《ねたみ》様ら、歴戦の手練《てだれ》ばかりを侍大将《さむらいだいしょう》に選び、六百の兵とともに送り出されたのでございます。

このとき、統虎《むねとら》様も出陣すると仰《おつしや》ったのですが、それは頑《がん》として撥《は》ねつけられました。統虎様は、道雪様のご意向を尊重して従われました。

鷹取城に行くには、危険な宗像《むなかた》の領地を通らねばなりません。荷駄隊《にだたい》一行が差しかかりますと、宗像勢は川をせき止め、荷駄隊の足を止めて襲《おそ》ってきたそうです。立花勢は武勇の者たちばかりでしたので、激しい鉄炮《てつぽう》の撃《う》ち合いの末、みごと追い払ったとのことでした。

無事に鷹取城に兵糧を運び入れたのはよかったのですが、帰りにも待ち伏せされ、小金原《こがねばる》という野原で、壮絶な戦いになったと聞いております。

宗像、秋月勢八百余人。

立花勢六百余人。

夕暮れまで死闘をくり返し、敵方百五、六十を討ち取ったものの、立花勢も三十余人を失いました。

勝つの負けるのと簡単に申しますが、勝っても負けても大勢の人死《ひとじ》にの出るのが戦《いくさ》でございます。

それからも、宗像、秋月とはしきりと戦をくり返しておりましたし、小競《こぜ》り合《あ》いなどは日常茶飯事《さはんじ》。小勢の足軽《あしがる》たちが、村を荒らし、蓄《たくわ》えてあった米を持ち去るなどということもしきりと起こりました。

年が明けて春の終わりごろ、こんどは、西の肥前《ひぜん》の龍造寺《りゅうぞうじ》が、筑前《ちくぜん》を荒らしてきました。

龍造寺に味方する高祖城《たかすじょう》の原田信種《はらだのぶたね》が那珂郡《なかぐん》に侵入してきたのです。三百の兵を、岩戸郷《いわとごう》という在所に送り、砦《とりで》を築いているとの報《しら》せが届きました。まわりに大友《おおとも》方の城の少ないところで、そこが取られてしまえば、そのまま筑紫《つくし》の平野になだれ込んでくるやもしれません。

わたくしなどは行ったこともございませんが、岩戸郷は、宝満城《ほうまんじょう》から筑紫の平野をはさんだ脊振山《せふりさん》のふもとの山深い里だそうでございます。渓谷《けいこく》を通らねば行けないため、敵方もそこまでは攻めてこぬだろうと高《たか》をくくって砦を築いたのでございましょう。

道雪様は、すぐさま出陣を命じられました。

「こたびは、そのほうが大将となって出陣せよ。存分に働けよ」

そう仰《おお》せになったのを、わたくしも誾千代姫《ぎんちよひめ》様ともども、おそばで伺《うかが》っておりました。

「なぜ、前の鷹取城のときは出陣をお許しにならず、こたびは大将をお命じになるのでしょうか」

統虎様がおたずねになりました。

「鷹取城のときは、兵糧の運び込みが目的であった。おまえのように血気《けつき》盛んな若者が出て行けば、無駄に戦って、命を落とす者が増えるばかり。こたびは敵の砦を落とすための出陣ゆえ、血の滾《たぎ》るままに戦うがよい。されば敵は逃げ出すであろう」

道雪様は、お若いゆえにはやり立つ統虎様のお気持ちと将器《しようき》の大きさを、よくよく読み取っていらっしゃったのでございます。

統虎様は、千人の兵を二手に分けて砦を攻めさせたと聞いております。原田勢は砦の上から大きな石を落とし、弓と鉄炮をさんざんに射掛《いか》け、撃ち掛けてきたのですが、薦野様の手勢が勇猛をふるって柵《さく》を壊《こわ》して駆け込み、砦に火を掛けました。

砦が火に包まれたので、原田勢はたまらず、ちりぢりになって逃げ出しました。討ち取った首は百五十。統虎様の采配《さいはい》の妙と、薦野様の働きがあっての勝ち戦でございました。

……はい。わたくしが見てきたように知っておりますのは、凱旋《がいせん》なさった統虎様が、闇千代姫様にお話しになるのを、おそばで聞かせていただいていたからでございます。

若いお二人は、まことに仲がおよろしゅうございました。

統虎様御出陣のあいだ、誾千代姫様はいつも桜色の胴丸《どうまる》を身に着け、女子《おなご》たちを従えては、城の警備をおこたらず、鉄炮と薙刀《なぎなた》の稽古《けいこ》を厳しくつけておいででした。

そして、夜はいつも摩利支天《まりしてん》の木像に手を合わせ、長いあいだ祈り続けていらっしゃいました。

ほんとうにあのころは、ひっきりなしに合戦がありました。

わたくしどもは、せいぜい九州の、それも立花城のある筑前か筑後《ちくご》あたりのことしか知りませんでしたが、いまにして聞きますと、鼎《かなえ》のなかが煮え立っているように、天下のどこででも合戦ばかりしていたらしゅうございますね。

人の血が滾っていたと申しますか、いまの平穏《へいおん》な御世《みよ》からはとても想像がつかぬほど、血なまぐさい時代だったのです。

殿方《とのがた》というのは、どうやら他人の下風《かふう》に立つのが大嫌《だいきら》いな生き物のようでございますね。

たとえ敵の大軍勢が攻め寄せてきたとしても、黙って頭を下げて家来《けらい》になれば、命までは取られますまい。

強い者に従うのは、世の中の当たり前だと女子は思いますが、殿方はそうは考えないようです。人の下風に立つのを嫌い、敵方の家来になるくらいならば、いっそ死んでしまおうとお思いになるようでございます。

まこと、女子にとってみれば迷惑きわまりない話ですが、そういう殿方なればこそ、頼りがいを感じ、お慕《した》いしたくもなるのが不思議でございます。

道雪様などは、ことのほか血の滾った、一途《いちず》でまっすぐなご気性《きしょう》でございました。

いくら大友家が下り坂になっても、けっして島津《しまづ》や龍造寺、また毛利《もうり》などに与《くみ》するお気持ちなどまるでお持ちではありませんでした。

なにしろ、お若いころ、大木に落ちた雷《いかずち》を斬《き》りつけたというほどの強者《つわもの》でございます。天を衝《つ》くほどまっすぐな気概《きがい》をおもちなればこそ、人柄《ひとがら》にすがすがしい品格がただよい、家臣からも慕われていたのでございます。

そもそも、道雪という号にいたしましても、どういう謂《い》われからお付けになったのかご存じですか。

……いえ、雪月花《せつげつか》の風流からではございません。ひとたび道に降り積もった雪は、解《と》けて消えるまで場所を変えないところからお付けになったのでございます。風雅の名ではなく、ひとつの場所で意地を貫《つらぬ》くためのお名前でございます。

道雪様は、なによりも変節や寝返りをお嫌いになるお方でした。

一族衆として大友家に仕《つか》える本分を、とことん守り通すおつもりだったのだと存じます。

執着《しゅうじゃく》……？　いえ、それはお覚悟と申すもの。もしも大友家の滅ぶことがあれば、それは戸次《べっき》家が滅び、自分が死ぬ日だと決めておいでだったはずです。

その本分を守るために、雪のようにさらりと生きたい、男たる者、そう生き、そう死ぬるべきだ、と考えておいでだったのでございます。

といって、人の気持ちの分からぬ木石《ぼくせき》ではございません。

花見、月見や、能、幸若舞《こうわかまい》などの遊興《ゆうきょう》はまるでなさいませんし、風流のことなど見向きもされませんでしたが、それでも人のこころを読み取り、たぐり寄せるのはたいそうお得意でございました。

いつでしたか、道雪様が大友宗麟《そうりん》様をお諫《いさ》めになられたことがございました。まだ、戸次家が鎧岳城《よろいだけじょう》にいたころの話でございます。

豊後府内《ぶんごふない》（大分市）のお城で、宗麟様が美しい女たちを集め、酒色に耽《ふけ》っておられたことがあったのです。

老臣たちがいくら諫めようとしても、宗麟様は御殿《ごてん》の奥に引っ込んでお会いにもなりません。遊興三昧《ざんまい》だけならまだしも、へつらう者に恩賞を与え、苦言を呈する者は容赦《ようしゃ》なく罰するという乱脈ぶりでございました。

そんな折、道雪様が京から美しい舞姫《まいひめ》を十人余りも呼び寄せ、日夜、鎧岳城にて歌舞音曲《かぶおんぎょく》を愉《たの》しんでおられるとの噂《うわさ》が流れました。

府内は繁華《はんか》な町とはいえ、しょせんは鄙《ひな》のことでございます。宗麟様がいくら美女を集められましても、京から招き寄せた舞姫にはとても及びますまい。

それを聞きつけた宗麟様が、道雪様に遣《つか》いの者を送ってこられました。

「いったいどんな美姫《びき》を集めたのか、ぜひ見てみたい。館《やかた》に連れてまいれ」

との仰せ。無骨者《ぶこつもの》として知られる道雪様だからこそ、宗麟様も心を惹《ひ》かれたのでございました。

舞姫たちを連れて府内の館を訪れた道雪様は、女たちに舞いを三番舞わせました。

「さすがに京の美姫はひときわ艶《あで》やかよ」

と、宗麟様が感嘆なさったところで、道雪様が威儀をあらため、太守《たいしゅ》としての不《ふ》心得《こころえ》を涙まじりに懇々《こんこん》と説諭《せつゆ》なさったのでございます。

それ以降、宗麟様のご遊蕩《ゆうとう》はやんで、政《まつりごと》に励まれるようになりました。

道雪様はほんとうに、人の心をぴたりと見抜き、動かす不思議な力をもった殿様でございました。

そうそう。そういえば、道雪様のおそばに仕えていた女子のなかに、若侍《わかざむらい》と情を通じてしまった者がおりました。

奥向きの女たちは、寝間《ねま》のお伽《とぎ》をいたします。子を孕《はら》めば、あるいは戸次家の跡取りになるやもしれませんゆえ、家中の侍と情を通わすなどもってのほか。許されることではございません。男女もろともに打ち首にされるのがご定法《じようほう》でございます。

そのことに気づいた重臣のお一人が、ある夜、物語りの折に、他国の話のようにして水をむけられました。

「さる東国の大将の話を聞き申した。寵愛《ちようあい》している側女《そばめ》が、密《ひそ》かに家中の侍と情を通わしたため、どちらも誅殺《ちゆうさつ》なさったそうにござる」

さりげなく仰ったところ、道雪様は呵々大笑《かかたいしよう》なさいました。

「若い者が色に迷うのは当たり前。誅せずともよかろう。人の上にいてお屋形《やかた》と仰《あお》がれる者が、仮初《かりそ》めに人を殺せば、人心が離れる。国の大法を犯《おか》したのではない。捨てておけばよいではないか」

たしかに、そのとおりでございましょう。男女の情のことで家来を殺したとあれば、家中に寒々《さむざむ》とした風が吹いてしまいます。道雪様はすでにご存じであったのに、気づかぬふりをなさっておいでだったのです。

そのことを伝え聞いた女子の情人は、いたく羞《は》じ入り、道雪様のご仁愛《じんあい》にたいそう心をゆさぶられたとか。

それからしばらくして、島津の軍勢が鎧岳の城に攻め寄せました。その侍が槍《やり》を手に命を捨てて敵中に駆け込みますと、ほかにも三人の侍が踏みとどまって戦いました。そのおかげで、外に出て戦っていた道雪様や城の者一同がかろうじて逃げ込んでから城門を閉ざし、城そのものが窮地《きゅうち》を救われたと聞いております。こんなお話ならば、まだまだいくらでもございます。

まっすぐに天を貫くほどの気骨《きこつ》をもちながらも、なお人の心の柔らかなることに通じておられるのが道雪様という御仁《ごじん》でございました。

こうやってお話ししておりますと、あのころのいろんなことが思い出されてまいります。

そういえば、あんなことも……。はい。お聞きくださいますか。

あるとき、家中の士が秋月の殿様のことで注進におよんだことがございました。

「秋月殿、僧形《そうぎょう》に身をやつし、忍びに博多《はかた》に出かけ、踊りを見物なさっておいでござる。それがしにお命じ下さいますなら、すぐさま討ち取ってまいりましょう」

お聞きになった道雪様は激怒なさいました。

「おのれは憎い奴《やつ》だ。秋月種実《たねざね》をだまし討ちにしてなんとする。一戦の場にて勝負してこそ武士《もののふ》の本意というもの。おのが心の汚《きたな》さを羞じるがいい」

お叱《しか》りになったうえ、別の侍を呼びつけられました。

「秋月殿迂闊《うかつ》なり。見物の座においでのところを狙《ねら》う者あり。用心なされよ――と口上《こうじょう》してこい」

そう言いつけて秋月の城下に遣わされました。

まことと、ものごとの理非曲 直《りひきょくちょく》を見きわめたうえで、柔《じゅう》なる寛容と剛《ごう》なる果断を、みごとに使い分けられる方でございました。人心の機微《きび》に通じるというのは、ああいうお方のことをいうのでございましょう。

そんな道雪様のご気性を誾千代姫様はしっかり受け継いでいらっしゃいます。

いいえ、まっすぐなご気性、そしてそれを基《もとい》にして人心をまとめ上げるということで申し上げるなら、道雪様よりむしろ誾千代姫様のほうがまさっておいでかもしれません。

あれはたしか、統虎様お婿《むこ》入りの翌年、京で織田信長《おだのぶなが》という強い大将が討たれた年でございました。……はい、天正《てんしょう》十年（一五八二）でございますか。

織田の大将が謀反《むほん》にあって斃《たお》れたという報せが届き、立花城内は大きな騒ぎになりました。畿内《きない》を押さえていた織田が消えれば、しぜんと中国の毛利の力が増します。

ただでさえ、筑前の地侍《じざむらい》たちが大友家から離れ、毛利方についているなか、立花城もそろそろ大友を見限ったほうがよいのではないかとの声なき声が聞こえるようになったのでございます。

織田信長を弑《しい》した明智《あけち》という大将が、豊臣秀吉《とよとみひでよし》に討たれてからは、ことに毛利が豊臣方につく気配《けはい》が濃厚になりました。

その年の秋には、毛利の先鋒《せんぽう》となる宗像が嵩《かさ》にかかって立花の領地を荒らすようになりました。城の者は浮足《うきあし》立って落ち着かず、これからいったいどうなるのかとの懸念《けねん》が広がっておりました。

じつは、立花城には、かねてより宗像家からの人質がおりました。宗像の当主氏貞《うじさだ》の妹君で、色姫《いろひめ》様とおっしゃいました。人質となられたのは、その十年以上前、まだ世が元亀《げんき》といったころだったと思います。

大友家が筑前一帯を治めたとき、宗像と和睦《わぼく》を結《むす》び、むこうから人質を送って寄《よ》越《こ》したのでございます。

宗像の家は神社の神職にして毛利の被官《ひかん》。家格と地理からして戸次家に入るのが順当でございました。

三百町歩《ちょうぶ》（約三〇〇ヘクタール）の化粧料《けしょうりょう》とともに輿入《こしい》れしてきた色姫様は、そのとき二十五歳。道雪様より三十三歳年下でした。

色姫様は立花城内の松尾山《まつおやま》の曲輪《くるわ》に入って、そこで道雪様の側女《そばめ》という身分で暮らしていらっしゃいました。宗像としては、すでに正妻である仁志姫《にしひめ》を押しのけても――とのつもりでの輿入れでしたが、道雪様は色姫様をあくまでも人質としてあつかわれたのです。

松尾山の曲輪は、つねの御殿のある二の丸から四町（約四三六メートル）ばかり離れております。城内の峰《みね》を巡《めぐ》って歩くときは必ず通る場所ですが、いつもそばを通り過ぎるだけで、誾千代姫様も館の中にお入りになったことはあまりなかったはずです。

でも、あのときばかりは行くと仰って、統虎様にお許しを請《こ》われました。

「なにをしに行くのだ？」

統虎様はさっぱり理由《わけ》がわからぬと言いたげでした。

「色姫様がお気の毒でなりません。いっそ殺してあげたほうがお幸せでしょうに」

そばでそのお言葉を聞いたわたくしは、正直なところ全身に粟《あわ》が立ちました。

冷酷だから、ではございません。むしろ、誾千代姫様のお言葉に、深い深い慈愛がこもっていたからでございます。

◇

大手道《おおてみち》の黒金門《くろがねもん》から松尾山の峰を登ると、途中からずいぶん急な坂になる。這《は》うようにしてそこを登りきると、山頂の曲輪はひっそりしていた。檜皮葺《ひわだぶ》きの小さな館がひとつと、いくつか板葺きの小屋がある。

色姫の輿入れにともなって、十人ばかりの宗像の家来がついてきてここで暮らしているはずだが、姿を見かけたことはほとんどない。

本丸《ほんまる》や二の丸からは博多方面の眺《なが》めがよいが、ここは北の宗像方面に眺望《ちょうぼう》がひらけている。色姫の実家の宗像大社は山の陰になっていて見えないが、鳥になって飛べば、あっというまに行けそうなほどに近い。

曲輪を囲う柵の入口に立っている二人の番卒《ばんそつ》が誾千代に気づいて頭を下げた。

「色姫様はおられるか」

「はい。いらっしゃいます」

人質だ。いないはずがなかった。

ここに登ってくるまでのあいだ、誾千代は記憶の糸をたどって、色姫のことを思い出そうとした。

会ったことはある。

もう何年も前の話だ。

かすかな記憶しかない。穏《おだ》やかで消え入りそうな人だった、とだけ覚えている。

館の階《きざはし》に近づいて、供《とも》をしてきた侍女《じじょ》のみねに声をかけさせた。

閉じていた障子《しょうじ》が開いて、なかから侍女が顔を見せた。白い小袖《こそで》に緋《ひ》の袴《はかま》を着けたすがたは巫女《みこ》に見える。

「いっしょに菓子を食べとうて、訪ねてまいりました。色姫様は、甘いものはお好きでしょうか」

「うかがってまいります」

と、うなずいた侍女が一度奥に引き込んだ。しばらく待たされて、また障子が開いた。

「どうぞ、お上がりくださいませ」

階を上がって、縁《えん》から入った。

畳《たたみ》敷《じ》きの座敷に、三人の侍女と色姫がいた。

いままで車座《くるまざ》になって貝合わせをしていたらしい。座敷の隅《すみ》で、侍女が貝桶《かいおけ》の紐《ひも》を結び終えたところだった。待たされたのは、座敷にひろげた貝を片づけていたのだろう。

色姫は大柄な紅葉《もみじ》を散らした小袖を着ている。赤や黄色のもようが艶《あで》やかだが、本人は浮かぬげな顔をしていた。

「久しぶりにお目もじさせていただきます。お元気そうで、なによりでございます」

閻千代から両手をついて挨拶《あいさつ》した。

「姫様こそ、ご健勝でなによりのこと」

色姫がていねいに辞儀を返した。

「博多の町に、菓子を注文してつくらせました。ごいっしょにいかがですか」

みいねが、持参した重箱を置いて、風呂敷《ふろしき》の結び目をほどいた。蒔絵《まきえ》の蓋《ふた》を開けると、唐菓子《とうがし》が入っている。

色姫がいぶかしげに首をかしげた。

——気を許していないのかしら。

毒でも入っているのではないかと疑っているのかもしれない。

「いままで色姫様とはほとんどお話をしたことがございませんでした。ここでのお暮らし、さぞやご不自由だろうと存じまして……」

座敷を見回すと、襖《ふすま》には水墨《すいぼく》の花鳥図《かちようず》が描いてある。木立《こだち》と流水があり、鶴《つる》や鴨《かも》が遊んでいる。

床《とこ》に置いてある青磁《せいじ》の香炉《こうろ》から甘い香りがただよっている。違い棚《だな》には、香道具《こうどうぐ》や文箱《ふばこ》が飾ってある。

色姫は、日がなこの部屋で過ごしているのだろうか——。

「外に出られることはございますか」

たずねると、淡《あわ》く笑った色姫が首をちいさく横にふった。

「いいえ。たまに縁先《えんさき》に出るくらい。この十年余り、曲輪を出たのは、さて何度ありましたか……」

「二度でございます」

侍女が答えた。

「一度目は、ここに来てすぐ、ふもとの梅岳寺《ばいがくじ》にお参りいたしましたとき。二度目は昨年の姫様のご婚儀の折、本丸にご挨拶にうかがいました」

侍女のことばに闇千代は胸をつかれた。もうすこし外に出ているのかと思っていた。

婚礼の日はなにしろ大勢の者から挨拶を受けたので、闇千代は色姫が来たことを覚えていなかった。

「それは、さぞや気づまりでしょう……」

心中を思いやった。

「いえ、気づまりなどは感じません。毎日、なにも考えずに時を過ごすようにしています。わたしは春から秋が好き。障子を開けて、ずっと空と海を眺めていられますもの」

「冬は……」

「日がな、貝合わせをして過ごします。でも、もう貝の形も全部覚えてしまって……」

貝合わせの蛤《はまぐり》は、左右の貝殻の内側に、源氏《げんじ》物語や花の絵、星々、古今集《こきんしゅう》の和歌などが描いてある。右の貝を伏せてならべた真ん中に、左の貝をひとつだけ置いて、ぴたりと合う貝を探すのだ。

貝は三百六十個もあるから、なかなか見つからない。外側の年輪のようなもようを子細《しさい》に見つめて懸命に探すのである。

闇千代も、母の仁志が輿入れのときに持ってきた貝合わせで遊んだことがある。おもしろくて夢中になったが、毎日貝合わせばかりというのでは飽《あ》きてしまうだろう。

「人は訪ねてきますか」

「はい。道雪様が、月に一度お見えになります」

「ほかの人は？」

色姫が首をふった。一人も来ないらしい。

「お文《ふみ》は……？」

色姫が淡く笑った。

「人質のところに人や文が来れば、内通していると疑われます」

「では、色姫様からも……」

「一通も出しておりません」

闇千代は、言葉を失った。さぞや寂しい暮らしを強《し》いられているだろうと想像していたが、これほどまでとは思ってもいなかった。

「それは、さぞや……」

悲しい日々であろう――。

色姫が淡くほほえんだ。

「いいえ。最初のうちは、なんとか帰りたいとばかり考えておりましたが、いまはもう身も心も空《から》っぽで、なにも思いませぬ。ただ、風みたいに消えてしまいたいと願っております」

いつわりのない気持ちらしい。

「お茶を点《た》てさせていただけませんか」

座敷の隅《すみ》の台子《だいす》で、釜《かま》が湯気《ゆげ》を立てている。

許しを得てその前にすわり、薄茶《うすちゃ》を点てた。

色姫は、重箱の唐菓子を懐紙《かいし》に取ったが、口にしようとしない。食べる決心がつかないらしい。

「お先に頂戴《ちょうだい》いたします」

闇千代は、自分でも唐菓子を懐紙に取った。

「団喜《だんき》というのだそうですよ」

半分に割って口にはこんだ。

形は、金袋《かねぶくろ》の包みだ。

小麦の粉を練《ね》って皮にして餡《あん》を包み、胡麻油《ごまあぶら》で揚《あ》げてある。餡は緑豆《りょくとう》をぜいたくに砂糖で煮て松の実などが混ぜてある。肉桂《にっけい》のふくよかな香りがする。珍しい菓子で闇千代もめったに口にすることはない。

闇千代が食べたのを見て、色姫が菓子を口にはこんだ。

「まぁ、美味《おい》しい」

目を輝かせた。

「皆さんのぶんもあります。どうぞ召し上がれ」

侍女たちにも勧《すす》めた。

重箱の下の段には、糯米《もちごめ》の粉や小麦粉に甘みを付けて、いろいろな形につくった菓子が詰めてある。注文するとき銀をはずんで、たくさん砂糖をつかってもらった。

「せっかくです。いただきなさい」

色姫にうながされて、侍女たちも食べた。すぐに顔がほころんだ。

「御番《ごばん》のお侍にも、どうぞ持っていってあげてください」

色姫には、宗像家中の侍がついてきている。その侍もまたこの十年、ほとんどこの山頂から下りることなく過ごしているのだと思えば、気持ちが暗澹《あんたん》とする。

茶を何服《なんぷく》も点てた。

菓子を食べ、茶を喫《きっ》して、美味しいと話し合っているうちに、色姫もすこしは心を許してくれたようだ。

闇千代は、宗像大社のことを話題にもち出した。

「わらわは、一度お参りさせていただいたことがございます」

思えば、ちょうど色姫が人質としてやってきた直後だろう。闇千代は道雪に連れられて参詣《さんけい》したことがあった。

「そうですか」

色姫の顔から硬《かた》さが消えはじめた。

「女の神様をお祀《まつ》りしているのですね」

幼すぎて参詣の記憶はほとんどないが、宗像のことは、あらためて人に聞いてきた。

「よくご存じですね」

宗像大社は、天照大神《あまてらすおおみかみ》の三柱《みはしら》の御子神《みこがみ》を祀っている。三柱とも女神《にょしん》だという。玄界灘《げんかいなだ》に浮かぶ沖ノ島《おきのしま》と大島《おおしま》にも宮があり、宗像の川沿いにある辺津宮《へつのみや》と合わせて三社で、それぞれに一柱ずつお祀りしているのだと色姫が話した。

「それは知りませんでした」

「晴れていればここから中津宮《なかつみや》のある大島が見えます。いつも手を合わせておりますとも」

古代から、宗像のあたりは、日《ひ》の本《もと》と朝鮮を結ぶ航路の要衝《ようしょう》であった。そのため航海の安全を祈る船が、島にある宮に参詣するという。

あれこれと物語りしたのち、闇千代がせがんで貝合わせで遊んだ。目を凝《こ》らして選んだ貝が合わないと、闇千代はとても悔《くや》しかった。

それが顔に出ているといって、色姫は口元を袖で隠して笑った。

「ああ、愉快であった。こんなに笑《わろ》うたのはここに来て初めてのこと。ぜひまた遊びにおいであれ」

日が傾《かたむ》いて闇千代が暇《いとま》をするとき、色姫は気持ちのよい笑顔で見送ってくれた。

二の丸館に帰ると、誾千代は、座敷で書見していた統虎に相談をもちかけた。

「折り入って、お話ししたい儀がございます」

松尾山から歩きながら、考えついたことだ。

「なにかな」

「はい。あれこれと思案を巡らせましたが、戸次《べっき》の姓を立花に替えてはいかがでしようか」

統虎の顔が、いぶかしげだ。

「みょうな思案をする。わけを申すがよい」

統虎が首をかしげたのも無理はない。

もともとこの立花城にいた立花鑑載《あきとし》は、大友家七代目からの分家であった。その鑑載が大友家を裏切って毛利についたため、父戸次道雪が攻略して落城させ、この城に入ったのである。

「戸次の姓は、大友家二代目のご次男からの分家だ。由緒《ゆいしょ》ある名を、なぜわざわざ謀反人《むほんにん》の名に替えるのか」

家系からいえば、立花より戸次のほうが由緒正しい。ちなみに、宗麟は二十一代目の大友家当主である。なんにしても、遠い遠い先祖の話だ。

「いまのこの城、そしてこれからのこの城を考えてのことです」

闇千代は考えを縷々《るる》述べた。

「京で織田の大将が殺され、いま天下は動転しております。九州がどうなるのか、筑前がどうなるのか、誰にも定かなことが分からず、みな気持ちが落ち着きません」

「たしかに、そのとおりだな」

統虎がうなずいた。

「こういう時にこそ、城内がひとつにまとまらなければ、毛利方の宗像や秋月、はたまた龍造寺や島津に付け入られ、城の内部から調略《ちょうりゃく》されてしまう懸念があります。立花城にいる者が一枚岩なれば、敵方も手を出せぬでしょう」

「ふむ。それで……」

「そのために、根城《ねじろ》である城山の名前を姓につけるのでございます。立花を名乗れば、この城でわたくしたち夫婦が新しい家を創始することになります。新しく立花の家中をつくり、この城にいるすべての者たちとともに、この城で生きるのです」

思いのたけを語った。

立花城には、三千人の将士《しょうし》と、その家族がいる。

中核となるのが戸次道雪の家と一族衆である。

家臣には、豊後から戸次家の家来として付いてきた十時《とと き》や由布《ゆふ》などの譜代《ふだい》がいる。

ほかに、筑前に来てから寄騎《よりき》となった薦野《こもの》や米多比《ねたみ》らの筑前衆もいる。筑前の寄騎のなかには、米多比のように一族が分裂し、敵の宗像に従っている者もいる。

戸次道雪が率《ひき》いる三千の軍団は、血縁や地域、立場の異なった侍たちの寄り集まりなのだ。

そこに誾千代のかねての懸念があった。

さきほど色姫に会って確信を深めたが、城内にさまざまな色合《いろあ》いの士がいることは、以前から気にかかっていたのだ。

「城はひとつでなければなりません。新しく立花を名乗れば、譜代も寄騎も、豊後衆も筑前衆も、みな等しく立花の一門となります」

黙って聞いていた統虎が、小さくうなずいた。

「面白《おもしろ》いことを考えたな」

「賛成していただけますか」

統虎がしばらく黙《もく》した。考えている。

やがて静かに口を開いた。

「名案である。この城に集まっている者たちをたばねるのに、まことよい契機となろう」

言われて誾千代は胸をなで下ろした。

城と家の大事に関わる問題である。

――差し出がましい。

と、はねつけられないかと、じつは危惧《きぐ》していた。

高橋紹運《たかはしじょううん》の跡取りとして大切に育てられただけあって、統虎には天性の将器がある。人の意見に耳を傾け、よい献策《けんさく》ならすぐに取り入れるだけの度量がある。

そのまま二人で、薄暮《はくぼ》の道を本丸まで上った。

統虎の口から進言すると、道雪が手を叩《たた》いて喜んだ。

「よくぞ思いついた。わしも、なにかめでたい祭りを催《もよお》し、城内の人心を改め、結束を固めたいと考えておったところ。なにしろ筑前は不安定じゃ。これからは、立花城の将兵がまとまらねば立ち行かぬわい」

「それがしも、そう考えます。よくぞ思いついたもの。さすがに道雪殿ご薫陶《くんとう》のたまものでございましょう」

統虎が言うと、道雪が驚いた顔で誾千代を見つめた。

「……なに、お誾《ぎん》の考えか」

「はい」

誾千代は、父にむかって両手をつき、頭を下げた。

「こんな乱脈の時世にこそ、真ん中に雄々《おお》しく立つ新しい旗印《はたじるし》がほしゅうございます。立花の城はわれらが拠《よ》って立つ要害。この城に立花の旗があるかぎり、三千の男と、寄り添う女子たちは、みな胸を張って生きていけます」

誾千代のことばに、道雪と統虎が大きくうなずいた。

すぐに、道雪が臼杵《うすき》の丹生島城《にゅうじまじょう》にいる大友宗麟に書状をしたため、正式に許しをもらった。

統虎は、博多の染物屋《そめものや》に注文を出し、新しい杏葉《ぎょうよう》の旗をたくさん作らせた。

城下、領内の村々に触れを出し、神社に寄進して祭り太鼓《だいこ》をにぎやかに打ち鳴らさせ、神輿《みこし》を出させた。

村々に酒の樽《たる》を振る舞った。

ひとたび合戦となれば、百姓の男たちには、足軽《あしがる》として働いてもらわなければならない。それができるのは、立花山にしっかりした城督《じょうとく》の家があればこそだ。

立花山のそこここに翻《ひるがえ》る旗には、かつて立花家がつかっていた古いかたちの杏葉の紋《もん》を染めさせた。

同じ杏葉の紋でも、細部の意匠《いしょう》は家によって違う。じつにさまざまな杏葉紋がある。

道雪がつかっている杏葉紋は、あっさりした簡素なものだが、誾千代は、あえて古くて優美な紋を選んだ。

統虎も気に入ってくれた。

いかにも雅《みや》びやかで風格がある。そんな家風をつくりたい。

山に翻る杏葉の旗の群れを眺めていると、立花城と立花の家が、千年も万年も続くと確信できた。

◇

若い城督夫婦が、立花の姓を名乗られたことで、城内の士気はたいそう高まり、民草《たみぐさ》の心も華やいで沸《わ》き立ちました。

士を育て、民に恵みをほどこすのは、道雪様がもっともお得意となさったところでしたが、誾千代姫様は、父上のそんなご器量をたっぷりと受け継いでおられたのです。

新しい杏葉の旗が、お城にたくさんたなびいているのを眺めるにつけ、山に吹く風さえ清々《すがすが》しく感じられたことでございました。

しかし、世の中、よいことばかりが続くわけではありません。一寸《すん》の善《よ》きことに、一尺《しやく》の魔物がひそむ寸善尺魔《すんぜんしやくま》が人の世のならい。立花山と闇千代姫様のまわりには、くり返し執拗《しつよう》に、敵の脅威《きようい》が押し寄せていたのでございます。

年が明けた正月には、博多近くの村々が荒らされました。

龍造寺や秋月と手を結んだ筑紫広門《ちくしひろかど》の兵のしわざです。

広門は肥前の鳥栖勝尾城《とすかつのおじよう》を居城とする若い大将で、手を替え品を替えてこちらの隙《すき》を衝《つ》いてまいります。

三百人ばかりの兵がしきりと村を荒らして放火や略奪をいたしますので、道雪様と高橋紹運様が待ち伏せして、百五十もの首を討ち取られました。

しっかり者の婿殿を迎えてご安心なさったのか、あのころの道雪様は、駕籠《かご》に乗ってはしきりと出陣なさって、ここを先途《せんど》と戦われたのでございます。

――もう自分がいなくとも安泰。

とでもお考えになったのでしょうか……。

いつに変わらぬ磊落《らいらく》ぶりからは、道雪様のご心中などお察しのしようもございませんが、若い二人に城を守らせ、ご自分はまわりの敵をできるかぎり討ち伏せて、死に場所を得ようとなさっておいでのようにさえ見受けられました。

道雪様と紹運様の軍勢は、三月になって、宗像一族の許斐岳城《このみだけじょう》を攻めたてられました。

許斐岳城は、立花城から北東に、ほんの三里（約一二キロメートル）しか離れていない山城《やまじろ》で、かねてからそこの兵が、こちらの領内を荒らしておりました。

敵方には、べつの城から二千人の援軍が駆けつけましたが、道雪様と紹運様がひと月あまり囲んで戦ったすえ、みごと落とされたのです。

大将としての道雪様は、まことに合戦の采配がお上手で、そのうえご領地を守ることに執念《しゅうねん》を燃やしていらっしゃいましたゆえ、敵の将兵からは鬼神《きしん》のごとく恐れられておりました。

その年の十二月、こんどは博多にあった大友家の館が襲撃されました。

そちらは島津兵のしわざです。

薩摩《さつま》の島津がはるばる博多まで出張《でば》ってきたのは初めてのことでございます。

それも千五百人と、たいへんな人数がなだれ込み、大友館ばかりでなく町まで焼き払いました。むろん、筑紫広門らの手引きがあってのことでございましょう。

島津兵が襲来《しゅうらい》したとの報せが、立花山に届きましたので、道雪様がすぐさま手勢を率いてご出陣なさいました。

留守をまかされた統虎様は、ふもとの屋敷に本陣を構えられ、物見《ものみ》のための母衣《ほろ》武者《むしゃ》を各地に走らせて、敵兵があらわれればすぐさま迎え撃つしたくをなさっておいででした。

闇千代姫様は女子組《おなごぐみ》のたばねたちを本丸にお集めになりました。

このころはしだいに女子組の人数が増えてまいりましたので、組を増やし、その頭《かしら》となるたばねを決めてまとめさせるようにしていたのでございます。

本丸からは、博多の町がよく見渡せます。

町は、真っ赤な火焔《かえん》と黒い煙を上げて燃え盛っております。

ほとんど町全体が炎と煙に包まれておりまして、見ているだけで胸が苦しくなる光景でございました。

気のせいか風のなかに阿鼻叫喚《あびきようかん》がまじっているように聴こえます。

「博多の町が燃えておる。われらにできることをせねばならん」

組のたばねたちを眺めまわして、姫様がおっしゃいました。姫様はすでに桜色の絲《いと》で縅《おど》した胴丸を着け、白い鉢巻《はちまき》を締めておいででした。

「鉄炮と薙刀《なぎなた》で城を固めまするか」

たばねの一人である侍女のひふみがお訊《たず》ねいたしますと、姫様はにこりと笑われました。

「それも大切だが、いまは、わが夫統虎殿が万全を期しておいで。女子が出ては足手まといになろう」

「では、なにを……」

「博多には大勢の町民がおる。女や子どもも多い。見ての通り、町は燃えて地獄絵図さながらじゃ。怪我《けが》をした者、火傷《やけど》を負った者も多かろう。また家を焼け出された者はさぞや難渋《なんじゅう》するであろう」

言われて、女子たちが顔を見合わせました。

自分たちも、もしこの城を敵に焼かれて追い出されてしまったら、食事にも、その夜の寝床《ねどこ》にも困《こう》じ果ててしまいます。自分一人の身ならなんとでもなりましょうが、幼子《おさなご》や年寄を抱《かか》えていたりすれば、どうにも困窮《こんきゅう》するはずです。

「あのようすでは、町は焼け野原になる。ちかくの焼け残った寺を借りて、怪我人を手当し、炊《た》き出しをしよう。城の米を運びおろすぞ。女子たちを大つぶらの米蔵《こめぐら》に集めよ」

大つぶらとは、本丸の下にたくさんつらなる曲輪《くるわ》のことでございます。家臣たちの屋敷ばかりでなく、米蔵や食物の蔵、武具の蔵があります。

女子たちにしたくをさせて米蔵の前に行きますと、姫様が蔵番の頭《かしら》と押し問答をなさっておいでした。

「わらわが命じておるのに、なぜ蔵の戸を開けぬのか」

蔵番の頭は、依怙地《いこじ》な顔をして、とてものこと鍵《かぎ》を開けそうにありません。

「この御蔵は、城督様のご命令がなければ、けっして開けられぬのです」

姫様は山麓の屋敷に遣《つか》いを出して、統虎様のお許しと書き付けを取ってこさせようとなさったのですが、あいにく統虎様はどこぞに見まわりにお出かけとの由《よし》にて連絡が取れません。

番の侍《さむらい》たちは、蔵の前に立ちはだかり、怖《こわ》い顔をしてこちらを睨《にら》んでおります。

姫様はいったいどうなさるのか、と案じておりますと、激昂《げっこう》なさるでもなく、逆に豊かな微笑《ほほえ》みを蔵番の侍にむけられました。

あのときの姫様のお顔ほど、凄味《すごみ》のある美しさをわたくしは見たことがございません。人としての慈愛の深さ、美しさが、内側から溢《あふ》れて光り輝いているようでございました。

「立花城の城督はわらわじゃ」

おごそかな声でございました。

蔵番は返事もできず、まごついております。

「困窮しておる者を助けよ、と、この城の守護神摩利支天様からの御告《おつ》げである。蔵の戸を開けなさい」

蔵番の頭は、はっと稲妻《いなずま》にでも打たれたように頭《こうべ》を垂《た》れました。

「承知いたしました」

依怙地に蔵の戸を開けなかった自分の間違いに気づいたようです。

鍵を開けると、蔵番たちに、米を運び出すように命じました。

女子組は、そのまま蔵番たちに手伝ってもらい、博多の町に米や大鍋《おおなべ》、たくさんの椀《わん》などを運んだのです。

焼け残った寺で粥《かゆ》が炊きあがったのは、夕刻でございました。

十二月の寒い日で、風が冷たく、焼け出された人々は、みな寒さに震《ふる》えて、ひもじそうにしておりました。

寺の境内《けいだい》に大釜をすえて粥をふるまっておりますと、駕籠に乗った道雪様とご家来衆がおいでになりました。

「ここでなにをしておる」

駕籠から降りてこられた道雪様が険《けわ》しい顔をなさいました。

「炊き出しでございます」

答えた蔵番の頭《かしら》を、道雪様が詰《なじ》られました。

「なぜ勝手な真似《まね》をするのか」

「わらわが命じたことでございます」

誾千代姫様が蔵番をかばわれました。

道雪様は、しばし苦《にが》い顔をなさっておいででしたが、長い行列をつくってならんでいる老人や女、子どもを見てうなずかれました。

「たしかに食い物が必要じゃな」

大鍋の湯気を覗《のぞ》いて、道雪様が目を細められました。

「うまそうな粥じゃ。わしもひと椀所望《しょもう》しよう」

「かしこまりました。それでは、列の最後にお並びくださいませ。お腹《なか》を空《す》かせているのはみな同じでございます」

さすがに道雪様は、喉《のど》にことばを詰まらせ、しかめ面《つら》をなさいましたが、笑顔にもどられて列のいちばん後ろに並ばれました。

◇

年が明けて、天正十二年（一五八四）二月八日の朝、立花城の大手道を、母衣武者が駆け登ってきた。

統虎の実家、高橋家の武者であった。

息を切らしながら本丸に達した武者は、道雪と統虎に拝謁《はいえつ》すると、嗄《か》れた喉から苦しげに言葉を絞り出した。

「岩屋城《いわやじょう》が……、焼けましてございます」

「敵襲か？」

統虎が腰を浮かせた。さすがに顔が驚いている。

「乱波《らっぱ》の付け火にござる。夜半に館がことごとく炎上、その隙を狙って筑紫広門の軍が攻め寄せました」

またしても広門のしわざであった。

「すぐ援軍を送ろう」

「ご無用にござる。敵勢は紹運様が撃退なさいまして、お味方は無事。ゆめゆめ心配めされるなとの紹運様のお言葉を伝えに参じました」

城が焼けたとの流言《りゅうげん》でも伝われば、統虎が狼狽《ろうばい》するだろうと気づかった紹運が、母衣武者を走らせ、正確な情報を伝えさせたのであった。

「いったい、なにがあったのでしょう」

同席していた誾千代は、気になってたずねた。乱波の潜入には、どこの城でも十分に警戒しているはずだ。他人事《ひとごと》ではない。

「じつは……」

母衣武者の話では、昨日、岩屋城にやってきた茶の行商人が、一碗一文《もん》で茶を点《た》てて売りながら、火種《ひだね》を城内のあちこちに仕掛けていったようなのだという。

小さな燠火《おきび》を綿《わた》に包み、まわりに硫黄《いおう》を塗《ぬ》って、何刻《なんとき》かすると発火するようにした卵火《たまごび》という仕掛けを使う乱波がいるらしい。

「なんと悪辣《あくらつ》な……」

にがり切った顔で統虎がつぶやいた。

統虎は、ことし十八歳。

少年のころ痩《や》せてひ弱に見えていたのが嘘《うそ》のように首が太くなった。眼光鋭《するど》く、頼りがいのある逞《たくま》しい武者になっている。

誾千代は十六歳になった。

ちかごろは、自分でもずいぶん大人になったと感じている。

顔や体つきもそうだが、幼いころとちがって、他人の気持ちが分かるようになった気がしている。

「さっそく見舞いを届けよ。金子《きんす》がよかろう。統虎が行ってくるがよい」

道雪が言ったが、統虎はうなずかない。

「いえ。それがしが行っても、追い返されるだけです」

婿に来たとき、なにがあっても帰ってくるなと言い渡されたのだと言った。

紹運もまた、道雪に負けず劣《おと》らず、意地っ張りでは引けを取らない。

「さもありなん。では、薦野《こもの》、ご苦労だが行ってくれ」

「かしこまりました」

すぐに重臣の鷹野増時《ますとき》が立ち上がった。

「お待ちください」

闇千代は声をかけた。

「なんだ？」

道雪が闇千代を見すえた。

「金子を持って行きましても、さして役には立たぬのではございませんか」

「役に立たぬだと？」

道雪が気色《けしき》ばんだ。わが娘がいったいなにを言い出したのか、理解できぬ顔である。

「まずは博多に行き、大鋸《おが》と番匠《ばんしょう》を集めなさるのがよろしいでしょう。その者たちを引き連れて岩屋城に行かれたほうが、よほど役に立つと存じます」

博多の町が焼かれてまだふた月。材木を製材して板にする大鋸の職人と、館を建てる番匠、大工《だいく》たちは、筑前じゅうから博多に集められ、町の復興にかかりきりになっている。

そのうちの何十人かを引き連れて岩屋城に行き、城の再建に取りかからせるほうが、よほど役に立つ。

「たしかに、そのほうがよい」

道雪が手を打ち鳴らした。

「では、さっそくに博多に行って手配いたします」

深々と頭を下げた鷹野が、すぐに飛び出していった。

「よくぞ気がついた。わが娘ながら、あっぱれだ」

道雪が褒《ほ》めたが、誾千代は軽く会釈《えしゃく》して立ち上がった。

「苦しんでいる紹運様のお心を慮《おもんぱか》ったまでのこと。それくらいのことに思い至らず、父上は、よくぞ大将と威張《いば》っておられますね」

誾千代は冷たく言い捨てた。

道雪が、苦虫《にがむし》を嚙《か》みつぶした顔になった。なにか言いかけたようだが、顔をゆがめたままなにも言わなかった。

このところ、誾千代と道雪のあいだには、軋轢《あつれき》があった。

ずっと父を敬い、慕《した》っていた誾千代にしては生まれて初めてのことだ。

松尾山の曲輪にいる色姫のあつかいが、確執《かくしつ》の種《たね》である。

去年の暮れから、色姫は病気で臥《ふ》せっている。それもかなり悪い。

――ご本人に、治りたいとの気持ちがまるでございません。このまま衰弱《すいじゃく》して亡くなってしまうやに見えます。

と医師《くすし》は言っている。

「たとえ色姫様がいらしても、宗像《むなかた》は意に介さず攻めてくるではありませんか。意味のない人質なら帰してしまわれたほうがよいでしょう」

いくらそう言っても、道雪は首を縦にふらない。

誾千代はそのことで父を詰り、冷ややかな言葉を投げつけたのだった。

館を出ると、誾千代は松尾山にむかった。

見舞いに行くと、色姫はいつもと同じとろんとした目をしていた。

「……わたしはもう生きていとうない」

褥《しとね》に臥したまま、消え入りそうな声でつぶやくのである。庭にたくさん咲いている赤い椿《つばき》を見せようとしても見向きもしない。

「さように気弱なことをおっしゃいますな」

「死ねば、……魂《たましい》は空を飛んで宗像に帰れるであろう」

そんなことばかり口にしている。

三月も末にちかい二十四日のことであった。誾千代が松尾山の館に見舞いに行くと、色姫はやすらかな顔で眠っていた。

しばらく傍《かたわ》らにすわって、寝顔を見ていた。

おだやかすぎる寝顔だった。

自分の人生に、なにも望まず、なにも願わず、ただただ消えてしまいたがっている女がそこに臥していた。

――女は生きづらい。

闇千代はつくづく歎《なげ》かずにいられない。

男たちの都合で人質として送り込まれ、ただそこにいて生きることだけを強《し》いられた悲しい女が目の前にいる。

聞いたことはなかったが、色姫にも、宗像で思いを寄せていた男子《おのこ》がいたに違いない。恋を踏みにじられ、政略の具として輿入れさせられたのは、女としての一生をすべて奪い取られたのと同じである。

生きる希望がなくなるのは当たり前だ。

傍らにすわっていると、眠っていた色姫が目を開いた。

「……夢を見ていました……」

淡くほほえんでいる。よい夢だったらしい。

「それは、よろしゅうございました」

闇千代は笑顔でうなずいた。

「空を飛んでいましたよ。そこから見える空を……」

開け放した縁側からは、晩春のうららかな空と青い海が見えている。

空にはやわらかな風が吹いている。

こんな日に空を飛んだなら、さぞや気持ちがよかろう。

「……あなたのおかげで、この城の人々を憎まずにすみました」

色姫が、手をさしのべた。

誾千代がにぎると、ずいぶん冷たかった。

「……ありがとう」

その夜になって、色姫は息を引き取った。消え入るように亡くなってしまった。

誾千代は泣かなかった。

泣いたら、女の負けだと思って歯をくいしばった。


春が終わり、夏が過ぎ、立花山の城ではしばらく長閑《のどか》な日がつづいた。

八月になって、道雪が大広間に重臣たちを集めた。

若い夫婦が城を差配《さはい》してはいても、戦《いくさ》のこととなると、道雪が取り仕切っている。道雪が重臣たちを集めたのなら、合戦があるに違いない。誾千代も統虎にならんで同席した。

「筑後に出陣する」

一同を眺めわたして、そう宣言した。

この春、肥前の龍造寺隆信《たかのぶ》が、日野江城《ひのえじょう》の有馬晴信《ありまはるのぶ》によって討たれた。

有馬は島津になびいている。

そのため、肥前と隣り合う筑後の情勢が、はなはだ不安定となった。

数年前隠居した大友宗麟に代わって当主となった長男義統《よしむね》は、この機に、かつて大友家の領地であった筑後を奪回することに決め、先月、七千の大部隊を豊後から出陣させた。

まずは、筑後上妻郡《こうづまぐん》の猫尾城《ねこおじょう》を包囲し攻めているのだが、ひと月たっても落とせない。

そこで、道雪と高橋紹運に出陣の要請がかかったのだと話した。

「連れてゆく兵は二千。この陣は、いささか長引きそうだ。留守をしっかり頼むぞ」

統虎に、そう言いわたした。

筑後平野は広い。

龍造寺は、当主隆信が殺されたとはいえ、まだ大勢の将がいて、各地の城に籠もっている。それをあらかた落としてくるのが、今回の出陣の目的だと話した。

「さように大がかりな御陣なら、ぜひ、それがしもお連れください」

統虎が懸命に頼んだ。道雪は許さなかった。

「留守を守る大将がおらぬでは城はもたぬわい。千人の兵を置いていく。薦野、十時《とき》、また頼むぞ。若い夫婦を助けてやってくれ」

「承知いたしました」

薦野増時と十時連貞《つらさだ》が平伏《へいふく》したが、統虎は不満そうだ。

「ならば、義父上《ちちうえ》が城をお守りくださいませ。それがしが出陣します」

統虎の言葉に、道雪がゆっくり首をふった。

「大友には采配を振るえる者がおらぬ。わしと紹運殿が行かねばなんともならんのだ」

たび重なる戦乱のなかで、大友家は、多数の有能な将を失っていた。

道雪と紹運は、いまの大友家にとって重要な二本柱である。道雪が采を振って指揮せねば、いくつもの城は落とせまい。

若い統虎の出番ではない。

「承知しました」

統虎が、くちびるを噛《か》みしめつつも頭を下げた。

立花城の留守は、統虎と誾千代が守ることになった。

九月に入ってすぐ、道雪と紹運の軍勢が猫尾城を落としたとの報せが、立花城に届いた。

猫尾城は、筑後と肥後《ひご》の国境山中にある城で、山頂に本丸から三の丸までの曲輪と馬場がある。

さして大きな城ではないが、石垣をめぐらせ、山頂から空堀《からぼり》が何本か穿《うが》ってある。その城に、龍造寺にしたがう黒木家永《くろきいえなが》が二千人ちかい兵とともに立て籠もっていた。

駆け戻った母衣武者は、激戦のもようを詳《つまび》らかに語った。

道雪は、まず周辺の小さな出城《でじろ》を落とした。

大友勢全軍九千人で猫尾城を囲み、食料補給路と水の手を断って城兵を飢渇《きかつ》させたのち、総攻撃したのだという。

「さすが義父上《ちちうえ》、おみごとだ」

統虎がしきりと感心している。出陣してから、わずか半月ばかりでの勝利である。

戦勝の祝いに、立花城では餅《もち》を搗《つ》き、将士にふるまうことにした。

祝い酒は、道雪が帰陣してからのことだと統虎が決めた。

誾千代は戦勝に胸をなで下ろした。

それでも、城兵を餓《う》えさせたのだと聞けば、こころが痛む。

――城には女も子どももいたであろうに。

しかし、それが詮《せん》ない思いだということは十分に知っている。

戦なのだ。もしもこの城が囲まれたら、自分たちもそうなるしかない。

生々流転《せいせいるてん》。勝たねば、どんな平安な日常も、ぽっかり口を開けて待ち受ける無間《むげん》地獄に転落する。

こころが痛んだのは、そればかりではない。春に父を詰ったことも気にかかっている。

色姫のことでしこりが残り、出陣に際しても、父に冷たく接したのを後悔していた。

――笑顔で送り出してあげればよかった。

そう悔《く》いている。

離れてみれば、父の峻厳《しゅんげん》さにも理由があったのだと思えてくる。

夜、寝所《しんじょ》で寝仕度《ねじたく》をしていたとき、こころの痛みを統虎に聞いてもらいたくなった。

秋の夜更《よふ》けで、御殿のまわりは虫の音《ね》が涼《すず》やかに響いている。

上弦《じょうげん》の月が博多の海に金色に煌《きら》めいている。

色姫の処遇のことで、父に冷たく接してしまったのを後悔していると話した。

「戦陣にいる父を思えば、あのようなことを口にせねばよかったと悔やんでおります」

統虎が大きくうなずいた。

「将というものは、つらいものだ。人が苦しんでいても、あえて見殺しにせねばならぬときがある。人質が病気だからといって、帰していては城と城との外交が成り立たぬ」

言われれば、そうだとも思う。

しかし、もうすこしなにか慈悲のあるあつかい方ができなかったのかとは思っている。

ただ、それを男に求めるのは無理なこともわかってきた。

いろいろなものを切り捨てて我武者羅《がむしゃら》に突き進むのが、男という生き物らしい。

「統虎様なら、なんとなさいましたか」

誾千代がたずねると、統虎がかろやかに笑った。

「わしの手本は義父上だ。義父上のなさったとおりにするとも」

そうであるはずだった。

「でも、統虎様は父とはちがう人間です。ぜひとも統虎様らしい深い慈悲のあるやり方をなさってくださいませ」

口にすると、統虎がまっすぐに誾千代を見すえた。灯明《とうみょう》の光に照らされた凜々《りり》しい顔が、すこし驚いている。

「そなたは、おもしろいことを言う」

「そうでしょうか……」

誾千代にしてみれば、わが夫に、父道雪よりさらに秀《ひい》でた主君になってもらいたいと思っているだけのことだ。

武勇でなら、父は天下に名だたる弓取《ゆみとり》だが、人の道のことは、まだもっと先があるように誾千代には思える。

「いや、娘というのはおそろしい。父を冷ややかに見ておるものだ」

言われて小首をかしげた。

統虎が言うとおりかもしれない。

家臣たちの多くは、ただ父道雪に諾々《だくだく》と従うばかりだが、娘の身としては遠慮など必要ない。

城内や一族衆でいちばん冷静に父を見ているのは自分なのかもしれない。

「たしかにな、わしの手本は義父上《ちちうえ》だが、わしは義父上ではない。義父上をさらに越える将の道があるのかもしれん」

「ありますとも。父は大きな器量をしていると存じますが、天下を呑《の》み込むほどではありません」

「天下など呑み込みとうないがな」

統虎が快活に笑った。

「それほどのご器量が欲しいと申し上げたのですよ」

誾千代も笑った。

「そうさな。そんな道を探してみよう。そなたがそばにいてくれれば、見つかりそうだ」

夫のことばに、誾千代は胸が熱くなった。

「それでこそ、統虎様……」

まぶたを閉じて、そっと凭《もた》れかかった。

しっかりと抱き寄せてくれた統虎の胸と腕に、誾千代は頼《たの》もしさを感じた。

猫尾城を落とした道雪と紹運の軍勢は、筑後の城をつぎつぎに攻めたてた。

小さな城の城主たちは、あるいは降伏し、あるいは逃げ出した。

大友軍は、筑後を端《はし》から切り取り、西に向かって進撃した。

そして、筑後の海をすぐ後ろにひかえる柳河《やながわ》（現在の柳川市）の城を攻めた。

そこに龍造寺の一族が数千の兵力をもって立て籠もっているという。

柳河城は筑後川下流の中州《なかす》にあり、平城《ひらじろ》だが幾重《いくえ》にも水路や沼沢地《しょうたくち》に囲まれている。海の側は広大な干潟《ひがた》で、いたって攻めにくい。

包囲しているうちに、冬がやってきた。

道雪と紹運は、高良山《こうらさん》で冬を越すことになった――と、立花城に駆け戻った母衣武者が報せた。

「高良山とは、どこでございましょうか」

誾千代は統虎にたずねた。このところ、できるだけ統虎といっしょにいるようにしている。なにかことが起こったら、そのほうが迅速《じんそく》に対応できる。

統虎が、絵地図を広げた。

「ほれ、ここだ」

筑前、筑後から肥前、肥後にかけて、広大な平野がひろがっている。

立花城から眺める博多の平野も広いと思っていたが、それより遙《はる》かに広い野がある。

統虎が指さしたのは、筑後の平野に東から突き出した山脈の突端である。

「義父上はご炯眼《けいがん》だわい。高良山にいれば、筑後の各方面に睨みが利《き》く。たいへんな要衝だぞ」

そう言って、しきりと道雪の戦略眼を褒めそやした。

たしかに、その山からなら、平野のすべてが見渡せそうだ。

いくつもの城を降伏させたものの、まだ筑後の情勢は不安定である。

高良山に大友方が陣を張っていれば、敵はおいそれと動けないのだと統虎が言った。

「野陣《やじん》をなさるのでしょうか」

冬の寒空に、山で野宿《のじゅく》するのでは、さぞや身にこたえるであろう。

戦陣では、ろくに寝泊まりするところもあるまい。

祠《ほこら》や百姓の小屋でもあればそこにもぐり込んで寝るのだろうが、それにしたところでやわらかな褥《しとね》を持ち歩いているわけではない。

筵《むしろ》か藁《わら》でもあれば贅沢《ぜいたく》なほうだ。

兜《かぶと》と胴丸だけは外さねば横にもなれぬが、夜襲を警戒すれば草鞋《わらじ》は脱《ぬ》げないし、小袖や臑当《すねあ》て、佩楯《はいだて》も外せまい。

寒さに震え、気持ちの休まらない昼と夜を過ごしているに違いない。

父ばかりではない。

将兵の皆がそうなのだ。

「いや、高良山には筑後国一宮《いちのみや》があってな、神宮寺《じんぐうじ》の建物がたくさんある。野宿せずともすむ」

「寺があるなら安心ですが、それにしましても敵地でながいあいだ過ごすのは、さぞや不自由でございましょう。強者《つわもの》といえども、家が恋しくなるのではございませんか」

ひと月くらいの戦陣ならともかく、もう四か月にもなる。

そして、これから陣中で年を越すというのだ。いつ帰れるかもわからない。

「義父上なら、そんなことはあるまい」

たしかに父は家など恋しがるまい。

母の仁志《にし》も、一言《ひとこと》のぐちもこぼしたことがない。

しかし、率いていった将士のなかには、戦陣に倦《う》み疲れ、帰りたがっている者もいるだろう。

むろん、城の女たちは、夫や想《おも》い人の帰りを、今日か明日かと待ち望んでいる。

そんな恋慕《れんぼ》は、男も同じだろう。

誾千代の思いは、まもなく的中した。

筑後に出陣していた兵が三十人余り、立花城に帰ってきたのである。

立花山に冷たい北風が吹いている。

櫟《くぬぎ》がすっかり葉を落とし、山はなんとも寒々しい。

立花城の本丸から玄界灘を眺めると、曇《くも》って灰色にくすんでいる日が多い。ときには、北風に乗って雪がちらつく。

――冬の陣は、さぞやつらかろう。

筑後に出陣している父と高橋紹運、それに五千人の将兵の労苦を思えば、誾千代は、こころが休まらない。

「寒いではないか。なぜもっと炭を熾《おこ》さぬのだ」

朝、座敷の上段の間にすわった統虎が、火桶《ひおけ》に手をかざして言った。

「筑後のみなさまは、さぞやもっと寒かろうと存じます」

それを思えば、たとえ寒くとも座敷の火桶でたくさん炭を熾す気にはなれないのだと話した。

「まことにな。そなたは、よく思いがめぐるものだ」

統虎が深々とうなずいた。

誾千代は素直に納得する夫を見て、しみじみと思った。

――この人は、ご両親から深く慈《いつく》しまれて育ったのだ。

日々、統虎と暮らしていて感じるのは、統虎の根っからの素直さである。

なにかを疑ったり勘繰《かんぐ》ったりすることがまったくない。つねにまっすぐに考えて行動するのは、きっと父の紹運様や母様《かかさま》からたくさん慈しまれて育ったからだろうと思うのである。

「高良山に、陣中見舞いを送りたいものだな」

統虎がつぶやいた。

「はい。そうしたいと思っておりました」

十二月も半《なか》ばを過ぎている。そろそろ正月のしたくを考えねばならない。

「兵たちがお腹いっぱい食べられますよう、餅をたくさん搗いて届けたいと存じます」

「それがよい。臼《うす》と杵《きね》を借りて、むこうで餅搗きをするのもよいのではないか」

「それはよい思案でございます」

にぎやかに餅搗きをすれば、将兵の士気は高まるだろう。

ほかにどんな物を届けようかと相談していると、侍女のみいねがあらわれた。

「夜明けに、竹迫新三郎《たかばしんざぶろう》様がお戻りになられたそうでございます」

みょうな言い方だった。

伝令の母衣《ほろ》武者として帰城したのなら、まず一番にこの本丸に来るはずだ。

「新三郎が……」

竹迫新三郎は、十八歳の見目麗《みめうるわ》しい若武者である。

兄の進士兵衛《しんしべえ》は、これまで三十三度も合戦に出て、いつも必ず一番乗りをして一番槍《やり》を付け、一番首を取る勇猛な男である。

兄の武勇に目をつけた道雪は、筑後出陣に際して、頭を丸めて仏門に入っていた弟を還俗《げんぞく》させて侍に戻した。

この本丸座敷に初めて伺候《しこう》した新三郎は、まだ頭を青々と剃《そ》ったままだった。端整《たんせい》な顔立ちが、いかにも瑞々《みずみず》しい若者だった。

父の道雪が、精進《しょうじん》落としに鰹《かつお》を食べさせ、自分の替《か》え具足《ぐそく》を与えようとすると、新三郎が断った。

「なに、明日の朝、宗像あたりの敵と槍合わせし、よい甲冑《かっちゅう》を奪ってまいりましょう」

さらりと、そう言ったのである。

居並んでいた重臣たちは、そんなことはできまいと囁《ささや》きあったが、翌朝、新三郎は手槍一本掻《か》い込《こ》んで馬に乗ると、夕方には、金覆輪《きんぷくりん》の兜《かぶと》に赤絲縅《あかいとおどし》の甲冑を着込んで帰ってきた。

そんな剽悍《ひょうかん》な若者である。

――深手《ふかで》でも負ったのか。

と、心配になった。

「ほかに三十人の方々がごいっしょでございます」

みねが、言いにくそうに話した。

「なんだ、手負《ておい》ばかりが戻されてきたのか」

統虎も同じことを考えたらしい。

「いえ、それが……」

みねの言うには、どうやら勝手に戦線を離脱して帰ってきてしまったらしかった。

本丸にも上がれず、みな自分の家族と一緒にいるのだという。

統虎の顔がとたんに渋《しぶ》くなった。

「いかん。とっとと筑後に追い返せ」

「……」

誾千代は、言葉を発することができなかった。

以前、どこかの合戦の折に、やはり勝手に陣を離れて城に帰ってきた侍がいた。

父道雪が激怒して、斬首《ざんしゅ》を命じた。

「命だけはお助けください」

誾千代は懇願《こんがん》した。武者とて怖《お》じ気《け》づくことはあるだろう。一度は許してやるべきだと説《と》いたが、道雪はいつになく怖《こわ》い顔で、聞き入れなかった。

「敵の前で逃亡する者は、古今東西、斬首と決まっておる。その軍法を曲げて、合戦はできぬ。城は生き残れぬ」

言われれば、たしかにその通りだろう。統虎に聞いたが、どこの武家でもその軍法は同じだという。

闇千代は、みねと一緒に、竹迫の家に行った。ふもとには屋敷があるが、一人残された母親は山上の曲輪《くるわ》にいる。そこに新三郎もいるという。

大つぶらに建ち並ぶ小屋のひとつに行くと、年老いた母とともに新三郎がいた。ほかにも何人か女たちがいた。

具足を脱ぎ、薄縁《うすべり》に寝ている母親を抱き起こして水を飲ませている。

声をかけるまでもなく、新三郎が闇千代に気づいた。

母も気づいて、小さく頭を下げた。

新三郎はそっと母親を寝かせて平伏した。

「かまいませぬ。水を飲ませてあげなさい」

闇千代が言うと、いま一度、母を抱き起こし、椀の水を飲ませた。

「母者《ははじゃ》のことは、城の女たちで面倒を見ていますのに……」

「ありがとうございます。いまも母にそう言われておりました」

竹迫の母にかぎらず、息子を送り出し、年寄だけが残された家の世話は、みなで回り持ちで見ている。

「母者のことが心配になって、帰ったのですね」

「はい。寒くなりましたので、どうしているだろうかと思ったら、いても立ってもいられなくなり、妻子を案じるほかの者たちともども戻ってまいりました。しかし、安心しましたので、これで高良山の陣に帰れます」

屈託なく新三郎がわらった。

闇千代は、なにも言わなかった。なにも言えなかった。

午過《ひるす》ぎ、奥の納戸《なんど》で片づけ物をしていると、城内で法螺《ほら》の音が高らかに響いた。火急の事態を告げる吹き方だった。

慌《あわ》てて御殿の広縁《ひろえん》に行くと、一族衆の立花右衛門太夫《うえもんだゆう》が、甲冑姿のまま縁の階《きざはし》に腰を下ろしている。右衛門太夫は、道雪とともに筑後に出陣していた。

「どうなさったのですか」

統虎が縁側に立っていたのでたずねた。

「逃げ帰った者三十一名を斬首するのだ」

夫の眉間《みけん》に深いしわが寄った。

「母者や妻子のことを案じて戻っただけです。すぐに陣に帰ると言っているのです。斬首など……」

聞いていた右衛門太夫が闇千代をふり返った。

「こればかりは、道雪様の厳命にござる。助命嘆願は無用のこと。馬責場《うませめば》にて、即刻、斬首いたします」

右衛門太夫は、そのために一部隊を率いて帰城したのだという。

「帰ってきたのは、親孝行や妻子を慮《おもんぱか》ってのことです。しかも、いまは高良山での冬越しで、合戦はしておらぬのでございましょう」

なんとか翻意《ほんい》させようとしたが、右衛門太夫は頑《がん》として相手にならなかった。

「全員、引き立てましてございます」

馬廻衆《うままわりしゅう》に呼ばれ、統虎と右衛門太夫が本丸から下りていった。

闇千代は、とても立ち会う気になれなかった。

新三郎をはじめ、親孝行のために帰った者は、格別のはからいで斬首ではなく切腹することを許された。

「みごとな最期《さいご》であった。仏のように美しい死顔《しにがお》をしておったぞ」

一同の切腹と斬首を見届けてきた統虎が、しみじみと新三郎の落ちつきぶりを語った。

それから何夜か、闇千代は、眠りが浅いままに過ごした。

暮れが押し詰まった日、誾千代は桜色の絲《いと》で縅《おど》した新しい甲冑に身を包んだ。背が伸び、体が大きくなっているので、同じ色の絲で造り直してもらったものだ。それを着けて、山下の大門《おおもん》で馬に跨《また》がった。

女子組《おなごぐみ》のなかでも、鉄炮、弓、薙刀《なぎなた》の上手《じょうず》ばかりを五十人選び馬に乗せた。べつに足軽たちの荷駄隊が、馬の背に糯米《もちごめ》や、正月のご馳走《ちそう》の材料をしっかり括《くく》りつけている。

女子組は、荷駄隊を護衛して、高良山の陣まで行くのである。

「無理をするな」

まだ夜明け前の出立《しゅったつ》を見送りに来た統虎に言われた。

高良山への陣中見舞いは、薦野《こもの》か十時《ととき》に行かせると言われたが、誾千代はなんとしても自分が行くと言い張ったのである。

「襲われたら、戦わずに逃げて帰れ」

「逃げ帰ったら、斬首されましょう」

誾千代が答えると、統虎が口元をゆがめた。

「女子の陣中見舞いじゃ。合戦とはちがう」

「いいえ、襲われたなら、そこが戦場。軍法に、女子は逃げても許すとはありますまい」

先日の竹迫新三郎たちの切腹から、誾千代は自分のなかでなにかが変わったと感じている。

なにが変わったのかは、よくわからない。

なにか、硬いしこりが心の内に結《むす》ぼれた。

その結ぼれが、誾千代のなかで、強さを渇望《かつぼう》している。

——強く生きたい。

つくづくそう思う。

強く生きねば、殺される。

強く生きねば、踏みにじられる。

逃げた者が殺されるのがこの世の掟《おきて》ならば、逃げない強さが欲しい。

孝行のために戦場を離れた者でも殺されるのがこの世の掟なら、その掟を変えさせる強さが欲しい。

そんなことを思いながら、筑紫の野を駆けて、高良山にむかった。

立花城から十三里（約五二キロメートル）の道を、急ぎに急いだ。

林のそばの原を駆けているとき、ずっと先を走っていたむく犬のゴンが大声で吼《ほ》え立てた。

いそぎ手綱《たづな》を引いて止まると、藪《やぶ》のなかから矢を射掛《いか》けられた。

すぐさま鉄炮と矢で応戦した。

闇千代は、馬上、薙刀を搔い込んで、あらわれた敵にむかって駆けた。

勢いよく突っ込んで薙刀を振るうと、敵は泡《あわ》を喰《く》って逃げ出した。どうやら秋月の一党らしい。


日が沈み、まだ空が藍色《あいいろ》に暮れ残っているうちに、高良山のふもとに着いた。

筑後一宮《いちのみや》だけあって、山の下から山頂までご神域が広いらしい。山にたくさんの篝火《かがりび》が焚《た》かれ、大勢の人々の気配《けはい》がある。

ふもとの鳥居《とりい》のわきに番所があった。

顔見知りの侍たちがいて、闇千代があらわれたのに驚いた。

父の道雪は、中腹にある神宮寺《じんぐうじ》の本坊にいると聞いた。高良大社《たいしゃ》には二十六か寺におよぶ神宮寺が山のあちこちにあり、その本坊だという。脇に馬のまま行ける道があるというので、そこを登った。

本坊の門番は、闇千代の顔を見ると、すぐに中に駆け込んでくれた。

客殿では、上段の間に父の道雪と高橋紹運がすわり、前に重臣や馬廻衆たちが居《い》並《なら》んでいる。みな兜こそかぶっていないが、小袖や臑当《すねあ》て、胴丸を着けたままだ。

ちょうど、一同で膳にむかって夕餉《ゆうげ》を食べ始めていたところらしい。

重臣たちのあいだを通って、父の前に進んだ。

「よう来た。そなたも飯《めし》を食え」

淡々《たんたん》とした顔だった。

もっとあれこれ問われるだろう、女だてらに筑紫を駆けてやってきた無茶を叱られるだろうと身構《みがま》えていた。

そうなったら、竹迫新三郎たちのことで、一言いってやろうと考えていたが、すでに気持ちがくじかれている。

「……はい」

いささか拍子抜《ひようしぬ》けして返事をした。

父のとなりにすわると、膳が運ばれてきた。

膳の上に載《の》っているのは、粟飯《あわまま》と汁《しる》だ。汁は大根の葉と小麦の粉を練っただごが入っている。

誾千代《ちようだい》は、胴丸を着けたまま、膳にむかって手を合わせた。

「頂戴いたします」

みな黙々《もくもく》と食べている。

父は立花城にいるときも、正月や祭り、客のあるとき以外はいつも一汁一菜《いちじゆういつさい》で、贅沢を好まなかった。戦陣では、足軽と同じ物を食べると聞いていた。

大きな椀に盛った飯を、ゆっくり嚙んで食べた。粟飯も、炊きたてなら美味《うま》い。嚙めば嚙むほど甘みが出る。熱いだご汁で、冷えた体が温まった。

だれもお代わりはしなかった。飯も汁も盛り切りらしい。

食事が終わると、小姓《こしょう》が、みなの椀に湯を注《つ》いでまわった。ただの白湯《さゆ》が、ことのほか美味に感じられた。

膳が片づけられると、灯明《とうみょう》の炎《ほのお》が小さくされた。油を節約してのことだろう。

「よくぞ参《まい》られたな。立花城では、みな元気か」

高橋紹運がたずねた。

「はい。統虎様の指揮のもと、みな息災《そくさい》にしております」

「それは、なによりだ」

立花城の話をあれこれしていると、広間の隅で笛の音《ね》が響《ひび》きはじめた。ゆるりとした音色《ねいろ》で、気持ちがほぐれる。

しばし、聴《き》き惚《ほ》れた。

「そういえば、久しくそなたの笛を聴かぬな」

父がつぶやいた。

薄暗い灯明に照らされた父の顔はとても窶《やつ》れていた。

まもなく年が明ければ、父は七十三歳になるはずだ。その歳《とし》でよくぞ戦っているものだとあらためて感心した。

「ぜひにも聴かせてもらいたいもの」

紹運に所望されて、笛を借りた。

祭り囃子《ばやし》などに使われる篠笛《しのぶえ》である。龍笛《りゅうてき》ほど変化に富んだ音は出せないが、吹き方によっては賑やかにもなるし、嫋々《じょうじょう》と哀切《あいせつ》な曲も奏《かな》でられる。

誾千代は、思いつくままに即興《そっきょう》で吹いた。

長らく戦陣にいる男たちに、しばしくつろいでほしいと願って吹いた。母のやさしさを思って吹いた。

広間のあちこちで、すすり泣きが聞こえた。

吹きながら、誾千代も泣いた。

なぜ泣けてしまうのか分からなかったが、涙が止まらなかった。

次の朝、夜明け前に起き、運んできた糯米を蒸《む》して餅搗きをはじめた。

女子たちが米を蒸すと、男たちが張り切って杵を振るった。

こちらの寺々で木の臼をたくさん借りて搗いたが、持ってきた五俵の糯米はとても一日で搗き終わらず、翌日の大晦日《おおみそか》も一日中、賑やかに餅を搗いた。

誾千代は、台所の大釜《おおがま》を借り、女たちを差配して正月には欠かせないがめ煮をたくさん作った。がめ煮には、里芋《さといも》、牛蒡《ごぼう》、蓮根《れんこん》、にんじん、こんにゃくと塩ぶりを塩抜きして入れた。とても五千人分は用意できなかったが、一口でも食べてもらえればうれしい。

夕餉を終えると、夜は早々に灯明を暗くする。酒を飲むわけでもない。広間に薄《うす》縁《べり》を並べ敷いて、やっと具足を脱ぎ、みなで横になる。書院もあるが、それは病人たちに使わせている。しばし笛の音を楽しみ、あれやこれやの話をして寝る。

山のどこからか、歌声が聞こえてくる。

足軽たちが大勢寝泊まりしている坊では、みなで歌をうたっているらしい。その声もしばらくしてやんだ。

女子たちは何部屋かもらって、みなでならんで寝た。

いみねをはじめ、夫や父がこの陣にいる女が多いが、みんな、わずかに言葉を交《か》わしただけだ。男たちの多くは、妻と子を城に残してきている。睦《むつ》まじくしている夫婦を見れば、里心《さとごころ》が湧《わ》くだろう。そのため、来る前から、けっして二人きりにならないように命じておいた。

寝つけぬままに横になっていると、すぐ近くで除夜《じょや》の鐘《かね》が鳴った。

——来年もよい年でありますように。息災に過ごせますように。

誾千代は、枕元《まくらもと》に置いた摩利支天《まりしてん》の像に手を合わせて祈らずにはいられなかった。

元旦には、夜明けとともに重臣一同で大社の本殿に行き、神前で御祓《おはら》いを受けた。

本殿を出て眺めると、眼下の筑紫の野が、初日の出の光を浴びて桜色に染まって見えた。

——よいことも悪いことも、これからすべてこの天地《あめつち》で起こる。

そう思えば、気持ちが引き締まった。

吉事《よごと》も凶事《まがごと》も、降りかかってくるのはこの身である。招くのは自分である。なによりも自分がこの天地にすっくと立つ気概がなければ、強く生きられぬのだと胸に決めた。

客殿にもどると、道雪と紹運にあらためて新年を言祝《ことほ》ぎ、屠蘇《とそ》を呑んだ。雑煮《ぞうに》とがめ煮を食べた。

一座に酒がまわった。ひさしぶりに座がほぐれ、みなが賑やかに話しはじめた。

「長陣《ながじん》はお退屈ではございませんか」

誾千代は、父の盃《さかずき》に瓶子《へいし》で酒を注ぎながらたずねた。

「なに、ここを本陣として、秋月方の城や砦《とりで》を攻め立てておった。この高良山に籠もるようになったのは、つい先だってのことよ」

考えてみれば、冬になったとはいえ、父が敵地でじっとしているはずがなかった。

「ここにいても、やることはいくらでもある。退屈などしている暇《いとま》はない」

父は、陣での暮らしぶりを語ってくれた。

朝は、城にいるときと同じく夜明け前に起き、すぐに具足を着ける。

まずは武具の手入れをして、いつ敵が来てもよいよう仕度をととのえておく。

朝餉を終えると、兵がなまらぬように操練をする。棒で戦わせ、相撲《すもう》を取らせ、的場《まとば》をつくり、弓や鉄炮を競《きそ》わせる。

この山はご神域だからせぬが、よその山に登って巻狩《まきが》りをすることもある。猪《いのしし》や鹿《しか》が獲《と》れれば、鍋《なべ》で煮てご馳走となる。そんな話をしてくれた。

「長陣を張っていると、物売りや芸人も来る。男手《おとこで》で洗濯《せんたく》もするし、草鞋《わらじ》もなう。戦陣は忙しいぞ」

日暮れて夕餉を食べ、夜は早々に寝てしまうのだという。それも城にいるときと同じである。

「そういえば、去年の猫尾城でな……」

父がぽつりと語りはじめた。

「本丸に踏み込むと、ちょうど城主黒木家永が腹を切ったところだった。そばに娘が血刀《ちがたな》を手にして立っておる。父を介錯《かいしやく》して、首を切り落としたのだな。まだ十三の娘であった」

聞いていた闇千代の胸が、重いものでふさがれた。

自分もずいぶん気丈《きじよう》なつもりだったが、はたして十三のときに、腹を切る父を介錯して首を落とせたかどうか。

「その娘、わしらが近寄ると、手にしていた刀で武者の一人を突いた。落ち着いて、喉《のど》を狙って突き殺しおった。父親の首をわしに向かって投げつけ、突きかかってきおった。すんでのところで躱《かわ》したが危《あや》うくやられるところであった」

淡々と語られるにしては、あまりに無惨《むざん》な場面であった。闇千代にはその光景がくっきりと目に浮かんだ。

「その娘御《むすめご》は……」

「生きておる。捕《と》まえてここの神官に預けたが、さてどうしているやら」

自分なら、どうするだろうか――。

わが城を攻め落とし親を殺させた敵将の命を狙って、いつの日か復讐《ふくしゆう》を果たそうと怨嗟《えんさ》の炎を燃やし続けるだろう。

怨嗟の根を断つには、その娘を殺すしかない。

しかし、それが自分の望んでいる強さなのか――。

「おまえなら、わしの……、いや、統虎の介錯ができるか」

たずねられて、誾千代は絶句した。

「正月早々、不吉なことを」

「なんの不吉であるものか。新年のこの場とて、半刻《はんとき》（一時間）のちには敵に襲われて修羅場《しゅらば》となるやもしれん。常に死を考え、心構えしておくのは、武門の心掛けじゃ」

言われれば、たしかにそうだと思う。

強く生きたいと望んだが、父や夫の首を切り落とす強さを望んでいるわけではない。敵とはいえ、十三の娘を殺す強さを望んでいるわけでもない。

「見事に介錯いたしましょう」

背筋《せすじ》を伸ばして、答えた。

「そうか。ならば安心じゃな」

父や夫を介錯したあとで、自分はどうするべきか――。

一族の恨《うら》みを晴らすために戦うべきか――。

怨嗟のくり返しを断ち切る寛容と慈悲を敵に持つべきか――。

その答えは出ぬままであった。

立花城に帰った誾千代は、しばらく茫洋《ぼうよう》とした日々を過ごした。

そろそろ春めいてきたが、三、四日暖かい日がつづくと、また寒《かん》がもどり北風が吹いた。

「筑後に行ってから、物思いに耽ることが多いな」

統虎に言われた。

「はい。まことに……」

胸をふさぐ重石《おもし》は、とれぬままであった。

それでも、日々は流れてゆく。

春が来て、桜が咲くころには、ずいぶんと気持ちを取り直していた。

——生きねばならぬ。

それが、まずなによりの大事だと思った。

生きている。生きていく。

そうすれば、暖かい春の陽射《ひざ》しを浴びることもできる。

いずれ夏が来て日照《ひで》りに苦しむことがあっても、秋には稲穂《いなほ》が実るだろう。

冬が来て厳しい寒さに凍《こご》えるにしても、またかならず春が来る。そう思うことにした。そう思うしかなかった。

立花山のあちこちに可憐《かれん》なえびねの花が咲いた三月半ば、秋月の大軍が立花城に攻め寄せてきた。

むろん、道雪の留守を狙ってのことである。

統虎は、四方に物見や諜者《ちょうじゃ》を放《はな》ち、敵情を調べさせた。

敵将秋月種実《たねざね》は、立花山の南西麓にある香椎宮《かしいぐう》に本陣を置き、城の北にある大門や、南の三日月山《みかづきやま》方面にも軍勢を配置し、城を奪《うば》い取ろうと計略《けいりゃく》しているらしい。

「敵は八千か……」

統虎がつぶやいた。

物見が報せた各方面の敵の人数を合計すると、それだけの数になる。

立花城の兵は一千しかいない。

まともに戦っては勝てないが、この城はことのほか要害がよく守りやすい。

山が大きいので、いくら八千でも全山を囲むというわけにはいかない。

香椎宮から攻めてくるなら、搦手《からめて》の下原《しもばる》方面であろう。

統虎は、下原方面に四百人、大手道の大門に二百人の配置を命じた。

数日はにらみ合いが続いた。

鉄炮や弓箭《きゅうせん》の応酬《おうしゅう》があったが、敵はまだ大きな攻撃をしかけてこなかった。

頃合《ころあ》いをさぐっているらしい。

ひりひりとした時間が、城内にながれた。

八千という数が恐ろしい。それだけの人数に囲まれ、山頂に追い詰められたら、もはや逃げ道はない。兵糧を断たれ、餓え死《うじ》にするか、攻めたてられて殺されるか――。

城内のだれもが押し黙って、明日の命を案じているようだった。

何日かして、物売りに変装させ敵陣に忍び込ませていた諜者がもどってきた。

「明朝を期して、総攻撃と決したようにござる」

秋月の兵から、そんな話を聞き出したのだという。

「ふむ」

甲冑を着けた統虎は、板敷きの座敷にすえた床几《しょうぎ》に腰を下ろして報告を聞いた。考えている。

しばらく待ってもまだ思案しているので、となりの床几にすわっていた誾千代は口を開いた。誾千代も胴丸を着けている。

「夜討ちをなさいませ」

「……やはり、その一手《いって》だな。義父上《ちちうえ》ならば、夜討ちをなさるであろう」

誾千代も父ならどうするかを考えて、その結論に達していた。

「薦野《たたみ》、十時、米多比《ねたみ》。今宵《こよい》、三人で香椎宮の敵陣に夜討ちを掛けよ」

統虎が命じると、薦野増時《ますとき》が首を大きく横にふった。

「寡兵《かへい》で大軍に向かいましても、損耗《そんもう》が大きいばかり。それよりは立花城の天険《てんけん》を守りとして、攻めてくる敵に矢玉《やだま》を浴《あ》びせるほうが、はるかに利がござる」

薦野の意見に、十時連貞《つらさだ》が同調した。

「まこと、合戦は高き山にある軍が、下から攻め登ってくる軍より有利でござる。山にいればこそ、一千の兵でも八千の兵と互角《ごかく》に戦えまする」

「さよう。籠城《ろうじょう》に如《し》くはなし」

米多比五郎次郎《ごろうじろう》も同じ意見だった。

誾千代は立ち上がらずにいられなかった。

「では、そのほうらは、枕を高くして寝ておるがよい」

口を開くと、一同が顔を見合わせた。

「今宵、敵は油断しておる。そのほうらが行かぬなら、わらわが女子組《おなごぐみ》を率いて夜討ちを掛ける。みね、女子たちに、さっそく仕度をさせよ」

末席に控えさせていたみねに命じて歩き出すと、薦野が声を上げた。

「お待ちください。女子たちが夜討ちを掛けているあいだ、寝ていたなどと言われるのは末代までの恥《はじ》。拙者《せつしゃ》、兵を率いて夜討ちを掛けましょう」

「無理をせずともよい。誰しも命は惜《お》しい。わらわが討って出る」

また歩き始めると、十時と米多比が、闇千代の前に平伏した。

「浅慮《せんりよ》でござった。たしかに、道雪様なら夜襲《やしゆう》を掛けられるでありましょう。われらに行かせてくだされ」

重臣たちを平伏させるのが、闇千代の本意ではない。

「行かせてやれ」

統虎に諭《さと》され、夜討ちは三人の将に任せることにした。三人の将は、五百の兵を率い、三手に分かれて攻め掛かる作戦を立てた。

夜更《よふ》けになって、三将は山を下った。

馬が嘶《いなな》かぬよう枚《ばい》を嚙ませ、兵は具足が音を立てぬように草摺《くさずり》を巻き上げて縄《なわ》で縛《しば》っての出陣である。

夜の闇《やみ》に耳を澄ませていると、香椎宮の方から銃声と雄叫《おたけ》びが響いた。

攻めかかったらしい。

ややあって、大人数の吶喊《とつかん》の声が聞こえた。

別の一手が攻めかかったようだ。

銃声や叫喚《きようかん》は夜明けまで続いた。勝っているのか負けているのか、やきもきしているしかないが、きっと勝っているのだと信じた。

統虎と闇千代をはじめ、山上のほとんどの者が眠らず、槍や薙刀を掻き抱《いだ》いたまま、じっと柵のそばにすわっていた。もしも敵が攻め登ってきたら、すぐに反撃できるようにである。

夜明けに戻った伝令が味方の勝利を告げた。

城内は、歓声で沸《わ》き立った。戦勝の勝ち鬨《どき》を三度あげた。

白々《しらじら》と夜が明けてから、薦野、十時、米多比の三将が本丸に帰参した。

「赫々《かくかく》たる大勝利でございました。敵将秋月種実が陣を引きはらうのを見届けて、凱旋《がいせん》してまいりました」

「よくやった。ごくろうだった」

統虎がねぎらった。

三将は、秋月勢の首級《しるし》を三百挙《あ》げてきた。

「首実検《くびじっけん》をお願いいたしまする」

薦野が統虎に頼んだ。首は大つぶらの曲輪に運んであるというので、そちらに出向いた。

武者の腰にくくりつけられてきた首は、どれも血にまみれて汚《よご》れている。

「桶に水を汲《く》んできてたもれ」

誾千代は、足軽たちに命じた。

首を板に並べ、誾千代は、女子たちとともに、首を一つひとつていねいに洗った。泥や血を清め、髪を梳《くしけず》り、鬢《びん》を結《ゆ》い直した。恐ろしくはあったが、命だと思えば、愛《いと》おしくもあった。憎い命など、あろうはずがない。

その後しばらくして、秋月は立花城中の攪乱《かくらん》を狙って、調略をしかけてきた。家中の侍を内通させ、城内で謀反を起こさせようとしたが事前に露見《ろけん》した。内通した侍は斬り殺された。

秋月勢は、そののちもしばしば立花領に攻め寄せたが、統虎の指揮で、城方の将兵が果敢に撃退した。


筑後の陣からは、ときおり母衣武者が連絡に戻ってきた。

春になって、道雪と紹運は、高良山を下りて陣を進めているというが、去年の猫尾城攻めのときほどの大きな戦勝の報告はなかった。

九月の半ば、本丸の庭に駆け込んできた武者は、悲痛な顔をして片膝《かたひざ》をついた。

「道雪様、病《やまい》にてお亡くなりになりました」

「なんじゃと」

誾千代は、あまりにも衝撃的な言葉に、われしらず立ち上がっていた。

「病だとは聞いておらなんだぞ」

「けっして立花城には知らせるなとの仰《おお》せゆえ、お伝えいたしませなんだ」

聞けば、道雪は六月から病に臥《ふ》せり、いたって憔悴《しょうすい》していたという。いったん回復して高良山を下り、筑後川沿いに陣を布《し》いていたが、また病状が悪化して、そこで没したという。

「遺言《ゆいごん》はあるか」

統虎がたずねた。

闇千代は茫然《ぼうぜん》として頭のなかが真っ白である。そんなことまで考えつかなかった。

「ございます」

武者が落涙しながら言上《ごんじょう》した。

「わが亡骸《なきがら》に甲冑を着せ、柳河《やながわ》にむけて、高良山に埋《う》めよとの仰せでございました」

それほどに柳河城を落とせなかったことが無念であったらしい。

闇千代は、涙を懸命にこらえた。

息が荒くなり、胸が熱くなった。それでもがまんしてずっと涙をこらえていた。

天下の風雲

筑後《ちくご》の陣中で道雪《どうせつ》様が亡くなられましても、誾千代姫《ぎんちよひめ》様には、とてものこと悲しみに浸《ひた》っておられる暇《いとま》などはございませんでした。

なにしろ、母衣武者《ほろむしや》が道雪様の死を報《しら》せた翌日には、あろうことか、高橋《たかはし》家の本城である宝満城《ほうまんじよう》が、秋月種実《あきづきたねざね》と筑紫広門《ちくしひろかど》の手勢に襲《おそ》われたのでございます。

もちろん、道雪様がお亡くなりになったのを知った敵方が、この機にこそ攻め立てるべしとの策でございました。立花城《たちばなじよう》にはまだしも千人の留守居《るすい》がおりましたので、手薄《てうす》な宝満城を狙《ねら》ったのに相違ございません。

それも、山伏《やまぶし》に化けた三百人の敵が、夜半、宝満山に登り、突如《とつじよ》として城に火を放《はな》ったというのですから、防ぎようがなかったのでございます。

もともと宝満山は、修験道《しゆげんどう》の山で、もっとも多いときには三百七十もの坊《ぼう》があり、山伏の行者《ぎようじや》たちが何万人もいたと伝わっております。

戦乱のために減ってしまいましたが、それでもまだあのころは、三十ばかりの坊があったはずで、山伏姿ならば、かなり大勢いても警戒されますまい。宝満山は大きな山で峰《みね》がいくつもあります。山伏たちの坊舎と、城館のある場所は別になっておりますが、本物の山伏を脅《おど》して手引きさせたのだと聞いております。

風の強い夜のことで、放たれた火はまたたくまに広がって、宝満城のたくさんの館《やかた》はもとより、修験者たちの講堂や坊舎まで焼け落ちたと申します。

それに合わせて、秋月と筑紫の兵が山に攻め登りましたので、わずかに数百人ばかり残っていた高橋家の留守居の将兵では、火を消すことも、敵兵を防ぐこともできなかったのでございましょう。

立花城から、宝満城は別の山の陰になって見えませんが、夜のことで、紅蓮《ぐれん》の炎《ほのお》と火の粉が山のむこうから立ち昇るのがはっきり見えました。赤々と空を焦《こ》がすさまは、まことに恐ろしい地獄絵でございました。ほんに、あれから長い時が経《た》ったというのに、思い出すだけでも恐ろしい夜空でございました。

その翌日、またしても真っ赤な母衣を背負った武者が、立花城の大手道《おおてみち》を駆け登ってまいりました。坂を登っていても、背中の母衣が風で大きくふくらんでいますのは、それだけ速く駆けていたからでございましょう。

高橋紹運《じょううん》様からのお遣《つか》いでございました。

本丸《ほんまる》の御殿《ごてん》の庭で片膝《かたひざ》をつきますと、

「道雪様の亡骸《なきがら》、いかがいたしましょうか」

とたずねます。

亡骸は柳河《やながわ》にむけて高良山《こうらさん》に埋めよとのご遺言《ゆいごん》でございましたが、宝満城が攻められたこともあって、軍勢とともに、いったん筑前《ちくぜん》に帰る途次にあるとのことでした。

高良山に埋めるかどうかは、やはり立花城の者が決めるべきことだ、と紹運様がお心配りくださって使者を遣わされたのでございました。

母衣武者の話は、統虎《むねとら》様と誾千代姫様が並んでお聞きになりました。

誾千代姫様は困惑されて、しきりと首をかしげておいでございました。

「ここにて葬儀を行い墓をつくりたい気持ちはございますが、遺言も守らなければなりますまいし……」

大きな大きな存在として慕《した》いもし、反発もしてきた父道雪様を亡くし、姫様はお心が真っ白になってしまわれたようでした。いつもはあんなにはっきりしたお方でございますのに、あのときばかりは、お迷いになって決断をなさることができませなんだ。

そのようすをご覧になっていた統虎様が、毅然《きぜん》と断を下されました。

「亡骸のこと、なんとしても連れ帰ってくれるように頼みたい」

「承知いたしました」

頭を下げた母衣武者が、すぐにまた大手の坂道を下っていきました。

なにしろ、亡くなられたとはいえ、戦陣のただなかでございます。迷っているあいだにも筑紫野《つくしの》の真ん中でご遺骸を守っている軍勢が攻めたてられるやもしれなかったのでございます。

現に、高橋家の宝満城は焼き討ちされております。紹運様は兵を分けて城の救援に先発させられましたが、ご本人としても一刻も早く、帰城なさりたいはずでございます。

統虎様のすばやいご決断に、誾千代姫様も安堵《あんど》なさっておいででした。


その日の夕刻、駕籠《かご》に乗った道雪様の亡骸が立花城にお帰りになられました。

先頭に黒い旗を立てながらも、駆けて帰ってきた二千の軍列は、立花山のふもとにある梅岳寺《ばいがくじ》に着くと、さすがにみなうなだれ、意気消沈しておりました。

奥方の仁志《にし》様や奥女中は喪《も》の黒装束《くろしょうぞく》、統虎様をはじめ城内の武者、誾千代姫様と女子組《おなごぐみ》は具足《ぐそく》の上に黒い羽織《はおり》や衣《ころも》をまとって、梅岳寺の門前でお出迎えいたしました。

「あちこちで敵を見かけましたが、さすがに亡骸をはこぶ葬列までは襲おうとはしませなんだ」

駕籠を守って帰ってきた者たちが、涙をすすりながらそんなことを申しました。

あのころの合戦《かっせん》は、敵の隙《すき》は衝《つ》いても、けっして道に外《はず》れたふるまいには及ばぬ節度がありました。むろん、道雪様のご威光を崇敬《すうけい》してのことでございましょうが、敵ながらあっぱれな礼節と存じます。

梅岳寺の門をくぐって入る駕籠に駆け寄ると亡骸と対面なさいましたが、誾千代姫様は、身じろぎひとつなさいませんでした。なにか強い決意でもなさったように、顔をひき締めておいででした。たぶん、決して泣くまいとお決めになったのでございましょう。

その場に居合わせた一同はみな、涙を流さずにはいられませんでした。武者のなかにも号泣《ごうきゅう》している者がおりました。

姫様はしばらく、じっとこらえておいででしたが、一筋だけ流れた涙をすっと拭《ぬぐ》って、立ち上がられました。

「湯灌《ゆかん》をいたします」

亡骸を本堂にはこび入れますと、着ていた甲冑《かっちゅう》や着物を脱《ぬ》がせ、薄縁《うすべり》を敷いて寝かせて、湯で絞《しぼ》った布で、全身をなんども清められました。

道雪様の亡骸は、見る影もなく窶《やつ》れておいでで、よくぞこれほどになるまで戦っておいでだったと思えば、お手伝いをしているわたくしまで胸が塞《ふさ》がれました。ただただ、誾千代姫様がお可愛《かわい》いばかりに、おのれの身を粉《こ》にして戦っておられたのだと存じます。

僧侶に経《きょう》を読んでもらい、その夜は、寺の本堂で夜伽《よとぎ》をいたしました。

この隙を狙って、ひょっとするとどこぞの敵が立花城を攻めてくるやもしれませんので、一同、具足を着けたままでございました。

◇

本堂に寝かせた父の亡骸のそばで、誾千代は夜を明かした。

すでに齢《よわい》七十を超えた父である。

これまでよくぞ頑張ってくれたと、ありがたい気持ちでいっぱいだった。

誾千代は、こころに大きな穴が開いて風が吹き抜けているようで、じっとそばについて線香《せんこう》を絶やさぬようにするよりほかは、なにを考えることもできなかった。

夫の統虎が、薦野増時《こものますとき》や十時連貞《とときつらさだ》らに指示をして、あれこれと葬儀について切り盛りしてくれたのが、これまでにもまして頼《たの》もしく感じられた。

障子《しょうじ》の外が明るくなったので、外の縁に出てみると、朝の秋空が目に痛いほど青い。

夫も外に出てきた。

階《きざはし》にならんで腰を下ろすと、誾千代はつい気弱に溜《た》め息《いき》をついた。

「これからいったい、どうなるのでございましょうか……」

父に死なれて、わが身の寄る辺《よべ》なさを、ひしひしと感じずにいられない。涙こそかろうじてこらえたが、ほかのことまでは、とても頭がまわらない。

立花家が主家と仰《あお》ぐ豊後《ぶんご》の大友《おおとも》家は、このところどんどん力を失いつつある。

筑前、筑後にあまたある城には、秋月、筑紫をはじめ、敵方の将兵が満ち満ちている。

頼みとする高橋紹運の本城宝満城は、敵に焼かれたうえ、乗っ取られてしまった。いまは出城《でじろ》の岩屋城《いわやじょう》に移っている。岩屋城も去年焼けたが、館や柵《さく》は、いそぎ建て直されている。

薩摩《さつま》の島津《しまづ》は、父の死を好機として、ますます攻勢をかけてくるに決まっている。

このままでは、立花家と高橋家は、筑前、筑後で孤立し、やがて滅びてしまう運命にあるのではないか。

——父がいれば、なんとかしてくれるのに……。

そう思えば、父を失った絶望がさらに大きくふくれあがって誾千代にのしかかる。

この立花城には、まだ総勢三千の将兵がいる。女子組もみな意気軒昂《いきけんこう》で、城内にはいささかのゆるみもない。

母の仁志も健在である。

となりにすわっている夫の統虎は、若いながらもすでに一軍の大将だ。

それでも、誾千代は茫然《ぼうぜん》としていた。

父を亡くして、自分を覆《おお》っていた父の大きさをあらためて感じずにはいられなかった。

「これからどんな世になるのか、わたしにはまるで分かりません」

小さな声で口にすると、膝に置いていた手に統虎が手を重ねてくれた。

「どんな世になるかより、そなたが、どんな世にしたいかを考えたらどうかな。わしは、いつもそうしている」

前をむいて話す夫のことばに、誾千代は胸をつかれた。

横顔を見ると、統虎はいかにも凜々《りり》しく頼もしい。

——そうだった。いつもそう考えていたのに……。

どんな世になるか——と考えることは、受け身である。世の趨勢《すうせい》に流され、翻弄《ほんろう》される人間の考え方だ。

どんな世にするか——を考えることは、おのれが主体である。自分が世の趨勢を変えていこうとの意識が出発点だ。

誾千代も、いつも、自分を軸《じく》にして、

——立花城をどんな城にするか。どんな領国にするか。

を考えていた。

しかし、それは、父の庇護《ひご》があってできたことだったのかもしれない。父道雪という大きな屋根を失ったいま、誾千代は、吹きさらしの荒野に一人立っているような心細さを感じていたのである。

——そうではない。

と、となりにいる夫統虎に気づかされた。

あらためて思いなおせば、自分には、母がいる。夫がいる。将兵がいる。女子組がある。この立花城がある。

それだけの仲間と城がありながら、受け身に流されてはいられない。

はっきりと意志をもって立ち上がってゆかなければならない。

　そう思えば、力が湧《わ》いてくるのを感じた。

「人が亡くなるのは天命だ。若くして亡くなったのではない。義父上《ちちうえ》はすでに古希《こき》を越えられた長寿。天寿をまっとうなされたゆえに、祝いをせねばならぬほどだわい」

「お祝い……」

　思ってもみなかった言葉を聞いて、誾千代は首をかしげた。

「むろん、亡くなったのは悲しい。しかし、思えば、義父上ほどよく生きた方はそうざらにいるものではない」

　言われて、納得《なっとく》した。

　父の生涯はたしかにあっぱれであった。悲しむにはあたらないだろう。よく生きた人が天寿をまっとうしたなら、たしかに目出度《めでた》いことだ。

「ならば悲しむより万歳《ばんざい》の旗を立て、万歳楽《まんざいらく》を舞わせたほうがよいかもしれませんね」

　誾千代は、言いながら微笑《ほほえ》んだ。ずいぶん気持ちが楽になった。

「それはよい思案だ。そうすれば、義父上の魂《たましい》が末永《すえなが》くこの立花城を守ってくれそうだ」

　統虎もすこし笑った。

「ああ、それからな、もうひとつなすべきことがある」

「なんでございましょうか」

たずねると、統虎が誾千代の手を強く握り、まっすぐに見つめられた。

「そなたは、子を生《な》せ」

突然のことばに、誾千代は返事ができなかった。

「歳《とし》を重ねた者が亡くなるのは天命。一人が亡くなれば、二人産めばよい。それこそが城を栄えさせる秘策であろう」

統虎が笑っている。

誾千代は十七。統虎は十九である。子を生すことは、城の主《あるじ》として大切な責務でもある。

「はい」

誾千代は、統虎の手を強く握り返した。

立花山からすこし離れた曹洞宗《そうとうしゅう》の医王寺《いおうじ》から、住持《じゅうじ》の緒庵彰序和尚《しょあんしょうじょおしょう》が役僧たちとともにやってきた。

緒庵和尚は、道雪が深く帰依《きえ》していた僧で、ことあるごとに寺に行ったり、立花城に招いたりしては、参禅していた。

道雪と号して剃髪《ていはつ》したのも、その医王寺であった。

和尚が枕経《まくらぎょう》をあげたあと、闇千代は父親が世話になった礼を述べた。

それから闇千代は、かねて聞きたかったことをたずねた。

「父は、御住持様から禅の課題をいただいていたのでしょうか」

坐禅《ざぜん》をするときは、ただ瞑想《めいそう》しているだけではなく、老師から課題をもらって、その答えを一生懸命考えるのだと聞かされていた。

父がいったいなにを考えていたのかは、とても気になる。

「在家《ざいけ》ながら、道雪殿はじつに熱心に取り組んでおられました。問答の詳《くわ》しいことは、他言《たごん》できませんが、そうですな、どうすれば人をよりよく生かすことができるのかを、懸命に考えておいでのようでした」

「どうすれば人をよりよく生かすことができるのか……」

「さよう。将たる者の道というてもよいでしょう。道雪殿は、足軽《あしがる》の端《はし》にいたるまで、家臣の一人ひとりを、じつによくご覧になっておいでだった」

「それはたしかに……」

闇千代は大きくうなずいた。父の道雪は、奢侈《しゃし》や遊興《ゆうきょう》を好まず、ただひたすら武を愛していた。それは、とりもなおさず、将兵を剛《ごう》たらしめ、民草《たみぐさ》に安寧《あんねい》をもたらす道であった。

「士に弱き者はない、とおっしゃるのが口癖でした」

横にいた統虎がうなずいた。

「それは、高橋の父もよく申しておりました……。あっ、さては、道雪様から聞きかじったことを受け売りしておったのか」

「はは。そうかもしれませぬ。士に弱き者はない。もしも弱き者があれば、その者が悪いのではない。将が励まさなかったのが罪である……」

緒庵和尚のことばを、誾千代が続けた。

「……もしも、他の家で功のない者がいるなら、わしに仕《つか》えるがよい。みごとな傑《けっ》物《ぶつ》にしたててやるぞ……と」

そんなことを、いつも口にしていた父であった。

思い出すうちに、誾千代の胸が熱くなった。

予定していた巳《み》の刻（午前十時）になり、ほかに呼んであった近隣の寺の僧侶たちも顔をそろえたので、法要を始めようとしたとき、外が騒がしくなった。

寺の門前に、馬に乗った一団が到着したらしい。

「高橋紹運様、ご一党を引き連れてお見えでございます」

駆け込んできた武者が告げた。

「なにっ」

統虎が、弾《はじ》かれたように立ち上がった。

すぐに本堂の障子が開いて、高橋紹運と、次男の統増《むねます》ほか、何人もの重臣たちが姿を見せた。みな具足の上に、黒い喪装《もそう》を着けている。剃髪している紹運は、きらびやかな錦《にしき》の袈裟《けさ》を具足の上に掛けている。

「間に合《お》うたようだな」

一礼して本堂に入ってきた。

迎えた統虎が、実父の出現に驚いている。

「岩屋城を留守にして大事はございませんか」

「ふん。道雪殿の葬殮《そうれん》に参っている間に奪い取られるような城なら、あっても詮方《せんかた》あるまい」

紹運の口調には、長い年月、ともに戦場を往来してきた道雪への深い哀惜《あいせき》の情が感じられた。

「それは、たしかに……」

横たわっている道雪のかたわらにすわった紹運が、数珠《じゅず》をかけた手を合わせ、頭《こうべ》を垂《た》れた。しばらく黙然《もくねん》と祈っている。

顔を上げると、須弥壇《しゅみだん》の左右に貼った紙に気づいた。

「ほう。万歳か。よいことばを思いついたな」

雅楽《ががく》の万歳楽や旗はとても間に合わないので、誾千代は、二枚の大きな紙に、万歳の文字を書いた。丹念《たんねん》に墨《すみ》を摩《す》り、太い筆で勢いよく書き上げた。

「統虎様が、悲しむより天寿のまっとうを祝うべきだとおっしゃいまして」

誾千代が言うと、紹運がうれしそうに大きくうなずいた。

「まさしく、よく生きた道雪殿にふさわしい葬殮だ」


緒庵和尚が導師《どうし》をつとめ、数十人の僧たちが声をそろえて読経《どきょう》した。

一族や家臣の主《おも》だった者たちが焼香《しょうこう》し、亡骸を座棺《ざかん》に納めた。

誾千代は納棺を手伝った。

亡骸の軽さが、みょうに生々《なまなま》しく手に残った。棺《ひつぎ》に万歳と書いた紙を納めた。

本堂の裏に、道雪の母養孝院《ようこういん》の小さな墓がある。

そのとなりに深い穴が掘ってあった。

そこに棺を納め、土を盛って、木の卒塔婆《そとうば》を立てた。いずれ、石塔につくりかえることになる。

線香を炷《た》いて手を合わせ、本堂にもどった。

誾千代は、形どおりに、紹運に会葬の礼を述べた。

「かような危急存亡の折にわざわざお出ましくださいまして、本当にありがとうございます。御斎《おとき》をさしあげますので、しばしおくつろぎくださいませ」

「いや、さようにくつろいではおられぬ。なにしろ、城を取られるかもしれんでな」

笑い飛ばしているが、たしかにゆっくりしていられる状況ではなかった。いまのいま、秋月や筑紫が岩屋城を攻めているかもしれないのだ。すぐに帰らねばなるまい。

「たしかに仰《おお》せのとおりにございます。気づきませず、ご無礼《ぶれい》いたしました」

「なに、飯《めし》を食うておる暇はないが、茶を一服所望《いっぷくしょもう》したい。お願いできるかな」

「はい。すぐに仕度《したく》いたします」

侍女《じじょ》のみねに、あり合わせの菓子を出すように命じた。本堂に釜《かま》をすえている時間がないので、庫裡《くり》の台所で茶の湯の道具をととのえ、大釜に沸《わ》いている湯をつかって天目《てんもく》茶碗に茶を点《た》てた。

闇千代は自分で天目台を捧《ささ》げ、本堂に運んだ。

高橋家の面々が、焼き栗を食べていた。甘い菓子がなく、庫裡にあったのはそれだけだった。

闇千代は、紹運の前に、天目台にのせた茶碗を置いて一礼した。

礼を返した紹運が、台のまま茶碗を持って、最初の一服を喫《きっ》した。

ゆるりと飲んで、舌《した》を鳴らした。

「これは甘露《かんろ》。かように美味《うま》い茶は飲んだことがない」

まんざら世辞《せじ》でもなさそうに顔をほころばせている。

「おそれいります」

侍女たちが、胴丸《どうまる》に黒い衣をかけたまま、茶碗を運んできた。

ここにいる母の仁志と一族の女、奥女中たちのほかの女たちは、みな胴丸を着けている。胴丸のままの茶というのも、いかにも道雪の葬殮にふさわしい気がした。

宝満城を追われ、無念の表情をしていた次男の統増は、茶を飲むと、こわばっていた顔がすこしやわらかくなった。

高橋家の重臣たちにもふるまった。みな、飲んで舌を鳴らし、大いに称賛《しょうさん》してくれた。

「もう一服いかがでございましょうか」

たずねると、紹運がうなずいた。

「いただこう」

誾千代はまた台所にもどって茶を点て、本堂に運んだ。

紹運はゆるりと喫すると、茶碗の縁《へり》を指の腹でぬぐった。

しばし黙《もく》したのち、統虎と誾千代を見すえて口を開いた。

「道雪殿が亡くなって、これからは油断できぬ世になってきたと心得るがよい。この立花の城のほかに、そなたたちの天地はないと覚悟して励めよ」

言われて、たしかにその通りだと誾千代は息が詰まりそうになった。自分には、生きるも死ぬも、この立花城しかないのだ。それが七歳で城督《じょうとく》となり、婿《むこ》を迎えた自分の宿命なのだとあらためて強く思い定めた。

「承知いたしました」

統虎が頭を下げた。

油断できぬ――というのは、とりもなおさず強い敵が攻めてくるということだろう。

「やはり島津は強うございましょうか……」

いちばん気になっていたことを、誾千代は単刀直入にたずねた。

このところ、九州では、島津の力がどんどん大きくなっている。

このままでは、大友は、島津に負けるかもしれない――。その不安がぬぐいきれない。

本堂にいる立花家の家臣たちが、紹運を注視した。

紹運は、剃《そ》りあげた頭をしばらく撫《な》でていた。

どういう相《そう》なのか、紹運の頭は、額《ひたい》が狭くてっぺんが平らである。すずしげな目と合わせて、いかにも聡明そうに見える。頭のてっぺんを自分でひとつ叩《たた》いてから、紹運が口を開いた。

「島津は、強い。薩摩の兵の戦いぶりは、粘《ねば》り強く並大抵ではない。その援軍を期待しておるから、筑後の軍勢も手ごわかった」

立花家の家臣たちが押し黙った。やはり、自分たちは孤立する運命なのかと案じている顔だ。

「しかし、戦いは長くは続かぬ」

「と、おっしゃいますと？」

統虎がたずねた。

「大坂《おおさか》の羽柴《はしば》殿よ。あの御仁《ごじん》が、遠からず大軍を引き連れて九州にやってくる」

本堂にいたすべての人間が息を呑《の》んだ。

「まことでございますか」

「まちがいなくそうなる、と、わしは読んでおる」

尾張《おわり》から出て領国を広げ、近江《おうみ》に城を築いた織田信長《おだのぶなが》が、本能寺《ほんのうじ》に斃《たお》れたのが三年前だ。

それから、信長の家来だった羽柴秀吉《ひでよし》という男が、つぎつぎと敵を倒して領国を広げているという話は、父から聞いていた。

羽柴秀吉は、北陸《ほくりく》を平定し、東海《とうかい》の徳川家康《とくがわいえやす》と手を結《むす》んで東の方面を安定させた。

中国の毛利《もうり》は、備中高松城《びっちゅうたかまつじょう》での講和を守って羽柴に従っている。

そんな情勢を紹運が説《と》いた。

「羽柴殿は、今年の夏、大船六百隻《せき》、小船三百艘《そう》をもって四国を攻め、長宗我部《ちょうそかべ》元親《もとちか》を降伏させた。まことに破竹《はちく》の勢いといわねばならぬ。しかも、この七月には、朝廷から関白《かんぱく》に任じられた。もはや、武家の頂点にあるといってよい」

羽柴秀吉は、十万からの軍勢を自在に動かし、向かうところ敵なしの勢いで、各方面に進軍しているという。

そこまでの話は立花城に届いていなかった。

道雪と紹運が、しばしば大友家と連絡を取り合って得ていた情報であろう。

「まもなく、惣無事令《そうぶじれい》が出る」

紹運がつけくわえた。

「そうぶじれい……と申しますと？」

統虎がたずねた。

「大名たちは合戦を止《や》めよ、とのお達しだ。すべては関白である羽柴殿が裁定するので、それに従えとの命令である」

「そこだ。大友家は従うことになるであろう。島津は従うまい」

「従わないと……」

「関白殿が許さん。大友家には、羽柴殿の援軍が来る。その援軍とともに島津を討つ」

本堂にいる者たちが、いっせいにどよめき、沸き立った。

「まことに、さような仕儀《しぎ》になりましょうか」

統虎が膝を進めてたずねた。

「大筋《おおすじ》はそうなろう。しかし、そうなるにしても、いくつも山を越えねばならん」

「されば、毛利もわれらの敵ではなくなりますか」

中国の毛利は、かねて豊前《ぶぜん》に手を伸ばし、筑前にも侵入して立花城にまで攻めてきたことがある。

まだ、道雪が立花城に入る以前の話だが、兵力が多いだけに、毛利は大友にとって大きな脅威《きょうい》であった。

「大友家が羽柴に従えば、毛利は敵ではなく、ともに島津を討つ味方となる」

紹運のことばに、また一座がざわめいた。

「そうなれば、この立花城も安泰でございましょうか」

闇千代は、たずねずにいられなかった。

紹運が、頭を撫でた。しばらく撫でてから口を開いた。

「大友家が羽柴につき、毛利が味方になれば、島津とて勝ち目はない。ただし……」

そこで言葉を切った。一同が紹運の口もとを見つめた。

「そうなるまでに、まだ時間がかかる」

「どれくらいでございましょう」

「早くて半年。ふつうに考えれば、一年、二年といった先だ。そのあいだ、油断することなく持ちこたえねばならん」

「それぐらいなら、なんとでもなります。いえ、なんとしても持ちこたえてみせます」

闇千代は、膝を進めて声を上げていた。

「はは。頼もしい姫よ。そなたが守っていれば、この城は安泰よのう」

紹運に言われて、闇千代は恥じ入った。出すぎた真似《まね》をしたかもしれない。

「義姉上《あねうえ》様のお心意気は、まことに頼もしいかぎり。女子組の話は、宝満城にも届いておりますとも。わが高橋家の女たちも、こちらに寄越《よこ》して鍛《きた》えていただきたく願《ねご》うてござる」

統虎の五つ下の弟統増《むねます》が言った。

この弟の話は、統虎からよく聞かされている。幼いころから兄を慕っていたので、よく弓や鉄炮《てっぽう》を教えてやったという。

「羽柴殿の軍勢が来るまでには、まだ時間がかかる。それまでなによりも大事なのは、立花、高橋がしっかりと、城を守っていくことだ。宝満城は取られてしまったが、なに、すぐまた取り返す。心配せぬがよい」

そう言って一礼すると、紹運が立ち上がった。

「馳走《ちそう》になった。これにて失礼する」

「本日は、お話がうかがえて、なにより励みになりました」

統虎が両手をついて平伏《へいふく》した。

「これまでは、筑前、筑後だけを見ていればよかった。これからは、九州にいても、日《ひ》の本《もと》のすべてを見ていなければしくじるぞ」

「肝《きも》に銘じておきます」

「夫婦して励むがよい」

言い残すと、本堂を出ていった。

高橋家の一行が、寺の門前の坂の下で馬に跨《またが》って辞去《じきょ》するのを、誾千代と統虎は見送った。

姿と馬蹄《ばてい》の音が消えても、いつまでも見送っていた。

道雪の葬殮《そうれん》を終えて、立花城は喪に服した。

「四十九日のあいだは、みな喪の章として黒い布を着けよ」

統虎が家臣たちにそう命じた。

朝夕の食事も、魚や鳥の肉は料理せず、野菜だけの精進《しょうじん》とした。

夫婦して朝と夕に、本丸御殿の仏間に祀《まつ》った位牌《いはい》に手を合わせ、経を唱《とな》えた。

それ以外のことは、できるだけふだん通りにした。なにしろ油断ができない。いつ、秋月《あきづき》や宗像《むなかた》が攻めてくるかもしれないのである。夜襲《やしゅう》や奇襲を警戒して、見張りや門の番所は人数を増やした。

誾千代は、胴丸の肩に黒布を結んで薙刀《なぎなた》を掻《か》い込《こ》み、女子組《おなごぐみ》を引き連れて城のあちこちを見てまわった。

筑後に出陣していた将兵が帰ってきて、城はにわかに人数が増えた。山上と山麓の館には、三千人からの男たちがいる。

番所の組頭《くみがしら》や足軽たちに声をかけたが、みな元気がない。城内の空気は、どうしても沈みがちである。

ひさしぶりに城に帰ったのだから、すこしくらいはゆるりとしてよいところだが、やはり道雪の死が将兵のこころに重くのしかかっているようだ。

これからの筑前と立花城の行く末に暗雲を感じているようにも見える。

――なんとか皆の気持ちを晴らしたいもの。

誾千代は、そう考えずにはいられなかった。

葬殮から十日ばかり静かに過ごしたのち、誾千代は、朝、仏間の位牌を拝《おが》んでから統虎に相談した。

「喪に服するのはよいのですが、どうにも皆、沈み過ぎに思えてなりません」

「ふむ。それはそうかもしれん」

統虎は、このところ、連日しきりと重臣たちと評定《ひょうじょう》を重ねている。

筑前を守るには、どうすればよいのか、秋月や宗像、筑紫《ちくし》、はたまた島津の動向はどうか……。筑後に出陣していた将たちの考えを事細かに聴いて、対応策を練っているのだと話してくれた。

もっとも、それは一朝一夕《いっちょういっせき》でどうなるという計略や作戦の話ではない。

筑前、筑後の情勢は、なんといっても、各地の地侍《じざむらい》たちが、大友と島津のどちらにつくかの勢力争いが根本にある。

いまは、上り調子の島津勢と、劣勢の大友家が、互いに睨《にら》み合っている状態である、と、夫は誾千代に包み隠さず教えてくれた。

ことに筑後では、このたびの出陣で切り取った城や砦《とりで》の帰趨《きすう》が大きな問題となっている。

地侍たちに大友家への叛意《はんい》はないにしても、島津の大軍に包囲されて攻め立てられれば降伏《こうふく》せざるを得ないこともあるだろう。

昨年、道雪と高橋紹運が降伏させたばかりの城では、領地の百姓の力を借りることが難しい。そんな城は、籠城《ろうじょう》しても長持ちすまい。

そうならぬためには、なんとしても、まずは、本城であるこの立花城の将兵の士気を大いに高める必要がある、と誾千代は感じている。

「父の供養《くよう》をしたいのです。いかがでしょうか」

誾千代が言うと、統虎は首をかしげた。

「こうして位牌を拝み、喪に服しておるではないか」

「はい。でも、それが父の供養になっているとは思えないのです」

「ほう。どういうことかな」

「あの世の父が、いまのこの城のようすを見て喜ぶとは思えません」

誾千代のことばに、統虎が素直にうなずいた。

「なるほど、そう言われればそんな気がしてくる」

　ありがたいことに、この夫は、誾千代がかなり突拍子《とっぴょうし》もないことを口にしても、頭ごなしに否定したりせず、ゆるりと受け止めてくれる度量がある。

　それが将としての器《うつわ》であろう。

「しかし、あの世の義父上《ちちうえ》に喜んでいただくには、どんな供養をすればよいのかな」

　まっすぐに誾千代を見すえてたずねた。

「父上は、家来たちの力を生かすことを、なによりも大切に考えておいででした」

「それはそうだな」

「いまの立花城の将兵は、ただ悲しみに沈んでいるだけ。これでは喜びますまい」

「喪に服するというのは、そういうことではないのか」

　統虎が首をかしげている。

「悲しむばかりが喪ではありますまい。よく生き、よく死んだ父上の供養です。なによりも、家来たちの生きる力を呼び覚《さ》ましましょう」

「どうやって呼び覚ます？」

「武《ぶ》を競《きそ》う練武《れんぶ》の会を催《もよお》すのでございます。弓、鉄炮、槍《やり》、薙刀、剣、馬でも相撲《すもう》でも、なんでも得手《えて》のことで兵たちを競わせ、その技《わざ》において第一等の名人、上手には、誉《ほま》れと褒美《ほうび》を与えて讃《たた》えましょう」

「それはよい思案だ」

統虎が膝を叩いた。

夫が賛成してくれたので、誾千代はほっとした。

すぐに話がまとまって、翌日には、山上、山麓の家臣たちに触れを出した。

武を好まれた道雪公御供養のために、明日から、毎日、技をひとつずつ、家中を挙《あ》げて競い合い、武を練《ね》る――という内容である。

立花家の家臣なら、足軽、小者《こもの》にても苦しからず、家臣の家来である陪臣《またもの》でも参加してよいとつけくわえた。

これには、城内が沸《わ》き立った。

触れの武者が、家臣たちの家や各番所をまわるごとに、立花山ぜんたいに活気が甦《よみがえ》る気配《けはい》が感じられた。

「せっかくですので、旗を立て、鳴り物を入れましょう」

喪中のことで、平時は城のあちこちにかかげてある旗や色とりどりの幟《のぼり》、吹き流しは下ろして畳《たた》んである。それも城の空気を重くしている一因に思える。

「よかろう。道雪様の供養じゃ。盛大に取りおこなうべし」

統虎の鶴《つる》の一声で、立花城がにわかに活気づいた。

その翌日、山麓の大門《おおもん》前の広場で、卯《う》の刻《こく》（午前六時）から、武技比べが始まった。

初日は弓の技を競うとあって、大勢の将と兵が名乗りを上げて参加した。

秋空に法螺貝《ほらがい》が高らかに吹き鳴らされ、大勢の者が広場にやってきた。

ちょうど稲刈りの終わった城下の農民たちにも見物を許したので、百姓たちもたくさん集まった。

十五間《けん》（約二七メートル）先に標的を並べ、十人が同時に八射して、得点の高い二人が次の組に進むという方式にしたので、腕を競った者も、見物人たちも大いに盛り上がった。

午《ひる》におこなわれた決勝では、旗本《はたもと》弓組の組頭と若い平侍《ひらざむらい》が同点で、再度の競い合いになった。

一同が固唾《かたず》を呑《の》んで見守るなか、組頭が八射ともみごと中白《ちゆうはく》に的中させて面目《めんぼく》をほどこした。

統虎は、小袖《こそで》と酒壺《さかつぼ》を与えて、組頭の技のすばらしさと日頃の鍛練《たんれん》を称賛した。

その翌日は、相撲で盛り上がった。

力自慢の侍が多いなかでも、薦野増時《こものますとき》と十時連貞《ととときつらさだ》の家臣が最後まで勝ち抜いて決勝に臨み、二度も水入りになるほど白熱した戦いぶりだった。重臣の家の者同士の決戦だったので、応援する者にも力がこもった。

相撲のあとは、統虎が、その場で酒を振る舞った。

「道雪様の供養だ。遠慮なしに呑むがよい。唄《うた》も踊りも無礼講《ぶれいこう》である」

筑後の陣から引き上げて沈んでいた侍たちが、呑み、食べ、歌い、踊り、たいそう賑《にぎ》やかになった。

むろん、そのあいだも、周囲の警戒は怠《おこた》らなかった。

ふだんより大勢の物見隊《ものみたい》を各方面に放って異変がないかを監視させ、城の櫓《やぐら》にも厳重な見張りを言いつけた。

鉄炮の腕比べには、誾千代も出た。

十五間先の八寸《すん》（約二四センチメートル）角《かく》の板に描いた二寸の黒星に四発すべてを命中させ、旗本の鉄炮組の腕利《うでき》きをおさえての勝ちであった。

「姫様にはかないませぬな」

鉄炮組組頭が苦笑《にがわら》いしている。

「なんの。わらわのは鉄炮が軽いゆえ、当たるだけで威力はないぞよ」

足軽の鉄炮組は、六匁《もんめ》（約二二・五グラム）の玉をつかう筒《つつ》をそろえているが、それでは鉄炮が重く、女子にはとても扱いにくい。はじめは蔵《くら》にあった二匁半玉の筒をつかったが、それでもまだ重い。いまは、女子組用には、一匁半用の筒をそろえている。

六匁の玉なら直径が五分《ぶ》（約一五ミリ）、一匁半なら三分余りである。

一匁半の鉄炮は、ずいぶん軽く短く、女子でも扱いやすい。

「いえ、鉄炮の威力は、玉の大小ではございませぬ。玉は小さくとも、姫様は、火薬を多めに詰めておいでございましょう。あれならば、甲冑《かっちゅう》を貫《つらぬ》く威力がたいそう強うございますとも」

さすがに鉄炮組の組頭は、よく見ていた。

闇千代は、鉄炮の玉を込めるとき、火薬を多めに入れる。玉込めの手元を見ていたのか、射撃の音を聴いて気づいたのか、組頭はそれを見抜いていた。

火薬を多めにすれば、鉄炮を撃《う》つときの反動は大きくなるが、玉の貫通力《かんつうりょく》、殺《さつ》傷力《しょうりょく》は増す。反動をしっかりと支える腕と背骨の力さえあるなら、細めの筒でも、じゅうぶんな威力を発揮してくれるのである。

もちろん細い筒に火薬を詰め過ぎれば、銃身が破裂してしまう危険があるのだが、日頃から鉄炮を撃ち慣れている闇千代には、頃合いの量がわかっている。

女子組の鉄炮撃ちたちは、みなよく星に中《あ》てた。日頃の鍛練の成果があらわれて、闇千代は満足だった。

それからも、大門前の広場では、連日、家中の士が武を競い合い、朝から午過ぎまで歓声が絶えなかった。

十月になって、まだ練武の会が続いていたある日、立花城門前に、数騎の騎馬武者が駆け込んできた。

背に杏葉《ぎょうよう》の指物《さしもの》を立てている。

豊後府内《ふない》の大友本家からの遣《つか》いであった。

大友家では、宗麟《そうりん》はすでに九年前に隠居して、家督《かとく》を息子の義統《よしむね》が継いでいる。

その義統から、あらたまった使者として家格の高い侍がやってきたので、統虎がすぐに山麓の館に招じ入れた。

使者は兜《かぶと》を脱いだだけで、具足すがたのまま広間の上座にすわった。

正面に統虎と重臣が居並び、誾千代も同席した。一同が恭《うやうや》しく頭を下げた。

「このたび、大坂の関白羽柴秀吉殿から、わが主《あるじ》宛てに書状が届きましたゆえ、報せに参った」

関白と聞いて、一同はまた頭を下げた。

「関白殿におかれては、関東から奥州の果てまで、残らず天下静謐《せいひつ》をお命じになるとの由《よし》にござる」

使者が一息ついて言葉を切った。

日本全国に和平を命じたということだろう。

闇千代がすこし顔を上げて上目遣《うわめづか》いに見ると、前に並んでいる男たちは、みな頭を下げたまま平伏して聞いている。

統虎が、道雪と紹運以外の者に平伏するのを見たおぼえはない。権威や命令に絶対的に服従する男たちの世の中を、闇千代はいささか堅苦《かたくる》しく奇妙なものに感じた。

目の前の使者の背後に大友本家があり、そのむこうに大坂の関白殿がいる。

関白という官職に任じるのは、京の帝《みかど》であるという。

目の前で、日本という国の壮大な仕組みを見ている気分だった。

使者が口を開いた。

「九州にての鉾楯《ぼうじゅん》の儀はしかるべからず。国、郡の境目の争いは、お互いに関白まで申し出て存分に論ずるべし。まずは敵、味方ともに、弓箭《きゅうせん》の戦いを相止《あい》めよ。この命令に従わねば、きつく関白殿がご成敗《せいばい》なさるゆえ、分別《ふんべつ》せよとの御沙汰《ごさた》でござる」

一座の者たちが、使者のことばに息を呑んだ。

つまり、大友家は、島津家と和議を結び、合戦を停止せよとの命令である。

道雪の葬殮の日に、高橋紹運が予見していた通りにことが運んだのだ。

使者が話をつづけた。

「大友家としては、関白殿のご意向に従うべし、というのが当主義統公、隠居宗麟公ともどものご裁定にござる。むろん、家中一同得心《とくしん》してそれに従う所存。立花の家にても、同心してもらいたい」

顔を上げた一同がうなずいた。皆の背中に安堵《あんど》がただよっている。

「承知いたしました。しかし、島津はいかがでしょうか。関白殿のご命令に従いましょうか」

統虎がたずねた。なによりそこが大きな問題である。

「島津はおそらく従うまい、と、大友家では見ている」

——さもあろう。

と、闇千代は思った。

夫から聞いた話では、薩摩を本拠とする島津家は、大隅《おおすみ》、日向《ひゅうが》はもとより、肥《ひ》後《ご》、肥前《ひぜん》、筑後、さらには筑前、豊前にまでも勢力を拡大させて地侍たちを従わせている。

その版図《はんと》はじつに広大で、三百万石《ごく》にもおよぶほどだという。

総兵力は十万にも達するそうだ。

しかも、琉球《りゅうきゅう》船や明《みん》の密貿易船と交易して、たいそうな銭《ぜに》をたくわえ、鉄炮、大筒《おおづつ》、火薬の準備が潤沢《じゅんたく》であるらしい。

——秀吉なにするものぞ。

との気概が、島津にはあるのであろう。

いくら秀吉が関白に成り上がったところで、元をただせばしょせんは尾張の小百姓。鎌倉《かまくら》以来の守護《しゅご》大名に楯突《たてつ》くなど、片腹痛い——くらいに思っているらしい。

「島津が従わねば……」

統虎がつぶやくように言った。

「合戦となる。島津も、まずは九州を平らげるつもりでかかってこよう」

たしかにそうだろう。

島津勢十万のうち、半数は地元に残しておくにしても、半分の五万を遠征に送り出すだけの力がある。

——五万。

とてものこと、誾千代に想像のつく兵数ではない。

もしも、五万の兵が、この筑前になだれ込んできて立花城を囲んだら、いったいどうなることだろうか——。なんにしても、長期間、籠城できるだけの食料と水、武器、弾薬は準備しておかなければなるまい。

「して、関白殿は、直々《じきじき》にご出陣なさるのでしょうか」

統虎がたずねると、使者が大きくうなずいた。

「ことが極《きわ》まればさようになろうが、まずは、ご詮議《せんぎ》が先であろう。春になれば、ご隠居宗麟様が、大坂に出向かれる。そのときに島津も大坂に行って和議を論ずればよし。行かなければ、粛々《しゆくしゆく》と軍勢を繰り出されよう」

使者がおごそかに言った。これから冬となって北風が吹く。春の南風を待って、宗麟公は大坂に出立《しゆつたつ》するのだ。

「承知いたしました。それまで、しかと筑前を固めておきまする」

よく通る声で、統虎がはっきり答えた。

統虎が酒と食事を勧《すす》めたが、使者は断った。

「お心遣いはありがたいが、それよりも立花城がいかに意気軒昂《けんこう》であったか、岩屋城に報せたい。門前での練武のこと、紹運殿にお伝えすれば、大いに喜ばれるでありましょう」

くだけた言葉遣いで使者が言った。すでに大友家名代《みようだい》の役目を終えて、同じ大友一門として話している。

岩屋城には、昨夜のうちに着いて泊まってきたが、帰りにぜひとも立花城のようすを教えてくれと頼まれたのだという。

「それでは、紹運殿にお伝えくだされ。もしも島津が攻め寄せてきたら、いつにても援軍を送りますとな」

「しかと承《うけたまわ》った」

岩屋城の高橋紹運と統増《むねます》も、これからの筑前の情勢に気を揉《も》んでいることであろう。立花城の士気の高さは、一種の吉報にちがいない。

「岩屋城までお供《とも》いたせ」

統虎が命じると、すぐに三十騎の武者が門前にそろった。

使者と五、六騎ばかりの大友の武者たちは、馬上で一礼すると、馬に鞭《むち》をくれて駆け出した。

立花家の三十騎の武者があとを追って駆けた。

年が明けて、天正《てんしょう》十四年（一五八六）になった。

年賀の挨拶《あいさつ》など、正月行事のあれこれはできるだけ例年通りおこなった。そのほうが城内の気分が晴れやかになる。

――父ならどうしたか。

統虎と闇千代で話し合って、そう決めたのであった。

昨年秋、大友家が関白殿の命令に従うと決めてからすぐに、九州北部の情勢にいささか動きがあった。

島津方について宝満城を奪い、占拠《せんきょ》している筑紫広門《ひろかど》が、岩屋城にいる高橋紹運に接近してきたというのである。

むろん、関白秀吉が軍を派遣してくることに恐れをなしての日和見《ひよりみ》であろう。

筑紫広門は三十一歳で、三十九歳になる歴戦の猛者《もさ》紹運を頼みとしたのかもしれない。

もともと筑紫家と高橋家は、親戚関係の者が多く、広門の妻と高橋紹運の妻も同族であった。

和議はととのい、宝満城を両家の相城《あいじろ》としたうえで、互いに人質を交換して、味方として戦うことを約束し合ったと、岩屋城から報せてきた。

すこしでも天秤《てんびん》が大友方に傾くのは、よい兆候《ちょうこう》であった。

味方が増えたと聞けば、春の陽射《ひざ》しもことのほかのどかに感じられる。

うららかな春の日に、誾千代はすこし体調を崩した。

体がだるく、頭がぼんやりする。

ゆらゆらと、風景がゆらいで見える。

立花城の本丸御殿から、博多《はかた》の海と町を眺《なが》めながら、誾千代は、不安をおぼえて何度か目を瞬《しばたた》かせた。

博多の海と町がゆらいで見えるのは、春の陽炎《かぎろい》のせいであった。

それでも、微熱があって腹が張っている気がする。

――食にあたったか……。

と案じたが、悪いものを食べた覚えはない。夫も母の仁志《にし》も、侍女や家臣たちもみな同じ物を食べているのに、具合が悪くなったという者はいない。炊《た》きたての飯の香りが、硫黄《いおう》の臭《にお》いのように不快に思え、吐《は》き気《け》を感じたとき、自分でも気がついた。

――やや子ができたのかもしれない。

夜、寝所《しんじょ》に入ると、夫はしきりと闇千代をいつくしんでくれる。赤子《あかご》を孕《はら》むのは、ごく自然の摂理《せつり》であった。

母の仁志に話すと、月の障《さわ》りについていくつかたずねられた。

ありのままに話すと、たぶんやや子ができたのだろうと言われた。

「はじめの三月《みつき》ばかりが大切なのです。お腹《なか》を冷やさぬように、襦袢《じゅばん》をもう一枚着なさい」

すぐに真新しい襦袢を持ち出し、胴丸を脱ぐように言った。

襦袢を重ねて着て、いま脱いだばかりの胴丸を着けようとすると、母に叱《しか》られた。

「なりませぬ。やや子が垂《さ》がりますよ」

「着けるのは、わたしですよ」

「なにを言います。これからは、食べるのも寝《やす》むのもみなやや子のため。自分のことはしばらく忘れなさい」

言われて、なにか手足を縛《しば》られたようで悔《くや》しかった。

自分はいつも具足を着けて、敵が来ればすぐに戦う準備をしておきたいのに、それができないのが歯がゆく、もどかしい。

――やや子など、ほかの女が産めばよいのに。

と思ってから、すぐに首をふった。

とんでもないことを考えたと反省した。

その夜、寝所で統虎に話した。

「やや子ができたようでございます」

夫は、淡々《たんたん》とうなずいた。

「そうか。腹のなかにべつの人間がいるというのは、どんな気持ちなのだろうか」

たずねられて、誾千代は返答に困った。へんなことをたずねる夫だと思った。

「べつの人間といいましても、まだよく分かりません。とても小さいのですもの」

統虎は、誾千代を仰向《あおむ》けに寝かせて襦袢をはだけさせ、下腹に手をあてた。

「わからぬものだな」

「はい。まだわたしにも……」

統虎は、闇千代の腹に耳をあてた。

「泣き声は聞こえぬか」

闇千代は吹き出しそうになった。

「お腹のなかで泣くややこがいるものですか」

「それもそうだな」

二人して、声を上げて笑った。

母に命じられた通り、それから闇千代は胴丸を着けず、本丸の御殿からあまり出ないようにして過ごした。

ときに下腹が強く張るので、間違いなく子ができたのだと実感があった。

いまのところ筑前は落ちついているので、山麓の屋敷にいてもよかったのだが、闇千代は本丸から眺める博多の海と町がことのほか好きだ。

それさえ眺めていれば、悪阻《つわり》もつらくなかった。

月が満ち欠けを二度くり返し、腹はほんのすこしずつ膨《ふく》らんできた。

急に下腹が痛んで血が流れ出たのは、四月になってからのことだ。

錐《きり》でも差し込んだように痛み、起きていられなかった。

母が、奥女中のなかで、子の取り上げに通じた初老の女を呼んでくれた。

女は、闇千代のからだを詳しく調べ、首をかしげた。

「いけないかもしれません」

まだ月がまるで足らぬのに、どうやら、やや子を包んでいる胞衣《えな》が破れたらしい。

腹が強く張り、血とともに膿《うみ》の塊《かたまり》のような肉塊《にくかい》が流れ出た。子は流れた。

闇千代は、なにが起こったのかよく分からなかった。

ただ、腹が痛むのに耐えて、寝ているしかなかった。

「よくあることです。気にしないように」

母の仁志が、やさしい声で慰《なぐさ》めてくれた。

一日ずっと天井《てんじょう》を見つめて寝ていた。

――命……。

というものが不思議に思えた。

男がいて、女がいて、いつくしみ合えば、命が生まれる。それは、鳥でも動物でも同じことだ。

――自分には……。

母になる資格がないのだろうかと不安になった。

母になるのに、資格がいるのかどうか分からない。それでも、母になるべき者は、天がよりわけて決めているのかもしれないと思うと悔しかった。

夫が褥《しとね》を見舞ってくれた。

「痛むか」

「いえ……」

謝《あやま》るべきかどうか迷った。せっかく生《な》した子を流してしまったのは、女の責任なのかどうか――。

「ならばなによりだ。滋養《じよう》のある物を食べて休んでいるのがいいと婆さんが言っていた。博多の町に菓子を注文させた。たくさん食べるがいい」

「ありがとうございます」

翌日、夫が重箱を持って寝所にやってきた。

蓋《ふた》を開けると、いつぞや松尾山《まつおやま》の色姫《いろひめ》のために取り寄せた唐菓子《とうがし》の団喜《だんき》が、ぎっしり詰まっていた。

闇千代はことばを喉《のど》に詰まらせた。

あのときは、人質の身である色姫を哀《あわ》れな女《ひと》だと思って、この菓子で見舞った。

いまは、同じ菓子で見舞ってもらう、わが身こそが哀れであると思えた。

五月になって、山に躑躅《つつじ》が赤く燃えるころ、闇千代のからだは、すっかりもとにもどっていた。

以前のように胴丸を着けて薙刀を掻い込み、女子組を率《ひき》いて城内を見まわった。

――女はやっかいだ。

歩きながらも、ときおりそんな思いが込み上げてくる。

城の女たちは、みな健気《けなげ》に夫に尽くし、夫を頼り、子どもをたくさん生して、元気に育てている。

その上で、鉄炮や薙刀の稽古《けいこ》をし、城内の見まわりに精を出している。

女たちの生きる強さに、頭が下がる思いだった。

見まわりから帰ると、本丸御殿に、豊後杵築《きつき》の丹生島城《にゅうじまじょう》にいる大友宗麟から遣いが来ていた。去年、府内の義統のもとからやってきた使者も同道している。

「ご隠居様は、このたび大坂表《おもて》に行かれ、関白秀吉殿とご面談。これからの九州の仕置きについて昵懇《じっこん》にお話しなさったうえ、帰国なさいました」

「それは重畳至極《ちょうじょうしごく》。して、いかような仕儀《しぎ》になり申したか」

統虎がたずねると、二人の使者が大きくうなずいた。

「島津めが、関白殿に従わぬことは明々白々《めいめいはくはく》。関白殿におかれましては、いよいよ来春早々には、島津討伐《とうばつ》にご自身が出馬なされることにあいなりました」

「やはりそうなったか」

「はい。はっきりと約定《やくじょう》をいただいたとの由《よし》にござる」

「それに先立ち、中国の毛利《もうり》、吉川《きっかわ》、小早川《こばやかわ》、黒田《くろだ》をすぐに先発させるとの由。これもまた、なによりのことと安堵しておるしだいにござる」

もうひとりの使者が顔をほころばして言った。

いっしょに聞いていた誾千代も、胸がすく思いだった。

これで、大友家も立花家も高橋家も安泰である。

初夏のやわらかい風が御殿を吹き抜けるのを、とても心地好《よ》く感じた。

島津の軍勢が、肥後の国境から筑後にあらわれた――との報告が立花城に届いたのは、六月の半《なか》ばを過ぎたころであった。

「いかほどな数か」

本丸御殿の階《きざはし》で、統虎が使いの母衣《ほろ》武者にたずねた。

「敵は途中で肥後の降将《こうしょう》たちをくわえ五万と称し、あちこちでそう触れまわっております」

「五万のう……」

統虎があごを撫でた。

となりで聞いていた誾千代は、くちびるを噛《か》みしめた。とんでもない大軍である。

島津の総兵力は、麾下《きか》に組み込んだ周辺諸国の戦力をふくめ、多めに見積もって十万。

大将の義久《よしひさ》は、全軍を二手に分け、東の一手は日向《ひゅうが》から豊後へ進軍させているとの報せが、すでに大友家から入っている。

東からの兵力はざっと三万だという。

それに加えて、西の肥後方面から五万を投入するとなれば、手持ちの軍勢の過半を動員することになる。

「さほどには、おるまい」

「御意《ぎょい》。各方面に放ちましたる物見《ものみ》の報せを重ね合わせますと、それでも四万はおりましょう」

「四万か……」

「あなどれぬ数でございますね」

誾千代は、四万の大軍勢など見たことがない。

この立花城にいる兵三千人の十倍以上である。

「まこと、手ごわい数だが、むこうは、それだけの足軽を、毎日、食わせねばならぬ。持たせている糒《ほしいい》だけでは、とてものこと足らぬ。籠城《ろうじょう》して長陣《ながじん》に持ち込めば、こちらに利がある」

「さようでございます。籠城するのが最善の策」

誾千代もそう思っていた。夫が同じ意見だったのが嬉《うれ》しい。

立花城は、山が険峻《けんしゅん》で、守りを固めやすい。たとえ、山下の館を焼き払われ、四万の軍勢に囲まれたとしても、そう簡単には落城しないはずだ。

山麓から敵が攻め登ってくれば、石を投げ、矢玉《やだま》を浴《あ》びせる。女子組《おなごぐみ》も、果敢に戦う。

水の手は山頂近くにあるし、蔵《くら》には膨大《ぼうだい》な米俵《こめだわら》や干し魚、塩、味噌《みそ》などの食品が備蓄してある。長陣になっても安心だ。

村々には、秋月の兵などが略奪に来ることがあるので、ふだんから米を隠すように言いつけてある。

「籠城のしたくを城内に命じよ。村々には、敵方に略奪されぬよう、米を、さらに用心せよと触れよ」

統虎が、縁廊下《えんろうか》に控えていた薦野増時《こものますとき》に命じると、薦野が一礼して立ち上がり、籠城の準備を伝えに行った。

「この城に籠もっていれば、一年は平気でございましょう」

闇千代が言うと、統虎が首をかしげた。

「そうさなぁ」

それほどはもたない、とでも言いたげな顔付きである。

「どれほどなら、だいじょうぶだとお考えですか」

「わしが攻略するなら、三月《みつき》で落としてみせる」

「殿が、この城を攻略なさるですと」

つい甲高《かんだか》い声が出てしまったので、闇千代はわれながら驚いた。

「たとえばの話だ。どのように攻められればいちばん困るか、あれこれと考えてみた」

闇千代は、あたりを見まわした。

そばにいるのは、統虎の小姓《こしょう》と、侍女のみねだけである。この二人なら、なにを聞かれても心配はない。

「どのように攻めれば、三月で陥落《かんらく》するのですか」

たずねると、統虎が大きくうなずいた。

「先般の大友の武者が、秀吉殿の合戦のやり方を語ってくれた。まことに戦略に長《た》けた大将である。大いに学ぶところがあった」

かつて鳥取城《とっとりじょう》を攻めたとき、秀吉はいかにも周到な手を打ったのだと、統虎が話しはじめた。

「まず、こちらの手先となる商人を送り込んで、相場の数倍の値で米を買い占めさせたというのだ」

「なぜ、さようなことを」

「さすれば、城下にある米が底をついてしまう。城方《しろがた》が籠城用の米を集めようとしたときには、もはや米がなかった」

誾千代は背筋《せすじ》が寒くなった。そんなことをされたら、たまらない。

「でも、よかった。この立花城には、たくさんの米が蓄《たくわ》えてございますものね。城下にもあります」

「城の置き米は、道雪様が千石《ごく》とお決めになって、いつもそれだけの俵を蔵に積むようにしている。このところ島津の動きがあやしかったゆえ、いまはさらに多く積んであるが、粥《かゆ》にして食べても三月がよいところだ」

合戦となれば、山頂の城には、兵士ばかりでなく、城下の者たちを足軽や人足《にんそく》として収容する。望む者は、女子や老人、子どもでも入れてやる。総勢一万人になるかもしれない。米はすぐになくなってしまうだろう。

秀吉という大将は、米を買い占めさせたうえで、二万の軍団に山の城を四方から囲ませ、十町《ちょう》（一キロメートル強）おきに物見櫓《やぐら》を立てて日夜監視し、じりじりと包囲の輪をせばめたのだという。

「渇殺《かつえごろ》し、と呼ばれたそうでな。城内は、ねずみはおろか、壁土《かべつち》まで喰《く》い尽くし、それは酸鼻《さんび》をきわめたらしい」

なんとむごたらしい戦術をつかう大将なのか――。

聞いていて、誾千代は虫酸《むしず》が走った。戦うなら、正々堂々と真正面《ましょうめん》から戦うべきではないのか。

「いやな、大将ですこと」

統虎が、首を横にふった。

「わしは、周到な戦術だと思う。味方の損耗《そんもう》を減らし、敵に大きな打撃を与えることを考えたら、最善の策だと言ってもよい」

「そうでしょうか」

誾千代は納得《なっとく》できない。

「秀吉殿は、備中高松城を攻めるとき、三十町にもおよぶ土手を築いて、城のまわりを池にして孤立させたというぞ。こちらは籠城ひと月で兵糧《ひょうろう》が尽きたそうだ」

「立花山のまわりを池にすることはできません」

「それはできんが、山のぐるりに物見櫓を築き、足軽たちに囲ませることはできる。そうなったら、こちらはたいそう苦戦することになる」

秀吉とは、さぞや冷徹でまるで人情味のない人物に違いあるまいと、誾千代は想像した。

「島津がそんな戦術をとるでしょうか」

たずねると、統虎が首を横にふった。

「いや、そこまではするまい。だが、それくらいの大がかりな陣容で攻められても、対抗できる策を考えておかねばならぬということだ」

誾千代は、大きくうなずくと、夫の目をまっすぐに見つめてたずねた。

「あなたが攻める側なら、渇殺しをなさいますか」

たずねると、統虎が首をふった。

「わしなら、包囲網を布《し》いたうえで、頭をひねって別の策を考える。乱波《らっぱ》を放って内輪《うちわ》もめをさせる調略がよかろう」

合戦で死んでゆく者には、飢《う》えて死のうが槍で突かれようが同じかもしれないが、渇殺しなどというのは、人の命の尊厳《そんげん》を軽んじているようで、誾千代は認めたくなかった。

「戦いにも、お人柄《ひとがら》が出るものですね」

「そうかもしれんな」

わが夫が、残忍な男ではないことをたしかめたので、誾千代は胸をなで下ろした。

　六月の末から七月にかけて、島津の軍勢が筑後、肥前に攻め入ってきた。

まっさきに攻撃の狙《ねら》いをさだめたのは、肥前勝尾城《かつのおじょう》の筑紫広門《ちくしひろかど》である。

かねて島津についていたのを裏切って寝返ったため、目の敵《かたき》にされたらしい。

統虎は、各方面にしきりと物見を放ち、情勢をさぐらせている。日々、何人もの母衣武者が本丸に駆け上がってきては、緊迫した情勢を報告する。

敵は、筑紫平野を、こちらに向かってくる。島津忠長《ただなが》という男が大将だという。島津の総大将義久の従弟《いとこ》らしい。

　誾千代は、いつも胴丸を着けて、城内の警護、女子組の鉄炮の稽古などに忙しかったが、本丸にいるときは、できるだけ統虎といっしょに物見たちの報告を聞いた。自分たちを取り巻く情勢を正確に知っておきたいからだ。

「島津軍は、太宰府天満宮《だざいふてんまんぐう》のそばに陣を布いております。全軍をもって、岩屋城を攻撃するやに見受けられます」

　武者の報告を聞いて、統虎はくちびるを舐《な》めた。

「そうか。あるいは、二手に分かれ、一手をこちらに差し向けるやもしれんと思っておったが、全軍で囲むつもりか」

翌日帰ってきた物見は、敵の攻撃目標をはっきりと見定めてきた。

「すでに山の裾野《すその》に陣を布いておりますので、二、三日うちに全軍で山を囲み、総攻撃を開始するやに見受けられます」

「ごくろうだった」

武者がひき下がると、統虎は腕を組んで考え込んだ。

眼下に、博多の町と海が見えている。

暦《こよみ》ではもう秋だが、残暑が厳しく、山では蟬《せみ》がやかましく鳴いている。

「なにをためらっておいでですか」

誾千代は勢い込んで立ち上がった。

岩屋城に籠もる高橋紹運は、夫統虎の実父であり、誾千代にとっては義理の父である。

しかも筑前にあって、大友一統の杏葉《ぎょうよう》の旗をかかげているのは、もはや、この立花城と岩屋城、宝満城だけなのだ。

なんとしても、窮地《きゅうち》を救わねばなるまい。

統虎は口元をゆがめただけで、答えない。

「すぐさまこちらの軍勢をくり出して、敵の背後を衝《つ》くべきでございましょう」

誾千代が言うと、統虎が落ち着いた顔でうなずいた。

「なるほど、それもひとつの策である。して、どれほどの軍勢を出すかな」

逆に問われて、闇千代は返答に困った。

「……千か二千で衝けば、いかがでしょうか。敵は大いに狼狽《ろうばい》するはず」

「たしかに夜襲でもかければ、攪乱《かくらん》はできるであろう」

「ならば、今夜にでも」

「今宵《こよい》は月がないぞ」

上弦《じょうげん》の月が出るはずだが、たしかに夜半前《やはんまえ》には沈んで暗闇《くらやみ》となるだろう。

「途中までは松明《たいまつ》を灯《とも》せばよろしゅうございましょう」

「まちがいなく敵の物見に見つかるぞ。敵はこちらに背後を衝かれるのを警戒しておる」

闇千代は、夫に言いくるめられて、悔しかった。

「さように理詰めで合戦はできますまい。男たちが行かぬのなら、わたしが女子組二百人を引き連れて攻めてまいります」

闇千代は、かたわらに置いてあった薙刀《なぎなた》を手に取った。すぐにでも仕度をととのえて、出陣するつもりである。

「たしかに理詰めで合戦はできぬ。しかし、まずは理を立てねばならぬ。理の無《な》い戦いを、無理というぞ」

言われて闇千代は、喉《のど》にことばを詰まらせた。

「それに、歩いていくのか」

城の馬は、みな男たちが使っている。残っているのは数頭だ。

「女たちが徒《かち》で夜襲をかけても、勝算はあるまい。千人の足軽をくり出しても同じだ。返り討ちに合い、敵に退路を断たれて全滅するだけであろう」

「しかし、なにもしないわけにはいきません」

義父高橋紹運や家臣たちを見殺しにするわけにはいかない。

「そうだ。なんとかせねばならん。なんとかしたい。しかし、島津の大軍勢の背後を、寡勢《かぜい》で衝くのは、いかに考えても無謀過ぎる」

「では、なにかよい策がございますか」

「ある」

夫が力強くこたえた。

「まずは、岩屋城の軍勢が宝満城に移ることだ」

岩屋城はもとはといえば、宝満城の出城《でじろ》であった。

宝満山はあまりに高く大きく、険峻なので、日常の用が不便である。

そのため、出城である岩屋城に移ったのだ。

宝満城には、いま、筑紫広門の一族が残っている。先だって紹運と和議を結んで相城《あいじろ》としたばかりだ。

　高橋家の本隊が岩屋城から宝満城に移ってしまえば、島津がいかな大軍勢で攻め寄せようとも、おいそれと山頂にさえ登ってこれないだろう。高い峰と深い谷が複雑に入り組んでいるので、包囲網を布《し》くのは容易ではない。

　籠城するには、もってこいの城だといってよい。

「そのうえで、こちらから宝満城に援軍を派遣《はけん》するのがよいだろう」

「よいご思案だと存じます」

　闇千代は、素直に頭を下げた。夫の冷静な戦略眼《せんりゃくがん》に敬意を払った。ただ軍勢を送り出すことしか考えていなかった自分の浅慮《せんりょ》を恥じた。

「しかし、そう簡単にはいかんのだ」

「なぜですか」

「父上が頑固《がんこ》だからさ」

　じつは、これまでにも使番《つかいばん》をおくり、宝満城に移ったほうがよいと進言しているが、紹運が拒《こば》んでいるのだという。

「地の利は人の和にしかず、というのが、父上の論法だ」

「孫子《そんし》の兵法でしょう。どういう意味でございましょうか」

　孫子の兵法なら、闇千代も父道雪にすこし教わった覚えがある。地に足のついた考え方に、目を開かされた。

夫が首を横にふった。

「いや、これは孟子《もうし》だ」

「孟子……」

知らない名だ。世の中には学ぶべきことがたくさんありそうだ。

「孟子の書を日《ひ》の本《もと》に向けて積み出すと船が沈む、と言われたほど激烈《げきれつ》な書でな、なによりも人間の力を信じておる。わしは、父上から孫子より孟子を多く学んだ。治世の王道がたくさん説かれている」

たしかに、孫子では、地形の見抜き方や作戦の立て方が重視されていた。

「たとえ地に利があろうとも人の和のほうが勝《まさ》っている、と孟子が説くのは、将兵の結束力を信じるという意味だ。父の言うように、岩屋城にいるなら、城兵の絆《きずな》は固い」

いまの岩屋城には一千に足りぬ兵しかいないと聞いている。合戦をくり返しているうちに、ずいぶん人数が減ったものだ。宝満城にもいくらかはいるが、筑紫広門の将兵が多く残り、こころが一つになりにくいのだと統虎が説いた。

「よく分かりました」

誾千代がうなずくと、統虎が眉間《みけん》に皺《しわ》を寄せた。

「いや、わしは分からん」

「えっ……」

「いまは、地の利を取る場合だと考える」

「それでは……」

「父上がまちがっておられるのだ」

夫は、毅然《きぜん》とした顔で、実父がまちがっているとはっきり指摘した。

「書物がつねに正しいとはかぎらぬ。その場合によって、正しいこともあれば、誤っていることもある。父上は、岩屋城を囮《おとり》にして、こちらを助けるつもりであろう」

「囮……」

「ああ。もしも高橋勢が宝満城に移れば、島津軍は手を出しかねて、まずこの立花城を攻めるであろう」

闇千代は、息を呑んだ。

この立花城は、博多をおさえる要衝《ようしょう》だ。

もしも、中国筋から毛利らの軍勢が押し寄せてくるとなったら、ここここそが迎え撃つのに絶好の地である。島津にしてみれば、ぜひとも手に入れたい城に違いない。

「では、わたしたちのために、捨て石になるおつもりでしょうか」

「ああ。そうとしか思えぬ」

「お義父《とう》様を説き伏せに、行ってまいります」

力強く言った誾千代を見て、夫が首をかしげた。

「ふむ。薦野に行ってもらおうと思っていたのだがな」

「薦野殿といっしょに、ぜひわらわも行かせてください」

誾千代が頼むと、統虎がうなずいた。


その日の夜、月のあるうちに、誾千代と薦野は馬で出立した。

供《とも》には女子組が十騎。

薦野が率いる将兵一千。

高橋勢が宝満城に移ろうが岩屋城に残ろうが、この一千は援軍としてそのまま残すつもりである。

物見に、島津勢の手薄《てうす》な裏道を聞いておいた。そこから山を登り、山頂の館に着いた。

館に入る前に、眼下の太宰府あたりを見下ろして、誾千代は動けなくなった。

闇のなかに、夥《おびただ》しい篝火《かがりび》が灯っている。あれだけの敵が攻め寄せてくるのだと思うと、胸が苦しくなった。

館で会った高橋紹運は、さわやかな顔をしていた。すでに死を覚悟して、達観しているに違いなかった。

　それでもさすがに、闇千代の顔を見て驚いている。

「これは姫君がわざわざのご来臨《らいりん》。いや、恐れ入った」

「さしでがましいことながら、なんとしても、宝満城にお移りいただきたく、説きにまいりました。宝満城がおいやなら、ぜひ立花城においでください。それならば、よそ者はおらず、高橋、立花両家の身内だけで、人の和をもって戦えます」

「それは重畳《ちょうじょう》。ありがたく身に染《し》みるお言葉だ」

「では、さっそくに」

「お言葉だけありがたく受け取らせていただこう。わしは、どこにも移らぬ。援軍も無用のこと。早々に引き取って、立花城の守りを固めるがよい」

「しかし、それではむざむざ島津にやられてしまいます」

「はは。見くびられたものよ。これでもいささかの武は心得ておる。島津の者どもに一泡《ひとあわ》吹かせてくれるわい」

「なぜ、お移りいただけませぬ」

「古来、城を捨てるなどというのは武士《もののふ》のならいにはない。捨てるより、戦ってここで死ぬ」

　聞いていて、闇千代はくちびるを噛みしめた。

——男は、生きづらい。

これまで、女は生きづらいと思っていたが、生きづらいのは男も同じらしい。武士のならいを重んじるあまり、自在に城を動くこともできない。どう考えても、この場は一時的に岩屋城を立ち退《の》いて、しばらく持ちこたえ、秀吉殿からの援軍を待つのが最善の策であろうに、武士の意地からそれができない。それをしない。

——意地がさまたげだ。

そう思えてならない。

「では、われらは援軍としてこのまま城に置いていただきます」

誾千代が言うと、恐ろしいほどの怒声《どせい》を頭から浴びせられた。

「ならんッ。断じてならんッ」

いつもは穏《おだ》やかな顔をした紹運が、そんな声を発するとは思ってもいなかった。

「お城とともに死ぬのが城督の本懐《ほんかい》なら、それを見捨てず助けるのも武門の本懐。ぜひともご一緒させていただきます」

膝を進めてそう説いたが、紹運はうなずかない。むしろ、顔をこわばらせた。

「薦野」

誾千代を見ず、となりにいる薦野増時に話しかけた。

「頼みがある」

「はっ」

「姫を連れて帰れ。ここで死なすわけにはいかん」

　薦野がうなずいた。

「紹運様の仰《おお》せのとおりにいたしましょう。城内の者は、かならず城督の命令に従わねばなりません」

　薦野に諭《さと》された。

「いやじゃ。それでは、使いとしてのわらわの役目が果たせぬ」

「さような体面にこだわるな」

　紹運に言われたのが、かえって悔しかった。体面にこだわり、あたら命を捨てようとしているのは、目の前の義父である。

「なりませぬか」

　いま一度たずねた。涙声になってしまったのが、さらに悔しい。

「ああ、そなたは、立花の姫じゃ。子を生《な》すという大切な仕事がある。わが孫を産んでくれ」

　言われて、誾千代は奥歯を嚙みしめた。

　――やはり、女のほうが生きづらい。

反論する気にならず、頭を下げて御前《ごぜん》をひき下がった。

誾千代と薦野は、一千の兵をひき連れ、そのまま山を下って、立花城に帰った。

◇

立花城にもどられてからの姫様は、まさに魂《たましい》が抜けたようでいらっしゃいました。

それでも、なんとか岩屋城が猛攻をしのぎ、早く援軍が到着してくれるよう、居室にお祀《まつ》りした摩利支天《まりしてん》像に、毎日、祈っておられました。

祈りのときの姫様は、それはもう鬼気《きき》迫《せま》るほどの精気を全身から発しておいででした。それだけ真剣に、高橋紹運様と城方ご一同のご無事を祈っておられたのでございます。

岩屋城が、島津の総攻撃を受け、籠城していた七百余人全員が討ち死にしたのは、七月二十七日のことでございました。寅《とら》の刻《こく》（午前四時）から総攻撃を受け、その日の夕刻まで凄《すさ》まじい戦いを繰り広げられたとのことでした。

島津に囲まれてから半月余り。

思えば、あっけないほどの落城でございました。

あとになって伝え聞いたところによりますと、戦いは壮絶をきわめ、島津の軍勢は三千人の死者と千五百人の手負《ておい》が出たそうでございます。わずか七百余人が四万人を相手に戦ったにしては、赫奕《かくやく》たる誉《ほま》れと申すべきでございましょう。落城、紹運殿ご自害の報せを聞かれた姫様は、悄然《しょうぜん》と肩を落とし、うつろな顔で涙を流されました。

「わらわには、人を動かすことができぬか。ついに助けること、かなわなんだ」

道雪様が亡くなられたときには、お見せにならなかった涙でございます。なんの力にもなれなかったご自身を、たいそう責《せ》めておいでのように見受けられました。

統虎様は、あのあともう一度援軍を送られました。多くては断られるとお考えになって、わずか三十名だけ、死を覚悟した者たちを岩屋城に向かわせたのです。その者たちはさすがに受け入れてもらえ、立派に戦って死んだと伝え聞いております。

紹運殿をはじめ、最後に残った五十名は、みなさま手傷《てきず》を負《お》いながらも戦い、最後の最後になって、櫓に登り、腹《はら》をお召《め》しになったのだとうかがっております。

わたくしも、あのとき誾千代姫様といっしょに岩屋城を訪れましたので、最後にお腹を召された櫓は存じております。さぞや壮絶なお最期《さいご》であっただろうと、岩屋城のことを思い出すたびに胸が苦しくなります。

統虎様のご生母宋雲尼《そううんに》様と妹君は、落城の折、敵方に捕《と》らわれなさいました。

しばらく監禁されておいでてしたが、のちに統虎様が無事にお助けになりました。

弟君の統増《むねます》殿は、高橋家のわずかな人数と、筑紫家の兵とともに宝満城に籠城なさっていらっしゃいましたが、降伏ののち島津勢に捕らわれておいでてした。やはり、翌年になってご無事にお助けできたのが、せめてもの救いでございました。

島津軍が立花城下にあらわれたのは、八月になってすぐのことでございました。

ただ、岩屋城で受けた打撃があまりにも大きかったらしく、すぐに攻め寄せてくるようすはありませんでした。

総攻撃まで、数日の余裕がありそうでした。

統虎様は、中国にいる黒田官兵衛《かんべえ》殿に遣いを送って秀吉勢の援軍を督促《とくそく》しておられましたが、到着までに、まだ半月ばかりかかるとの返事でございます。

そのあいだに攻め寄せられてはたまりません。なにしろ四万の兵でございます。

籠城さえすれば持ちこたえられるという考えがいかに甘かったかは、すでに岩屋城ではっきりしております。

兵の籠もる城を攻めるには、城方の五倍の攻め手がいればいいそうですね。三千人の兵しかいない立花城など、あっという間に攻め落とされてしまいましょう。

「なんとか、島津の攻撃を遅らせたいものだ。手はないものか」

重臣の方々を集めた軍議のときに、しきりとそれを相談なさっておいでのでした

が、よい思案はだれにもありませんでした。

立花城では、守りを固め、物見を放つ以外の手を打つことができませんでした。時間が過ぎるのが、じりじりと苛立《いらだ》たしく、あのときの一日は、一年にも感じられました。

なにも打つ手がないまま、十日あまりが過ぎてしまいました。

敵は着々と山麓に陣容をととのえておりました。明日にも総攻撃があってもおかしくない情勢でした。

山頂から見える筑紫の野には、夥しい人馬が満ちております。

いつ攻め登ってくるのかと考えれば、気が気ではありませなんだ。

日々、敵の囲みがたしかな陣形をとりつつあるなか、誾千代姫様は、朝から城の見まわりに励み、ようやくご自分を取り戻されたようでございました。

凜《りん》としたお顔立ちが、以前にもまして、ことのほか美しく感じられました。

「殿様は知恵者《ちえしゃ》だと思っておりましたが、案外お知恵がございませんのね」

ある夜、統虎様とお二人で寝所に入られたとき、誾千代姫様がそんなことをおっしゃいましたので、たまさか隣室で控えておりましたわたくしは、びっくりいたしました。

「そうさな。たしかに知恵がない。困ったものよ」

統虎様が、淡々《たんたん》とお答えになりました。

……ええ、はい、まったくご立腹《りっぷく》のごようすはございませんでした。たいていの殿方ならば、妻女《さいじょ》から知恵がないなどと腐《くさ》されれば、腹を立てるに違いありません。

そこが統虎様の将器《しょうき》の大きさでございます。正しいことを指摘されれば、そのまま受けとめるだけの度量がおありなのです。

実際のところ、統虎様も重臣方も評定《ひょうじょう》を開いて、かくなる上は、援軍が来るまでなんとか城を持ちこたえさせよう、と決めてはおりましても、そのための手がございませんでした。

立花城は風前の灯火《ともしび》。

まさに、強い風にあおられて消える寸前だったのでございます。

「なにか、よい手があるのか」

「ございます」

姫様が、はっきりとお答えになりました。

「どんな策だ」

「前に、秀吉殿の渇殺《かつえごろ》しのお話をうかがったとき、殿様は、頭をひねって調略を考えるとの仰せでした」

「ああ。たしかにそう言うたな」

「その調略を考えつかれませぬか」

「残念ながら、思いつかぬ」

「わたくしは、考えつきました」

「さて、どんな手だ」

　そこからは低声《こごえ》になってよく聞き取れませんでしたが、しばらくして、統虎様が膝を叩く音が聞こえました。

「でかした。よくぞ思いついた。それでいこう」

「では、ぜひわたくしに行かせてくださいませ」

「それはならん」

「なぜですか」

「調略が露見《ろけん》すれば、かならず殺されよう。わが妻にそんな役儀を負わせ、むざむざ敵地に送る夫がおるものか」

「しかし、それでは……」

「人選びは、わしに任せよ。それ以上は申すな」

　統虎様に釘《くぎ》を刺されて、姫様はもう抗弁《こうべん》なさいませんでした。

次の朝早く、統虎様は、家臣のなかでももっとも古株の老臣を召されました。内田壱岐入道《うちだいきにゆうどう》とおっしゃる侍大将《さむらいだいしよう》で、むろん、道雪様のころからずっと仕えておいででございます。

統虎様、誾千代姫様と低声でお話しなさっておいでだったかと思うと、内田入道殿が大きな声でお笑いなさいました。

「いや、これは痛快な策じゃや。その策、たしかに拙者《せつしや》にしかできぬ。喜んで行かせてもらおう」

そのまま、供の家来を三人連れただけで、山を下りて、島津の本陣に向かわれたのでございます。

内田入道殿は、島津を謀《はかりごと》にかけるために出かけられたのでございます。

――立花家では、統虎様以下重臣たちは島津に降伏、恭順《きようじゆん》と決したが、従わぬ者もいて、説得に数日かかります。そのあいだ、拙者が人質としてこちらに留《とど》まっておりますゆえ、しばし、攻撃をご猶予《ゆうよ》願いたい。

統虎様直筆《じきひつ》の書状を差し出したうえ、島津の大将忠長殿にそう申し入れ、油断させ総攻撃を遅らせたのでございました。

島津の大将は、この話を信じて攻撃を遅らせました。

攻撃を遅らせること五日。

八月二十三日になって、立花城に吉川と小早川の七千の援軍が到着いたしました。さらにその後詰《ごづ》めには毛利や黒田の大軍が控えているのでございます。

じつは、援軍がすでに関門《かんもん》海峡にまで達しているとの情勢を知ったうえでの策略でございました。ほんの数日、総攻撃を遅らせれば、援軍がやってくることが分かっていたのです。

油断していた島津は、援軍の到来に度肝《どぎも》を抜かれたようです。

そのときになって、内田入道殿はようやく、自分が調略に来たことを、島津の大将に打ち明けられたのです。

むろん、その場で惨殺《ざんさつ》されることを覚悟してのことでございましょう。

「謀《はか》られたわれらの負けだ。わが身を捨ててやってきた、この入道の覚悟は見事である。生きて帰してやれ」

島津の大将の鶴の一声で、入道殿は命拾いなさいました。

そのまま、島津の軍勢は立花城の囲みを解き、博多の町を焼き払ってから撤退いたしました。

まことにもって、間一髪《かんいっぱつ》。

立花城は、姫様のお知恵によって救われたのでございました。

関白秀吉

島津《しまづ》勢が、立花城《たちばなじょう》の包囲を解いてひき上げると、統虎《むねとら》は、三千の城兵にすぐさま出撃を命じた。

「まずは、高鳥居城《たかとりいじょう》を落とす」

高鳥居城は、立花城の二里《り》（約八キロメートル）南にある城である。島津勢の先《せん》鋒《ぽう》となった八女《やめ》の星野《ほしの》兄弟が立て籠《こ》もっている。ここを落とさなければ、そのむこうにある岩屋城《いわやじょう》、宝満城《ほうまんじょう》が攻めにくい。

統虎を送り出した誾千代《ぎんちよ》は、立花城で留守を守っていたが、夫の奮闘《ふんとう》ぶりは、日々、伝令の母衣武者《ほろむしゃ》たちが伝えてくれた。

「城方《しろがた》からさんざんに大石を落とし、鉄炮《てっぽう》を撃《う》ち掛けてまいりますので、御先手《おさきて》に討ち死にと手負《ておい》が続出。攻めあぐねておりましたところ、統虎様みずから馬を下りて攻めたてられました。武者たちは大いに奮《ふる》い立ち、数刻のうちに城を落とすことができましてございます」

夫の戦《いくさ》ぶりを聞いた誾千代は嬉《うれ》しかった。

――たのもしや。

わが夫の武勇は、ことのほか心を浮き立たせてくれる。

できれば、自分もともに出陣して戦ってみたい気持ちが強くある。いずれは夫に頼んでみようと思った。

本隊に先んじて送られてきた毛利《もうり》の援軍二百とともに高鳥居城を攻め落とした統虎は、勢いをかって、わずか数日のうちに岩屋城、宝満城を奪回した。

実父紹運《じょううん》の恨《うら》みを晴らして立花城に凱旋《がいせん》した統虎を、誾千代は山麓の大門《おおもん》で迎えた。

将兵たちはみな汗と泥と血にまみれながらもいきいきとした顔をしているが、馬上の統虎の顔がことのほか凛々《りり》しく見えた。統虎の兜《かぶと》の吹き返しには、鉄炮の玉で穴が開いていた。ほんの少しずれていたら顔面を撃ち抜かれて死んでいただろう。具足《ぐそく》についた血や泥の汚れ具合を見ても、いかに激戦だったかがわかる。

戦勝の宴《うたげ》をにぎやかに張った。

「これにて立花城は安泰」

「いずれ豊臣《とよとみ》勢が参ったら、薩摩《さつま》まで攻め入って島津を滅ぼしましょうぞ」

みな気持ちが明るく浮き立っていた。

夜が更《ふ》けて、宴がお開きになると、統虎は湯浴《ゆあ》みをすると言った。

湯殿《ゆどの》に行って、湯帷子《ゆかたびら》に着替えると、誾千代は蒸し風呂にいっしょに入った。

「たいへんお疲れさまでございました」

背中を流しながら、あらためて夫をねぎらった。

「うむ」

夫の体には黒い膏薬《こうやく》が四、五か所に貼《は》ってある。槍《やり》か刀の傷らしい。深手《ふかで》ではないので、簡単に手当してあるだけだ。

「痛みまするか」

「そうでもない」

どうやって出来た傷か訊《たず》ねたいが、夫はいつになく無口だった。話しかけるのが憚《はばか》られるほどだ。

無言のまま背中や腕の垢《あか》をこすった。戦場を駆けまわってきた体からは、おもしろいほどに垢が落ちた。

すっかり洗い終わっても、統虎は口を開かない。いつもなら、戦場での話をあれこれとしてくれるのにと思えば訝《いぶか》しかった。

「なにかお気にかかっていることでもございましょうか」

「……ああ」

夫がこくりとうなずいた。

それきり言葉を継がない。

闇千代は、すわっている統虎の背中に、頰《ほお》をすり寄せた。なにか辛《つら》いことがあったらしい。甘えたい気分だった。辛いことを抱《かか》えているのなら、ふたりで分かち合いたい。

「人を殺《あや》めた」

「……」

合戦《かっせん》だ。敵を殺すのは当然である。

それをわざわざ口にするのは、なにか理由があるのだろうと察した。つぎの言葉を待った。

「……初陣《ういじん》からこのかた、何人もの敵を殺した。槍で突き、刀で斬《き》り伏せた」

「はい……」

「どの敵の顔もよく覚えている。殺されるとき、人は驚いたような、情けないような顔をする」

闇千代は、夫の背中にぴたりと抱きついた。殺生《せっしょう》したことで、さぞや悶々《もんもん》としたのだろうと思えば愛《いと》おしい。

「いままでは、無我夢中で殺した。殺さねば殺されると、必死で戦った。じつのところ怖《こわ》さだけがあった」

「さようでございましょうとも」

闇千代は、背中から夫を抱きしめた。武者といえども、人を殺し、首を落とすのが平気なはずはなかろう。

闇千代も、鉄炮で敵兵を撃ったことがある。撃たれた瞬間の敵の顔は、はっきりと瞼《まぶた》の裏に焼きついている。あの兵は死んだだろう。ときに思い出して、摩利支天《まりしてん》に成仏《じょうぶつ》を祈ることがある。

「こたびは、違っていた……」

「どのように？」

「夢中ではなかった。怖くもなかった。むしろな……」

「……はい」

「人を殺して、わしは猛《たけ》った。いまもなお猛っている。力が漲《みなぎ》っている。自分が強くなった気がしている。それがよいことなのか、悪いことなのか、わからずにいる」

それで口数が少ないらしかった。

「こたびは、わが手で十人余りも殺めた……」

それだけ殺せば、さまざまな思いが脳裏《のうり》をよぎるにちがいない。

「これまでなら、忸怩《じくじ》たる思いに悶々としておっただろう。殺してよかったのか、殺さずにすむ方途《ほうと》はなかったのかとな」

敵を殺さずに従わせる道があれば、いうことはない。それがないから、やむを得ずに合戦をして殺すのだ。

「しかし、いまは違う。気持ちが猛り、おのれがたいそうな力を得た気がしている。妙なものだ」

「死者から力を得たということでございましょうか」

「いや、そうではない。生殺与奪《せいさつよだつ》の権を握り、天から力を得た気持ちだ。天に代わってわしが殺す、とでもいうのかな」

男は自分のなすことに理屈をつけねば落ち着かぬのかもしれない、と闇千代は思った。

「ただな、天に代わってなどとは、はなはだ烏滸《おこ》がましくはないか、驕慢《きょうまん》ではないか、との思いもある。そなたはどう思うかな」

ふり向いた夫にたずねられて、闇千代はすぐに首をふった。

「あなたこそが、あっぱれ天の力を授《さず》かった大将でございます。その自負なくして、敵を殺すことはできますまい」

夫がうなずいた。

「ふむ。そうよな」

「天から力を授かるためには、大義ある戦いをせねばなりますまい。義の王道をゆくかぎり、あなたは天の名代《みようだい》です」

夫が誾千代を抱きしめた。

「一人で悶々としておった。そなたに話してよかった」

大柄《おおがら》でたくましい統虎が、誾千代は子どものように愛おしかった。

――母になったら……。

夫のように、無垢《むく》でまっすぐな男の子を育てたいと願った。


島津勢が筑紫《つくし》から姿を消してしばらくのち、秀吉軍の先鋒がやってきた。

赤間関《あかまがせき》（現在の下関《しものせき》）から船でわたってきた毛利の先鋒は、いったん敗れて退いたものの、十月になって豊前小倉城《ぶぜんこくらじよう》を攻め落とした。

毛利輝元《てるもと》、吉川元春《きつかわもとはる》、小早川隆景《こばやかわたかかげ》の三将は、そのまま南に向かって軍勢を進め、香春岳城《かわらだけじよう》近くに布陣《ふじん》したとの報《しら》せが届いた。

十月の十八日、統虎は、百騎ばかりの馬廻衆《うままわりしゆう》を連れて、その陣に出向いた。

各将に目通《めどお》りして、来援の礼を述べるためである。

十九日に帰ってきた統虎は、留守を守っていた鷹野増時《こものますとき》、十時連貞《とときつらさだ》ら重臣たちを本丸御殿《ほんまるごてん》に集めた。

正面にかざった摩利支天の軸《じく》を拝《おが》んでから、統虎が口を開いた。

「秀吉殿は、二十万の軍勢を率《ひき》いて、島津を討伐《とうばつ》なさるご意向である」

「二十万……」

重臣たちがいっせいに口を開いた。

とんでもない大軍勢である。それだけの軍団が動くとなれば、まずは道を整えなければならないし、川には橋をかけねばならない。兵糧《ひょうろう》や宿所の算段も手助けせねばなるまい。

「途方もない大軍勢でござるな」

鷹野増時が、驚きに目を見開いている。

「最初は、わしも冗談《じょうだん》か法螺《ほら》かと思った。しかし、毛利殿、吉川殿、小早川殿と親しく話をしてみて、まことであると知った」

「されば、島津などは……」

「討伐するに造作《ぞうさ》はあるまい。ただ、どれだけ領国を残してやるかが問題になろうな」

島津が本拠とする薩摩の国は、同じ九州であっても、なにしろ南の果てである。

山に囲まれていて、攻め入るのは容易ではない。二十万の軍勢があれば討伐できるに違いないが、そのためにこちらが大きな犠牲をはらうとなれば考えものだ。島津の侍《さむらい》たちを根こそぎ殲滅《せんめつ》したところで、薩摩人は一徹だから、とても他国者の支配には従うまい。それよりも、島津のほうから降伏《こうふく》させて、関白《かんぱく》殿に臣従《しんじゅう》させるのが、いちばんの上策だとの話になっている。

そのとき、いまは島津の勢力下にある領国をどこまで攻めとって削《けず》るかという具体的な話がすでに進められているのだと統虎が語った。

「つまり、こちらが勝つのはすでに明々白々《めいめいはくはく》ということでございましょうか」

かたわらで聞いていた誾千代がたずねた。男たちの評定《ひょうじょう》にはなるべく口を挟《はさ》まないようにしているが、女子《おなご》らしい素朴《そぼく》な疑問を投げかけると、むしろ統虎が喜ぶ。

「そういうことだ。だれがどう見ても、島津に勝ち目はない。関白殿は、天下を睨《にら》み据《す》え、日《ひ》の本《もと》をひとつの国となさる御所存《ごしょぞん》とか。これまでのように、地侍《じざむらい》が隣《となり》同士で切り取り合戦をする時代ではなくなるということだ」

誾千代は、こころのなかで呆《あき》れ返っていた。関白になった羽柴秀吉《はしばひでよし》という男は、とてつもなく大きな視野をもっている。

「まずは、九州のこと。それから天下のこと。これからは、時代が大きく変わっていくと心得られよ」

統虎が言うと、重臣たちがうなずいた。

「これは軍師役の黒田官兵衛《くろだかんべえ》殿から内密にうけたまわったことだが、羽柴殿は、九州を平定したのちは、そのまま朝鮮《ちょうせん》に渡るとのご意向もあるらしい」

「朝鮮へ……」

思わず声にして闇千代はつぶやいていた。

「さよう。朝鮮から明国《みんこく》に攻め入り、あちらに幕府を開き、帝《みかど》にご動座《どうざ》願うとの途方もない野心もおありとか」

「明国までも……」

「そうだ。関白殿のお考えは、九州の山猿のわれらとはまるで違《ちご》うておいでだ。そのこと、一同には肝《きも》に刻《きざ》んでおいてもらいたい」

承知仕《つかまつ》ったと、一同が平伏《へいふく》した。

評定を終えると、統虎は甲冑《かっちゅう》を脱《ぬ》ぎ、小袖《こそで》に着替えた。

闇千代は、甘い菓子を出して、茶を点《た》てた。統虎はくつろいだものの、眉《まゆ》をひそめていささか暗い顔をしていた。

「いかがなさいましたか」

「ふむ……」

すぐには答えなかった。なにか難題でも出来《しゆつたい》したのかもしれない。

椎茸《しいたけ》を甘蔓《あまづる》で煮た菓子を黙ってつまんでいるので、茶をもう一服《いつぷく》点てた。

ゆっくり茶碗のなかを眺《なが》めながら飲み干すと、まっすぐな目を闇千代にむけてきた。

「じつはな、黒田殿から関白殿に人質を出すように言われた」

闇千代は胸をつかれた思いだった。

「人質……」

この城にも、父道雪《どうせつ》が宗像《むなかた》家に差し出させた色姫《いろひめ》という人質がいた。人質と聞いて、闇千代は、色姫の寂しい死を思い出した。人として、あんな惨《みじ》めな死はあるまい。

「大名たちはみな、羽柴殿のもとに人質を出しているというのだ。子か兄弟、あるいは、母か妻女《さいじょ》を大坂《おおさか》に差し出すようにと言われてきた」

「それなら、わたくしが参《まい》りましょう」

即座に答えていた。

統虎の弟統増《むねます》は、かろうじて存続している高橋《たかはし》家を継いでいるので立花家とは無縁である。

立花家に、いまのところ子はない。

母の仁志《にし》はちかごろ体が弱っていて、とても大坂までは行けまい。

ならば自分が行くまでだと、すぐに考えた。自分なら、囚《とら》われの身となっても、もっと強く生きてみせるとの自負もある。

「ああ、じつのところ、そなたしかあるまいと思っていた。行ってくれるか」

「はい。よろこんで」

あるいは生涯、囚われの身として大坂の城内で過ごさねばならないかもしれない。

今生《こんじょう》の別れとなるなら、笑顔で受け入れたい。日々、それくらいの覚悟はして生きている。

「十月のうちに出立《しゅったつ》せよ、とのご下命《かめい》であった」

これまで、立花家に命令を下すのは、大友《おおとも》家しかなかった。これからは、関白家にも従わねばならぬということだ。

世の変転を感じないわけにいかない。

すでに十月二十日である。

「明日にでも発《た》ちましょう。女子たちを連れていってもかまいませんね」

「従者は三十人までと言われた。警護の侍や駕籠《かご》かきもつけねばならぬゆえ、女子は十人連れていくがよい」

「承知いたしました」

その日のうちに旅仕度《たびじたく》をととのえると、翌朝の夜明けとともに、誾千代は家臣の丹半左衛門《たんはんざえもん》と女子組のみねたちに守られて駕籠に乗った。胴丸《どうまる》は着けず、可憐《かれん》な小袖に打掛《うちかけ》を羽織《はお》った。

香春岳を囲む陣に着くと、黒田官兵衛の手の者に送られて小倉に行き、湊《みなと》から船で大坂に向かった。

◇

大坂城でのことは、それはもう昨日のことのようにはっきりと覚えております。なにしろ、立花山から遠く九州を離れて船に乗るなどというのは、誾千代姫様におかれましても、わたしたち女子組の者にとりましても生まれて初めてのことでございます。

人質に行くには違いありませんが、姫様はことのほか平然とにこやかに振る舞っておいででした。胸のうちには悲壮な思いを抱《いだ》いておいでだったでしょうに、それをつゆほどもお見せになりませんでした。

立派な船に乗せてもらい、黒田様のご家来衆は、賓客《ひんきやく》を遇するように、いたって慇懃《いんぎん》にかしずいてくださいました。

冬のはじめのことで、海の風がすこし冷たくなり始めておりましたが、陽射《ひざ》しは柔《やわ》らかく、波は穏《おだ》やかでした。

姫様も女子組も、いつもの胴丸姿ではなく、華やかな小袖をまとっておりますので、むしろ遠くへ遊山《ゆさん》にでも出かけるような華《はな》やいだ道行きでございました。

姫様には船のいちばんよい御座《ござ》が用意してありましたが、そこでは海が見えません。姫様は甲板《かんぱん》に御座を移させ、朱傘《しゆがさ》の下で、ずっと海をご覧になっておいででした。そのお姿は、それでも、やはりどこか虚《うつ》ろでございました。

「島が多いのですね。ほんに美しい風景だこと」

わたくしも初めて目にしましたが、船が長州沖《ちようしゆうおき》から安芸《あき》へと進むにつれて、次から次へと島があらわれ、見ていて飽《あ》きるということがございません。大坂に着けばどんな扱いを受けるかわかりませんが、それでも美しい風景は心をいくらか慰《なぐさ》めてくれます。

島々の間をじつにたくさんの船が往来していることにも、姫様は驚いておいででした。

「博多《はかた》には船が多いと思っておりましたが、瀬戸内《せとうち》はそれ以上ですね」

船手《ふなで》役人にたずねますと、どの船も各地の米や産物を満載《まんさい》して、大坂と行き来しているのだと言います。

「これほど船が増えましたのは、関白様が中国と四国を平定なさってからのこと。すこし前までの瀬戸内は海賊《かいぞく》が多く、とても安心して航海できませなんだ」

そんなことを話してくれました。

「それだけ関白様のお力が大きいのですね」

と、姫様はしきりとそのことに感心しておいででした。

難波津《なにわづ》に船が着くと、小舟《こぶね》に乗りかえて川を遡《さかのぼ》りました。

舟に揺られているうちに、高くて長い石垣がいくつもあらわれ、そのむこうに巨大な天守櫓《てんしゆやぐら》が聳《そび》えているのが見えました。

「天守櫓は外からは五層に見えますが、内は九層ござる。関白様のなによりのご自慢でしてな」

供《とも》の侍が教えてくれました。

「……なんと大きいこと」

姫様が、溜《た》め息《いき》とともにつぶやかれました。

たしかに、その天守櫓は、立花山にも匹敵《ひってき》するくらいの高さがあるように見えました。高い石垣がどこまでも続く広い丘に、立派な御殿がいくつも建ち並んでいます。

壮大な大坂のお城とくらべると、立花山のお城はただの砦《とりで》に過ぎません。

そのことに、姫様もいたく驚かれたごようすで、身じろぎなさらず、くちびるを噛《か》みしめておられました。

◇

舟を降り、城の内に案内されて、誾千代はその壮麗さに目を見張った。

本丸に至るまでに二つの広い堀があって、堅牢《けんろう》な高石垣《たかいしがき》がぐるりとめぐらされている。

これほどの堀があるのなら、たとえ大軍勢が攻めてきたところで、城内で悠然《ゆうぜん》と構えていられる。

堀の幅は、二十間《けん》余り（約四〇メートル）か。

まさに鉄炮の必中距離である。

敵が堀際《ほりぎわ》まで寄ってきたら、城壁にうがってある狭間《はざま》から、落ち着いて狙《ねら》い撃ちにする算段であろう。

二の丸にも本丸にも御殿が建ち並んでいるが、どの建物も大きくて広いし、殿舎《でんしゃ》や塀《へい》の軒瓦《のきがわら》の桐《きり》の紋《もん》には、みな黄金が張ってある。

いちばん大きな御殿のなかに入ると、幅の広い廊下には畳《たたみ》が敷きつめられていた。

ほとんどが板張りの立花城とは、大きな違いだ。

太い柱は節《ふし》のない檜《ひのき》だし、鴨居《かもい》の釘隠《くぎかく》しには惜《お》しげもなく可憐な黄金の彫金《ちょうきん》が施《ほどこ》されている。

そのうえ、襖《ふすま》や板戸には、花鳥《かちょう》やら山水《さんすい》やら、はたまた唐《とう》の賢者《けんじゃ》やら、美しい絵がたくさん描かれている。

贅美《ぜいび》はここに極《きわ》まったかと思うほど、壮麗にして華麗な御殿であった。

百畳はあろうかという大広間に通されて待っていると、用人《ようにん》が関白殿下《でんか》の御成《おな》りを告げた。すぐに平伏した。

上段の間で衣擦《きぬず》れの音がした。

「面《おもて》を上げよ」

言われて、すこしだけ顔を上げた。

貴人《きじん》を直接見つめてはいけない、ずっと頭を下げて額越《ひたいご》しに上目《うわめ》づかいに見るのだと、幼いころ父の道雪《どうせつ》から礼法を教わった。

「かまわぬ。まっすぐに面を上げよ」

言われるままに、顔を上げた。

上段の間にすわっているのは、小柄《こがら》で貧相《ひんそう》な男であった。

関白の名代かと思った。

「よくぞ参った。大儀であるぞ」

そんなふうに言うところをみると、どうやら関白本人らしかった。

五十ばかりだろうが、長い年月、戦場を駆けまわったせいか、顔は陽《ひ》に焼けて黒光りしている。髷《まげ》を結《ゆ》ってはいるが、白髪《しらが》まじりの髪は薄く、顔に皺《しわ》が多い。しょぼしょぼと髭《ひげ》を生《は》やしているので、鼠《ねずみ》のようにも見える。

派手好みなのか、金糸《きんし》の縫《ぬ》い取りのある真紅《しんく》の小袖を着ていた。

——こんな男か。

関白の顔を見た誾千代は、いささか落胆《らくたん》した。

じつは、以前に聞いた話にくわえ、大坂城の巨大さ、壮麗さに圧倒されて、どんな勇壮な武人《ぶじん》があらわれるのかと楽しみにしていたのである。

ただ、男たちの見かけと内実が一致しないことは、立花家の侍たちを見ているだけでもわかっていた。面相のよい男に必ずしも知恵と勇気がそなわっているとはかぎらない。

「船は揺れなんだか」

鷹揚《おうよう》さを装《よそお》っているようだが、関白にはどこか野卑《やひ》な匂《にお》いが漂《ただよ》っている。

「はい。よい船に乗せていただきましたので、揺れずに参ることができました」

「立花の姫は、ことのほか別嬪《べっぴん》だと聞いたでな、いちばん良い船を用意させたのだ。揺れなんだのなら、なにより」

「ありがとうございます」

手をついて頭を下げた。

「姫はまこと美しいのう」

うなじに強い視線を感じた。顔を上げると、関白がなめるように誾千代を見つめている。

好色な目つきには違いないが、それがあまりにあからさまなので、誾千代はかえって安堵《あんど》した。

みょうに隠されるよりよほど正直でよい。

——関白殿は、無類の女子《おなご》好きだそうだ。誰彼《だれかれ》見境《みさかい》なくお手をつけあそばすというから、つねに心をゆるめず構えておけ。

そう言って、夫から渡された守り刀を、帯に挿《さ》している。

まさにその通りの人物だったので、閪千代はくすりと笑ってしまった。

「ん、なにが可笑《おか》しいのかな」

はるか離れた上段の間にすわっていながら、関白は閪千代の表情に敏感だった。

「いえ、思い出し笑いをしただけでございます」

「ほほう。わしの悪い評判でも思い出したか」

にこにこ笑っている顔は、悪くない。人のこころに踏み込むのがうまい男に見えた。

「めっそうもございません」

「なら、なにを思い出した？」

「関白殿下は……」

そこで、言葉を切った。関白が、じっとこちらを見ている。

「……女子をからかうのがお好きだとうかがっております」

関白が声をあげて笑った。

「はは、間違えてはいかん。女子ではない。からかうのは、麗《うるわ》しい女子だけじゃ」

「やっぱり、おからかいになるのでございますね」

「おもしろい姫じゃな。そのほうは、戸次《べっき》道雪から城を譲られ、娘ながら城督《じょうとく》になったと聞いておる。女子たちに胴丸を着けさせて操練《そうれん》し、城を守らせておるとか」

立花城内の事情まで、よく調べが行き届いているらしい。誾千代は首をふった。

「女子たちばかりではありません。わたくしも胴丸を着け薙刀《なぎなた》を手に、城の守りについております」

「ほう。勇《いさ》ましいことよ。薙刀の稽古《けいこ》は積んだか」

関白が、目を細めた。

「幼いころから父に手ほどきを受けました。鉄炮も撃ちまする」

「よきかな、よきかな。武門の姫の鑑《かがみ》である」

「恐れ入ります」

「人質というてもな、形だけのこと。堅苦《かたくる》しく考えんでもよいぞ。来年の春になったら、わしが九州に赴《おもむ》くゆえ、同道せよ。それまで城のなかで好きにふるまっておるがよい」

——来年の春……。

と言われて、正直なところ、ほっと胸をなで下ろした。

——ひょっとすると一生人質の身として……。

という懸念《けねん》もあった。それならそれでいたしかたないと諦《あきら》めてもいた。

来年の春までなら、なにほどのこともない。

「せっかく遠くから来たのじゃ。城内を案内してつかわそう。ついてまいれ」

言いながら、関白はもう立ち上がっていた。

そのまま後について廊下に出た。関白は足早に歩いていく。

「この城を見て、なんと思うたかな？」

「たいそうご立派でございます」

「どれくらい立派じゃ？」

みょうなことを聞く男だと思った。

「唐天竺《からてんじく》にもないほど立派でございます」

「ふむ。唐天竺に行ったことがあるか」

「ございません」

「では、なぜそれより立派だとわかる」

「さきほどの広間の襖に描かれておりましたのは、唐の風景でございましょう」

歩きながら関白がうなずいた。峨々《がが》たる山と湖水が描いてあった。

「そうだ」

「山頂に楼閣《ろうかく》が描いてありましたが、この城ほど立派ではございませなんだ」

闇千代のことばに、関白が愉快そうに笑った。

「知恵のある女子だ。気に入ったぞ」

「おそれいります」

「さて、これはどうじゃ」

関白が立つと、目の前の襖が、音を立てずに左右に開いた。なかに小姓《こしょう》が控えていたらしい。

座敷のまんなかに、黄金の茶室があった。

「……」

闇千代は、息を呑《の》んだ。

立花城のふもとの屋敷には、数寄《すき》を凝《こ》らした茶の席があるし、博多の商人の屋敷でもいくつも茶室に招《まね》かれたことはあるが、こんなきらびやかな座敷は、見たことがない。

壁と柱、天井《てんじょう》、障子《しょうじ》の桟《さん》は、まばゆいばかりの黄金で造られている。

平《ひら》三畳の畳は猩《しょうじょう》々緋《ひ》、障子にはやはり赤い紗《しゃ》が張ってある。

なかに据えてある台子皆具《だいすかいぐ》もすべて黄金で、黄金の風炉《ふろ》にかけた黄金の釜《かま》が、静かに湯気《ゆげ》を立てている。

関白がゆるりと茶室に入った。

台子の前にすわって、手招きしている。

闇千代も、しずかに敷居《しきい》をまたぎ、手にしていた扇《おうぎ》を前に置いて、床《とこ》を拝見した。

かかっているのは、正親町帝《おおぎまちてい》の御宸翰《ごしんかん》だった。

点前座《てまえざ》に関白がいるので、床前で向きを変えて、台子の道具を拝見した。

飾《かざ》ってある天目茶碗《てんもくちゃわん》も茶入《ちゃいれ》も、柄杓《ひしゃく》も火箸《ひばし》もすべて黄金である。茶筅《ちゃせん》の先だけが竹である。

関白が目で合図をすると、小姓が茶席の障子を閉めた。

「あっ……」

おもわず、闇千代は声を上げてしまった。

赤い紗の障子を透《す》かした光が、黄金に妖《あや》しくぬめるように光っているのだ。

座敷のなかが赤い光に染《そ》まり、紅《くれない》の小袖を着ている関白が、幻《まぼろし》のように消えてしまいそうだ。

「いかがかな」

赤い光のなかに顔だけ浮かべた関白が、笑っている。

闇千代は、溜め息をついた。

――とんでもない男。

こんな黄金の茶室など、なみの男では考えつかない。世の中には、闇千代の想像もおよばない人間がいるのだと、あらためて感じ入った。

「恐れ入りましてございます」

　手をついて頭を下げた。

「この席の赤い光のなかで見ると、女人《にょにん》の素顔が見えるのだ」

　顔を上げるのがためらわれるほど、冷徹な言い方だった。

　すこし顔を上げると、関白がじっと誾千代の顔を見すえていた。

「そなたは、我《わが》ままなじゃじゃ馬じゃな。亭主の言うことなど、てんから可笑しくて、聞いておれぬのであろう」

　誾千代は、すぐに首を大きくふった。

「とんでもないことでございます。わたくしは、夫を慕《しと》うております」

「嘘《うそ》を言わずともよい。そなた、ほんとうは、自分が城督になりたいはず」

　いきなり胸をつかれたほど驚いて、誾千代は押し黙った。

　そんな気は微塵《みじん》もないと自分では思っていたが、あらためて言われると、心の底になにか蟠《わだかま》りがある気がしてきた。

「……いえ」

　とだけ答えて、くちびるを舐《な》めた。

「外面《そとづら》はいくらでも偽《いつわ》れる。それくらいな人の気持ちが読めずに、関白が務まると思うておるか」

まっすぐに見すえられて、闇千代はことばを喉《のど》に詰まらせた。

秀吉のことばが、闇千代のこころに突き刺さっている。

——そなた、ほんとうは、自分が城督になりたいはず。

秀吉にそう言われた。

言われて、自分のこころの奥深くに眠っている気持ちに気づいた。

たしかに、そうなのかもしれない。

わたしは、一国一城の主《あるじ》になって号令を下したいのだろうか？

自分に問いかけてみた。

女子組《おなごぐみ》を指揮して立花城の警護をしているとき、闇千代は胸が昂《たか》ぶる。城に攻め寄せてきた敵と戦ったとき、恐怖と同時に興奮を感じた。みごとに撃退したときのよろこびは、なにものにも代えがたかった。生きている実感を強く嚙みしめた。

馬に乗って高良山《こうらさん》の陣所《じんしょ》や岩屋城まで行ったとき、もっと自在にこの天地を駆けまわりたいと願った。

命がけで敵を倒して領国を守り、民《たみ》に善政をほどこす——。

人として生まれてきたからには、武家の棟梁《とうりょう》こそが最高の生き方に思える。

「わしは、気の強い女子が好きでな」

いつのまにかそばに寄ってきた秀吉が、闇千代の手に手を重ねた。

闇千代は黙って、手をどけた。

秀吉はそれ以上無理には握ってこなかった。

「一国一城の主は愉快であるぞ。国中のすべてが意のままに動く。天下の主となれば、なお愉《たの》しい。日の本六十余州のことごとくが、わしに頭を下げて従うのだ。どうだ、天下を従えとうはないか」

秀吉が息のかかるほどに顔を寄せてきた。緋色《ひいろ》の光で秀吉の顔も赤く染まっている。

闇千代は、すっと顔をよけた。

「従わぬお方もいるではございませんか。薩摩の島津、それに小田原《おだわら》の北条《ほうじょう》……」

「ふん。いずれ従うわい。従わねば、潰《つぶ》すばかり」

闇千代は首をかしげた。

天下の主になるのは、たしかに面白《おもしろ》そうだ。

しかし、なにが面白いのか。

人に命じ、意のままに従わせることか。従わぬ国主一族を皆殺しにすることか。

傍若無人《ぼうじゃくぶじん》にふるまうことか。

——そうではないはずだ。

人の上に立つ者には、国と民に対してそれだけの責務があるはずだ。ただ、人を従わせるのを面白がっているだけでよいはずがない。そんな主に、人はついてこない。

秀吉は、尾張《おわり》の貧しい家の生まれだと聞いたことがある。

小柄で、いくらひいき目に見ても、立派な体軀《たいく》とはいえない。槍《やり》を手にしての戦《いくさ》働きは得意ではなかろう。

そんな男が、関白太政大臣《だいじょうだいじん》となり、天下に号令している。

こころの内でどう思っているかはともかく、大勢の者が、秀吉の号令に従い、この国を創ろうとしている。

どうして、こんな小男《こおとこ》がそんな地位にまで昇りつめることができたのか。よほど、手練手管《てれんてくだ》に長《た》けていたのか。

「上様《うえさま》は、なにゆえ天下人《てんかびと》になろうとなさいましたか」

人はなぜ、人の上に立ちたいのか。どうすれば人の上に立てるのか——。素朴《そぼく》な疑問が湧《わ》いてきた。

目の前の秀吉は、まさにその答えを具現した男なのだ。

「それは、男子一生の夢である。男なら誰もが天下の主となることを望んでいる。

ただ、ほとんどの者が、最初から諦《あきら》めているだけだ」

なるほど、そういうものか。

たしかに、男たちはなにごとであれ競《きそ》うのが好きだ。負ければ、子どもみたいに悔《くや》しがる。

――でも、それは女とて同じだ。

競うものが違っているだけではないのか。男たちは腕っぷしを競い、女たちは美しさや寵愛《ちょうあい》を競いたがる。

闇千代は、自分の負けず嫌《ぎら》いをよく知っている。

生きているのだから、人に負けたくはない。そんなことは当たり前だ。

「わしのことを運がよかったという者がおる。たしかに運はよかった。しかし、運だけで敵は倒せぬ。関白にはなれんぞ」

それは、そうに違いない。

「人はな、望んだようにしか生きられぬ。望んだように生きていく。望んだことに周到に取り組めば、かならず実現できる」

なにげない秀吉のことばに、闇千代は重みを感じた。

目の前の秀吉は、天下を望み、それに向かってまっしぐらに駆けている。

たしかに常人にはない不思議な力がみなぎっている。

「そのほうは、よい面構《つらがま》えをしている」

秀吉が、闇千代のあごに指をかけて、自分のほうを向かせた。

じっと見つめてくるので、闇千代も負けずに見つめ返した。

「ぞくぞくするほどよい顔じゃ」

「どなた様も、そうおっしゃってくださいます」

とびきり上等の笑顔で、微笑《ほほえ》んでみせた。

「そのむこう気の強さもたまらぬのう」

闇千代は、帯に挿している守り刀に手をかけた。

もしも秀吉が口でも吸おうとしたら、抜いて腕なりとも、ちくりと刺すつもりである。

気がついた秀吉が、にやりと笑った。

「そのほうのこころの根は、じつは男じゃな。勝気《かちき》で人に従うのが嫌いであろう。自分でも気がついていたのではないか」

言われて、闇千代はぞっとした。

そんなふうに考えたことはなかったが、言われてみれば、そんな気がしてくる。

闇千代は、七つのときに城督となった。

そのころは、女であることをなんとも思っていなかった。

——女でも父のようになれる。

そう信じていた。いつも胴丸を着けて、武芸に励んだのも、父のような武者になりたかったからだ。

夫の統虎が、まだ千熊丸《せんくままる》と名乗っていたころは、いかにも頼りないひ弱な童《わらべ》に見えた。

長《ちょう》じて統虎と名乗ってからは、見違えるように逞《たくま》しくなった。

婿《むこ》として立花城に来たときから、頼りに思って慕《した》っている——つもりである。

ただ、誾千代のこころのどこかに、すべてを統虎に頼りきりたくない、との思いがあるのかもしれない——。

ちかごろ、そんな気がしてきていた。

「女子は、生きづらいのう。そなたなら、男として生まれておれば立派な武者になったであろうに」

あごから指をはずして、秀吉が闊達《かったつ》に笑った。

「もっとも、男であったなら、わしもこんなにときめかぬがな」

立ち上がった秀吉が、真っ赤な光に染まっている。

「わしはな、気の強い女子を、ゆっくり時間をかけてなびかせるのが好きでのう」

真顔《まがお》で言った秀吉が、誾千代には底知れず恐ろしい人間に見えた。

約束通り、秀吉は大坂城内で聞千代を自由にふるまわせてくれた。

宿館は、西の丸御殿である。

広大な御殿には、誾千代のほかにも人質としてやってきた大名家の奥方たちが何人も寝起きしていた。ほとんどが九州で新しく味方についた家の女たちであった。

「退屈であろう。みなで愉しみ、遊ぶがよい」

秀吉は家来に命じて、森のある山里丸《やまざとまる》で、茶の湯や歌の会、猿楽《さるがく》、幸若舞《こうわかまい》などの愉しみを用意してくれた。

西の丸御殿では、いつでも貝合わせや双六《すごろく》ができるようにしたくがととのい、入れ代わり立ち代わり、手妻《てづま》遣いや猿使いがやってきては芸を披露《ひろう》してくれる。御殿付きの用人《ようにん》に頼めば、たいていの物は用意してくれるとのことだった。女たちの気を引こうとして、秀吉があれこれと気をつかっているのがよく分かった。

立花城にいた色姫の孤独を思えば、あつかいは雲泥《うんでい》の差だが、誾千代はすぐに退屈してしまった。

他家の奥方たちと話をしてみたが、どの女も着ている打掛《うちかけ》や持ち物、道具の豪華《ごうか》さを競い、夫や家の自慢話ばかりしていて、誾千代には興《きょう》ざめだった。

「馬と鉄炮をお貸しくださいませんか」

秀吉に頼むと、快《こころよ》く許してくれた。

「おもしろい女子じゃ」

「はい。死ぬまで、悔《く》いなくおもしろく生きたいと念じております」

「よう言うた。それでこそ、わしが見初《みそ》めただけのことはある」

「見初めていただけたのでございますか」

「はは。それが伝わっておらぬでは、わが色道《しきどう》もいまだし、じゃな」

秀吉はどこまでも快活で明るかった。

その笑顔の裏側に、天下人にのし上がるだけの執念《しゆうねん》と周到さが渦巻《うずま》いているのだと思えば、恐ろしくもあった。

秋から冬にかけて、闇千代は西の丸の馬場で馬を乗りまわし、いいみねをはじめ、女子たちとともに鉄炮、薙刀《なぎなた》の稽古に励んだ。

退屈している暇《いとま》はなかった。

昼間は汗を流し、夜はぐっすり眠った。

新しいことにも挑《いど》んでみたくなった。

力が足りず、これまで諦めていた弓を引いてみた。

御殿付きの用人に頼んで、弓術《きゆうじゆつ》の師範《しはん》を呼んでもらった。

「力で無理に引こうとなさらず、背中の貝殻骨《かいがらぼね》を開くつもりでお引きになればよろしかろう」

師匠《ししょう》がよかったせいか、闇千代の弓の腕はたちまち上達した。

――望んだことに周到に取り組めば、かならず実現できる。

秀吉のことばを、闇千代はこころの内でなんども反芻《はんすう》した。

◇

その年の十二月になって、関白殿下は九州討伐の陣触《じんぶ》れをお出しになられました。

わたくしたちのおりました西の丸は、本丸とは、広い堀をはさんで離れておりましたが、あの年の暮れは、大きな大坂のお城そのものが騒然《そうぜん》としておりました。

五騎《き》、十騎、あるいは二十騎、三十騎の武者たちが、ひっきりなしに本丸から出ていきますし、また駆け込んでまいります。陣触れを各地の大名に伝え、また承知した旨《むね》を報せにくる武者たちでございます。

なにしろ、あのとき関白殿下に従ったのは、畿内《きない》、北陸道《ほくりくどう》、南海道《なんかいどう》、山陽山陰道《さんようさんいんどう》など合わせて三十七国もあったと申します。

日の本六十余州の半分以上の大名たちを従えて、九州討伐に向かおうとなさっていたのでございますから、その勢いたるやたいへんなものでございました。

軍勢は、二十万人余。

馬が二万騎。

その者たちの兵糧や武器、弾薬はもとより、野陣《やじん》を築くための斧《おの》や鍬《すき》、鎌《かま》、槌《つち》、畚《もっこ》、太縄《ふとなわ》など、大きな合戦にはたいへんな物資が入り用となります。

むろん、兵も物も大坂城にやってくるわけではなく、いったんは長門《ながと》の赤間関に集結させ、そこから九州に向かわせるのですが、二十万人といえば、京の都をふたつ合わせたほどの大人数だそうでございます。

それだけの兵を動かすとなれば、本営である大坂城が騒然となるのも当然でございました。

なんでも、大きな船だけでも百五十隻《せき》が用意されて、兵と物を運ぶのにあてられたと聞いております。

船ばかりではなくて、陸路で進軍した者も多かったと申しますから、その混雑ぶりを思い浮かべていただけるのではないでしょうか。

三月になってすぐに、誾千代姫様とわたくしたちお供の者も、出立いたしました。

格別のおはからいで、関白殿下の御座船《ござぶね》にごいっしょに乗せていただきました。

えっ、はい……。まさか、さようなことはございません。

いくら関白殿下が色好みでも、船中でさような振舞いは……。はい。西の丸御殿においでになったことも何度かございましたが、いつも昼間で、姫様とお二人きりになられたことはございませんでした。

関白殿下は、このごろずいぶんと悪く言われることがあるようですが、わたくしがこのときの大坂城と、あとに伏見城《ふしみじょう》でお見受けしたかぎりでは、さような非道な殿方《とのがた》ではございませんでした。とてもお心が細《こま》やかで、よくお気のつかれる方と存じます。

それは、なにしろ関白のうえに、太政大臣にもおなりでございましたから、いくらかは驕慢な振舞いもあったのでございましょうが、すくなくとも女子が嫌がることを無理無体《むたい》になさる方ではございませんでしょう。

ええ、むしろ、女子に好かれたくて、女子を笑わせたくて、たいそう気をつかっておいでのようにお見受けいたしました。いえ、女子ばかりでなく、そもそも人を喜ばせたり、驚かせたりするのがとてもお好きなようでした。

それゆえ、九州に向かう船旅は、それはそれは遊山《ゆさん》に出かけるように賑《にぎ》やかで愉しゅうございました。

船には連歌師《れんがし》や、茶の湯の宗匠《そうしょう》で、あとになって関白殿下から切腹を命じられることになる千利休《せんのりきゅう》殿も同船しておいででした。

甲板《かんぱん》に毛氈《もうせん》を敷いて朱色《しゅいろ》の大きな傘《かさ》をひらき、うららかな海を眺めながら、しばしば、みなさまといっしょにお茶をいただきました。

利休殿のお点前《てまえ》をすぐそばでご覧になった闇千代姫様は、いたく感心なさっておいででした。海の上で風に吹かれながらのお点前なのに、まるで無理がなく自然なのです。

「そのように、なにごともさらっとできれば、素晴らしゅうございますね」

お茶をいただいてから、姫様がおっしゃいましたとおり、じつにさらっとしていてこれ見よがしなところがまるでなく、あっけないほどのお点前に感じられました。

でも、考えてみれば、風が吹いているなかですから、すこしでも油断していれば茶筅が転《ころ》げてしまいますし、茶杓《ちゃしゃく》も飛んでいきかねません。

それをうまくあしらいつつ、なにごともないようにさらりとお点前なさったのは、さすが名人でございます。

姫様のおことばに、利休殿が小さくうなずかれました。

「こだわって、こだわって、ああでもない、こうでもないと、こだわり抜いた果てに、こんなふうになりました。凡愚《ぼんぐ》なわたしなどは、これが精一杯でございます」

それを聞いて、声を上げて笑われたのは、関白殿下でございました。

「なんの凡愚であるものか。この男の茶の席のしつらえや点前を見ていると、じつに周到でな。天下を睨《にら》んでからのわしは、政《まつりごと》も合戦もこの男に学んだわい」

「まあ、政と合戦を茶の湯から……」

姫様は心底《しんそこ》驚かれたようでございます。

「さよう。この男、油断をしているように見せて、そのじつ、寸毫《すんごう》も気を抜いておらぬ。そういう呼吸がなければ、人心はつかめぬ。敵の虚《きょ》を衝《つ》いて攻め滅ぼすこともできぬわい」

関白殿下のおことばに、姫様がうなずかれました。

「まこと、学ばせていただきたいことがたくさんございます」

姫様も茶の湯をなさいます。博多の茶人たちに教わっておいででしたが、利休殿の茶の湯は、わたくしの目にさえ、一段も二段も上に感じられました。

「なんなら、しばらくわしのそばにおって、利休に稽古をつけてもらうか」

関白殿下が真顔でおっしゃいましたが、闇千代姫様は聞こえないふりをなさっておいでございました。

船はゆるゆると進んで、あちこちの湊に寄りました。

春の風情《ふぜい》を堪能《たんのう》し、安芸では厳島《いつくしま》神社に参詣《さんけい》いたしました。

そんなゆったりした調子でしたから、ひと月ちかくかけて、三月の終わりに赤間関に着きました。

赤間関の湊は、それはもうたいそうな混雑ぶりで、たくさんの船がひしめきあっておりましたし、陸では毛利家の一文字三星《いちもんじみつぼし》の旗が林のごとくなびいておりました。

姫様とわたくしたちお供の者は、ここで人質の役目を終えました。関白殿下においとまを告げ、立花城に帰らせていただくことになったのでございます。

「ごくろうであったな。まもなくそなたの夫に会うことになる。存分に働いてもらうぞ」

関白殿下はそこからすぐに九州に移られ、二十万の軍勢とともに、南の薩摩に向かって進撃するのだとおっしゃいました。

「御武運をお祈りいたしております」

両手をついて深々と頭を下げた姫様の背中を見つめて、関白殿下は満足げにうなずかれたことでございます。

関白殿下のおはからいで、関船《せきぶね》が用意してありましたので、そちらに乗り替えて、博多から立花城に向かいました。

半年ぶりに帰ったお城は、こころなしか、すこし荒《すさ》んでいるように見えました。

いえ、じつは荒んでいたのではございません。大坂のきらびやかなお城や、御座船の華麗な装飾を見てきたばかりの目には、鄙《ひな》の城がいかにも土臭く見えてしまったのです。

その思いは姫様も同じようでした。

「これが、わらわの城」

ふもとの大門から山上の曲輪《くるわ》を見上げ、しみじみとそうおっしゃいました。

高く積み上げた石垣の上に堂々たる天守《てんしゅ》の聳《そび》える大坂城とくらべれば、こちらはただ山の頂《いただき》や尾根に土塁《どるい》を掻上《かきあ》げ、柵《さく》をめぐらせただけの山城《やまじろ》。

それでも、見ていれば、しみじみと愛着が込み上げてきました。

「はい。わたくしたち女子組が守るお城でございます」

わたくしも、つい力を込めてそう申し上げました。

ちょうどそのとき、黒いむく犬のゴンが、大きな声で吼《ほ》えながら、山を下りてまいりました。姫様がお帰りになったことに気づいて迎えにきたのでございましょう。

尻尾《しっぽ》を振って寄ってきたゴンの頭を撫《な》でて、姫様がつぶやかれました。

「わらわは、天下など望みませぬ」

そのとき、わたくしは姫様の後ろ姿を見ておりましたが、雷《かみなり》に打たれたほどに全身が震《ふる》えました。

むろん、天下など望んでも、簡単に手に入るものではございますまい。それでも、闇千代姫様が、もしも周到に用意なさったら、国でも天下でも思いのままに動かせるにちがいないと、心底感じたのでございます。

運の、生まれの、といったお話ではありません。人間の器量として、闇千代姫様は、天下を動かすだけの心の広さをお持ちでございます。姫様なら、従う者が大勢ございましょう。むろんわたくしは、ずっと以前から、死ぬまでごいっしょさせていただく覚悟を決めておりました。

「わらわは、この城を守り、領内の民を守ります」

闇千代姫様ほど、慈愛にあふれた姫君はほかにいらっしゃいません。大坂で何人もの姫君たちにお目にかかって、そのことを強く感じたのでございます。

しかも、闇千代姫様は、自由闊達でしなやかな行動力をもっておいでです。

姫様がお起《た》ちになるなら、城内はもとより、領内の女子《おなご》たちはみなついてまいります。男たちのなかにも、姫様に従う者が大勢おりましょう。

姫様のお言葉、たたずまいには、それだけの威厳がございます。

大坂で関白殿下と親しくお接しになって、姫様はますます人の上に立つ者の器量を磨《みが》かれたようでございます。

「領国の女子たちが、心をときめかせて男子《おのこ》を慕い、安《やす》んじて子を産み、おだやかに育てられる国にしましょう」

立花城から、こんどはあたりの村々に目を移し、姫様がおっしゃいました。

周辺に敵兵の気配《けはい》がないとき、姫様は、わたくしたち女子組をしたがえて、領内の村をしばしばまわっておられました。

貧しくて満足に食べられぬ者はいないか。病気で難渋《なんじゅう》している者はいないか。村々をたずねて、困窮《こんきゅう》している家があれば、米や薬を置いていくのでございます。

そんな施《ほどこ》しを重ねておりますゆえ、領内では姫様を慕う者が大勢おりました。

「はい。およばずながら、わたくしもそのために働かせていただきます」

姫様のようなお方が、天下の主におなりになれば、まことにこの世の中は住みやすくなると心の底から思ったことでございました。

その思いは、いまでも変わりません。闇千代姫様ほど、ご聡明で人の気持ちがおわかりになるお方は、どこを探してもほかにいらっしゃいますまい。

姫様が、ずっと城督でいらっしゃったなら……。

いいえ、詮《せん》ないことを申してしまいました。

柳河へ

誾千代《ぎんちよ》が立花城《たちばなじよう》に帰ったとき、夫の統虎《むねとら》は、秀吉《ひでよし》に会いに小倉《こくら》に行っていて留守だった。

行き違いになったらしい。

二日目に城に帰ってきた夫を、誾千代は山のふもとまで下りて迎えた。

勇《いさ》ましい騎馬武者《きばむしや》が五十騎《き》ばかり、駆け戻ってきた。

みな、懐《なつ》かしい城の男たちだ。

馬列のなかほどに見覚えのある甲冑《かっちゅう》を着けた武者がいた。

夫の統虎である。

馬から下りた夫の顔を見て、誾千代は愕然《がくぜん》とした。

——こういう人だったかしら。

半年の時間が、夫を変えたのかと不思議な気持ちになった。

「どうかしたか」

統虎が、誾千代の顔を覗《のぞ》き込んだ。

しげしげと見れば、たしかに夫である。婿《むこ》として迎え、すでに五年もともに暮らしている統虎である。

「なんでもございません。お疲れさまでございました」

「そなたこそ、長いあいだの人質暮らし、苦労をかけたな」

「いえ、大坂《おおさか》のお城では、関白殿下《かんぱくでんか》にたいそうよくしていただきまして、すこしも苦労ではございませんでした」

「そうか。わしも小倉で初めてお目にかかって、おおいに驚いた。あのようなお方とはな」

誾千代も、初めて秀吉に会ったときの驚きを思い出した。

天下の主《あるじ》になろうかというほどの男である。どれほどの武者ぶりかと想像を巡《めぐ》らせていた。

しかし、実際の秀吉は、じつに貧相《ひんそう》な見かけであった。

それでいて、なにか奇妙な力をみなぎらせている。生きる力とでもいうのか、言葉にならない不可思議な力をギラギラと発散していたのである。

それは、父の道雪《どうせつ》や、あるいは高橋紹運《たかはしじょううん》などの武者ぶりとも違っている。

父などは、ただそこに坐《すわ》っているだけで、大いに人を圧する威があった。偉丈《いじょう》夫《ふ》な武者たち同様、腹の底から人をひれ伏させる力を吐《は》き出しているような恐ろしさがあった。

関白の秀吉がみなぎらせている力は、また違っていた。

いやな感じではない。

むしろ、人としてもっとも大切な魂《たましい》が、ぎらりと光っている印象だった。

——欲かしら。

そう考えたが、すこし違うようだ。

——執着《しゅうじゃく》……。

そちらのほうが、近い気がする。この世の富貴《ふうき》や美姫《びき》に対する執着を、隠しもせずにむき出しにして見せている。あからさまなだけに厭味《いやみ》がない。

目の前にいる夫には、そんな気配《けはい》が希薄である。

背が高くなり、顔がいかつくなり、武者としての威風は身についてきた。

合戦《かっせん》の場数を踏んで、度胸も大いにそなわってきたようだ。

それでも、やはり一城の主の子として生まれてきたゆえに、どこか鷹揚《おうよう》で無邪気《むじゃき》でのんびりしたところがある。秀吉のように、餓《う》えている感じがしない。

——執着が薄いのかしら。

とも思った。

どだい、物欲などは薄そうだ。なにかを強く欲しがったこともなかろう。

――だから、一緒にいられる。

そう思ったら、夫を抱きしめたくなった。

関白の秀吉や、茶頭《さどう》の利休《りきゅう》などは、とてものこと、そばにいても気が許せない。いつも気を張りつめていなければならぬ男が相手では、一緒に暮らしていても疲れるだけだ。

――この人でよかった。

誾千代は、あらためて夫の顔を眺《なが》めてそう思った。

「なんだ、うれしそうな顔をして」

「はい。うれしいのでございますよ」

「なにがだな」

「それは内緒《ないしょ》でございます」

言ってから、誾千代は自分がとてもよい城で、よい夫に恵まれて暮らしているのだと、さらにうれしくてたまらなくなった。

四月になって、統虎は二千三百の兵を率《ひき》いて出陣することになった。

秀吉軍の先鋒《せんぽう》として、島津《しまづ》と戦うためである。

「まずは秋月《あきづき》を攻める。そのあと筑後《ちくご》から肥後《ひご》に攻め入ることになろうな」

そう言って、立花城を出ていった。

しばらく雨が続き、立花城から眺める筑紫《つくし》の平原は、しょっちゅう雨にけぶっていた。寺や農家に陣所がとれればよいが、城攻めともなれば、そうもいくまい。雨のなか、草に臥《ふ》すしかない夜もあろう。

誾千代は、かつて夫が彫ってくれた摩利支天《まりしてん》の小さな木像に手を合わせ、夫と城兵たちの無事を祈った。大坂にも持っていき、いつも座敷の床《とこ》の間《ま》に祀《まつ》って祈っていた像である。

――そうだ。

本丸《ほんまる》にあった観音堂《かんのんどう》に、その木像を祀ろうと考えた。

半年ぶりに観音堂の扉を開いてみると、なかのようすがすこし変わっていた。

摩利支天の絵を描いた軸《じく》や、木像がいくつも祀ってあるのである。

「まあ、これでは観音堂ではなくて、摩利支天堂でございますね」

侍女《じじょ》のみねがつぶやいたほど、いくつもの摩利支天像が祀ってある。

観音像は正面にお祀りしてあるが、なにか居心地《いごこち》が悪そうだった。

ずっと本丸にいて留守を守っていてくれた母の仁志《にし》に聞くと、それはこの半年のあいだに統虎が絵師に描かせたり、買い求めたりしてきたものだという。

闇千代が留守のあいだ、統虎はしきりと堂に籠《こ》もっては、なにやら祈っていたのだという。

「やさしい旦那様《だんなさま》ですよ」

母に言われるまでもなく、闇千代は夫の思いやりに感謝した。

五月半《なか》ばになって、母衣《ほろ》武者が本丸まで駆け上がってきた。

「薩摩《さつま》が降伏《こうふく》いたしました。頭を丸めて法体《ほったい》となった島津義久《よしひさ》が関白殿下に拝謁《はいえつ》し、謝罪したとのことでございます」

「では、もう合戦は終わったのですね」

「はい。もう刃向《はむ》かう力は残っておりませぬ。殿様はちかぢか、博多《はかた》の筥崎宮《はこざきぐう》におもどりになりましょう」

筥崎宮が、九州討伐《とうばつ》の本陣であった。

闇千代は、胸をなで下ろした。

島津が鉾《ほこ》を収めれば、九州はみな秀吉に従うことになる。

もう合戦は起こるまい。

――領国を住みやすくできる。

さっそく女子《おなご》たちをひきつれて、闇千代は領内をまわった。村々をたずね、困窮している者に米と薬を配って、面倒《めんどう》を見た。

六月になって、夫の統虎が帰ってきた。

日焼けして、またいちだんとたくましくなっている。

「戦勝のこと、祝着至極《しゅうちゃくしごく》に存じます」

山麓の館《やかた》で誾千代が迎えると、夫が満面の笑みを浮かべた。

「よろこべ。武勲《ぶくん》のご褒美《ほうび》に、大加増となった。筑後柳河《やながわ》に十三万石をたまわった。さっそくに移らねばならぬ。したくをせよ」

突然のことばに、誾千代は頭のなかが真っ白になった。

「移るとは……。この立花城を立ち退《の》くのでございますか」

「そうだ」

大きくうなずいた夫が、子どものように無邪気な顔で自分の手柄《てがら》を誇《ほこ》っていた。

「しばし、お待ちください」

誾千代は、自分のことばに、いつになく力がこもっているのを感じた。

「ふむ。どうかしたか」

統虎が、誾千代の顔をまっすぐに見すえた。夫の表情に、先鋒を駆けて島津を討伐してきた自信がみなぎっている。

「この立花城を立ち退いて、筑後の柳河に移ると仰《おお》せになったのでございますか」

「なんど言わせるつもりだ」

「わたしは、耳がおかしくなったのかと案じております。なんどでもお聞かせくださいませ」

統虎が、眉間《みけん》に皺《しわ》を寄せ、面倒くさそうに口を開いた。

「その通りだ。ここから柳河に移封《いほう》になったのだ」

どうやら、聞き間違いではなかった。

「それは、どなたがお決めになったことでございましょう」

「知れたこと。関白羽柴《はしば》秀吉様だ。九州全土で新しい国分《くにわ》けが行われるのだ」

「お断りなさいませ」

はっきりと力強く言った。

「なんだと」

統虎があからさまに不機嫌《ふきげん》な顔になった。

「国分け、移封など、ご辞退申し上げてくださいませ」

「馬鹿を言うな。さようなことができるものかどうか、よく考えてみよ」

「父道雪が命を懸《か》けて奪い取ったこの立花城を立ち退くなど、あってよい話ではございません。父が草葉《くさば》の陰で泣いて婿殿《むこどの》を恨《うら》みましょう」

父の名を出すと、とたんに統虎が鼻白《はなじろ》んだ顔になった。

「たしかに、義父上《ちちうえ》は命を懸けてこの城を手に入れられた。しかし、このたびはわしが命を懸けて島津攻めの先鋒を務めたればこそ加増となり、新しく柳河の城と知《ち》行《ぎょう》をたまわることとなったのだ。道雪殿は喜んでくださるに決まっておる」

柳河に十三万石の領地をもらえるというのなら、たしかに、ここより十万石も増《ふ》える。大栄進にちがいない。

これまで、立花家は、豊後《ぶんご》の大友《おおとも》家に仕《つか》えていたが、これからは直接関白羽柴家に仕え、名実ともに大名になるのだと、統虎が誇らしげに語った。

「しかし、わたしが城督《じょうとく》として父から譲られたこの城のこと、わたしが決めるのが筋《すじ》ではないでしょうか」

父道雪からの譲り状は正式なものだ。この立花城の城督は、書面上はいまでも誾千代である。建前《たてまえ》からいえば、夫統虎は城督である誾千代の代理人に過ぎない。夫が額《ひたい》に癇筋《かんすじ》を立てて誾千代を見た。そんな顔を見たのは初めてだ。

「関白殿下のお国分けに従わぬとあらば、殿下に弓を引かねばならぬ」

「それもよろしいではありませんか」

「一戦交《まじ》えろと言うのか」

「諾々《だくだく》と従うばかりが、武の道ではございますまい」

「恐ろしいことを言う女だ」

統虎があからさまに厭《いと》わしげな顔をした。

「この城を囲んでいた島津が引き上げたのは、関白殿の軍勢が来たからだ。そのご恩を忘れたのか」

「それは……」

「関白殿の国分けに従わずに弓を引くとなれば、こんどはこの城が二十万の軍勢に囲まれる。半刻《はんとき》（一時間）のうちにみな討ち死にだ」

強い調子で言いつのられて、誾千代は悔《くや》しくてたまらなかった。正しいのは夫の統虎だ。そんなことは、百も承知である。

しかし、それを認めたくなくて意地になっている。

この城と城下の領地だけ、なんとかこの天下から独立して生き残るすべはないものか。

「わたしは、この城が大好きなのです。この城に住み、領内の民とともに一生を過ごしたい」

悲痛な声になっていた。

統虎が島津攻めに出ているあいだ、誾千代はしきりと領内をまわっていた。

男たちが合戦に駆り出されてしまえば、女たちが荒れた田畑と家を守るしかない。その手助けがすこしでもできればよいと、民草《たみぐさ》の生活がたちゆくように、女子《おなご》組《ぐみ》を率いて村々を馬で駆けまわっていた。

その成果が、ようやく手応《てごた》えとして感じられるようになってきたばかりである。

「わたしたちが柳河に行くと、この立花城と領地はどうなるのですか」

「伊予《いよ》から小早川隆景《こばやかわたかかげ》殿が、筑前《ちくぜん》国主となって入ると聞いた」

隆景は毛利元就《もうりもとなり》の子である。筑前二十七万石にふさわしい血統というわけか。

「ここの領民を柳河に連れていけますか」

「さようなことができるものか。この地を耕《たがや》す者がいなくなる。むこうにはむこうの百姓《ひやくしよう》がいる」

「関白殿下に嘆願して、ここで加増していただくわけには……」

「無理を言うな」

「無理をおっしゃっているのは、関白様です」

関白秀吉の人なつっこい笑顔と、ときおり見せた底知れず不気味《ぶきみ》な顔を思い出して、誾千代は身をすくめた。

――恐ろしい。

あの小柄な老人が、たった一人の考えで国を動かしている。土地を取り上げ、人の命を奪う力を持っている。

天下人《てんかびと》というものの恐ろしさに、誾千代は身が震《ふる》え上がる思いだった。

「わたしは……」

言ったきり、言葉が喉《のど》につかえてしまった。

悔しさがいっぱいで、気持ちが言葉にならない。

——しょうがないのだ。

とは思っている。それでも、気持ちの整理がつかない。

思い出がいっぱい詰まったこの城を立ち退く無念さを、せめて統虎が分かってくれてもよいのに、夫ときたら、誾千代の苦衷《くちゅう》をまるで理解していない。

そのことが悔しくてならない。

言葉にならない思いがつのって、誾千代の目頭《めがしら》が熱くなった。

——この世の中のことは、なんでもかんでも男たちが勝手に決めてしまう。

しょせん自分にはどうしようもないのだと思えば、さらに悔しく、無念である。

正面に向き合ってすわっている統虎が、眉間に皺を寄せてこちらを見ている。

誾千代は、気持ちをしっかり持って涙をこらえた。

泣くつもりはない。

——泣くな。

自分にそう強く言い聞かせたが、胸のうちから悔しさが湧《わ》き上がってきて、どうしようもなく涙になった。

――涙をこぼすまい。

そう決意したが、溢《あふ》れてきた気持ちが強すぎて、視界が涙で滲《にじ》んだ。

すこし上を向いた。

上を向いて懸命にがまんした。それでも涙が頬《ほお》をつたってこぼれた。

一粒こぼれると、悔しさが堰《せき》を切って溢れた。

いくらでも涙がこぼれてくる。

せめて夫には見せまいと横を向いた。

気がついた夫がそばに寄って、やさしく肩を抱いてくれた。

「さようだな。おまえにはつらい移封であるな」

ようやく分かってくれたようだ。

「いえ、つらくなどありません」

泣き声にならないように、ゆっくり話した。

「この城と別れるのはつらかろうが、関白殿のご命令ではいかんともしがたい」

「分かっております」

そんなことは、言われなくても分かっている。

それでも悔しいし、涙を止めることはできない。

やさしくされて、こらえていた気持ちがはじけた。

悲しい気持ちがいっぱい噴き出した。ほとばしって止まらなくなってしまった。声をあげて、すすり泣いた。

夫の胸にもたれて泣いた。いくらでも泣けた。

泣いているあいだ、統虎がそれ以上なにも言わず、じっと抱きしめていてくれたのが、なによりの救いだった。

安心して泣ける場所のあることが、女にとってはとても大切なのだと知った。

次の朝、山頂の本丸館で目覚《めざ》めた誾千代は胴丸《どうまる》を着けなかった。

「ひさしぶりでございますね。小袖《こそで》をお召《め》しになるのは」

着付けを手伝いながら、侍女《じじょ》のみねが言った。

涼《すず》しげな水色の小袖には、流水の模様《もよう》があしらってある。いつのまにか、夏も盛りになっている。朝から、やかましいほどに蟬《せみ》が鳴いている。

「ほんにな……」

夫が島津攻めで留守のあいだは、朝起きるとすぐに胴丸を着けた。いつも白い鉢《はち》巻《まき》を締めて薙刀《なぎなた》を掻《か》い込《こ》み、女子組に鉄炮《てっぽう》を持たせて城内を歩いた。

「もう合戦はないのじゃものな」

言ってから力が抜けた。合戦がないかわりに、この城で暮らすこともできない。

生まれたのは、豊後の鎧岳城《よろいだけじょう》だと聞いているが、物心ついたときから誾千代はこの立花城で育った。記憶があるのはこの城からである。

館の縁障子《えんしょうじ》を開けると、夏の朝の陽射《ひざ》しに輝く博多の海と町が眺められた。町は島津方が焼いてしまったので見る影もないが、すぐにまた再興されるだろう。博多の町人には、それだけの活力がある。

縁先に立っていつもの景色《けしき》をながめていると、ふっと気がゆるんで溜《た》め息《いき》がもれた。物憂《ものう》く、やるせない気分に沈みそうになった。

山上の曲輪《くるわ》は、朝から騒々《そうぞう》しい。

すでに昨日のうちに、家中に移封の触れが出ている。

——半月のうちに柳河に引き移るべし。

かなり無茶な引っ越しだが、関白殿下からそう命じられたのならしかたない。どの曲輪でも、荷物をまとめて山下に運び下ろすのに大わらわのようだ。たいそうな物音にまじって怒鳴《どな》り声も聞こえてくる。

立花家の家臣はみな柳河に移る。

もともとこの城下の地侍《じざむらい》だった横大路《よこおおじ》の一家だけは村役として残るが、ほかの家はみないっしょに柳河に行く。考えてみれば、たいへんな引っ越しである。

統虎の弟の統増《むねます》はやはり筑後の三池郡《みいけぐん》に一万八千石をたまわるという。

立花城の宿敵だった秋月の一族などは、はるかに遠い日向《ひゅうが》のどこやらに追いやられたというし、そもそも九州一円を牛耳《ぎゅうじ》る勢いだった島津は、領国を大幅に削《けず》られて、薩摩と大隅《おおすみ》、それに日向のほんの一部だけになってしまったという。

——天下が変わるのだ。

自分だけが変わるのではない。みなが変わるのだと思えば、すこしは気が楽になった。

「さあ、忙しいぞ。まずは、山上の荷のすべてを山麓の館に運び下ろすのだ」

朝餉《あさげ》をすませると、夫はすぐに家臣たちをひきつれて本丸館を出て行った。各曲輪をまわって、武具や備蓄品の荷造りを差配《さはい》するのだという。

誾千代は、侍女たちに命じて、納戸《なんど》にしまってある着物や調度品、台所の膳、食器、茶の湯の道具などの荷造りをはじめた。

着物は、自分のも夫のも、一枚ずつたしかめてから長持《ながもち》にしまい直した。

茶の湯の道具は、ことのほか丁寧《ていねい》に布や反故《ほご》で包んで挟《はさ》み箱に納めた。

観音堂の観音像と摩利支天《まりしてん》の像や軸、仏具は、経《きょう》を唱《とな》えてから誾千代が自分で布に包んで箱に納め、反故で隙間《すきま》を埋《う》めた。

何日もかかるかと思ったが、侍女たちが手際《てぎわ》よく仕事をしてくれたので、三日目の午《ひる》にはすべてが片づいた。

もう館にあった道具はすべて荷造りしてしまったので、今夜、ここに泊まることもできない。あとは掃除をして山を下りるだけだ。

雑巾《ぞうきん》を絞《しぼ》って、闇千代も侍女たちとともに床《ゆか》を磨《みが》いた。いつもきちんと掃除してあるが、ことのほか念を入れて磨いた。

「小早川は、この城に入らぬかもしれんな」

掃除のようすを見ていた統虎が言った。

「では、どこに入られるのでしょうか」

「名島城《なじまじょう》に入るかもしれぬという話だ」

「名島ですか」

それは、この立花城の出城《でじろ》のひとつで、博多の町のすぐそばの浜の小さな丘にある。海城《うみじろ》で、船溜《ふなだ》まりがある。

「小早川殿は、筑前一国ばかりでなく、筑後と肥前《ひぜん》にもそれぞれ二郡たまわったというから、ここでは北に寄り過ぎていて不便であろう。それに、もう合戦はあるまいから山城《やまじろ》に住まう必要もない。博多の町のそばにいて商人たちに交易をさせるほうが、よほど国を富ますことになる」

言われてみれば、たしかにこれからはそんな世の中になるのかもしれない。

「では、この館には……」

「誰も住まぬやもしれぬ」

そうなったら、この館はただ朽《く》ち果てていくだけだろう。

夕方になって、すべての掃除が終わった。

どこを点検しても、なんの荷も残っておらず、埃《ほこり》ひとつ落ちていない。

誾千代は、がらんとした座敷に一人ですわった。

荒れ果てて草が生《は》え、廃屋《はいおく》となった館に、老いさらばえて白髪《しらが》の老女となった自分が、たった一人で佇《たたず》んでいる光景を思い浮かべた。

——それも悪くないかもしれない。

そう思ってしまうほどに、誾千代はこの立花城が愛《いと》おしい。

「……姫様」

侍女のみねに声をかけられて、はっと我にかえった。

「静かですね」

「もう山の上には誰もおりませぬ」

誾千代は、白髪の老女になった気持ちですわっていた自分に気がついた。

あらためて見れば、まだ髪は黒く、手の肌《はだ》は艶《つや》やかだ。

——人の一生など……。

夢のごときものかと思った。

山の上はもう人の気配がしない。蟬の声しか聞こえない。この三日間騒がしく仕《し》度《たく》していた男たちは、すべての道具を下ろし終えて、山麓の屋敷に移ったらしい。

西の空を見ると、まだ日が高い。

「わらわは、すこし山を歩いてきます」

これが、この城との今生《こんじよう》の別れかもしれないと思えば、すぐに立ち去りがたいものがある。

ものごころついたときから、ずっと慣れ親しんだ山である。どの谷、どの峰《みね》のどの森の木にも深い思いがある。

「では、お供《とも》いたします」

「そうだな。そなた一人でよろしい」

「承知いたしました」

ほかの侍女たちには、先に山から下りるように命じて、闇千代は山道を歩き始めた。

あとになり先になり、むく犬のゴンがついてきた。

夏の盛りのことで、山のそここには、撫子《なでしこ》、鷺草《さぎそう》、薊《あざみ》などが咲いている。

行きたかったのは、すこし尾根《おね》を下ったところにある大楠《おおくす》の森だ。樹齢《じゆれい》何百年何千年とも知れぬ大木がたくさん立ちならんでいる。

森に着くと、闇千代は太い幹《みき》にもたれて腰を下ろし、梢《こずえ》を吹きわたる風の音を聴《き》いた。

ゴンが、となりにすわった。

頭を撫《な》でてやると、気持ちよさそうに寝ころがった。

楠《くすのき》の梢が風に揺れて、さわさわと涼しげな音を聴かせてくれる。

木漏《こも》れ日がここちよい。

思えば、いつも緊張して山の上の館で暮らしていた。

今日殺されるのか、明日死ぬのか、と不安にかられぬ日はなかった。

それでも、この山があり、城があり、夫がいて、女子《おなご》たちがいて、大勢の家臣がともにいてくれたので、これまで生きることができた。精一杯生きることが、この城に姫として生まれた自分の務めであると信じてはげんできた。

いま、城を退去すると、自分のなかがすっかり空《から》っぽになってしまう。なんのよりどころもなくなってしまう。そんな不安に押しつぶされそうになる。

梢に風が鳴った。

――柳河には、大きな楠があるかしら。

いや、山さえあるかどうか。

柳河の城を攻めて、結局落とすことができなかった父は、網《あみ》の目のようにめぐらされた水路に阻《はば》まれたと言っていた。

――そんなにたくさんの水路があるところなら、山はないかもしれない。

これから先のことを思えば、やはり不安ばかりがのしかかってくる。

「日が暮れてまいりました。そろそろ下りませぬと暗くなってしまいます」

いみねにうながされて、闇千代は立ち上がった。

山を下る道ではなく、山頂の本丸に登る道を歩き出した。

「どちらへ参られます」

「夕陽《ゆうひ》を見たい。ここで見る夕陽は今日が最後であろう」

本丸館の縁に腰を下ろすと、闇千代は西の空を眺めた。

銀色に輝いていた玄界灘《げんかいなだ》が、橙色《だいだいいろ》に染《そ》まった。

大きな日輪《にちりん》が、ぶるぶると震えながら海に沈んでいく。

空と海と筑紫の野が、すべて橙色に染まった。

――美しい。

これほど美しい世界に自分は住んでいる。

そのことがとても嬉しかった。

――そうだ。

闇千代は、帯に挿《さ》している守り刀を抜いた。

「なにをなさいますっ」

うしろに控えていたみねが、驚きの声をあげた。

「わらわは決めたのじゃ」

「なにを、でございまするか」

「この天地《あめつち》を住まいとする、とな」

「天地を住まいとなさる……」

「立花山がよい、柳河はいや、と思うておったが、そんなことは些事《さじ》に過ぎぬ」

「……はい」

「あの日輪の沈むあたりにあるのは、朝鮮か唐《から》の国であろう」

あの海のはるかむこうに、そんな国があるのだと、いつも父に聞かされていた。

「そこにも天地があり、人が住んでおる。人の暮らしがある」

それも、父の道雪に聞かされたことだ。

「住んでおりましょうとも。暮らしておりましょうとも」

みねが大きくうなずいた。

「どこに住んでも、肝心《かんじん》なのは、その者のこころ。どこに住んでいるかが大事ではない」

「まことに、そのとおりと存じます」

みねが手をついて頭を下げた。

闇千代は、左手で後ろにたらしている自分の黒髪を束《たば》ねた。艶《つや》やかで柔らかい髪だ。寝所《しんじょ》では、いつも統虎が撫でて愛《め》でてくれる髪だ。右手の守り刀で髪を切ろうと思ったが、自分ではやはり切りにくい。刀をみねに差し出した。

「髪を切ってたもれ」

「えっ……」

「わらわの髪を短く切るのだ」

「なんと……」

「わらわは、まだこの立花の城に未練がある。離れとうない」

「それは、無理もございません」

「できれば、白髪の老女になって朽《く》ち果てるまで、ここにすわっていたい。そう思うておる」

みねは返事をしなかった。なんと答えてよいか迷っているらしい。

「それは、未練というものだ」

「はい」

「未練を断ち切りたい。わらわの髪を切れ」

守り刀を手に、まっすぐに見すえたが、みねは躊躇《ためら》っている。

娘時分からずっと伸ばし続けている黒髪は腰まである。それを切りたいというのだから、ただごとではない。

「尼《あま》になるつもりはない。髪など、いずれまた伸びる。断ち切るのは未練じゃ」

強く念を押すと、庭にいたゴンが、一声大きく吼《ほ》えた。

「承知いたしました」

みねが守り刀を受け取り、背中にまわった。

「どのあたりで切りましょうか」

「うなじのあたりでよい」

「かしこまりました」

何度かに分けて、ざくざくと髪を断つ音が聞こえた。

切り落とした髪の束《たば》を白い紐《ひも》で縛《しば》って、空になった観音堂に納めた。

日が沈み、あたりが暗くなったが、ここの山なら道に迷うことはない。

みねの先に立った誾千代は、ゴンよりもなお速く山を駆け下りた。

◇

「わらわの髪を切れ」

そう仰《おお》せになられたとき、闇千代姫様は、まことの摩利支天《まりしてん》になられたわけではございませんでした。

……えっ、はい。姫様ご自身がほかになにかをおっしゃったわけではございません。わたくしにはそう見えたと、お話し申し上げているばかりでございます。

姫様がお小さいころから、わたくしは、この方は、まさに神仏の化身《けしん》に違いないと感じておりましたが、あの日あのとき、姫様はまぎれもなく摩利支天になられました。

……人がまことの神仏になるのかとのお尋《たず》ねですか。

ほほほほほ。あなたはお若いので、戦国乱世のころをまるでご存じないようですね。麻《あさ》のごとく乱れきった世には、まことの生き仏様が垂迹《すいじゃく》なさるものなのですよ。

いまの平穏《へいおん》な世と違って、あのころは、生きることと死ぬことが、いつも紙一重《かみひとえ》の日々を過《す》ごしておりました。

朝、目覚《めざ》めたときに願うのは、今日一日、なんとか無事に生き延びたい——ということのほかございません。

多くの者が、我欲《がよく》に溺《おぼ》れ、利を貪《むさぼ》り、それを満たすために人を殺《あや》めることをなんとも思っておりませなんだ。

男たちは、土地を奪うため、守るために殺し合っております。人心はすさみ、この世には、おのれの力のほか、なんの頼るものもないと思えてまいります。

たった一椀《ひとわん》の稗《ひえ》の粥《かゆ》を奪うために、人を殺す者さえおりました。

そのような暮らしをしておりますと、人はおのれの中に巣《す》くう悪業《あくごう》や罪障《ざいしょう》に、はたと気づくことがあります。

罪と業の深さに気づいても、なおおのれにしがみつく者が多うございます。

しかし、万人に一人は、人の抱《かか》える罪業《ざいごう》の醜《みにく》さに驚き、嘆き、善なるものをはげしく求める者がございます。

千万人に一人は、生きとし生ける命のために、おのれの身を犠牲にして、命さえ捧《ささ》げようとする人間も出てまいります。

そういう方を、天界から遣《つか》わされた生き仏様と崇《あが》め敬って、なにがおかしゅうございましょうか。

乱れきった世にあらわれて、困苦にあえぐ衆生《しゅじょう》を救うのがまことの神仏ならば、闇千代姫様は、まことの生き仏様そのものでございました。

姫様は、幼いころから美しいお顔だちでしたが、あのときはほんとうに、天界から摩利支天がご降臨《こうりん》なさったかと思うほど、お顔ばかりでなく全身が神々《こうごう》しく輝いておられました。

わたくしは、そのご神威《しんい》に打たれ、憑《つ》かれたように姫様の黒髪をお切りしたのでございます。

摩利支天は、神か仏か……？

さような難しい教説は、わたくしは存じませぬ。

ええ、摩利支天は武家の守護神、戦《いくさ》の神として拝《おが》まれております。

彫り物のお像でも、お軸《じく》の絵でも、いろいろなお姿がございますね。

統虎様と誾千代姫様がたくさんご勧請《かんじよう》になられましたので、わたしもさまざまなお姿の摩利支天を拝ませていただきました。

猪《いのしし》の背に立ち、三つのきびしいお顔に八本の腕で、独鈷《とつこ》や羂索《けんさく》、弓箭《きゆうせん》など魔を退治する法具を手になさっているお姿が多いのですが、じつはそればかりではございません。

猪の背にのせた蓮《はす》の台《うてな》にお坐りになって、端整《たんせい》なお顔と二本の腕のお姿で、右手に剣をお持ちの像もあります。

また猪はおらず、ただ蓮の台にお坐りになった弁天《べんてん》様のような美しい女神《によしん》として描いてあるお姿もございます。

一寸《すん》二分《ぶ》（四センチメートル弱）のまことに小さな赤銅《しやくどう》のお像では、美しい天女《てんによ》が、左手に扇《おうぎ》を持ち、右の掌《てのひら》を外に向けて、指を垂《た》らしておられました。これは与《よ》願印《がんいん》という印形《いんぎよう》で、衆生の願いを聞き届け、叶《かな》える約束だと聞きました。

このお像は、掛け守りとして、ひもで首に掛けられるように、銅の小さなお厨子《ずし》に入っておりました。統虎様がお気に召《め》されて、いつも身につけておられました。誾千代姫様がお縫《ぬ》いになった旗も、出陣のときはかならず腹に巻いておられました。

誾千代姫様が日々の念持仏《ねんじぶつ》とされていたのは、もちろん統虎様が婿《むこ》入り前にお手《て》彫《ぼ》りになった像でございます。

摩利支天とは、天竺《てんじく》のことばで、日の光や陽炎《かぎろい》のことだそうです。帝釈天《たいしゃくてん》と阿修羅《あしゅら》が戦ったときには、日と月を守ったという強いお方。しかも、ご自分はけっして表に姿をあらわさぬ謙虚《けんきょ》な仏様です。摩利支天様に一心に念じれば、功徳《くどく》として、身を守り、財を保《たも》ち、勝利にみちびいてくださいます。

そのため、戦の神として武家に祀《まつ》られるのですが、まさに照りつける日輪、陽炎のように、すさみきった地上にさえ、あまねく徳の光をもたらしてくださるのでございます。

立花城の山頂で夕陽を眺めながら、ばっさりと髪を断ったあの日から、姫様はご自身のためではなく、世の人々のために生きようと決心なさったに違いありません。おのれのうちにある醜い罪業、我欲、執着《しゅうじゃく》をこそ、断ち切ろうとなさったのです。

漆《うるし》のごとく艶《つや》やかな黒髪を垂らした姫様も美しゅうございましたが、髪を短くなさった姫様はまた、ひときわ凜々《りり》しくお美しゅうございました。

暗くなってから山麓の屋敷に入りますと、統虎様が、姫様の髪を見て、たいそう驚いた顔をなさいました。無理もございません。黒髪は、女の命でございます。

「……いかがした。尼にでもなるつもりか」

「いえ。未練を断ちました」

姫様は、なんの衒《てら》いも気負いもなく、そうお答えになりました。

「そうか」

統虎様は、そのお答えに深くうなずかれました。

「それにしても、いや……」

「なんでございましょうか」

毅然《きぜん》とした目をむけた姫様を、統虎様がまじまじと見すえられました。

「そなたは、まことに美しい。潔《いさぎよ》さが美しさに磨《みが》きをかけたようだ」

見つめられた姫様が、恥ずかしげに俯《うつむ》いて頰《ほお》を染《そ》められたのをよく覚えております。

なにしろ、立花城にいた者がみな柳河に移るのですから、それはもう大きな騒ぎとなりました。

まずは、六月十一日に先遣隊《せんけんたい》として家老の小野和泉守《おのいずみのかみ》様が五百人の兵を率いてご出立《しゅったつ》。

十二日に、統虎様が薦野増時《こものますとき》様や由布雪下《ゆふせっか》様らとともに千八百の将兵を率いてご出立なさいました。

「そなた、女子組《おなごぐみ》とともに侍《さむらい》たちの奥方衆《おくがたしゅう》、足軽《あしがる》の女房衆《にょうぼうしゅう》をたばねて連れてきてくれぬか」

統虎様のお頼みで、誾千代姫様は、重臣たちの奥方から、小者《こもの》の女たちまで、城に残っていた家の者たちをまとめて連れていくこととなりました。

立花山山麓の梅岳寺《ばいがくじ》にあったご先祖のお位牌《いはい》も移しますので、住持《じゅうじ》に経《きょう》をあげてもらい、姫様とわたくしどもで丁寧《ていねい》にお包みして大切に箱に納めさせていただきました。

すでに男たちはほとんどが柳河に向かい、立花山のふもとの屋敷町《やしきまち》に残ったのは、二千人にちかい女、子どもたちと、護衛と荷物運びとして二百人の兵を引き連れた十時連貞《とときつらさだ》様だけとなりました。

翌朝の出立が早いものですから、まだ明るいうちに夕食を済ませ、翌日のために飯《めし》をたくさん握って、茶碗《ちゃわん》も鍋《なべ》も荷造りしてしまいました。

なにしろ柳河までは二十里《り》（約八〇キロメートル）ちかくもございます。平野だけで山はございませんから、男たちが駆ければなんでもない道のりでしょうが、二千人もの女と子どもたちが歩いて行くのですからおおごとでございます。

陽《ひ》が落ちて、すぐに寝ようといたしましたところ、近くの屋敷から甲高《かんだか》く泣きわめく声が聞こえてまいりました。

女子組の者に調べさせますと、さる重臣の奥方が、この立花城を離れたくないと泣いておいでだとのことでした。

「ただ泣いているだけなら、捨ておきましょう」

姫様がそう仰せになったので、みなは床《とこ》に臥《ふ》しましたが、一刻《いっとき》（二時間）ばかりたっても、泣き声はいっこうに止《や》みません。それどころか、しだいに大きくなっていくようです。

「いいかげんに泣きやまぬのか」

ようすを見に、また女子組の者をやりました。

「侍女たちがなだめようとしますと、奥方が庭の松の木に登ってしまわれたとのこと。なんとすることもできず、屋敷の者たちが困り果てております」

帰ってきた女子がそう申し上げますと、姫様がお立ちになりました。

「わらわが参ろう」

小袖姿の姫様にお供いたしまして、そのお屋敷に参りました。

庭に篝火《かがりび》が焚《た》いてあります。

見れば、四十半ばの奥方が松の木の太い枝によじ登ってしがみつき、人目もはばからず、大きな声で泣きわめいておられます。

「行きとうない。行きとうないのじゃ。戦が終わったというのに、なぜここを離れねばならぬのか」

夜目《よめ》にも艶《あで》やかな紅《べに》の小袖を着ておられるだけに、醜態《しゅうたい》を晒《さら》す姿が、とても痛ましく感じられました。

その奥方はこの地の地侍の家に生まれて立花家の大身《たいしん》に嫁《とつ》いだ方で、生まれてから一度も立花山を離れたことがありません。

松の木に登って泣き続けている奥方を見て、誾千代姫様は、眉間に深い皺を寄せられました。

「もう、泣きたいだけ泣いたであろう」

木の下から大きな声をおかけになられますと、奥方がさらに声を張り上げて泣かれました。

誾千代姫様は、口元を強く結《むす》んでしばらく考えておられましたが、やがて静かに口を開かれました。

「館の荷物を、わが屋敷に運べ」

明日の朝の出発ですので、荷造りはほとんど終わっているはず。ご命令に従い、屋敷の侍女と下男《げなん》とで、すぐに荷物を運び出しました。

「館に火をかけよ」

命じられた闇千代姫様のお顔が、忿怒《ふんぬ》に燃えておりました。

「えっ……」

わたくしどもがたじろいでおりますと、同じことばを姫様がくり返されました。

「館に火をかけよ」

それでもなお戸惑《とまど》っておりますと、姫様が土足のまま館に上がられ、灯明《とうみょう》を手に取って、なんの躊躇《ためらい》もなく障子紙《しょうじがみ》に火を点じられました。

火はすぐさま大きな炎《ほのお》となって燃え上がり、障子の桟《さん》から鴨居《かもい》へと移り、しだいに天井《てんじょう》へと広がっていきます。

松の木の枝で泣きわめいていた奥方の声が、ぴたりと止まりました。驚いた顔で火をご覧になっておいでです。

屋敷のまわりには広い庭がありますので、よそに燃え広がる懸念《けねん》はなさそうでしたが、それでも闇千代姫様は、たくさんの桶《おけ》に水を満たして、まわりに火が移りそうになったら消すようにお命じになりました。

それから、松の木を見上げて、やさしいお顔で、奥方に声をかけられました。

「もはや、この地に住むべき家はありはせぬ。われらの新天地は柳河です」

奥方はあっけに取られて、燃え盛るわが屋敷を見つめるばかりです。

「落ち着いたら、わが屋敷においでなさい。寝床《ねどこ》を用意させておきますよ」

その言葉に奥方がこくりと素直にうなずかれました。憑《つ》き物《もの》が落ちたような顔をなさっておいででした。もはや、ここには住む屋敷がないのだと諦《あきら》めがつかれたようです。

姫様は屋敷にもどって薄縁《うすべり》に横になられました。

そして、すぐにやすらかな寝息《ねいき》を立てて眠られたのでございます。


立花城を発《た》ったのが、そんな騒ぎの翌朝、六月十五日でございました。

姫様は、胴丸を着けて馬に跨《またが》り、毅然と先頭を進まれました。

なにしろ、旅慣れぬ女、子どもたちの行列でございます。

合戦が終わったとはいえ、どこかに隠れていた落武者《おちむしゃ》が、野盗《やとう》となって襲《おそ》ってこぬともかぎりませんので、みなびくびくしながら歩いておりました。

途中、高良山《こうらさん》の寺坊で宿泊し、翌々日の夕方には一人の落伍者《らくごしゃ》も出すことなく柳河に到着いたしました。

統虎様の差配なさった本隊が、たくさんの荷物に難儀したとはいえ、四日かかってようやく柳河にたどり着いたことを考えますと、女子たちがいかに頑張って歩いたかが分かっていただけましょう。

「ここは、空が広いな」

柳河城を前に見やった姫様が、馬上にてそうおっしゃいました。

お城の館の屋根のむこうに見えるのは、たしかに空ばかりでございました。

「はい。まことに広い空でございます」

入道雲の立った夏空を見上げて、わたくしがそうお答えいたしました。

柳河からは、山がはるか遠くにしか見えません。

見えているのは、水路の多い田畑と空、それに、城館の屋根ばかりです。

はるかに広がる海と筑紫平野、博多の町が見下ろせた立花城からの眺望《ちょうぼう》とは、まるで違っておりました。

「とりとめがない……」

「まことに、とりとめがございません」

わたくしも、そう感じました。立花城の曲輪《くるわ》のほうが山の上なので空に近かったはずですが、柳河のほうが空が大きく広く見えるのが不思議でした。

背筋《せすじ》を伸ばして大きく息を吸い込むと、誾千代姫様は、騎乗《きじょう》のまま城門をくぐられたのでございました。

柳河の城は、幾重《いくえ》にも堀で囲まれております。堀には清らかな水がさらさらと流れておりました。

いまは石垣も高く、五層の天守閣《てんしゅかく》がございますし、二の丸や三の丸には重臣たちの瓦葺《かわらぶ》きの屋敷が建ち並んでおりますが、あのころは、とてものこと、そんな立派なお城ではございませんでした。

石垣はなく、ただ土居《どい》を掻上《かきあ》げた曲輪があるばかり。見張りのための櫓《やぐら》は丸太を組み上げた井楼《せいろう》でした。

本丸御殿だけは檜皮葺《ひわだぶ》きでしたが、あとの館はみな板葺き屋根でした。壁に漆喰《しっくい》を使った櫓はひとつもありませんでした。

ただ、それはなにも柳河城にかぎったことではなく、立花城や岩屋城とて同じでした。戦国乱世の元亀天正《げんきてんしょう》のころの城は、どこでもおよそそんな普請《ふしん》だったのでございます。

それでも、秀吉軍に攻められた龍造寺家晴《りゅうぞうじいえはる》が館を焼き払わずに逃げたので、そのまま使うことができました。むろん、すぐに大工《だいく》たちをたくさん集めて、手をくわえ、さまざまな館を新築いたしました。

本丸御殿に入った闇千代姫様が来着のご挨拶《あいさつ》をなさいますと、統虎様は大喜びのごようすで、たいそうねぎらってくださいました。

「ご苦労であったな。そなたならばこそ、家臣一同が安心して、女、子どもたちを任せることができた。まずは、ゆっくりくつろぐがよい」

「ありがとうございます。されど、城のなかを一通り見てからくつろがせていただきとうございます」

「ああ、そなたならそうじゃな」

小袖姿の統虎様が、笑いながら立ち上がり、城を案内してくださいました。

胴丸を着けたままの姫様と女子組が、統虎様のあとに従いました。

本丸から二の丸の館を案内していただいたのち、本丸にもどって物見櫓《ものみやぐら》に登りました。壁のない丸太組みの櫓ですが、姫様は怖《お》じることなくさっさと梯子段《はしごだん》を昇られました。わたくしもお供いたしました。

平野のまんなかに立つ物見櫓からは、四方がよく見晴らせました。

すこしむこうに海が見え、あとしばらくでそこに夕陽が落ちようとしておりました。

そのほかは茫漠《ぼうばく》たる平野で、はるか遠くに山が見えるばかりでございました。

「あれを有明《ありあけ》の海という。海であるが、よく見るがよい。いまはちょうど引き潮《しお》で、干潟《ひがた》という泥《どろ》の原になっておる」

言われてよく見ますと、水面《みなも》のように見えましたが、たしかに海ではなく泥のようでした。

「干潟は搗《つ》きたての餅《もち》よりまだ柔《やわ》らかい泥の沼だ。人が立って歩くことができぬゆえ、干潮のときは敵が攻めてこなくて安心だ」

「潮が満ちるとどうなりますか」

「船が着けられる。大船は無理だが、三十石《こく》積みの船ならだいじょうぶだ」

三十石船ならば、甲冑を着た武者が二十人以上はらくに乗れます。

うなずいた姫様が、海から平野に目を移されました。

「掘割が多うございますね」

「ああ、この城と平野は海と同じ高さゆえ、水路をたくさん造って、水を海に流さねばならんのだ」

「海と同じ高さなら、満潮《みちしお》になったら、城が海につかるのではありませんか」

統虎様が大きくうなずかれました。

「それゆえ、海岸に土を盛り、高い堤《つつみ》を築いておる。そのむこうの干潟に土を盛れば、いくらでも田畑が広げられるぞ」

「その土はどこから持ってくるのですか」

闇千代姫様が四方を見まわされました。山は霞《かす》んで見えるほどの遠さです。

「引き潮のときに川を掘るのだ。上げ潮が土砂を川に運び上げてしまう。それを浚《さら》えておけば、船の通行がたやすくなり、一石二鳥《いっせきにちょう》だ」

「それはよいお考え。ここでは米も作物もたくさん実《みの》りますね」

「ああ。よい国を創るぞ。そなたも、いっぱい知恵を貸してくれ」

「いいえ……」

姫様が首をおふりになりました。

「なんだ、わしを助けてはくれぬのか」

「知恵だけでは、いやでございます。汗をかいて領国を駆けまわり、手助けさせていただきとう存じます」

統虎様が声を立ててお笑いになりました。

「そなたらしい言葉だ。しっかり頼むぞ」

うなずき合われたお二人は、ほんとうに仲の睦《むつ》まじい御夫婦でございました。

関白殿下の九州平定が成就《じょうじゅ》したと申しましても、世の中はまだまだ落ち着きませんでした。

六月半ばに、城の者みなが柳河に移ってほっと一息ついておりますと、七月になってすぐ、となりの肥後国《ひごのくに》で一揆《いっき》が起こったとの報《しら》せが届きました。

肥後は四十五万石の大国です。

関白殿下の国分けで佐々成政《さっさなりまさ》殿が国主になりましたが、もともと肥後国に住んでいた地侍や大百姓《おおびゃくしょう》の国衆《くにしゅう》たちが、新しい検地に反対して一揆を起こしたのでございました。

検地は、関白殿下のご命令ですから、九州のすべての土地でおこなわれねばなりません。拒絶することは、そのまま殿下に弓を引くことと見做《みな》されます。

「佐々殿の手助けに行ってくる。留守を頼むぞ」

そう言い残された統虎様は、軍勢を率いて肥後に出陣なさいました。

なにしろ、肥後でも柳河に近い北のあたりの国人《こくじん》が一揆を起こしたとのことですので、見過ごしにはできません。肥後で検地を受けずに済むということになれば、柳河でも同じ騒動が起こるかもしれないのです。

あるいは、統虎様の留守を狙《ねら》って、国衆たちが一揆を起こし、柳河城に押し寄せぬともかぎりませせぬ。

誾千代姫様は、女子組を集めると、けっして気を緩《ゆる》めぬように言いつけられました。

「世の中が落ち着いたと思っておったが、まだまだそうはいかぬようじゃ。これまでよりいっそう警戒を強めねばならぬ」

わたくしたち女子組は、みな顎《あご》を引いて、この城のために戦う覚悟を決めました。

山城の立花城を守るには、急な坂道を上り下りする足腰が大切でしたが、柳河の城では水路が多く、船で行き来します。

そこで、女子たちにも櫓《ろ》の稽古《けいこ》をするように姫様が言いつけられました。

最初は要領がつかめず難儀いたしましたが、ここでは船が欠かせぬと知り、みな懸命に稽古いたしまして、なんとか漕《こ》げるようになりました。

なにごとにも長《た》けた誾千代姫様は、一番たくみにお漕ぎになられました。

鉄炮や薙刀《なぎなた》の稽古も怠《おこた》らずにつづけておりました。

城の南に空《あ》き地がありましたので、そこに的場《まとば》をつくって、稽古いたしました。

広い場所でしたので、お花畑になるように花の種《たね》をたくさん播《ま》きました。

柳河は平城《ひらじろ》ですので、山上と山下の区別がありません。家臣たちはみな、お城のまわりに住んでおりました。

本丸と二の丸は立花家と御用向きの御殿ですが、三の丸には重臣が住み、城に近いほど禄《ろく》の高い侍が屋敷をいただきました。

龍造寺家のころからあった屋敷だけでは足らず、新しくたくさん建てました。わたくしの夫も屋敷を拝領いたしましたので、わたくしは、そこからお城へと通う暮らしとなりました。

しばらくして、お位牌を納めるために、こちらに梅岳寺を勧請《かんじょう》して別院を建てる普請も始まりました。

統虎様はお留守でしたが、姫様とお手紙で、新しい城と町の普請を相談なさっておいででした。ときおりもどってこられる統虎様と姫様は、いつも城と町と領国のことを相談なさっておいででした。

そのうえで、誾千代姫様が差配なさって、普請や作事《さくじ》が進んでいったのです。掘割がほんとうにたくさんあってお城を囲んでおりますので、あのころはまだ、どこまでが城下というふうには言えませんでした。そこに道を通し、町を住みやすく整えようとおっしゃったのは誾千代姫様でした。姫様は、城下に住む人々、ことに女たちの日々の暮らしが楽になるようにと考え続けておいででした。

……はい。新しい城での日々の暮らしぶりでございますか。

柳河に行きまして、いちばん驚いたのは食べ物でございました。

立花城は山城でしたが、博多の海が近く、漁師《りょうし》たちの獲《と》った魚が、その日のうちにいただけました。鯵《あじ》、鯛《たい》、かわはぎ、烏賊《いか》……、新鮮な魚を季節ごとに堪能《たんのう》いたしておりました。

有明の海は、ここも同じ海かと思うほどに、魚がまるで違っております。

むつごろうをご存じですね。

はい、有明の海が引き潮になりますと、泥の干潟をそれはもう驚くほどたくさん這《は》っております。

あの魚は、泥に沈まぬよう身を預けた板をたくみに操《あやつ》った漁師が、釣《つ》り竿《ざお》につけた大きな針で鰓《えら》をひっかけては、ひょいひょいと釣り上げるのですね。

あまり面白《おもしろ》そうなので、じつは誾千代姫様も、お試《ため》しになったことがございます。わたくしと女子組もお供いたしました。

しかし、見ているのとやるのでは大違い。むつごろうはうまく引っかからず、泥まみれになりました。みなで笑いころげ、とても楽しい思い出でございます。

むつごろうのほかにも、わらすぼというとても怖《こわ》い顔をした細長い魚や、あげまきという細長い貝もとてもめずらしいものでした。博多では食べない磯《いそ》ぎんちゃくも、こちらでは食べます。

筑前と筑後で国が違えば、食べ物がずいぶん違っているのだと、正直なところ最初はたいへん驚きました。

肥後の一揆は、案《あん》の定《じょう》、あちこちに飛び火いたしました。

ようでした。

豊前《ぶぜん》や肥前では一揆が起きましたし、筑後でも国人衆が、大きく揺れ動いている

関白殿下のご命令で、九州、四国、中国から、再び大軍が動員され、肥後に派遣されましたので、一揆衆は年末になってようやく鎮撫《ちんぶ》されました。

ちょうどそのころ、やはり関白殿下のご命令で、何千人もの茶人が京の北野天満宮《きたのてんまんぐう》に集まって大茶会が開かれたのをご存じですか。……はい、殿下のご威光は、ほんに飛ぶ鳥を落とす勢いでございました。

年が明けて天正十六年（一五八八）になりましても、まだ一揆衆の残党がいて、柳河に近いあたりの肥後山中でも、しばらく火種《ひだね》がくすぶっておりました。

そこにも大軍が派遣され、一揆衆の頭目《とうもく》である隈部親永《くまべちかなが》、親泰《ちかやす》の親子と家臣団がとらわれ、柳河城のお預かりとなりました。

関白殿下から届いたご命令は、

——隈部親子と家臣十人の首を刎《は》ねよ。

とのことでございました。

じつは、そのことで、統虎様がたいそうお悩みになられました。

なかに隈部善良《ぜんりよう》という武士がおりまして、かつて大友宗麟《おおともそうりん》殿にお仕えしていたので、統虎様とは旧知の仲だったのでございます。

統虎様は、その善良様を助けようと面会なさったのですが、

——一人だけ助命いただくわけにはまいらぬ。

と、頑《かたく》なに拒《こば》まれました。

「困った」

と、統虎様が、本丸御殿で頭を悩ましておられますと、あでやかな打掛《うちかけ》をまとった闇千代姫様が、毅然と仰せになりました。

「放し討ちをなさいませ。それならば、どちらにとっても武士の面目《めんぼく》が立ちましょう」

「放し討ちか……」

名誉ある罪人をただ処刑するのは、あまりに無慈悲。

武士として、一対一で勝負させ、罪人がみごとに勝てば、無罪として放免《ほうめん》する。負ければ、そのまま殺される——それが放し討ちでございます。

闇千代姫様がまだお小さいころ、道雪《どうせつ》様のご命令でおこなわれたことがございました。

「隈部一族は十二人。ならば、こちらも選《え》りすぐりの十二人を討手《うって》として、正々堂々と戦わせればよろしゅうございます」

「なるほど。道雪殿がそうなさっておいでだったな」

立花城での放し討ちの一部始終《いちぶしじゅう》は、統虎様も姫様といっしょにご覧になっておいででした。

「それがよい。しかし……」

統虎様が腕組みをして考え込まれてしまいました。

「隈部一族は、すでに死を決している。それを斃《たお》せる手練《てだれ》となれば、家中にもそう多くはない」

「いらっしゃるではありませぬか。百戦錬磨《ひゃくせんれんま》の十時連貞《ととさつらさだ》殿なら、うってつけでございましょう」

そのことばに、統虎様が狼狽《ろうばい》なさいました。

「……十時は一手の大将だぞ」

十時様は侍大将でございます。万が一のことでもあれば、立花家にとっては大きな損失となります。

「なればこその放し討ちでございます」

「それはそうだが。いや、しかし……」

さんざん迷われたあげく、結局、統虎様は十時様を大将として屈強の侍を十二人お選びになりました。

場所は、お城の三の丸広場。

十時様たちは、郎党《ろうどう》を連れず、ただ十二人だけでございます。統虎様と誾千代姫様は、広場のすみに床几《しょうぎ》を置いて、家臣ともども戦いぶりをご覧になりました。

わたくしもおそばで見させていただきまして、そのときの光景の一つひとつは、いまでもくっきりと目に焼き付いております。男と男が戦うとは、こういうことなのか――とじつに玄妙《げんみょう》な気持ちになりました。

二列となって向き合った男たちは、それぞれ一対一で斬《き》り結びました。最初に十時様が、隈部方のお一人を倒されましたので、他の者が背中から斬りかかることもできたのですが、そのような真似《まね》はけっしてなさいませんでした。

壮絶な戦いののち、隈部一族はみな討ち取られました。お城方《しろがた》の討ち死にはお一人だけでしたが、全員がかなりの手傷を負っておられました。

お見事だったのは、善良様でございます。最後にお一人だけ残った善良様を、城方が生け捕《いど》りにしようといたしましたので、善良様はあえて斬りかからず、太刀《たち》を胸に突き立てて果てられたのでございます。

侍というのは、いえ、人というのは、あのように潔く生きて死にたいものだと、統虎様も姫様もしきりと感心なさっておいででございました。

いろいろなことがございましたが、柳河の城での暮らしは、しだいに落ち着いてまいりました。

関白殿下の天下統一も着々と進んでおりました。

京に行かれた統虎様は、聚楽第《じゆらくてい》に招かれて、従五位下侍従《じゆごいのげじじゆう》に叙任《じよにん》されました。

関白殿下は、小田原《おだわら》の北条《ほうじよう》を討伐して、関東から奥羽《おうう》までも平定なさいました。

すべての国々で検地が終わり、百姓たちの持っていた刀を取り上げる刀狩《かたなが》りもおこなわれました。

これでようやく平穏な日々が訪れるかと胸をなで下ろしておりますと、関白殿下はとんでもない大合戦を宣言なさったのです。

——朝鮮《ちようせん》に出陣せよ。

そのお言葉に、日《ひ》の本《もと》の武将たちがみな腰を抜かすほど驚いたのでございました。

朝鮮の陣

京にいる豊臣秀吉《とよとみひでよし》からの使者が柳河城《やながわじょう》を訪れたのは、天正《てんしょう》十九年（一五九一）の九月であった。

本丸《ほんまる》大広間で使者と対面したあと、統虎《むねとら》が誾千代《ぎんちよ》を呼んだ。

入城後に改修した大広間は畳敷《たたみじ》きで、上段の間に書院が付いている。博多《はかた》から呼び寄せた大工《だいく》たちが腕をふるったので、瀟洒《しょうしゃ》なできばえだ。

上段の間には、ここ数年、統虎が愛用している紺絲縅《こんいとおどし》の具足《ぐそく》が飾《かざ》られ、博多の職人に染めさせた大きな摩利支天《まりしてん》の旗が垂《た》らしてある。どちらも激しい戦陣をかいくぐってきたので、あちこち傷《いた》んでいるが、それがかえって頼《たの》もしい。

礼装の大紋《だいもん》を着た統虎が口を開いた。声に昂《たか》ぶりがある。

「関白殿下《かんぱくでんか》の陣触《じんぶ》れであった。わしも兵を率《ひき》いて朝鮮《ちょうせん》に出陣する」

「それは、おめでとうございます。いつでございますか」

玄界灘《げんかいなだ》を渡って、異国への出陣である。入念な仕度《したく》が必要なはずだ。

「来年の三月だ」

それならまだ半年ある。

北風がすっかり止《や》んで、南の風が強く吹くようになってから出陣するのだという。

「朝鮮国なら、わたくしも行ってみとうございます」

先年、大坂《おおさか》に上って、閭千代は旅の楽しさを知った。知らない土地を旅することのなんと心躍《おど》ることか。

朝鮮の品物は、博多の商人を通じていくつか買ったことがある。茶の湯につかう黄色い井戸茶碗《いどぢゃわん》や美しい螺鈿《らでん》の細工《さいく》を、閭千代も持っている。

博多から朝鮮へは、大坂に行くよりよほど近く、周防《すおう》まで行くのと同じほどしかないという。海をわずかに五十里《り》（約二〇〇キロメートル）隔《へだ》てただけなのに、言葉も着物も習慣も、日《ひ》の本《もと》とはまるで違った人々が住んでいるというのが不思議である。

訪れてみたいという好奇心が、むくむくと頭をもたげてくる。

「物見遊山《ものみゆさん》ではないぞ。合戦《かっせん》に行くのだ」

「承知しておりますとも。長陣《ながじん》になりましょう。女子組《おなごぐみ》が役に立つことがあるのではございませんか」

首をかしげて考えてから、統虎がうなずいた。

「なるほど。たしかにそなたの女子組ならば、役に立つことがたくさんあろうな」

「はい。必ずや、お役に立ちますとも」

しばらく考えていた統虎が、こんどは首を横にふった。

「しかし、わしが連れていくわけにはいかぬ。合戦に妻女《さいじょ》を連れていったりすれば、大名たちのあいだで物笑いの種《たね》になる」

「はい……」

そう言われれば、誾千代には返すことばがない。

——女は、めんどうだ。

なにかをするのに、いちいち男たちの許しを得なければならない。

夫の合戦について ゆけば、物笑いの種にされてしまう。

男なら、この天地《あめつち》のあわいに、なにを憚《はばか》ることもなく、おのれを貫《つらぬ》くことができる。

そんな男がうらやましい。

それでも、誾千代は男に生まれたかったとは思わない。

女なればこそ、いたずらに武を競《きそ》わず、優《やさ》しい心で人に接することができる。女なればこそ、美しいものを愛《め》で、存分に楽しむことができる。

――そうだ。

よいことを思いついた。

「晴れの御出陣でございます。この際、甲冑《かっちゅう》を新調なさいませ」

飾ってある紺絲縅の甲冑は、たびたび修繕しているが、胴《どう》やあちこちの塗《ぬ》りが剝《は》げている。

しかも、このところ、統虎はますます体格がよくなって、いまのままではまた窮《きゅう》屈《くつ》になっている。

「なるほど。それはよい思案」

柳河城に入ってすでに四年、城と城下の普請《ふしん》や作事《さくじ》、また、村々の統治のことは、ようやく落ち着いてきた。

誾千代の髪も伸びた。

髪の伸びたぶんだけ、柳河の地に根が生《は》えたと思っている。

「馬廻《うままわり》の衆たちにも、揃《そろ》いの兜《かぶと》をお作りなさいませ」

「一段とよい思案だ」

統虎の顔が輝いた。統虎の馬廻に侍《はべ》る徒士《かち》たちは陣笠《じんがさ》を被《かぶ》っているが、歴戦を経《へ》てきたので、ずいぶん傷んで見すぼらしい。

「だが、蔵《くら》の蓄《たくわ》えはだいじょうぶか」

「はい。それぐらいの余裕はございます」

十万石《ごく》を大きく超える実収があるので、年貢《ねんぐ》の蓄えもできている。そろそろ軍装に金を使ってもかまわないだろう。

そんな財政の算段は、統虎よりも誾千代のほうが得意で、目配《めくば》りがきく。無駄なことには一文《もん》の銭《ぜに》も使わず、ふだんは反故紙《ほごがみ》一枚、灯明《とうみょう》の油一滴無駄にせぬよう倹約に努めていても、入り用なときには惜《お》しまずに使う。

それでなければ、大名はやっていけない——と、誾千代は父の道雪《どうせつ》から学んだ。

「なにしろ異国への出陣でございますゆえ、ひときわ士気を高めるのが肝心《かんじん》でございましょう」

士気が高まらなければ、合戦の風向きが悪くなる。それはなにより困ることだ。

「そのとおりだ。さて、どんな甲冑がよいかな……」

統虎が首をかしげて考えた。

「うんと洒落《しゃれ》たのが、よろしゅうございますとも」

九州平定にやってきた秀吉の軍団や畿内《きない》の大名たちは、たいそうきらびやかな甲冑を身に着けていた。

それに比べたら、九州の武者《むしゃ》たちの軍装は、どうにも野暮《やほ》で、誾千代はいささか悔《くや》しい思いをした。

「鳥の羽根《はね》をお使いなさいませ」

それはかねて闇千代が考えていたことだ。ほんとうは、それで自分の兜を作りたいくらいだった。ただ、鉄の兜はやはり女には重過ぎて、どうにも動きが取りにくくなる。

「鳥の羽根は細川忠興《ほそかわただおき》殿が使《つこ》うておる」

「どんな羽根でございますか」

「あれは雉子《きじ》だな。雉子の羽根を鉢《はち》のてっぺんに立てておられる」

雉子の羽根なら、まっすぐ立っているだけで、あまり洒落っ気がない。

「南蛮《なんばん》の孔雀《くじゃく》の羽根もきらびやかでよろしゅうございますが、いささか派手《はで》過ぎていて目に障《さわ》りましょう」

「さようなものか」

闇千代には、かねて使いたかった羽根がある。

柳河に来てから、闇千代は民情を知るため、足しげく領内の村々を訪ねまわっている。名主《なぬし》の家ばかりでなく、小作《こさく》の家々もまわり、どんな暮らしをしているのか、不自由がないか見てまわっている。

豊富な水路があるためか、柳河の暮らしぶりは豊かであった。気候も、筑前《ちくぜん》よりはよほど暖かく過ごしやすい。

ある村で、尾羽根《おばね》がたいへん長く立派な鶏《にわとり》を見た。

「薩摩《さつま》の半鶏《はんと》の尾羽根をお使いなされませ」

「なんだ、その半鶏とは……」

そう呼ばれている鶏がいるのである。

半鶏とはいうが、大きさはふつうの鶏である。肥後国《ひごのくに》の久連子《くれこ》という在所《ざいしょ》に多いので久連子鶏《どり》と呼ぶ者もいるが、ただ地鶏《じどり》と呼ぶ者も多い。

「長い尾羽根がございます。黒でございますが、銀色に潤《うる》んで光ります。あれを鉢の後ろに立てれば、長い尾が雄々《おお》しくはね上がり、いかにも洒落ておりましょう。孔雀の羽根のように派手過ぎず、武者ぶりが上がりましょう」

「よさそうだ。前立《まえだて》はどうする。付けぬのか」

問われて、閻千代は首をふった。自分の頭の上に両手で大きな丸をつくった。

「丸い月輪《がちりん》を脇立《わきだて》にお付けなされませ」

真ん中が空《あ》いた月輪なら、正面からでも、後ろに立てた鳥の羽根が見える。閻千代は、大勢の武者たちの兜を見て、もっとああすればよい、こうもできようと考えていたのである。

「それは秀麗である。さっそく作らせよう。馬廻衆たちはどんな甲冑がよいかな」

「具足は当たり前の黒にして、兜を金で揃《そろ》えればいかがでしょう」

「金か……。とんでもなく高くつくぞ」

この夫は、どこまでも真っ正直なのだと、闇千代は思った。金の兜など、馬廻の衆に被せたら、国がいくつあっても足りまい。

「桃形《ももなり》の兜に金箔《きんぱく》を貼《は》ればよろしゅうございます」

南蛮兜にも似た桃形の兜は、道雪の時代から、馬廻衆たちに被せていた。それをたくさん作らせ、金箔を貼ればたいそうきらびやかになる。

「大将が金ぴかでは、いささか重みがございません。また、馬廻衆の甲冑まで金では豪奢《ごうしゃ》に過ぎましょう。大将は黒、馬廻衆の兜が金なればこそ、引き立ちましょう」

「たしかにな」

統虎が瞼《まぶた》を閉じた。頭のなかで、軍列の光景を思い浮かべているらしい。

「よい思案だ。さっそくたくさん作らせよう。天下一の馬廻衆になるぞ」

「留守を守ります女子組も、胴丸《どうまる》を新調いたしたいと存じます」

「よかろう。どんな色の絲で縅すかな」

「韓紅《からくれない》の装束《しょうぞく》を揃え、やはり韓紅の絲で縅した胴丸を揃えたいと存じます」

韓紅は、緋色《ひいろ》や朱《しゅ》などより、はるかに淡《あわ》くあざやかで艶《あで》やかだ。身につけていれば、気持ちが晴れやかになる。その絲で縅した揃いの胴丸を着せれば、女子組はたいへん見栄《みば》えがするはずだ。

「そなたは、どうするつもりだ」

「わたしは、紫縅《むらさき》の胴丸にしようと存じます」

「紫か……。よく似合いそうだ」

年が明ければ、統虎は二十六歳、誾千代は二十四歳になる。子ができないので、いつまでも娘気分が抜けないが、やはり歳相応《としそうおう》のいでたちというものがあるだろう。

「よい甲冑師がいればよいがな」

「博多から呼び寄せて、ここで仕事をさせましょう。器用な町人の若者たちを集めて手伝わせれば、この城下にも甲冑師が育ちましょう」

「それがよい」

膝《ひざ》を叩《たた》いた統虎が、満足げにうなずいた。

天正二十年（一五九二）三月、統虎は宗虎《むねとら》と改名した。

朝鮮渡海《とかい》を前にして、気持ちを高めたいとの思いからだと言っている。

柳河城出陣は、三月二十六日と決まった。

桜が散って、葉がずいぶん繁《しげ》っている。南からの風が暖かいので行軍はしやすかろう。

柳河の三里（約一二キロメートル）南にある黒崎《くろさき》から船に乗って肥前名護屋《ひぜんなごや》の城に行き、そこで陣立《じんだて》して玄界灘を渡るのだという。

夜明けとともに、柳河城二の丸に、出陣する将兵が勢揃《せいぞろ》いした。

杏葉《ぎようよう》の紋《もん》を染めた幟《のぼり》七十二本。

弓組《ゆみぐみ》九十一人。

鉄炮組《てつぽうぐみ》三百五十人。

槍組《やりぐみ》六百四十人。

騎馬《きば》の衆二百十騎。

徒士千二百四十三人。

合わせて二千五百人余りが並んだ様は壮観である。

馬上の宗虎は体軀《たいく》堂々として、まことに麗《うるわ》しい武者ぶりに見える。

被っている頭形兜《ずなりかぶと》には、みごとな鳥の毛がついている。大きな月輪《がちりん》と相《あい》まって、思い通りの洒落た兜ができた。

宗虎が麾《さい》を振るうと、法螺貝《ほらがい》が響き渡った。太鼓《たいこ》と鉦《かね》を打ち鳴らしながら、全軍が門をくぐって出陣した。

徒士のうち、宗虎の馬廻衆をつとめる四百人が金色の兜を被っている。朝日にきらめいて神々《こうごう》しいほどだ。

兜の後頭部に白と黒の小さな布の立物《たてもの》を挿《さ》している。竹ひごをしならせ、裾《すそ》を細くすぼめているので、風によくなびく。

いかにも精鋭の部隊に見える。

これだけの軍装がととのえられたのは、宗虎の働きによって柳河に十万石以上の知行《ちぎょう》を得たからである。

闇千代たちの女子組や留守居《るすい》の武者は、二の丸の土居《どい》の上に立って見送った。

「まさに天兵《てんぺい》」

留守居役の薦野増時《こものますとき》が、感慨《かんがい》深そうに口をひらいた。

薦野はすでに五十になり、いまは立花の姓を宗虎から許されて立花賢賀《たちばなけんが》と名乗っている。

「まこと、よくぞここまでになり申しました。立花城の昔を思えば、夢のようでございます」

言われて、闇千代は目が潤《うる》んだ。

時の流れの早さには、驚くばかりである。

「それにつけましても、女子組もたいそうご立派。天女《てんにょ》の兵のごとくでありまな」

賢賀が女子たちを見わたした。

あらためて眺《なが》めてみると、韓紅《からくれない》の小袖に胴丸を着けて居並《いなら》んだ女子組の二百人もたしかに壮観である。

女子組の者たちはみな、夫や懸想人《けそうびと》を送り出す。

なにしろ、男たちは、海を渡って異国で戦うのである。二年や三年の長陣は覚悟してておかねばなるまい。

涙する者は一人もいない。

昨夜、宗虎と誾千代は、別れを惜しんだ。

寝所《しんじょ》に入って二人きりになると、誾千代は手をついて頭を下げた。

「御武運をお祈りいたしております」

泣きそうになったが、泣かなかった。これしきのことで泣いてはいられない。

宗虎は、しばらく、口元をぎゅっと結《むす》んで誾千代を見つめていたが、誾千代を抱きしめた。すり合わせた頬《ほお》が濡《ぬ》れている。泣いているらしい。

「離れとうない……」

体の大きな宗虎が、誾千代を抱きしめて泣くのが、愛《いと》おしくもあり、微笑《ほほえ》ましくもあった。

「それはわたくしとて同じこと。離れとうはありません」

闇千代は、夫の背中をなでた。

「まことか……」

すがりつく目で、闇千代を見ている。

「もちろんでございます」

宗虎が闇千代の襟《えり》を広げて鼻をすり寄せた。

「この匂《にお》い、忘れとうない。ずっと嗅《か》いでいたい」

闇千代は身にまとう小袖に、いつも甘い白檀《びやくだん》を焚《た》き染《し》めている。

「そうだ。この摩利支天の縫い取りにも、香《こう》を焚いてくれ」

宗虎が、いつも腹に巻いている摩利支天の縫い取りを抜き取った。

「承知いたしました」

寝る前に、籠《かご》の付いた火取り香炉《こうろ》に白檀を焚いて掛けておけばよいことだ。造作《ぞうさ》はない。

宗虎が、闇千代の胸元《むなもと》の匂いを嗅ぎ続けている。

「そなた、わしのためにずっと祈っていてくれるか」

「はい……」

「そなたが丹精《たんせい》込めてくれた摩利支天の縫い取りは、いかにも験《げん》がある。これがあれば生きて帰れる」

「もちろんでございます」

その摩利支天は、宗虎が婿《むこ》に来てすぐ初陣《ういじん》に出るときに、誾千代が一針一針祈りながら縫《ぬ》い上げたものだ。

——命を守るくらいの加護《かご》がなくてどうする。

と信じている。

「そなたは、ここで、毎日、摩利支天に祈っていてくれ」

本丸御殿《ごてん》のなかのちいさな座敷に、父道雪の位牌《いはい》とともに、たくさん勧請《かんじょう》した摩利支天が祀《まつ》ってある。

「祈っております。武功を立てて、無事にお帰りになるまで、朝に夕に祈っておりますとも」

誾千代は、宗虎の背中をなでつづけた。

「ありがたし。それなら安心だ。きっと武功を立てて帰ってくるぞ」

宗虎は満足そうに、いま一度、誾千代を抱きしめた。

互いを愛しみ合って別離を惜しみ、寄り添って眠ったのであった。

宗虎と将兵を送り出したあと、本丸御殿に引き上げると、柳河城のなかが、思っていた以上に、がらんと虚《うつ》ろに感じられた。

留守居には立花賢賀と五百人ほどの兵が残っているが、賢賀の手勢のほかは、歳をとっているか病弱な者がほとんどだ。

近隣の大名たちもみな朝鮮へと出陣するから、この城が攻められる心配はあるまいが、どうしてもやはり頼りない。

「男たちがいなくなりますと、火が消えてしまったようでございますね」

侍女《じじょ》のみねのつぶやきに、控えていた女子たちがうなずいた。

「ほんに寂しいことでございます」

みねとともに女子組のたばねを命じているひふみが、憂《うれ》い顔を見せた。やはりたばねを命じているいぶきもうなずいた。

見ていた誾千代は、首を大きく横にふった。

「情けなや。女子組をたばねる頭《かしら》が、さようなことでは、なんとも心もとない」

「申し訳ありません」

「女は、この世の日輪《にちりん》です」

「はい……」

「男たちがおらずとも、女が笑えば、世の中は明るくなります」

それは、このごろいつも考えていることだ。世の中は、男たちを軸《じく》にして動いているようだが、そんなことはない。

女がいなければ、男たちは一日とて暮らせない。

「女には、男たちを幸せにする力がある。女がいつでも日輪のように笑っていればこそ、男たちが幸せになるのです」

闇千代の言葉に、女子組の一同が深々とうなずいた。

「まことに、仰《おお》せの通りと存じます」

「まずは、わらわが笑います。そなたたちも、日々、笑《え》みを絶やさず過ごしなさい」

「さように心得ます」

「毎朝、太鼓を叩きなさい。祭りのように賑《にぎ》やかに叩けば元気が出ます」

「かしこまりました」

「では、今朝《けさ》からさっそくに」

櫓《やぐら》にすえてあった大太鼓を御殿の縁側に運び、女子組のなかで枹《ばち》さばきの上手《じょうず》な者が、晴れやかに打ち鳴らした。

闇千代は、横笛《よこぶえ》をかろやかに吹いた。

晩春の青空に、調子のよい太鼓と笛が響き渡ったが、その音色《ねいろ》は、闇千代の耳にも、やはりどこか虚ろに聴こえてならなかった。

柳河城にながれる時間は、宗虎とたくさんの男たちがいなくなっても、当たり前に過ぎていった。

闇千代は、女子組をひきつれて、できるだけ領国を見まわった。初夏の田に苗が植えられ、夏には穂が実り、秋には稲が刈られた。収穫を祝う秋祭りがおこなわれ、村々はにぎわった。村役人たちは、年貢をきっちり城に納めてくれた。海では漁師たちが魚を獲《と》り、干して、城に納めてくれる。城下の商人たちは、物を売り買いして、銭《ぜに》を納めてくれる。城方御用の仕事は、すべて立花賢賀が処理してくれた。柳河の城は、以前となにも変わらない。

ちがうのは、男たちがいないことだけだ。

朝鮮のようすは、ときおり、肥前名護屋城での留守居を命じられた立花家の武者が帰ってきて話してくれた。どこでどんな戦いをして、どこまで進軍したか——。絵地図を見せて話してくれるのだが、なにしろ海をへだてた彼方《かなた》のことで、闇千代にはさっぱり風景が浮かばない。

「朝鮮の景色は、どんなようすでしょうか」

「なに、海や山、田畑は日の本とさほど変わらぬそうでございます。館《やかた》や寺も、およそは似ているそうです。まるで違うのは着物で、われらの着物とは似ても似つかぬそうでございます」

留守居の武者は、朝鮮に渡っておらず、行ってきた者の話を聞いただけなので、やはり要領を得ない。

立花賢賀の家来には、ときおり、ひそかに隣国まで出向かせてようすを見てこさせたが、肥後でも、筑前でも、肥前でも、さしたることはなにもなく、ただ民草《たみぐさ》が平穏《へいおん》に暮らしているばかり、とのことだった。

——武家の男子《おのこ》など、いないほうがよほど平穏か。

そう思えば、すこし可笑《おか》しかった。

そんなふうにして、二年が過ぎた。

朝鮮出兵の指揮をとるべく肥前名護屋城に在陣している秀吉から、誾千代に呼び出し状が届いたのは、文禄《ぶんろく》三年（一五九四）の六月である。

秀吉は、関白職を甥《おい》の秀次《ひでつぐ》にゆずり、自分は太閤《たいこう》を称している。関白職を後嗣《こうし》にゆずり、帝《みかど》から宣旨《せんじ》を受けた者の尊称である。

「また、人質でございましょうか」

みねが心配そうにたずねた。

「いや、そうではないらしい」

このたびは、人質というわけではなく、留守を守る大名の奥方たちをねぎらいたい、と秀吉からの書状に書いてあった。

闇千代は、女子組のうち百人を率いて肥前名護屋城に出かけた。

柳河から筑紫《つくし》平野を横切り、山間《やまあい》の道を抜けて唐津《からつ》に出て、松浦《まつら》半島の突端《とったん》にある名護屋城まで十八里。

みなが馬に乗って夜明けとともに駆けたので、まだ日が高いうちに着いた。

城の大手門《おおてもん》を入って、闇千代は目を瞠《みは》った。女子組の一同もしきりとあちこち見まわしては賛嘆《さんたん》している。

「大きい城よな。大坂城にも劣《おと》らぬ。いや大坂城より大きいくらいじゃ」

城には堅牢《けんろう》な石垣が幾重《いくえ》にも積み上げ、巡《めぐ》らせてある。

五層の天守《てんしゅ》が、まだ入道雲の立つ残暑の空に高々と聳《そび》えている。

「二十万人が住めるように縄張《なわば》りしてござる」

大手門から本丸に案内してくれた武者が教えてくれた。

本丸、二の丸、三の丸、山里丸《やまざとまる》のまわりに広大な城下町があって、大名たちが、各所に陣《じ》を布《し》いているのだという。

「柳河の城の百倍もありそうでございます」

みねが驚いた顔で言った。たしかに、それくらい大きな城である。

本丸御殿の大広間で太閤秀吉に目通りがかなった。

闇千代の胴丸姿を見た秀吉が、大きく目を見開いている。

「凜《りん》とした姿よ。ますます美しゅうなって祝着《しゅうちゃく》至極《しごく》じゃ」

「ありがとうございます」

「紫縅の胴丸とは、じつに艶《あで》やか。しっとりと大人びてまいったのう」

自分でもそう思っているので、闇千代はうなずいた。

「それにつけましても、大きなお城でございますこと」

「なにしろ、ここを足場に第一軍から第九軍まで、十六万人の将兵が出陣した。後《ご》詰《づ》めの兵も置いておかねばならぬゆえ、これでも小さいくらいだわい」

甲冑は着けず、緋色に金襴《きんらん》の小袖と羽織《はおり》でくつろいだ秀吉が、闊達《かったつ》に笑った。

「わが軍勢はまたたく間に進軍して釜山《プサン》から平壌《ピョンヤン》まで落城させおった。まこと頼もしいかぎりよ」

朝鮮の絵図が大きな軸にして掛けてある。

その図で、秀吉が説明してくれた。

「そなたの夫は、小早川隆景《こばやかわたかかげ》の率いる第六軍で出陣しておる。弟の高橋直次《たかはしなおつぐ》ともども、漢城《ハンソン》（現ソウル）攻略にて大きな武功を挙《あ》げてのう、それからさらに北へと進撃しておるぞ」

高橋家を継いだ宗虎の弟統増《むねます》は、直次と名を改め、八百の兵を率いて渡海している。

夫の武勲《ぶくん》はやはり嬉《うれ》しい。

「やはり、わしが見込んだだけのことはある。あの男は西国一《さいごくいち》の武者だわい」

「太閤殿下にご奉公できて、なによりでございます」

「そなたは、西国一の美姫《びき》であるな」

笑って言いながら、秀吉が立ち上がった。

「天守からの眺めがよい。案内《あない》しよう」

さっさと先に歩き出した。あわてて小姓《こしょう》たちがついていく。

闇千代も後にしたがった。

外観五層の天守閣は、内部が七層になっていて、上一重《いちじゅう》の望楼《ぼうろう》に立つと、ことのほか眺めがよかった。

城のまわりに巨大な町ができている。

町と城は半島にあって、先端の岬《みさき》が細長く海に突き出している。

その先に、大きな島が見えている。

「あれが壱岐《いき》じゃ。その左が対馬《つしま》。朝鮮は、そのほんのむこうだわい」

晴れた日でも朝鮮は見えないが、よい風が吹けば一日で渡れるという。ふつうの風でも二日あれば着けると言った。

——うねっている。

闇千代は、そう思った。

海はおだやかだ。

うねっているのは、海ではない。

——日の本の国がうねっている。

そう感じた。

海に突き出した岬に、大勢の軍勢が集まり、海を睨《にら》んでいる。

すぐ近くの呼子《よぶこ》という港からつぎつぎと軍船が出帆し、十六万もの将兵が海を渡った。

目指すのは朝鮮の地。

朝鮮の地をわが掌中《しょうちゅう》に収めようとして、日本の侍《さむらい》たちがうねっている。欲がのたうち、この岬でうねっている。

朝鮮にも民がいる。侍も王もいる。

——無理だ。

そう、肌《はだ》で感じた。

そもそも、朝鮮に出陣するのは、日の本の侍たちが、より多くの知行を欲しがるからであろう。

どこまでも広げられるはずがない。必ず限りがある。

「朝鮮を平定し、朝鮮の侍たちがみな臣従《しんじゅう》したらどうなさいます。彼らもまたたくさんの所領を欲しがりましょう」

闇千代は思ったとおりを、秀吉にたずねた。

「朝鮮は足掛かりに過ぎぬ。大明国《だいみんこく》に討ち入るのが狙《ねら》いである」

「大明国を平定したのちは?」

「天竺国《てんじくこく》（インド）に討ち入るわい」

「天竺国を平定なさったら?」

「さらにそのむこうにある欧羅巴《ヨーロッパ》まで攻め入ろう」

闇千代は黙った。

いまのこの男に、なにを言っても通じないと思ったからだ。なにか志《こころざし》をもっているときは、宗虎にも似たところがある。それが、男子《おのこ》だ。

ずっと気にかかっていたことをたずねた。

「なぜ、利休居士《りきゅうこじ》に切腹をお命じになりましたか」

秀吉は、千利休に腹を切らせたという。闇千代の目には、秀吉の無体としか見えない。

「あの男が、気に食わぬからだ」

「気に食わねば、腹を切らせるのですか」

「天下人《てんかびと》ならば、それができる。天下のすべてを思いのままに動かしてこそ、ここまで昇り詰めた甲斐《かい》があるというもの」

秀吉が、じっと闇千代を見つめた。

闇千代は、強い目で睨み返した。

秀吉が、手にしていた扇《おうぎ》を闇千代の首根っこに当てた。

「そなたとて、気に食わねば殺してしまうぞ」

「ご随意《ずいい》に」

じっとこちらを見すえていた秀吉が、声を立てて笑った。

「わしは、気の強い女子が好きでな。そなた、宗虎と離縁して、わしの室《しつ》に入るがよい」

「お断りいたします」

睨み返したまま、はっきり答えた。

「わしが嫌《きら》いか」

「おもしろいお方と存じます」

野心の強い男は好きだ。秀吉を嫌いだとは思わない。卑賤《ひせん》の身から天下人に成り上がっただけあって、人としての器《うつわ》はたいそう大きいと感じる。

――もっと歳が近くて、若いころに逢《あ》っていたら……。

秀吉のことを懸想《けそう》していたかもしれない。

しかし、いま目の前にいる天下人は、身勝手ぶりばかりが目についてしまう。

「殿下が国を失われたら、心を動かされるやもしれませぬ」

正直にそう思った。

日の本が朝鮮から攻め込まれて国を失ったときの秀吉の姿を思い浮かべたのだ。

さぞや歯ぎしりし、なんとか雪辱《せつじょく》を果たそうと必死になるだろう。

そのときの秀吉は、きっと愛おしかろう。

「奇妙なことを言う女子だ」

秀吉の目に、少年のごとき光が浮かんだ。

闇千代は、その光に惹《ひ》かれた。

秀吉の目に宿っているのは強烈な光であった。いままで、どんな人間の目にも見たことのない鮮烈《せんれつ》な光芒《こうぼう》を放《はな》っている。

以前、大坂城で会ったときも、秀吉の目には強い光を感じた。

ただ、あのときの闇千代はその光を色欲《しきよく》だと感じた。女を射《い》すくめ、からめ捕《と》らんとする目の力に、身をすくませ、守ることばかり考えていた。

そんな闇千代には、秀吉のほんとうの大きさが見えていなかった気がする。

いま、闇千代は秀吉の目の光に、男子《おのこ》の強烈な志を読み取った。新しい世界と時代を切り拓《ひら》かんとする熱い情念である。こういう熱情の迸《ほとばし》りがなければ、男は逞《たくま》しく美しく生きられない。天下人として世の頂点に立つことはできまい。

見目麗《みめうるわ》しいとは言い難《がた》い風貌《ふうぼう》だが、そんな難点など消し去って余りある魅力を、秀吉は秘めている。そのことに闇千代は初めて気づいた。

秀吉は壮大な志をもった男子だ。

その志を夢に終わらせず、現実のものとする力をもった男子だ。

——男子は熱い志こそ。

あらまほしい。秀吉にじっと見つめられ、闇千代は頬が火照《ほて》った。体の芯《しん》に陶然《とうぜん》とした熱が宿った。

——子が欲しい。

女子《おなご》として子を生《な》すなら、こういう強烈な志をもった男子の子がよい。

志こそが、世界と時代を切り拓いていく。さきほどまで身勝手と映《うつ》っていた秀吉の行状さえ、いまは強烈な熱情の迸りに見える。

——でも……、惜《お》しい。

いかにも惜しい。残念だ。

もしも秀吉の子を生せば、去年、三つになったばかりの鶴松《つるまつ》を亡くし、実子がない豊臣家の跡取りとされてしまう。

闇千代が産むのは、もちろん立花家の跡継ぎである。これは、いかんともしがたい。

「上様《うえさま》の御子《おこ》を生しとうございます」

秀吉に見つめられて、闇千代はくちびるを小さく開いた。

「生してくれ」

秀吉の手が肩に伸び、触れようとした。

するりと躱《かわ》して離れ、闇千代は廻《まわ》り縁《えん》から海を見やった。銀色の海が昼下がりの陽光をまばゆくきらめかせている。

「とても残念でございます。わらわが産むのは立花の跡継ぎ。宗虎の子でなければなりませぬ」

ふり返って微笑《ほほえ》んだ。

苦笑《にがわら》いした秀吉が小さくうなずいた。

それ以上、そのことには触れず、秀吉は眼下に見渡せる城の縄張《なわば》りについて穏《おだ》やかな声で話しはじめた。

その夜、闇千代は豪奢《ごうしゃ》な館の寝所で褥《しとね》についた。なかなか寝つかれず、さまざまな想念が脳裏《のうり》を駆けめぐった。

――女はゆれる。

男子《おのこ》に言い寄られると、つい絆《ほだ》されてしまう。強い男子には、つい靡《なび》きそうになってしまう。

うれしいことには違いないが、愛《いと》しまれるより、愛しみたい。愛されるより、愛したい。

欲しいのは、強さだ。強く愛する力だ。それは男子に求めずとも、自分に求めてもよいのではないのか。

――愛する強さが欲しい。

それこそが、男子も女子も生きる喜びであるはずだ。そう思い至るとようやく胸のつかえが下りてすっきりした。

翌朝、闇千代は用人《ようにん》を呼び、秀吉の御前《ごぜん》で鉄炮の演舞《えんぶ》を披露《ひろう》したいと申し出た。率いてきた百人の女子組は、みな鉄炮を携《たずさ》えている。そのまま船に乗って朝鮮に渡ることになっても、すぐに出陣できる仕度《したく》がととのえてある。

もどってきた用人は、秀吉がたいそうご機嫌《きげん》であったと告げた。

「願ってもない果報。ぜひとも拝見したいとの仰せにございました」

場所は三の丸のはずれの射場《しゃじょう》がよいとのことで、玉薬《たまぐすり》を差し入れてくれた。

女たちに用意をさせながら、闇千代はなにか面白《おもしろ》い趣向《しゅこう》はないか思案した。ただ鉄炮の玉を的《まと》に当てるだけではつまらない。

鉄炮衆の演舞といえば、かつて紀州《きしゅう》雑賀《さいか》の孫市《まごいち》という領袖《りょうしゅう》が、ずいぶん派手な射撃を秀吉に見せたと聞いたことがある。舞っている孫市が手にしている扇を、鉄炮衆に撃ち抜かせたのだという。大いに驚いた。

二番煎《せん》じはしたくない。なにか、女子らしい工夫《くふう》はないものか。

――そうだ。

よいことを思いついた。

闇千代は、用人に頼んで、城番《しろばん》から予備の半鐘《はんしょう》を借り出してもらった。的場《まとば》の垜《あずち》（盛り土）の手前に三本の丸太を組んで、それを吊《つる》すように頼んだ。

午《ひる》に法螺貝《ほらがい》が鳴り渡り、射場に人々が集まった。

秀吉と大名、大勢の家臣たちが勢ぞろいして待っているところに、闇千代と女子組が馬列を整えて入場した。いぶきに先頭を務めさせた。女子組はみな韓紅《からくれない》の絲《いと》で縅《おど》した胴丸に、やはり韓紅の袴《はかま》を着けている。いちばん最後をゆく闇千代の目にも、なんとも美しく艶《あで》やかな隊列に見えた。

馬から下りると、半鐘から三十間《けん》（五〇メートル強）離れた射座《しゃざ》に、女子たちを二列に並ばせた。前列は膝《ひざ》撃《う》ち、後列は立ち撃ちである。秀吉と大名たちは、女子たちの背中ごしに射場を観《み》ている。

闇千代は隊列の脇《わき》に立つと、秀吉と大名衆に一礼した。

向き直った闇千代がヤクの毛をつけた長い柄《え》の麾《さい》を振ると、女子たちがつぎつぎと鉄炮を放った。

鉛《なまり》の玉が当たると、半鐘は高く澄んだ音を立てる。火薬を少なくさせてあるので鉛がへしゃげるだけで、青銅の半鐘に疵《きず》はつかない。

火薬の音がするが、そのなかに甲高《かんだか》く澄んだ音色《ねいろ》が響《ひび》いている。鉛玉で半鐘が鳴っている。

闇千代は、調子をとって麾を振りつづけた。

めでたい雅楽《ががく》の越天楽《えてんらく》の調べである。

女子たちが闇千代の麾に合わせて鉄炮を放ち、半鐘が鳴り響いている。

秀吉が気づくまでにすこし時間がかかった。驚いた顔で大きな口を開け、しきりとうなずいた。

「いや、みごと。あっぱれあっぱれ」

立ち上がった秀吉が、扇を高くかかげ大いに褒《ほ》めそやした。

越天楽の音色を終えると、闇千代は女子たちの真ん中に立った。

女子たちから一挺《ちょう》ずつ順に鉄炮を受け取り、素早くつぎつぎに連射した。百発すべて一発もはずさず半鐘を打ち鳴らした。

「度肝《どぎも》を抜かれたぞ」

御座所《ござしょ》に行ってひざまずくと、秀吉は本当に驚いた顔をしていた。

「おそれ入ります。座興《ざきょう》になりましたでしょうか」

「まったく面白い女だ。褒美《ほうび》をやろう。よい細工物を作らせるのでしばらく待つがよい」

十日たってもなにも届かないので、忘れているのかと思ったが、ずいぶんたってから、青貝を蒔《ま》いた美しい口薬《こうやく》入れが百個、誾千代のもとに届けられた。

「ぎんちよ殿」と墨書《ぼくしょ》してある別の箱を開けると、青貝を蒔いた口薬入れに、銀で浮き彫りにした摩利支天像がはめてあった。

◇

名護屋の城では、ほんに驚かされることがたくさんございました。お城の壮麗さや集まっている将兵の多さ、また、呼子の入江《いりえ》に碇泊《ていはく》している軍船の夥《おびただ》しさもさることながら、じつはわたくしが一番驚かされましたのは、誾千代姫様の変わりようでございます。

姫様は幼いころから美しいお方でございました。お顔立ちはまさに神がかった凛々《りり》しさで、ことに合戦のときなどは、まことに摩利支天が降臨《こうりん》されたかのような神々《こうごう》しさでお顔が輝いておられました。

ところが、不思議なことに、名護屋のお城に行ったその日、太閤殿下とお二人で天守閣《てんしゅかく》の望楼《ぼうろう》に登られてから、姫様のなかで、なにかが変わられたようなのです。太閤殿下の小姓《こしょう》たちと、わたくしと侍女のいぶきとは、上一重《いちじゅう》の望楼には上がらず、下の層で待っておりました。望楼でなにがあったのかは存じません。

それでも、階《きざはし》を下りてこられたときの姫様は、これまでに見たことのないお顔をなさっておいででございました。なんと申しますか、大きなものに守られて安心しきった女子の顔でございます。

立花山のお城で父君《ちちぎみ》の道雪公とごいっしょのときでさえ、お見せになったことのないお顔でございました。宗虎様とごいっしょのときの凛としたお顔ともまたちがいます。

女が恋をしたときの上気したようなお顔にも見えましたので、あまりの不思議さに、わたくしはいぶきと顔を見合わせたのをよく覚えております。

……まさか。まさか、そんな、姫様が太閤殿下に恋をなさったなど、けっしてございません。……いえ、さような無礼なことを姫様に問いただしたりなどするものですか。お心の内は知らぬことながら、ご年齢は親子ほどにちがいますし、こう申してはなんですが、殿下はすでに御髪《おぐし》が薄くなられ、失礼ながらお顔だちは……。

……はい。たしかに父君の道雪公は、姫様が物心つかれたころにはすでに六十を過ぎたご高齢でした。朝鮮の陣のときの太閤殿下はまだ五十代だったはずでございます。壮年……、……ええ、いえ、見かけでいえば、道雪公のほうがずっと若々しく雄々しかったように思います。

なんですと。さような下司《げす》な邪推《じゃすい》はお止《や》めなさい。許しませぬ。姫様を冒瀆《ぼうとく》するなら、もうこれ以上のお話はいたしません。

………。

すなおに謝《あやま》りましたね。それならよろしい。話を続けましょう。

肥前名護屋城には、朝鮮には出陣せず、後詰《ごづ》めとして残っている大名たちが大勢いましたし、閨千代姫様のほかにも大名の奥方《おくがた》たちが集まっておいででした。

太閤殿下は、黄金の茶室をここにも運ばせ、本丸御殿に組み立ててありました。山里丸には茅葺《かやぶ》きの四畳半の茶室を造らせ、こちらでは侘《わ》びた風情《ふぜい》を楽しんでおられました。黄金と侘び。どちらも楽しんでしまおうというのが、殿下の懐《ふところ》の深さでございましょう。

本丸には能舞台が設けられ、しきりと能の興行がなされました。

太閤殿下は、能楽師たちに稽古《けいこ》をつけさせ、ご自分でもシテの舞いができるまでに精進《しょうじん》なさいました。それも、一番や二番だけでなく、松風《まつかぜ》、芭蕉《ばしょう》、定家《ていか》など、十五、六番も覚えられ、大名たちを集めて披露なさったのでございます。殿下がそんなごようすでしたから、大名方のお屋敷にも能舞台や茶室ができて、互いに招《まね》き、招かれといった饗応《きょうおう》がくり返されておりました。

いちばん賑やかだったのは、瓜畑《うりばたけ》でのお遊びでございました。

ちょうど六月も末のことで、城内の菜園に、みごとな瓜が実《みの》っておりました。ご承知のように、太閤殿下は尾張《おわり》の鄙《ひな》のお生まれです。武家の営《いとな》みよりも、子どものころの百姓の暮らしぶりを懐《なつ》かしくお感じになるらしゅうございました。瓜畑のまわりには、俄《にわ》かごしらえの茶屋や旅宿《たびやど》が建ててありました。生《い》け垣《がき》や水路などもそれらしく造ってございますので、ちょっと見た目には、鄙びた農村の風情そのままでした。

その一画で、大名方や家来衆にも様々な扮装《ふんそう》をさせて、村の暮らしを再現なさったのでございます。

柿渋染《かきしぶぞ》めの帷子《かたびら》を着込んで黒い頭巾《ずきん》をかぶり、藁《わら》の腰蓑《こしみの》をつけ、天秤棒《てんびんぼう》の前と後ろに瓜をたくさん荷《に》なって運んできた者がございました。

「味よしの瓜、召《め》され候《そうら》え。召され候え」

大声でそう呼ばわっているようすは、まさに瓜屋そのものでしたが、誰あろう太閤殿下その人でございました。

徳川家康《とくがわいえやす》様は、笊《ざる》売り商人の姿をなさいました。やはり堂に入った声を張り上げながら、あたりを売り歩かれました。

そのようすをご覧になっていた闇千代姫様は、いたく感心なさっておいでででございました。

「ほんに腹のすわったお方じゃ。いや、恐ろしいお方かもしれぬ」

「そうでございましょうか」

わたくしは、なぜ感心なさるのかが分からずに首をかしげました。

「徳川殿のご胸中を察してみるがよい」

姫様がおっしゃるには、徳川殿が、好き好んで笊売り商人の扮装などなさるはずがない。ほんとうはやりたくないはずだ。それなのに、無理をしている気持ちなど毛の先ほども見せず、ただ太閤殿下を満悦《まんえつ》させるために商人に扮《ふん》しておいでである。それは、ここで自分がその役に扮することが、のちのちのためになると割り切ってのこと。その冷徹な計算が恐ろしい、というのが姫様のお見立てでございました。

なるほど、そう言われてみれば、高野聖《こうやひじり》に扮して宿探しをなさっておいでの前《まえ》田利家《だとしいえ》様などは、笈《おい》を背にしてじつに愉《たの》しげでございましたが、それは秀吉公と古くからの友であればこそ。ただの同盟者である徳川殿にしてみれば、ここは、朝鮮に渡海せずにすませ、それでいてなお殿下への忠節を印象づける大事な場。その役割をよくよくご承知のようでございました。

蒲生氏郷《がもううじさと》様は肩に茶道具を担《かつ》いだ荷ないの茶売り、前田玄以《まえだげんい》様などは比丘尼《びくに》に扮しておいででした。玄以様は上背《うわぜい》もあり、太っておいででしたので、みなの大笑いをさそいました。

大名の奥方たちは、ただご見物なさっておいでだったのですが、闇千代姫様は、わらわもやってみたい、と仰せで、百姓女の姿をして、瓜を売り歩かれました。忠誠のためになさった徳川殿とちがって、姫様はただただ百姓女の扮装をなさりたかったようでございます。菅笠《すげがさ》をかぶり、裾《すそ》の短い着物を着た姫様は、いかにも利発な百姓女に見えました。

「瓜を召され候え。味のよい瓜にございます」

大きく張り上げたお声のなんと麗しかったことか。思わず太閤殿下がお買い上げになられました。

「瓜売りの商人に瓜を買っていただけるとは、またとない誉《ほま》れ。お礼に剝《む》いてしんぜましょう」

闇千代姫様は、そうおっしゃって包丁《ほうちよう》を握り、器用にくるくると瓜の皮を厚く剝いて殿下にお渡しになられました。

殿下は、その瓜をいかにも美味《おい》しそうに召し上がられたのでございます。そんなふうに愉しく過ごしたことでございました。

名護屋の城内では、奥方同士集まって、能や茶の湯、管弦《かんげん》などが愉しめるように太閤殿下は気を配ってくださっていましたが、大坂城で人質となっていたときと同じで、闇千代姫様はそんなお付き合いはご挨拶《あいさつ》ていどにとどめて、あとは連日、女子組とともに武《ぶ》を練《ね》っておいでてした。

名護屋城にはふた月ばかり逗留《とうりゆう》して、柳河の城に帰りました。あのころの毎日は、時がじりじりと過ぎていきました。

朝鮮での戦況はときおり思い出したように名護屋城の留守居役から報《しら》せてまいります。宗虎様は、果敢に進撃して、いくつもの城を攻めて陥落《かんらく》させ、新しい城を造っておいでとのことでした。わたくしの夫も、女子組の者たちの夫や懸想人《けそうびと》も、ともに励んでいるのかと思えば、すこしは安堵《あんど》いたしました。

お元気なようすをうかがうのは嬉しいものですが、かといってこころの洞《うろ》が満たされるわけではありません。まことに、留守居などというのはつまらないことでございました。

宗虎様が朝鮮から柳河にお帰りになられたのは、出陣から三年半たった文禄四年（一五九五）の九月のことでございます。

朝鮮どころか明国《みんこく》の軍まで破って講和が成立したため、太閤殿下から諸将に帰国の命令がくだされたのでございます。

釜山から名護屋、そこから小船で有明海《ありあけかい》の黒崎に到着なさるとの先触《さきぶ》れが来ましたので、誾千代姫様は、留守を守っていた立花賢賀らともども、迎えに出られました。

船が黒崎の小さな入江に入ってきますと、馬廻衆の金の兜に、明るい陽射《ひざ》しがきらめいて、ことのほか勇《いさ》ましく見えたものでございます。

船の舳先《へさき》で大きく手を振っている武者がありました。宗虎様が誾千代姫様を見つけて、手をお振りになっていらしたのです。

船から汀《みぎわ》に飛び下りた宗虎様は、一目散《いちもくさん》に姫様の前に駆けてこられました。じっと見つめ合い、再会の喜びをかみしめるお二人のお幸せそうな顔は、けっして忘れることができません。

姫様も、宗虎様も、それはそれは、ほっと安心したお顔で、お互いを見つめていらっしゃいました。

京の女

朝鮮《ちょうせん》から帰ってきた宗虎《むねとら》の顔を見て、誾千代《ぎんちよ》はこころの底からほっとした。ずっと寒風のなかに一人で立ってかじかんでいたところを、暖かい春風に包まれた心地《ここち》である。

やはり帰ってきたのがとても嬉《うれ》しい。頼るべき男子《おのこ》がそばにいるのは、なんとありがたいことだろう。

「まずは、道雪《どうせつ》様にご報告じゃ」

黒崎《くろさき》から柳河《やながわ》に帰ると、宗虎は城に入るよりも先に梅岳寺《ばいがくじ》に行くと言った。道雪の墓に長いあいだ手を合わせていたのは、きっとたくさん話すことがあったのだろう。

大勢の城下の者たちに迎えられて城に入ると、具足《ぐそく》姿のまま義母《はは》の仁志《にし》に帰着の挨拶《あいさつ》をした。

「よう無事に帰られました」

老いた母が落涙した。このごろ母は涙もろい。はらはらと涙をこぼしているのを見ていると、闇千代まで目が潤《うる》んだ。

奥の間に入り、具足を脱《ぬ》いで小袖《こそで》に着替えるのを闇千代が手伝った。

「そなたが胴丸《どうまる》を着けていては、みょうだな」

言われて笑い合った。たしかに、胴丸を着けたままの闇千代が着替えを手伝うのも妙なものだった。それでも、とにかく手伝って小袖を着せた。闇千代も秋らしい秋草《あきくさ》もようの小袖に着替えた。

あれこれと聞きたいことはたくさんあるが、あわてずにおいおい訊《たず》ねるつもりだ。長く留守をしていたので、宗虎には城の用向きがたくさんある。

月輪《がちりん》の脇立《わきだて》に久連子《くれこ》鶏《どり》の黒い尾羽根《おばね》を立てた兜《かぶと》は、闇千代が広間の床《とこ》に飾《かざ》った。鉢《はち》のあちこちに刀疵《かたなきず》やへこみがある。死線を彷徨《さまよ》うなか、この兜が守ってくれたのだと思えば、兜に頬摺《ほおず》りしたくなった。

宗虎が広間に出てくると、留守を守っていた立花賢賀《たちばなけんが》らの重臣が、あらためて挨拶にあらわれた。賢賀とて合戦《かっせん》の話は聞きたかろうが、それよりも重大なことがあった。闇千代はすでに賢賀から報告を受けている。

じつはさきごろ筑前《ちくぜん》、筑後《ちくご》で検地があった。秀吉《ひでよし》の代官が、筑前、筑後、肥前《ひぜん》で大きな所領をもつ小早川隆景《こばやかわたかかげ》に有利になるように検地を行ったため、立花家の領地が削《けず》られて少なくなってしまったのだ。

それにくわえて領地の収穫のうちのなにがしかを、所務《しよむ》（雑税）として豊臣《とよとみ》家の蔵入《くらい》りとされてしまった。実収入が大きく減るので、たいへんな事態である。

話を聞いていた宗虎は、眉間《みけん》の皺《しわ》を深めた。

「朝鮮で懸命に働いてきた者から米をむしり取るとはなにごと。すぐさま伏見《ふしみ》に上り、談判することにしよう」

秀吉は名護屋《なごや》から京にもどり、いまは新しく造営した伏見の城にいる。

宗虎は、ほかにもいくつか留守中の懸案《けんあん》事項を聞いた。すぐに決められることは決めて指示した。

賢賀の話が一段落すると、宗虎が闇千代にむかって命じた。

「出かける。花と銀を用意してくれ」

「なにをなさいますか」

闇千代がたずねると、宗虎が顔を曇《くも》らせた。

「率《ひき》いて行った二千五百の将兵のうち、三百人を朝鮮で亡くした。線香《せんこう》をあげに行かねばならぬ」

城下の遺族を訪ねるつもりだと宗虎が言った。侍《さむらい》たちのうちでお目見得《めみえ》以上の者の家には、いまから直接自分が行く。それ以下の身分の者たちは、侍大将《さむらいだいしょう》や組頭《くみがしら》に行かせるつもりだという。

花と銀をしたくすると闇千代もついて行くことにした。身分のある者で亡くなった者だけでも二十人近くいるらしい。

館《やかた》を出ると、ちょうど十時連貞《とときつらさだ》がやってきた。すでに言いふくめてあったらしく、十時が先導して家々を訪ねてまわった。

遺髪《いはつ》か遺品を十時がわたし、闇千代が花と銀を差し出した。

「無念でござる」

宗虎は遺族たちに平伏《へいふく》した。最期《さいご》のようすが分かっている者の家ではそれを話して聞かせた。宗虎が最期を知らない者は、あとでその場にいた者を来させると約束した。

それから、家の事情を十時が聞き出して、書き留めた。

死んだ者の弟がいる家ならば、その子を跡取りにして守《も》り立てる。男の子がおらず、年頃の娘がいるなら、婿《むこ》を取って家を残す。子がいなくなり老いた父や母だけが残されたなら、養子を見つける――。それぞれの家にそれぞれの事情がある。

「なにも案じることはない。家が末永く立ち行くよう算段いたそう」

女子組《おなごぐみ》の家にも、かの地で夫や父の亡くなった者が何人もいた。家を訪ねた闇千代は、ひたすら頭《こうべ》を垂《た》れて涙を流すしかなかった。その日のうちに、二十軒ちかく、すべてまわって悔《く》やみを述べた。

その夜、寝所《しんじょ》に入ると、宗虎はぐったり疲れ切っていた。

「風呂にお入りなさいませ。お疲れが取れますよ」

いつでも入れるように、湯屋《ゆや》のしたくをさせてある。熱い湯気《ゆげ》に包まれて汗を流せば、疲れが取れるだろう。

「いや、面倒《めんどう》だ。もう寝たい」

よほど疲れているのか、寝間着《ねまき》に着替えもせず、薄縁《うすべり》に横になった。

三年半の長陣《ながじん》であった。自分の城に帰り、ほっとしたのだろう。さぞや、口にできないさまざまなことがあったに違いない。

闇千代がすわって寝顔を見ていると、宗虎の手が伸びてきた。手を摑《つか》まれ、褥《しとね》に導かれた。しがみつくように、体をすり寄せてくる。

くたびれて汗くさい宗虎が、闇千代は愛《いと》おしかった。腕をまわして背中を抱きしめると、闇千代の胸に顔をうずめて、長い息をしずかに吐《は》いた。

「やっと帰ってこられた」

「お帰りなさいませ。ずっとお待ちしておりました」

「ああ、わしも早くここに帰りたかったぞ」

胸に顔を押しつけると、大きく息を吸って匂《にお》いをかいでいる。

しばらくじっとそのままでいた。やがて安らかな寝息を立てて眠りについた。

十月になって、宗虎と誾千代は、伏見に向けて出立《しゅったつ》した。家来衆と女子組が同道した。小倉《こくら》までは陸路で、そこから船に乗った。

京の南にある新しい伏見の城もまた、たいそう壮大だった。桃山《ももやま》と呼ぶひろびろとした丘に、本丸《ほんまる》、西の丸、三の丸、治部少輔丸《じぶしょうゆうまる》、名護屋丸、松の丸、太鼓丸《たいこまる》の七つの曲輪《くるわ》があり、城下に大名屋敷が建ち並んでいる。どの御殿《ごてん》も絢爛豪華《けんらんごうか》で、軒《のき》の瓦《かわら》が金に光ってたいそう目映《まばゆ》い。

壮麗な大坂城《おおさかじょう》。それにもまして巨大な名護屋城。そしてさらに華麗なる伏見城。それら三つの城ばかりでなく、じつは、もうひとつ京に聚楽第《じゅらくてい》というお屋敷まであったと聞かされ、誾千代は秀吉という男の底知れなさに舌を巻いた。

秀吉は、宗虎のために丘の上に屋敷地と御殿を与えた。

十三間《げん》（約二三メートル）四方もある御殿は京の聚楽第からの移築である。大坂城、名護屋城で住まわせてもらった館よりもっと贅沢《ぜいたく》な造りで、上質の檜《ひのき》がふんだんに使われている。欄間《らんま》や柱の釘隠《くぎかく》しなどにも細かい細工《さいく》が施《ほどこ》されている。襖《ふすま》絵《え》がすばらしい。

当代随一《ずいいち》の絵師狩野永徳《かのうえいとく》の筆になる山水画《さんすいが》、花鳥図《かちょうず》が描かれ、座敷にすわっているると、天上界の金殿玉楼《きんでんぎょくろう》にでもいるようだ。

「なんと麗《うるわ》しい建物でしょうか」

聚楽第は、八年前に竣工《しゅんこう》したばかりだというのに、もうすっかり解体してこの伏見に移築してしまったという。なぜそんなことをしたのか、闇千代は宗虎にたずねた。

「お気の毒なことだ」

宗虎が、悲しげな顔を見せた。宗虎の話によれば、秀吉は関白《かんぱく》に就《つ》けた甥《おい》の秀次《ひでつぐ》が謀反《むほん》を企《くわだ》てたと言い立て、ついこの七月に高野山《こうやさん》に追いやって切腹させた。それで、秀次が住んでいた聚楽第が不要となり、すべて移築させたのだという。

「まことに謀反を企てたのでございましょうか」

闇千代がたずねると、宗虎が首をかしげた。

「さて、さようなことはあるまい。お拾《ひろい》様に跡を継がせたくなったというのが本音《ほんね》だろうな」

先年、鶴松《つるまつ》を亡くした秀吉は、秀次を養子として、自分の跡取りにするつもりになっていた。

ところが、淀殿《よどどの》がまたしても男の子を産んだ。そのため秀吉はやはり自分の子を跡取りにしたくなったのだろう、と低声《こごえ》で語った。

「ひどい話ですね」

跡取りにしたいだけなら、べつだん切腹させたりせず、その地位だけ奪えばよいではないか。

「ちかごろの殿下は、いささか理解に苦しむところがある」

宗虎がいうには、秀次本人はさておいても、その妻、側室と子どもたち三十余人の首も、京の三条《さんじょう》河原《がわら》で刎《は》ねてしまった。なかには、ただ側室にされただけで、まだ秀次には一度も会ったことのない若い女までふくまれていたのだという。

「気の毒な……」

闇千代は、言葉を失《な》くした。そんな酷《むご》い話があるものか。

ふと、名護屋城の天守望楼《てんしゅぼうろう》での秀吉を思い出した。

あのときの秀吉は、ことのほか強い光を目から発していた。

その光を、闇千代は志《こころざし》の強さだと読み取った。

わが目の見識のなさに、闇千代は情けなくなった。大きな志のある者が、わが子を跡取りにするために、関白にした甥を殺すだろうか。その子と女たち三十余人の首を刎ねるだろうか。あまつさえ、まだその甥と会ったことのない女まで、側室になったというだけで首を刎ねるだろうか。

男《おの》子《こ》が欲しいと思った。


──子を孕《はら》みたい。

なんの迷いか、闇千代は、あのときそう思った。秀吉のような強い志をもった男子《こ》が欲しいと思った。

──おろかにもほどがある。

嘆かずにはいられない。女は、強いもの、大きなものがまぢかに迫ると、とっさに庇護《ひご》されたいと願うのであろうか。そんな本能をどこかに秘めているのか。

夫の宗虎は、三年半のあいだ朝鮮で戦い、またしてもひとまわり逞《たくま》しくなって帰ってきた。

やっとすこし落ち着いたのか、伏見への旅の途中から宗虎は、朝鮮での話をぽつりぽつりと聞かせてくれるようになった。夜、寝所で二人になると、戦いのことはもちろん、朝鮮の風土、村のようす、人々の服、家の形や、食事のようすまで、いろいろと話してくれた。

「途方もないことですね。朝鮮の全土を制圧し、なお明国《みんこく》の軍勢を破り、講和に持ち込んだのなら、日《ひ》の本《もと》の軍団は無敵にございましょう」

夫が留守のあいだに聞いた話ではそうだった。

しかし、夫は首をふった。

「なかなかそうはいかぬ。かろうじて講和に持ち込めたが、なにしろ言葉の通じぬ異国だ。同じ日の本の者が九州や陸奥《みちのく》を平定するのとはわけが違う」

やはり、そういうものか。闇千代は愕然《がくぜん》とした。名護屋の城で、明国から天竺《てんじく》に攻め入り、さらには……という秀吉の構想を聞かされたとき、この男にはなにを言っても無駄だと感じた。しかし、ついその志の大きさに眩惑《げんわく》され、惹《ひ》かれてしまった。自分の人を見る目のなさに呆《あき》れるしかない。

伏見城本丸御殿で、秀吉に拝謁《はいえつ》した。

夫が帰参の挨拶をし、かの地での戦況を報告した。

秀吉が夫の武功を褒《ほ》めたたえ、労苦をねぎらった。

夫が検地の不公平について訴えると、秀吉が大きくうなずいた。

「武功のある者の領地を削っては示しがつかん。わしからよう言うておく。案ずるな」

話が一区切りついたところで、秀吉が後ろに控えていた闇千代に声をかけた。

「おお、息災《そくさい》であったか」

「おかげさまにて息災でございます」

「御殿はどうだ。そなたのために、一番よいのを移させたぞ」

「ありがとうございます」

闇千代は顔を上げて、むこうの上段の間にすわっている秀吉を見やった。

遠いせいか、広間に大勢の武者《むしゃ》が居並んでいるせいか、目の光を感じなかった。

そこにいるのは、いかにも身勝手そうな貧相《ひんそう》な男であった。

名護屋城の天守で、自分はどんな幻術にかけられていたのか。闇千代は、自身の弱さ、おろかさを恥じるばかりであった。


十一月になって、細川藤孝《ほそかわふじたか》が伏見の立花屋敷を訪れた。

藤孝と宗虎は、名護屋城で会ったことがあるという。

闇千代も、藤孝と名護屋城で会った。武家というよりやわらかい公家《くげ》風の男で、頭を丸めて幽斎《ゆうさい》と号し、合戦よりはむしろ連歌《れんが》に精進《しょうじん》している。

書院で宗虎と話していたが、しばらくして、闇千代が呼ばれた。

藤孝のそばに男と女が控えていた。

男は武者、女は公家風である。

「この姉弟《きょうだい》は、近江《おうみ》の矢島《やじま》という名族の子でな。わしは、二人の父勘兵衛《かんべえ》とともに、かつて足利義昭《あしかがよしあき》様を奉じて浪々《ろうろう》した。深い契《ちぎ》りの仲間である」

その矢島勘兵衛は、姉弟がまだ幼いときに戦死したため、二人は母の実家である京の菊亭今出川《きくていいまでがわ》家に預けられたのだと話した。

しばらく前に細川家で引き取ったのだそうだ。

「重成《しげなり》殿はいくつになった」

「二十六でございます」

それなら、闇千代より一つ下である。

「八千代《やちよ》殿は」

「二十八でございます」

姉は、闇千代より一つ上である。

「この二人を、立花家に入れることになった。そなたにも、よろしく頼むぞ」

宗虎が言った。

重成はなかなか頼《たの》もしげな男で、利発そうだ。きっとよい家臣になるだろう。さて、八千代にはなにをさせるつもりなのか。

小首をかしげたのに、宗虎が気づいた。くちびるを舐《な》めたが、なにも言わなかった。

「八千代殿は、宗虎殿の側室に入ってもらえばいかがかとお勧《すす》めしておる。今出川の者が気がきかず、この歳《とし》まで嫁《か》しておらぬ。宗虎殿とならば一つ違い。年回りは悪くなかろう」

――側室。

聞いていた闇千代の頭が真っ白になった。

「ふつつか者ではございますが、なにとぞよろしくお願い申し上げます」

雅《みや》びな公家風の打掛《うちかけ》を羽織《はお》った八千代が、両手をついて頭を下げた。

さすがに京は、よい織物《おりもの》がある。八千代の打掛は落ち着いているが、しっとりした艶《つや》やかさが匂い立っている。博多《はかた》で誂《あつら》えた闇千代の打掛もよい模様《もよう》の絹なのだが、比べるとやはりどこか田舎臭《いなかくさ》い。

「こちらこそ、よろしゅうお願いいたします。都《みやこ》育ちの方には、九州の鄙《ひな》の暮らしなど、我慢なりますまい」

「いえ、幼いときに父に死に別れてから母の実家におりましたが、寄《よ》る辺《べ》ない身の居心地《いごこち》のわるさばかり感じておりました。これからは、立花《たちばな》の家を実の家と心得《こころえ》ますゆえ、御台所《みだいどころ》様には、なにとぞよろしくお引き回しくださいませ」

すでに細川藤孝から、あれこれと言い含められているらしい。

闇千代のことを御台所様と呼んで敬意を表してくれているが、だからといって嬉しいわけではない。

宗虎は……、と見れば、意識してかあまり顔に気持ちを見せず、淡々《たんたん》としたふりをしている。

——男はずるい。

すこし腹を立てて、睨《にら》みつけると、宗虎が鷹揚《おうよう》にうなずいた。

「そういう仕儀《しぎ》だ。よろしく頼むぞ」

あらたまって言われれば、承知しました、と頭を下げるしかない。

朝鮮に三年半も行っているあいだ、寂しいのを我慢して留守をまもっていた。

やっと帰ってきて、心躍《おど》らせながら船旅を楽しみ、伏見に来てみれば、こんどは側室である。人の世は、次の刹那《せつな》になにが起こるかまったく予想がつかない。

側室となる八千代の出現で、誾千代はこころに重い荷物を背負わされた気がした。

——女はつらい。

女であることは、なんと苦しいのか。嘆かないわけにいかない。

誾千代と宗虎は、夫婦になってすでに十四年。まだ子が出来ずにいる。

二十歳《はたち》になる前は、いずれ出来るはず、と楽観していたが、一度、流産してから、孕《はら》んでいない。

十余万石《ごく》の領地と大勢の家臣を抱《かか》える大名としては、世継ぎがなければ困る。

側室をもつのは、遅すぎたくらいである。

八千代は、近江の名家の血筋《ちすじ》で、京の菊亭今出川家で育てられていたというから、氏《うじ》も育ちも申し分ない。さきほどからすわっているだけだが、居ずまいにしても、お辞儀のしかたひとつにしても、鄙の山城《やましろ》で育った誾千代より、はるかに臈長《ろうた》けている。

しとやかで美しくもある。

長く垂《た》らした髪が、黒く艶《つや》やかだ。

歳は闇千代より一つ上で、これまで嫁《とつ》いだことがないという。

しかも、宗虎本人が望んだのではなく、細川藤孝に勧められたのだ。

闇千代には、反対する理由がなかった。

――宗虎に嫌《きら》われたわけではない。

世継ぎとして子を生《な》すための側室である。それは重々《じゅうじゅう》わかっている。正室はあくまでも自分だ。

「わたくし、親に八千代と名付けられましたが、御台所様と千代の名が同じなのは、心苦しく存じます。それゆえ、これからは八千子《やちこ》と名を替えさせていただきます」

いま一度、手をついて殊勝《しゅしょう》な顔でそう言った。下手《したて》に出てくれるなら、こちらもやりやすい。

「そのような気遣《きづか》いは無用ですのに」

「いえ、そうさせてくださいませ」

しずかに頭を下げたので、闇千代はうなずいた。

広々とした伏見城に、新しい時代を迎える熱気が満ち満ちている。

宗虎は、しきりと秀吉のもとに伺候《しこう》し、朝鮮で共に戦った大名たちと戦勝の宴《うたげ》に興《きょう》じている。これからの日の本をどうするか、酒を酌《く》み交《か》わしながら大いに論じているらしい。大名たちの国分け、検地のことはとりあえず一段落したが、これからどのように太閤《たいこう》秀吉を補佐して政《まつりごと》を進めていくか、朝鮮をどう治め、さらにどうやって明国を服させるのか。侃々諤々《かんかんがくがく》の議論がなされているのだと宗虎が話してくれた。

宗虎はほとんど屋敷にいない。闇千代といっしょに過ごせる時間は少なかった。

闇千代は、遠慮なく出かけることにした。

せっかく伏見まで来たのである。京に行ってみない手はない。前に大坂城で人質になったときは、広大な城内から出ずに過ごしたが、こたびは人質ではないし、もしもなにか宗虎の用事があるときは、代わりに八千子がいると思えば、その点でも気が楽だ。

闇千代は、五人の女子組《おなごぐみ》を供《とも》に連れて、馬で京に行った。

ほんの数年前まで、京の町は戦乱で荒れ果てていたと聞いている。秀吉が町を区割りし直し、大きな通りをつけ替え、都の周囲に土居《どい》をめぐらせて囲い、大改修をほどこしたそうだ。

五条大橋《ごじょうおおはし》をわたって伏見口から洛中《らくちゅう》に入ってみると、新しく建てられた館や寺、町家《まちや》が多く、たいへんな人と物で賑《にぎ》わっている。馬に乗っていては、往来する者に迷惑なので、馬借《ばしゃく》の宿に銭《ぜに》をわたして預けた。

みなでぶらりと、都の大路小路《おおじこうじ》を歩いた。

「さすがは都。博多よりも、よほど繁華《はんか》でございますな」

侍女《じじょ》のみねが感心している。

戦火に焼けた博多の町も、秀吉が区割りをし直して蘇《よみがえ》らせた。あの男には、大勢の人々の欲や力をたばねて、新しい時代を生み出していく力が、たしかにある。

大路を往来する公家や武士、町人たちの多さは博多の比ではない。

誰もが、穏《おだ》やかな顔をしている。

合戦の時代が終わり、これからやっとまっとうな暮らしが立てられると感じているせいだろう。

見世《みせ》にならんでいる小袖や反物《たんもの》にしても、飾り細工や武具、道具の類《たぐい》にしても、どれもが瀟洒《しょうしゃ》でいかにも雅びな風情《ふぜい》がある。

「ほんに都だけのことはある」

室町《むろまち》通りを歩いていると、大きな見世に飾ってある小袖に、闇千代の目がとまった。

春の草花を可憐《かれん》に染《そ》めた柄《がら》である。

いまはまだ寒いが、これから年が明けたらちょうど良さそうだ。派手《はで》すぎず地味《じみ》すぎず、ほどよい艶《あで》やかさがある。

じっと見ていると、みねが耳元でささやいた。

「お買い求めになればよろしゅうございましょう。銀は持ってきております」

言われて、やはり欲しくなった。

買い求めるほうに思案が傾《かたむ》いたとき、心が千々《ちぢ》に乱れた。

八千子のことを思い出したのだ。

美しい小袖は欲しいに決まっている。きれいな着物を身に着けていると、宗虎はすぐに気づいて褒めてくれる。小袖でもなんでも、宗虎が褒めてくれれば、闇千代はうれしい。

いまは、屋敷に八千子がいる。

宗虎の目は、どうしても八千子に向きがちだ。

――妬心《としん》か。

自分の心に嫉妬《しっと》が芽生《めば》えるなどとは思ったこともなかった。宗虎が自分以外の女に寵愛《ちょうあい》をかけることも信じられない。

八千子は臈長《ろうた》けて美しい。身に着けている衣裳《いしょう》も洗練されていて、いかにも雅びな風情に富んでいる。

——競《きそ》ってどうする。

いま、自分が華麗な小袖を買うことの根に、八千子よりこちらに宗虎の目を向けさせたい愚《おろ》かな競争心があるように思えた。

つい、ざらりとした気分で溜《た》め息《いき》をついていた。

「女が身を美しく飾るのは、殿方《とのがた》のためではありません。おのれの背筋《せすじ》を伸ばすためでございますよ」

みねに言われて、はっとした。

「まこと、そのとおりかもしれぬ」

年上なだけあって、みねはやはり世知《せち》に長けている。世の男たちがどういう生き物であるか、闇千代よりはるかに知っているのだろう。

「姫様ご自身のために、お飾りなされませ」

みねは、八千子の出現で、闇千代のこころが乱れているのを読み取っていたに違いない。

「それでは、ちょっと合わせてみましょう」

その小袖を羽織ってみて、どうしても欲しくなったら買おう。

みねが見世の者に話すと、有徳《うとく》そうな主人が奥からあらわれた。闇千代を見て、驚いた顔をしている。

伏見から、女だけで馬に乗ってきたために、みな胴丸と袴《はかま》を着けている。考えてみれば異形《いぎょう》である。

それでも瞬時のうちに上客《じょうきゃく》と踏んだのか、相好《そうごう》をくずして歓待《かんたい》ぶりを発揮した。

「さすが奥方様はお目が高《たこ》うていらっしゃいます。これは糸も織りもたいへんよろしゅうございましてな」

板の間に上がり、胴丸をはずして肩から羽織ってみると、草花の柄の繊細さ、絹の手触《てざわ》りの良さは極上である。

「よくお似合いでございます。これを召《め》されましたら、殿様のご寵愛もひときわ深くなりましょう」

笑顔で口にした主《あるじ》の世辞《せじ》が、闇千代の気持ちを逆に撫《な》で上げた。

――女が身を飾るのは、おのれの背筋を伸ばすため。

さっきそう言われて、買う気になった。

しかし、やはりどこかに宗虎の気を惹くためとの気持ちがないではない。

「やめておきましょう」

首をふって、小袖を見世の主に返した。

「お気に召しませぬか。それなら、こちらは……」

べつの小袖を出してきて見せようとするが、闇千代は首をふった。

「邪魔をしました」

不審《ふしん》げな主にはかまわず、見世を出た。

「いかがなさいましたか」

みねが訊ねた。

「あの小袖を買うだけの銀があれば、粥《かゆ》がどれほど炊《た》けることかと思うたのです」

この見世に来る前に、寺の境内《けいだい》で貧しい人々に粥を施しているのを見かけた。そのまま通りすぎてしまったが、小袖を買ったつもりで銀を施すことに決めたのである。

施しをしていた寺に行った。

大きな鍋《なべ》に粥を炊いていた尼《あま》たちに銀を寄進すると、たいそう感謝された。しばらく手伝って、あれこれと話を聞くと、京の都は新しく造り直されたが、あいかわらず貧しい女や孤児たちが多く気の毒でならないという。境内で粥を食べているのは、女、子ども、老人たちがほとんどだが、疲れきった男や怪我《けが》をしている男たちもいる。

「ほんに、どうすれば、民草《たみぐさ》の安寧《あんねい》が得られますことやら」

老いた尼のつぶやきが、闇千代の耳に残った。

伏見口にもどって馬に乗った。東山《ひがしやま》のふもとにある清水寺《きよみずでら》に参詣《さんけい》して、京の民、柳河の民、日の本の民の安寧を願った。

七条《しちじょう》に秀吉の作った大仏があるというので、そこにも参《まい》った。

六丈《じょう》（一八メートル強）もある大仏が、とてつもなく大きな堂に納まっていた。堂内は、たいそうな黄金で荘厳《しょうごん》されている。花が飾られ供物《くもつ》がたくさんそなえられている。

はじめは壮麗さに驚いたが、やがてすこし気持ちが変わった。

この大仏と堂を築くのに、いったいどれほどの銭《ぜに》がかかったか。どれほどの民が苦役《くえき》を強《し》いられたのか。

仏は尊《たっと》い。祀《まつ》ることに異を唱《とな》えるつもりはない。しかし、かくまで大きくすることはなかろう。そのぶんを、粥にして施せば、どれだけの民が助かるか。

堂を出ると、日が西の山に暮れかけていた。

馬を連ねて伏見に帰る途中、東福寺《とうふくじ》を過ぎて、稲荷山《いなりやま》にさしかかるあたりの薄暗い森蔭《もりかげ》から、十人あまりの人影が突然あらわれて道をふさいだ。手に手に棒や刀を持っている。

「ずいぶん様子のいいご一行じゃ。わしらは腹が減ってならん。命までは取るまい。銭をめぐんでもらおうか」

見れば、屈強な男ばかりである。野伏《のぶせり》や野盗《やとう》ではなく、ふだんは人足《にんそく》働きでもしているような風体《ふうてい》だ。女ばかりの一行と見て銭をたかることにしたらしい。断れば、無理にでも強奪せんばかりの勢いである。

「腹が減ったら、働くがよい。銭は働いて得よ」

闇千代は馬上から叱責《しっせき》を浴びせた。

「いかに汗を流し重い荷を運んだとて、わずかな銭にしかならぬ。なんとか算段せねば、餓《う》え死《じ》にするしかない」

ちがひもじいと泣きわめく。なんとか算段せねば、餓え死にするしかない」

闇千代は馬の首につけてあった馬上筒《ばじょうづつ》を手にすると、すぐさま火縄《ひなわ》入《い》れの火縄をつがえて、男たちの頭上に一発放《はな》った。供の女たちも鉄炮《てっぽう》を構えた。

「甘えるな。野盗まがいの真似《まね》をするほど屈強な大の男が、まじめに働いて家族が養《やしな》えぬということがあるものか」

大声を張り上げたが、一番前に立っている男が首をふった。

「お姫様《ひいさま》には、お分かりでないな。いくら汗水流して働こうとしても、故郷を追われた身ゆえ耕《たがや》す土地がない。街道には馬借の組仲間があって、わしらは入れてくれぬ。下働きとなり、荷駄馬《にだば》より乱暴に扱《こ》き使われて、何文《もん》か銭をもらうばかり。そんなことで家族の腹がくちくなるものか」

言われて、闇千代は絶句した。

太閤秀吉が日の本の主となって合戦がなくなり、新しい天下ができつつあると喜んでいたが、その枠組《わくぐ》みからあぶれた民草もいるのだ。

城督《じょうとく》の娘に生まれ、なに不自由なく育った闇千代は、食べ物に困った覚えがない。その日の食べ物がないことが、どれほど辛《つら》いか。男たちの顔は切実で、嘘《うそ》を言っているようではない。

「銀を分けてやりなさい」

闇千代は、みねに命じた。

「困窮《こんきゅう》した女、子どもならともかく、かような連中に分けることはございますまい」

みねの言葉に、闇千代は首をふった。

「天下が軋《きし》んで、居所《いどころ》を失《な》くした者たちだ。いまの申しように嘘はなかろう」

闇千代は馬から下りると、みねの馬まで歩き、錦《にしき》の袋を受け取った。まだずいぶん残っている。

「そなたらに、すべてを渡すわけにはいかぬ。天《あめ》が下には困っている者たちが多い」

「なんだと、この女。残らず置いていけ」

棒を振り上げて凄《すご》んだ仲間を、いちばん前の男が制した。

「ありがとうございます。地獄で生き仏様にめぐり逢《お》うた心地がいたします」

しずかに頭を下げた。もとから人足や野盗ではあるまい。かつてはそれなりの侍大将であったかもしれない。負け戦《いくさ》となり、逃げ落ちてかろうじて生を得たのであろう。

銀をひと摑み取り出して渡した。

「妻も子もあっての野盗働きとあらば、さぞや困《こう》じておられるのでありましょう。しかし、けっして諦《あきら》めてはなりません。この天地《あめつち》は必ず人を生かしてくれます」

「そう願いたいものです」

頭を下げて受け取った男の丁寧《ていねい》な口調《くちょう》が、闇千代の耳に残った。

そう願いたい。しかし、そう思いのままにならぬのが世の中である。妻子をなんとか守り抜こうと、あの男たちは、さんざんな辛酸《しんさん》を舐めてきたに違いなかった。

伏見の城にひと月ばかりいてから、師走《しわす》になって柳河の城に帰った。

自分たちの本城《ほんじろ》にもどったというのに、闇千代は自分が自分でなくなってしまったような居心地のわるさを感じている。

長年暮らした立花城への思いを、黒髪とともになんとか断ち切って引き移り、ようやく馴染《なじ》んできた柳河の城である。宗虎が朝鮮に出陣しているあいだ、ずっと胴丸を着けて守っていた城である。

　それなのに、なんとも腰がすわらない。自分の城でなくなった気がしている。

　小倉までの帰りの船のなかで、宗虎は闇千代をたいせつに扱ってくれた。昼間はできるだけそばに侍《はべ》らせてくれたが、いつも八千子がいっしょであった。

「八千子は歌を詠《よ》むのか」

　師走ながらもおだやかな日和《ひより》の船上で、海原《うなばら》をながめながら宗虎がたずねた。公家育ちなら、歌の素養《そよう》がありそうだ。

「古今《こきん》、新古今を手習いの手本といたしましたので、歌は好きでございます」

「海を詠んでくれ」

　宗虎が頼むと、八千子は固辞したが、重ねて宗虎が強《し》いると、しばし考えたのち、短冊《たんざく》に筆を走らせた。

　小姓《こしょう》が受け取って宗虎に見せると、声に出して読め、と言った。

　恥ずかしそうに断っていたが、結局、八千子は美しい声で読み上げた。

　――瀬戸内の海はどこまで続いているのか。きっと遙《はる》かな夢のなかまで続いているのであろう。

　そんな歌であった。うまいのかどうか、闇千代にはわからない。闇千代は笛《ふえ》は奏《かな》でても、歌を詠んだことはなかった。

宗虎はいたく感心したようで、二度、三度と朗詠《ろうえい》させた。そのそばで誾千代は、鈍色《にびいろ》の海原をなにも思わずに眺めていた。


柳河の城に帰ってから、誾千代は、夜を一人で過ごすようになった。

宴席や家臣たちの集まりがあるときでも、宗虎が一人で食事をするときでも、料理は誾千代が料理人に指図《さしず》をする。

立花の城では、奥向きの料理は女たちの仕事だったが、ここでは男の料理人たちを抱えている。台所にはこび込まれた材料を吟味《ぎんみ》し、宗虎の体の調子をおもいやって献立《こんだて》を考え、料理を指示する。

宗虎が膳につくとき、誾千代はそばについてなにくれとなく世話をする。宵《よい》の口に酒を飲むときは、柄《え》のついた銚子《ちょうし》で酌《しゃく》をする。

酒を飲みながら、あれやこれやと夫がしてくれる四方山話《よもやまばなし》は面白《おもしろ》い。誾千代がその日に見たり聞いたりしたことを話すと、宗虎も喜んで聞いてくれた。

これまでなら、そのまま手を引かれて寝所に入った。誾千代の居室は、べつに奥にあったが、そちらで一人で寝たことはなかった。いつも、宗虎の寝所でひとつの夜具《やぐ》に入って眠りについた。

十四年あまりそんな暮らしを続けても子が産めなかった。もはや産めないと諦めるしかないだろう。

子づくりの役は、八千子に譲らねばならない。

柳河の城に帰ってから、暮らしぶりがこれまでとは大きく変わってしまった。

夜、広間であれやこれやの話をしていた重鎮《じゅうちん》たちが引き上げると、宗虎は寝所に入る。

「お休みなさいませ」

闇千代は挨拶をすませると、自分の寝所に入って一人で休む。闇千代が宗虎の寝所に呼ばれることはない。

灯明《とうみょう》の火を小さくして褥《しとね》に横になると、闇《やみ》が深く重くのしかかってくる。

——気にするまい。

そう自分に言い聞かせるのだが、どうしても気になってしまう。

——夫は八千子を寝所に引き入れたのか。

子を生《な》すには、褥をともにしなければならない。

そのことが頭から離れず、横になってはいるものの、寝返りを打つばかりで、闇千代は朝まで一睡《いっすい》もできない。

そんな夜を何日かすごした。

柳河に帰って五日もたったであろうか。夜毎《よごと》に眠れず、誾千代のこころは限界に達した。

宗虎の朝餉《あさげ》の世話をすませたあとで、意を決して切り出した。

「同じ館に妻がおりましては、八千子殿も気まずかろうと存じます。わたくしは、城の近くに館を建てて別に住みたいと存じます」

思い切って口にすると、宗虎が大きな目を見開いた。

「なにを言い出すかと思えば、とんでもない話だ」

「さようでございましょうか」

「わしは、そなたがそばに居てくれなければ困る。別に住むなどと言い出すでない」

「いいえ、ひとつ屋根の下に二人の女がおりますと、どうにも心が騒いでなりませぬ。女は誰しも般若《はんにゃ》の面を胸の奥に忍ばせております」

「般若の面か……」

「はい。このままでは、わたくしは鬼となって誰かを食い殺しかねませぬ」

さすがに宗虎が、ぎょっとした顔になって、黙《もく》した。

「男のように強くあれと父に育てられましたが、わたくしはやはり女でございます。そのことにつくづく気づかされました」

「しかし、正室はそなただ。正室がおらねば家がまわっていかぬではないか」

「遠くには参りませぬ。このお城のすぐそばに館を建ててくださいませ」

「しかしな……」

しばらくのあいだ、宗虎は言葉を尽くして引き止めようとしたが、結局は誾千代が押し切った。

城のすぐ南の宮永《みやなが》というところに土地をもらって、館を建てることに決めた。

文禄《ぶんろく》五年（一五九六）の正月を城内で寿《ことほ》いだ。

万朶《ばんだ》の桜が咲き競うころ、宮永の里に館ができ上がった。柳河城の本丸から、五町《ちょう》（約五四五メートル）ばかりの近さである。掘割《ほりわり》が続いているので、いつでも舟で城と往来することができる。

「では、わらわは、宮永に移らせていただきます」

誾千代は、あらたまって宗虎に挨拶した。夫に対して、わらわなどと他人行儀に言ったのは久しぶりである。

「宮永は仮の住まい。そなたの館はここだぞ。忘れるでない」

「むろんでございます。日々の暮らしを、あちらに移させていただくまでのこと」

「それならよい。毎日顔を見せよ」

宗虎は、まだなんとか引き止めたがっているようすである。裏や腹芸のない人だから、本気で行かせたくないらしい。それでも無理だ。毎日来る気にはなるまい。あいまいにうなずいて、頭を下げた。

「それでは、あとをよろしく頼みます」

挨拶すると、八千子が伏し目がちに闇千代を見つめた。

「わたくしが参りましたばかりに、御台所様にご面倒をおかけしてしまう仕儀となってしまいました」

闇千代は首をふった。

「いえ、わらわが行きたいだけ。わらわの我《わが》ままですよ」

「わたくしのことなど、お気になさらずに、こちらにいてくださいますればよろしゅうございますのに。なんでしたら、わたくしがそちらに移りましても……」

「いえ、そなたには、殿様の子を生してもらわねば困ります。しっかり頼みますよ」

しっかり、というのも妙な言い方だと思ったが、言い残して城を出た。

春の風に吹かれながら、侍女たちと舟で宮永の館に入った。

女子組の者たちはこれまで通り闇千代の指図に従うが、ふだんは侍女として数人が侍ってくれればそれでよい。

新しく建てた宮永の館は、さして大きくはない。それでも自分と何人かの侍女たちが暮らすだけなら、充分すぎる広さである。

館のそばに、桜の木があった。

青空のもとの満開の桜を見ながら、闇千代のこころは、ひさしぶりに晴れやかだった。

宗虎のそばにいれば、どうしても八千子と寵愛を競ってしまう。廊下で八千子とすれちがうとき、どうしても視線が強くなってしまう。そんな自分がいやだった。

ここに一人で寝ていれば、すくなくとも、城の奥の寝所で、悶々《もんもん》と寝返りを打っているよりはよほど気が楽である。

ぐっすり眠って、翌朝はすっきり目覚《めざ》めた。女子組の者たちと、薙刀《なぎなた》の稽古《けいこ》をして汗を流した。

汗をぬぐってから朝餉を食べ、馬に乗って有明《ありあけ》の干潟《ひがた》を見に行った。

むく犬のゴンも宮永に連れてきたが、すでに老いていて、遠出はできない。もはや歩くのもおぼつかないほどで、立花山をともに駆けまわった昔が夢のようだ。

馬で堤防《ていぼう》まで駆けると、ちょうど干潮《かんちょう》で、春の陽射《ひざ》しのもと、干潟が広がっていた。もうすこし暖かくなったら、またむつごろうを釣《つ》りたい。

その日は、近くの村を見てまわった。

女たちに声をかけて、困ったことがないか訊ねた。すぐにはこころを開いてくれないが、しばらく四方山話をしていると打ちとけてくれる。

母親が病《やまい》で亡くなり、後添《のちぞえ》にいじめられている小作《こさく》の子がいると聞いた。近所の者が気をつけているが、陰《かげ》で叩《たた》かれたりしているらしい。

会ってみると、五つばかりの可愛《かわい》げな男の子である。宮永に連れ帰った。しばらく預かって、よい里親《さとおや》を見つけてやるつもりだ。

自分で育てるつもりはない。育ててしまえば、情が湧《わ》いて離れられなくなると案じている。

お城からは折々《おりおり》に米と銀が届くことになっている。宮永での暮らしには、なんの不自由もないはずだ。闇千代はできるだけ質素、倹約を心がけて、つつましく生きたいと願った。

つぎの日から、館のそばに畑を耕しはじめた。瓜《うり》や茄子《なす》の苗を植えた。夏には大きく育つだろう。

花の種を播《ま》いて、鳥のさえずりを聴く。

夜は笛を吹いて楽しんだ。

館のそばに大きな楠《くすのき》があった。

風の強い日は、楠の下に立って、葉のざわめきを聴いた。立花山に大きな大きな楠の森があったのを思い出す。あの城にはもう帰れまい。

節約した銀で、困っている女や子どもたちに施したいと思うほかに、大きな望みはなにもない。日々は、淡々と過ぎていく。闇のなかで褥に入るとき、このまま早く歳をとって、消え入るように死んでしまいたいと願った。


宮永に移って、半月ばかり、そんな暮らしをした。城には行かなかった。すぐそこなのだ。本丸御殿の大きな屋根が見えている。なにか用事があれば、むこうから呼びにくるだろう。

春の宵《よい》の甘い香りを楽しみながら龍笛《りゅうてき》を吹いていると、侍女が廊下から声をかけた。

「殿様がおみえでございます」

「殿様……」

すぐには誰のことかわからなかった。

廊下を歩いてくる足音でわかった。

宗虎である。

「あいかわらず、よい音色《ねいろ》だ」

座敷に入って、あぐらをかいてすわった。

——どうなさいました。

訊《き》こうかと思ったが、たずねるのもおかしな気がした。会釈《えしゃく》だけして、宗虎のことばを待った。

「いや、まったくな……」

なにがまったくなのか、宗虎は言わない。

闇千代も、あえて訊ねなかった。

「まったく、公家育ちの女子などというものは、話が通じぬわい」

「お話が合わぬのですか」

「合わぬなどというものではない。はなからちぐはぐで、困り果てておる」

いかにも困った顔で、そう嘆いた夫に、闇千代はやさしく微笑《ほほえ》みかけた。

「ちぐはぐとおっしゃっても、同じ日の本に生まれた人でございますもの。朝鮮や明の人のように言葉が通じぬということはありますまい」

闇千代が問いかけると、宗虎が首をふった。

「わしも、最初はそう思うてな。あれこれと話そうとしたのだが、なにしろ京の今出川家と内裏《だいり》の界隈《かいわい》からほとんど外に出ずに育ったとかでな。歌と源氏《げんじ》物語のこと、香《こう》と季節の花のことよりほかには、なにも話ができぬのだ」

闇千代は、くすりと笑ってしまった。

「では、お天気のお話などなさりませ。それならどなたでもできましょう」

「そんな話がおもしろいものか」

それは詰まらぬであろう。

では、いまの自分の暮らしは愉《たの》しいのか——。闇千代は自身に問いかけ、心のうちで首をふった。ほんの数町とはいえ、宗虎から離れて一人でこの宮永の館に暮らしていて愉しいはずがなかった。

「よろしいではございませんか。源氏物語のお話をお聞きになっておあげなさいまし」

「ああ、すこしは聞いた。しかし、どうにも退屈でな」

いにしえの殿上人《てんじょうびと》の恋の話を、我慢しながら聞いている宗虎の顔を思い浮かべて、闇千代はまた微笑んでしまった。

「いや、葵上《あおいのうえ》を苦しめた生霊《いきりょう》の話はおもしろかった。というより、ぞっとして恐ろしかったのだがな。女とは、げに恐ろしき生き物だと、聞いていて鳥肌《とりはだ》が立ったわい」

源氏物語の主人公光《ひかる》源氏の正室葵上は、夫の愛人である六条御息所《ろくじょうのみやすどころ》の生霊に取り憑《つ》かれ、ついには命を落としてしまう。

闇千代は、幼いころ、母の仁志《にし》から読み書きを習った。源氏物語はそのころに読

生霊の話は子どものころ、ただ恐ろしいだけだった。ひさしく忘れていたが、言われて思い出した。女の心の底には、たしかに生霊となるほど強い嫉妬や執念《しゅうねん》が眠っている。

いまなら、そのことがよく分かる。

「そなたと話すのはまことに愉しい。いままで当たり前と思っておったが、わしはだれと話すより、そなたと話すのが好きだ」

まっすぐに見つめて言ってくれた。宗虎の屈託のなさは、あいかわらずだが、うなずいた闇千代の胸にふしぎな疼《うず》きがあった。

——話すだけですか……。

喉元《のどもと》までこみ上げてきたことばを、闇千代はかろうじて呑《の》み込んだ。

そう言えば、二人でいろいろな話をたくさんした。城のこと、領民たちのこと、政《まつりごと》のこと、家来や女子組《おなごぐみ》のこと、合戦のこと、武具のこと、毎日の食べ物のこと、山の楠のこと、美しい夕焼けや月のこと、気持ちのよい風のこと……。二人で目にし、接した物事のすべてについて話した気がする。

「わらわも、宗虎様とお話しさせていただくのが、なによりも愉しゅうございます」

「わしとそなたとは、まことに夫婦《めおと》としての相性《あいしょう》がよい。このたび、あらためてそのことに気づいた」

宗虎のことばが、天空に舞い上がるほど嬉しい。

――この人は、わたしのもの。わたしは、この人のもの。

離れて暮らしているのは、ただ子が出来なかったからだ。世継ぎを生《な》すために、側室を入れたから、別に暮らしているだけなのである。

憎しみ合ってのことではない。嫌い合ってのことではない。お互いに惹かれ合っているのは変わらない。

それでも、離れて暮らしていれば、どうしても寂しさがつのってならない。宗虎が来てくれたことで、かつての華やいだ気持ちがよみがえった。

あごを撫《な》でた宗虎が、言いにくそうに切り出した。

「腹が減った。なにか食べる物はあるか」

「夕飯を召し上がっておられぬのですか」

「いや、食べたには食べたのだが、どうにも八千子がそばにいて見ておると食べた気がせぬのだ」

またしても、誾千代はくすりと笑ってしまった。この人は、やはりわたしでなければ駄目《だめ》なのだ。

「下がるようにお命じになればよろしゅうございましょうに」

「そう言うとな、とても悲しそうな顔をするのだ」

そんな優《やさ》しいところがあるから、闇千代は宗虎が好きだったのを思い出して、胸が締めつけられた。

ありあわせの食事を、闇千代は手ずから用意した。飯《めし》と小魚《こざかな》の汁《しる》、野菜の炊《た》き合わせは、どれも夕餉《ゆうげ》の残りだが、いまから時間をかけて作るより、宗虎はすぐにでも食べたそうだ。小魚の汁を温め直して膳をととのえた。

「これはうまそうだ」

「たくさん召し上がれ」

この館に来てから、闇千代は自分で台所に立つことが増えた。侍女たちはいるが、料理でも洗濯《せんたく》でも、自分のことはできるだけ自分でやろうと思っている。それが生きていることのたしかな証《あかし》だ。

汁かけ飯をざくざくと三膳平《たい》らげた宗虎は、いたって満足そうに顔をほころばせた。

「飯というのは、こうでなくてはいかん。八千子は、箸《はし》の先だけ使って食べるように躾《しつ》けられたと言うておった。それを聞いてから、わしはどうにも飯がうまく食えなくなったのだ」

剽《ひょう》げた仕種《しぐさ》で八千子の食事の真似《まね》をする夫を見て、闇千代は笑った。

すぐに、はっとした。

夫の側室を笑うことに愉悦《ゆえつ》を感じている自分に気づいて、闇千代はくちびるを噛《か》んだ。人を下に見て笑うなど、けっして褒められたことではあるまい。

うつむいた闇千代に、宗虎が気づいた。

「いかがしたか」

「いいえ、なんでもございません」

しばらく黙って見つめ合っていた。宗虎の目がまっすぐ見つめてくるので、闇千代は頬《ほお》が火照《ほて》った。

「龍笛を聴かせてくれ」

「はい。かしこまりました」

そばに置いてあった龍笛を手に取ると、庭にむかってすわり直してかまえた。

気をきかせた侍女が、庭に篝火《かがりび》を焚《た》いていた。万朶《ばんだ》の桜が炎《ほのお》に照らされて、妖《あや》しく美しい。

ゆっくりと龍笛を吹き始めた。

自分でも驚くほど、せつなく、たおやかな調べとなった。しずかに、激しく、思いのたけを吹ききると、みょうに心が落ち着いた。胸のうちでわだかまっていたもやもやした靄気《あいき》が迸《ほとばし》り、悪いものがぜんぶ出てしまったようにすっきりした気持ちである。

吹き終えて宗虎を見れば、閉じた目尻《めじり》が潤《うる》んで、篝火の炎に光っている。

闇千代は、溜め息をついた。おもいのほか大きな嘆息《たんそく》となってしまった。

宗虎が目を開いた。まっすぐに見つめる瞳の光が、闇千代のからだの芯《しん》に届いた。

「よい調べじゃ」

「ありがとうございます」

「ここに参れ」

うなずくと、闇千代は宗虎のとなりにすわった。

抱きしめられた。

しばらく体をこわばらせていたが、口を吸われて芯が蕩《とろ》けた。

夜が明けて朝餉を食べて帰った宗虎は、つぎの夜も来た。

にこやかに迎えて夕餉を食べさせ、また龍笛を吹いた。

闇千代と褥《しとね》をともにし、朝になって帰った宗虎は、夜になってまたやってきた。

三晩目である。

さすがに闇千代は眉《まゆ》をひそめた。

「なにゆえに、さように毎晩こちらに参られまするか。これでは、わらわが城を出た意味がございません」

「ふむ」

宗虎が口元をゆがめた。

「さように、つれのうするな」

「つれなくしているわけではございませぬ。ご自分の大事なお仕事を思い出しなされませ」

子を生すのは、大名にとって立派な仕事である。

「仕事のう……」

言いながら、宗虎はもう草履《ぞうり》を脱いで廊下を歩き始めた。座敷に入って、腰を下ろした。

――お帰りください。

と強い調子で追い返すつもりだったが、声にならなかった。夫にそんなことが言えるはずがない。いてほしい。せっかく来てくれたのだ。せめて今夜はいてほしい。

「今宵《こよい》かぎりになさると、約束してくださいますか」

両手をついて訊ねると、宗虎がうなずいた。

「さようだな。そうせねばなるまい」

うなずいた闇千代は、夕餉のしたくをした。

気持ちよい健啖《けんたん》ぶりを見ているだけで、心が安らいだ。笛を吹き、あれこれと語らい、ひとつの褥で眠りについた。

つぎの夜、宗虎は来なかった。

寂しさと、これでよかったのだという思いが鬩《せめ》ぎ合い、なにを考えることもできなかった。ただ、散りゆく桜をひとりぽつねんと眺《なが》めていた。

それから数日、宗虎は来なかった。

――これでよいのだ。

闇千代は自分にそう言い聞かせた。

朝は夜明け前に起きて、夫の彫った摩利支天《まりしてん》像を拝《おが》み、水仕事をし、武《ぶ》を鍛練《たんれん》する。

昼は馬に跨《また が》って領内を駆け、人々の暮らしぶりを見てまわる。困っている者がいれば、助けの手立てを考える。政《まつりごと》が悪ければ、意見を書面にして侍女に城に届けさせる。

そうしていれば、夜はなにを思い煩《わずら》うこともなく、ぐっすりと眠りにつける。よけいなことは考えたくなかった。

十万石を超える大名立花家の御台所《みだいどころ》として、困民《こんみん》に手を貸せる立場にあるのだ。できるだけ多くの民草が、安穏《あんのん》に暮らせるようにすることこそが、自分の大切な仕事だとあらためて思い定めた。これから、そのとおりに生きて、消え入るように往生《おうじょう》したい。

それから何日かして、いつものように、薙刀《なぎなた》を手に朝の鍛練をしていると、むく犬のゴンが立ち上がって吼《ほ》えた。老いていつも寝てばかりいるゴンにしては珍しいことだ。

見れば、ちいさな茅葺《かやぶ》きの門から女がなかをうかがっていた。きらびやかな装束《しょうぞく》からしてお城の者だろうが、見覚えがなかった。

侍女のみねが応対すると、八千子のお付きの者だと名乗ったという。

「すぐそこの堀まで、わが主《あるじ》が舟で参っております。ぜひとも、御台所様にお目通りいたしたくお願い申し上げよ、と命じられてきたとのことにございます」

「なんのご用であろうか」

「それはお目にかかってから申し上げたいと言うております」

「わかった。館にお上がりくださいい、と伝えるがよい」

手にしていた薙刀を侍女に渡すと、闇千代は身に着けていた胴丸をはずして汗をぬぐった。桜の花が散って、そろそろ若葉が芽吹《めぶ》きはじめている。

館に上がって、すずやかな水色の小袖に着替えていると、侍女が、八千子を座敷に通したと告げた。打掛をかけて出ようとして、足を止めた。

丸い鏡を立てた台の前にすわった。

束《たば》ねていた髪をほどいて、丁寧《ていねい》に櫛《くし》を通した。白粉《おしろい》は特別なときしか塗《ぬ》ったことがない。しょっちゅう領内を馬で駆けまわっているので、頬は陽《ひ》に焼けている。

紅《べに》の貝を手にすると、闇千代は小指の先を湿《しめ》して内側の紅をなで、薄くくちびるに塗った。陽に焼けた顔が、すこし華やいで見えた。

襟元《えりもと》をととのえて立ち上がり、背筋を伸ばした。

そのまま座敷に出て行くと、八千子が深々と頭を下げて迎えた。

「よう参られた。面《おもて》を上げられるがよい」

声をかけたが、手をついて頭を下げたままだ。奥ゆかしい宮中の礼儀らしい。

「遠慮のう面を上げられましょう」

そばにいたみねが声をかけると、八千子がようやく頭を上げた。

頭を上げたが、まっすぐにこちらを向いているわけではない。俯《うつむ》きかげんのまま、目を合わせずにいる。

「ささ、お顔を上げられましょう。ご用向きをお話しくださいませ」

重ねて、みねが促《うなが》すと、八千子がわずかに顔を上げ、すこし目を合わせた。ようやく話す気になったらしい。

「いかがなさいましたか」

おだやかな声で闇千代はたずねた。

「……はい」

短く答えたきり、後を続けない。

まわりに人がいるのを気にしているのかもしれない。みねに目配《めくば》せすると、座敷の端《はし》に控えていた二人の侍女とともに退出した。

「だれも聞いてはおりません。なんなりとお話しください」

「はい……」

闇千代はそれ以上あえて問いかけず、八千子が口を開くのをじっと待った。外はおだやかな日和《ひより》である。晩春のやわらかな風が座敷を通っていく。八千子は、頰にかかった黒髪を白い指先でかき上げると、ようやく口を開いた。

「殿方《とのがた》と申しますのは……」

言いかけて、口をつぐんだ。くちびるを舐め、決心したようにことばを続けた。

「……いつも、むずかしいお顔をなさっておいでなのでございましょうか」

闇千代は首をかしげた。殿方とは言ったが、宗虎のことを言っているに違いない。

「さて、さようなこともありますまい。男子《おのこ》も女子も、笑い、泣き、怒り、哀《かな》しむ……、さような心の動きは同じでございましょう」

八千子が、ゆっくりうなずいた。俯いたときの額《ひたい》のやわらかな線が、雅びでうつくしい。

「宗虎様は、わたくしがそばにおりますと、どうにもくつろいでおられぬような気がしてなりませぬ」

闇千代は、目だけでうなずいた。それは宗虎から聞いている。しかし、聞いているなどと話せば、八千子をたいそう傷つけてしまうだろう。

「いつもむずかしいお顔で、黙っておいでなのでございます。すこしでも打ち解けたいものと思うておりますが、宗虎様はなにも話してはくださいません。御台所様とごいっしょのときも、そうなのでございましょうか」

なんと答えるべきか、闇千代は迷った。

闇千代といっしょのとき、宗虎はとりとめのないことをよくしゃべった。政のことでも、なんでも隠さず話してくれた。そして、いつも意見を求められた。

八千子にはなにも話さず、意見も求めていないようで、闇千代はいささか安堵《あんど》した。

安堵――。

了見の狭いことだと恥ずかしいが、人はそういう優越感や、その逆の嫉妬をどうしようもなく抱えて生きているのだと、あらためて思った。仏説では、そんな執《しゅう》着《じゃく》を捨てよと教えているが、簡単に捨て去れるものではなかろう。

むしろ、隠さずにまっすぐ見つめ、向き合ったほうが正直というものだ。

「領国の政にお忙しければ、そんなときもありますよ」

柳河ではまだ領内の検地がすべて終わっておらず、残っているところがあった。家臣たちの知行地《ちぎょうち》、禄高《ろくだか》も定まっていない。残された土地を検地して立花領の石高をはっきり定め、家臣の禄高と知行地の境界を決める大きな仕事がある。

春になって、これから田植えが始まる。それまでに領内を検分し、高潮《たかしお》を防ぐ潮《しお》土居《どい》や排水のこと、またあらたに干潟を干拓してつくる新田のことなどで、家臣たちが忙しく動き回っている。

どちらも大きな問題があれば、宗虎がじきじきに指図せねばなるまい。

そんな忙しい仕事があることを、八千子に話して聞かせた。

「たしかに公家と違って、お武家は、なすべき仕事がたくさんございますね。それはすこしずつ分かってまいりました。でも、やはり、おそばに侍らせていただいておりますと、あれこれとお話をしたいものと思ってしまいます」

「それはそうでしょうね」

褥をともにしていても、なにも話さずただ抱かれるばかりでは、いかにも味気《あじけ》なかろう。

「武家の殿方は、戦陣での武功や手柄話《てがらばなし》などお好きかと存じまして、お訊ねしましても、うなずかれるだけで、お話しくださいません」

たしかに、宗虎はあまり合戦の話をしたがらない。若いころは勢い込んで手柄を話してくれたが、このごろは戦場に斃《たお》れた家臣たちのことが辛《つら》いらしく、ときたまぽつりぽつりと話すばかりだ。

闇千代も、それを察してあえて問わなかった。

「戦陣の話は、あまりお好きではありませんよ」

理由を説明すると、八千子がいくどもうなずいた。

「さようでございますね。でも、歌や物語のお話はお退屈でしょうし、わたくしはなにをお話しすればよいのか、ほとほと困り果ててしまいました」

それでいたたまれなくなって、この宮永の館を訪ねてきたらしい。

八千子が宗虎と睦《むつ》まじくすることは、闇千代の嫉妬をかき立てる。

それでも、八千子は子を生すためにわざわざ京から九州までやってきて、柳河の城に入ったのだ。睦まじくなって世継ぎを産んでくれねば困る。

「わかりました。それならば……」

「はい。いかにすればよろしゅうございましょうか」

「過ぎた話は問わずに、これからの話をお訊ねなさいませ」

「……これからの話」

「そうです。男子が生まれたら、どのように育てたいのか。その子が元服するころ、この柳河をどんな地にしたいのか。男子が世継ぎとなって柳河城を継いだら、どのような城主となってほしいのか。そういう問いかけなら、宗虎様はいくらでも夢を語られましょう」

　八千子の顔が、にわかに輝いた。

「よいことを教えていただきました。わたくしは、過ぎたことばかりお訊ねしておりました。たしかに、子を生して育てるのはこれからの話。一年のち、十年のちの物語を聞かせていただきます」

　深々と頭を下げた八千子を、誾千代はうつくしく健気《けなげ》な女だと思った。一歩離れて見ているからこそその余裕があった。

「せっかくいらしたのです。宗虎様がお好みのこと、ほかにもあれこれと教えて進ぜましょう」

闇千代は、知っているかぎり、宗虎が好むことを教えた。茶は濃いのが苦手《にがて》で、薄めに点《た》て、麩《ふ》の焼きに甘い味噌《みそ》を塗って出すと喜ぶこと。酒の肴《さかな》にはなにより海鼠腸《このわた》を好むこと。着物に炷《た》きしめる香は伽羅《きやら》や沈香《じんこう》は嫌《きら》いで、甘い白檀《びやくだん》を好むこと。あれもこれも、知っていることはすべて教えた。

「それから、宗虎様がなによりお好きなのは……」

「なんでございましょうか」

「女子の笑顔ですよ」

「……………」

「八千子様は、京からはるばると、九州の鄙《ひな》まで来られて、なにかと不慣れでご不自由でしょう。でも、そろそろ他人行儀はやめて、優しい笑顔をお見せになってもよろしいのではありませんか」

そう言うと、八千子の表情が硬《かた》くなった。自分でも気にしていたのかもしれない。

「ここは行儀にうるさい京の内裏ではありません。武家の殿方は、異国の戦場で命を死に晒《さら》し、領国では身を削る思いで民草の暮らしを守っておいでなのです。城の奥向きではなによりもおくつろぎになりたいもの。優しい笑顔こそが、二人の仲を睦まじくしてくれましょう」

せんだっての宗虎の話と、いまの八千子の話を合わせて考えると、どうも根本の原因はそのあたりにありそうな気がしていた。

「わたくしは……」

うつむいた八千子が小刻《こきざ》みに震《ふる》えている。闇千代はことばを待った。

「宗虎様から嫌われてはならぬと、懸命にかしずき、お仕《つか》えしているつもりでございました。はしたない真似《まね》をして嫌われては、ほかに行くところがありません」

寄《よ》る辺《べ》ない身の終《つい》の住処《すみか》と思い、よほどの覚悟を定めてやってきたのだ。思えば八千子も、哀《あわ》れな身に違いない。

「殿様は、さような行儀作法など、お気にはなさいませんよ。まずは、八千子様からおくつろぎなさいませ。さすれば、宗虎様もおくつろぎになられましょう」

深々と頭を下げた八千子は、くどいほどくり返し礼を述べて帰った。


半月ばかりたって、闇千代が女子たちと有明の海に近い村に行くと、潮土居と干拓地のようすを見に来た宗虎と家来たちに出逢《であ》った。

互いに馬上で挨拶した。

編笠《あみがさ》を取った宗虎は、たいそう陽焼けしていた。

「息災《そくさい》そうだな。毎日でも城に顔を見せよ」

「はい。また合戦でもあれば、女子組を引き連れて参上いたしましょう」

闇千代は笑って答えた。

「あれは、そなたの差し金であろうな」

すぐになんのことか分かったが、知らぬふりをすることにした。

「なんのことでございましょうか」

「ふむ。まあよい。おかげで、すこしは奥の居心地がようなった」

「それはなによりでございます」

挨拶して別れた。これでよかったのだと、闇千代は自分に言い聞かせた。

◇

八千子《やちこ》様が宮永館にいらしてからの闇千代姫様は、なにか憑《つ》き物《もの》でも落ちたように、清々《すがすが》しく、すっきりしたご様子におなりでございました。お顔は美しさが増し、物腰《ものごし》にも落ち着きが出てきたようでございました。

立花家の御台所は、あくまでも自分。

子を生す役は、側室に任せる――。

そんなふうに、はっきり割り切られて、心の整理がつかれたようでございます。

それまでは、柳河城をむしろ遠ざけておられるようでしたが、それからは、かえってなんのわだかまりもなく、お城に行かれるようになりました。御台所として、また女子組を差配なさる身として、お城にはなすべきお仕事がたくさんあったのでございます。

領内を見まわってみて、姫様やわたくしどもが気づいたこともたくさんございました。たとえば、らい病の者たちが住む家に、立花家からの施米が届いていないといったことなどは、いくら書面でお城に知らせてもなんの沙汰《さた》もなかったのですが、姫様が城にお出ましになりますと、侍たちがてきぱき片を付けてくれました。

五月になって、宗虎様はまた、重臣たちともども京に上られました。

なんでも明国の使節が、講和のためにやってくるのだということでしたが、やがて柳河に帰ってこられた宗虎様は、いたくご立腹《りつぷく》でございました。

「明国の使節はまやかしであったわい。もう一度、朝鮮を討伐《とうばつ》に行くことになる」

わたくしどもには、いったいどういう事情だったのか、さっぱり分かりませんが、なんでも明国の使節は、皇帝が正式に認めたものではなく、廷臣たちが勝手に送り込んだ者たちだったそうでございます。

それがために、明国皇帝から来た親書には、「日本が明国の属国となる」との旨《むね》が書かれ、朝鮮からは年貢《ねんぐ》や市《いち》の銭が取れないとの条項があったそうにございます。

太閤殿下《でんか》は、日本国が勝ったと信じておいでございましたので、ことのほか激昂《げっこう》されて、再度の陣触《じんぶ》れをお出しになったのでございました。

ご出陣になったのは、たしか、年号が慶長《けいちょう》とあらたまった翌二年(一五九七)の七月でございます。

あのときは柳河城から、たしか二千六百人の男たちが、きらびやかな軍列を作って出陣いたしました。……はい。わたくしの夫も、女子組のほとんどの者の夫も、みな出陣いたしました。

留守居役《るすいやく》として、立花賢賀《たちばなけんが》様が残られましたが、すでにご高齢で、ふだんは支城である城島城《じょうじまじょう》においでございます。なりゆきとして柳河の城と町、領内の民草を守るのは、やはり女子組の役目になりました。

文禄の出兵では、三年半の長陣《ながじん》でございました。

こんどはいったい何年になることやら、果たして生きて帰ってこられることやら、と、女子たちは、落ち着かぬ日々を過ごしておりました。

そんなようすを見た闇千代姫様は、柳河城本丸御殿に寝起きされるようになりました。いつも胴丸を着けて女子組を従えては、城、町、村々をまわり、不審なことはないか、胡乱《うろん》な者はおらぬか、つねに目を配っておいでではございました。八千子様は、京からついてきた者たちと、本丸の奥で溜め息をついてばかりおいでのようでした。

城内の暗いよどみをお案じになった誾千代姫様は、歌舞音曲《かぶおんぎよく》を奨励《しようれい》なさり、ご自分でもしきりと龍笛をお吹きになりました。

城というのは、男たちのものだと思っておりましたが、ほとんど女子ばかりになってみますと、それはそれで、むんとした独特の熱気が溢《あふ》れてまいりました。最初のうちこそ寂しい思いをいたしましたが、日々、音曲を愉しみ、歌舞に耽《ふけ》っておりますと、しだいに城内に活気がみなぎってまいりました。出来ぬ者に出来る者が教えておりますと、城内も明るくなりました。

むろん、遊び耽ってばかりいたわけではございませぬ。

秋の収穫の人手が足りぬところは、女子組総出で手伝いに行き、冬の薪《たきぎ》が乏《とぼ》しい家には、配ってまわりました。春の田植えの手伝いもいたしました。

女だけでも、楽しく柳河の城と所領を守っておりましたところ、翌年の秋でしたか、早馬が城に駆け込んでまいりました。

乗っていたのは、立花家大坂屋敷の留守居を務める武者。まともに口がきけぬほどに息を切らせておりましたが、とにもかくにも誾千代姫様がお会いになりますと、かすれきった声でようよう言葉を発しました。

「……太閤……殿下、御逝去《ごせいきよ》……にございます。大坂城内にて、御病《おんやまい》にて……」

太閤殿下は、たしか六十二歳でございました。病で亡くなられても不思議のないお歳でございます。

しかし、それでは朝鮮に出兵している大軍勢はいったいどうなることやら。太閤殿下お一人の死によって、女たちは不安な崖《がけ》の上に立たされたのでございます。

遠近《おちこち》の月

太閤殿下《たいこうでんか》がお亡くなりになられて、天下はまさに音を立てて崩れました。日本にいた者はまだしもすぐさま危険ということはありませんでしたが、朝鮮《ちようせん》にいた十五万の将兵は、殿下の訃報《ふほう》に接して、どれだけ驚いたことでございましょう。高い屋根に登っていたのに、突然、梯子《はしご》が消えてなくなってしまったのと同じですから、さぞや困惑なさったはずです。

朝鮮にいた将兵たちに撤退を命じたのは、徳川《とくがわ》様、前田《まえだ》様らの大老《たいろう》方でした。軍団の大将方は、殿下の死をひた隠しにして撤退の段取りをしたそうですが、こういうことは、どうしても敵に漏《も》れてしまうもの。しばらくたつと、明《みん》と朝鮮はそれを知って、猛攻撃《もうこうげき》をかけてきたそうにございます。

誾千代姫《ぎんちよひめ》様のご心配は、いやがうえにも高まるばかりでございました。姫様は、柳河城本丸《やながわじようほんまる》に建てました小さな御堂《みどう》に、昼となく夜となく御籠《おこ》もりになっていらっしゃいました。摩利支天《まりしてん》の像に灯明《とうみょう》をともし、香《こう》を炷《た》き、次々と印《いん》を結《むす》んで、「おんまりしえいそわか」と、くり返し御真言《ごしんごん》をお唱《とな》えになり、読経《どきょう》なさったのです。

姫様があそこまで必死で命懸《いのちが》けの形相《ぎょうそう》におなりになったことは、あとにも先にも覚えがございません。

「わらわの念で、宗虎《むねとら》様に無事にお帰りいただきます」

はっきりとそう仰《おお》せになられたときのお顔といいましたら、それはもうこの世のものとは思えぬ荘厳《そうごん》さでございました。まこと、姫様は天界から降臨《こうりん》なさった摩利支天のご垂迹《すいじゃく》のお姿なのだと確信いたしました。

その年の秋から冬にかけて、昼夜を分かたず、御堂で真剣に念じておられましたが、ある夜、そう、忘れもいたしません、十一月のことでございました。

夜半になって御堂からお出になった姫様は、漆黒《しっこく》の天に十七夜《じゅうしちや》の月が冴《さ》え冴《ざ》えと輝いているのをご覧になって、眉《まゆ》を顰《ひそ》められたのでございます。

「……いかん」

なにがいけないのか、わたくしには分かりませんでした。首をかしげておりますと、姫様が龍笛《りゅうてき》を取り出されました。

「雲を招《まね》いて月を隠さねば、宗虎様が見つかってしまう」

それもまたどういう意味なのか、さっぱり理解できませんでしたが、姫様は庭の石に腰を下ろすと、月に向かって龍笛を吹き始められました。

龍笛の調子は、いつになく強く激しく、それでいながら、手をさしのべるようなやさしさに溢《あふ》れておりました。その調《しら》べに呼び寄せられたように、やがて雲が西の空からあらわれて、月を隠しました。

冷え込みの強い夜でございましたが、姫様はそのまま休むことなく、東の空がすっかり白《しら》んで朝日が顔を見せるまで、龍笛を吹き続けられたのでございます。

それは、それだけのことで、その後、とくに変わったことはございませんでした。昼間の姫様は、女子組《おなごぐみ》とともに城下や領内を厳しく見まわっておいででしたし、夜は御堂に籠もっておいででした。

十二月になったある日、御堂で夜の勤行《ごんぎょう》を終えたとき、摩利支天像から向き直られた姫様がふっと呟《つぶや》かれました。

「迎えに行きましょう」

「……どなたを、でございますか」

「むろん、宗虎様です」

「お帰りになるのでしょうか……」

そのような報《しら》せがお城に届いていれば、もちろんわたくしの耳に入っていないはずがございません。

「はい、あと数日で、博多《はかた》にお着きになります」

「……いつ報せがあったのでございますか」

「ええ、摩利支天様からお告げをいただきました」

「はい……」

わたくしは、曖昧《あいまい》にうなずきました。姫様がお疲れのあまり、空耳《そらみみ》をお聞きになったのかと思ったのです。

驚きましたのは、その翌日、博多から立花家《たちばなけ》の武者《むしゃ》が帰ってきたことです。

「立花宗虎様、ほどなくご帰国あそばされます」

武者は、「先の船で帰り柳河に無事の帰国を告げよ」と宗虎様から先触《さきぶ》れを命じられたのだと申します。

城でのお迎えの仕度《したく》をととのえ、姫様とわたくしたち三十騎の女子組は博多に向かいました。

博多の湊《みなと》に行ってみますと、すでにお帰りになっている大名方がたくさんいらっしゃいました。

宗虎様は一番最後の船だったのでございます。

博多の湾には、おびただしい数の船が碇泊《ていはく》していた。いったい何百隻《せき》いることかわからない。

この湾は水深が浅いゆえに、肥前《ひぜん》の名護屋《なごや》を本陣《ほんじん》にしたと聞いていたが、太閤殿下がいずれお乗りになるおつもりだった巨大な御座船《ござぶね》は入れなくても、ふつうの軍船が湾の中ほどに錨《いかり》を下ろすなら問題ないらしい。

湊には、冷たい北風が吹いていた。

寒いのは難儀だが、北風があるからこそ、海を渡って帰ってこられる。すでに帰国した大名衆は、湊のそばの名島城《なじまじょう》に集まっている。

城に遣《つか》いをやって訊《たず》ねさせると、宗虎の乗った船は明日着くはずだという。城内は帰国したばかりの武者たちで溢れていたので、知っている寺に頼んで泊めてもらった。

翌日は晴れていたが、風が強かった。湾の内は静かだが、玄界灘《げんかいなだ》は波が高かろう。

朝から、何十、何百隻もの船が白い帆を大きく膨《ふく》らませて湾に入ってきた。

湾のなかほどで碇泊し、小舟に乗り移った将兵がつぎつぎと浜に上がってくる。

待っていたが、宗虎はなかなか来ない。

日が傾くころになって数十隻の船団がつぎつぎと湾に入ってきた。

「あの船です」

そばにいる侍女《じじょ》たちに、そう呟いていた。摩利支天にずっと祈っていたおかげか、誾千代には、宗虎がどこにいてなにをしているのかが、はっきりと分かるのである。

船が帆を下ろしつつ湾内を進み、錨を下ろした。ひっきりなしに往来している小舟が船に群《むら》がり、将兵が乗り移った。

小舟が浜に近寄ると杏葉《ぎょうよう》の旗が見えた。武者や足軽《あしがる》たちの背中にも、杏葉の指《さし》物《もの》がある。

「ほんに、立花の侍でございます」

そばにいたいぶきの声がうわずった。いぶきの夫も宗虎に従って出陣している。

小舟が浜に着くと、女子たちが歓声を上げた。いぶきの夫が乗っていたのである。

「これは姫様。ようこそのお出迎え、さぞや殿様も喜ばれましょう」

「殿様は、お元気なのですか」

問いかけたのは、いぶきだった。

「はい、お元気でございますとも」

いぶきの夫の快活な答えに、闇千代はやはり安堵《あんど》した。わかっているつもりでも、顔を見ないうちはどうしても不安がつきまとう。

数十艘《そう》の小舟が、何度も行き来して、将兵と荷を運んだ。

空が茜色《あかねいろ》に染《そ》まるころになって、小舟の舳先《へさき》に立つ祇園守《ぎおんまもり》の馬標《うまじるし》が見えた。宗虎が乗っているということだ。

「殿様でございます」

いぶきが言った。

「ほんにな……」

小舟が浜に着いた。

たしかに宗虎が乗っていた。

闇千代が迎えに来ているのに気づいて、宗虎の顔がほころんだ。

「おう。来てくれたのか。嬉《うれ》しいのう。そなたの顔が見たかったぞ」

船縁《ふなべり》を蹴《け》って、浜に降り立った宗虎が、闇千代の手を握った。宗虎の手は、長い戦塵《せんじん》にまみれたせいか、ごつごつ強張《こわば》り、ざらついている。

「わしは、朝鮮でそなたに助けられたぞ」

宗虎が闇千代の手を強く握った。

「はい」

闇千代は、力強く答えた。あの月夜のことだと確信した。

「十七夜のことでございますか」

たずねると、宗虎がしばらく首をかしげ、けげんそうな顔になった。

すぐに顔が輝いた。

「そうだ。十七夜だ。やはり、そなただったな……」

「はい。あの夜、月を見ていて、胸騒《むなさわ》ぎがしてなりませなんだ。月を隠さねば、宗虎様のお命が危《あぶ》ない……、そんなふうに心が騒いだのです」

「まさにそのこと。よくぞ見てくれた。じつはな……」

先月十七日のあの夜、宗虎は海戦をしていたのだと話し始めた。

退路を断たれて取り残された小西行長《こにしゆきなが》を救出するため、島津義弘《しまづよしひろ》たちとともに釜山《プサン》のはるか西にある順天城《スンチヨンじよう》を目指していたのだという。

見つからぬよう、夜になるのを待って、多数の軍船で進んだが、島や入江の多い海で、どこから敵船があらわれるかわからない。

警戒しながら進んでいくと、案《あん》の定《じよう》、待ち伏せしていた朝鮮の水軍が石火矢や鉄炮《てつぽう》で攻撃してきた。こちらも反撃して激しい海戦になったが、なにしろ敵船の数が多い。そのままでは全滅してしまうほどの危機だった。

月光が明るく、こちらの船団が丸見えになっている。これでは、逃げられない。

――月よ、雲に隠れてくれ。

そう念じていたら、どこからともなく龍笛が聴こえてきた。雲が湧《わ》き、月が隠れてなんとか逃げきったのだという。

「そのまま龍笛に導かれて、闇夜《やみよ》ながらも無事に海を進んで助かることができたのだ。あの笛はやはりそなたが吹いていたのか。よくぞ、わしの難儀に気づいてくれたな」

龍笛の音が、五十里《り》（約二〇〇キロメートル）へだてた海を渡って朝鮮に届くことはなかろう。

見えていた月は同じでも、こちらで見えていた雲と、朝鮮の雲はちがうはずだ。

それでも闇千代は、神通力《じんつうりき》で、宗虎と気持ちが通じ合ったのだと確信があった。

「夫婦《めおと》となり、深く情を通い合わせてまいりました。それくらいのことが感じとれずに何といたしますか」

闇千代が答えると、宗虎がさらに強く手を握った。

「そうだな。そのとおりだな。わしは朝鮮の陣所《じんしょ》でも、月を見るごとに、そなたを思うておったぞ。あの十七夜の月ばかりではない。その前からずっとだ」

「嬉しゅうございます。わらわも、宗虎様がきっと同じ月をご覧になっているものと思うて、月を眺《なが》めておりました」

そのせいで、互いの想《おも》いが通じ合ったに違いなかった。

宗虎の目が恥ずかしそうに細くなった。

「それにな、夜毎《よごと》そなたの夢を見ておった」

「わらわも、でございます」

その夜、誾千代と宗虎は、名島城の館《やかた》で、ひさしぶりに二人で過ごすことができた。

◇

立花家の軍団と宗虎様は無事に柳河城に帰り着かれましたが、それからの日々は、まことに目まぐるしく過ぎてゆきました。

宗虎様が、柳河のお城にいらしたのは、ほんの二、三日だけでした。

すぐさま、重臣たちをひきつれて、こんどは船で大坂《おおさか》へと向かわれました。伏見《ふしみ》の城に上り、徳川様ら五大老や奉行衆《ぶぎょうしゅう》と、太閤殿下亡きあとの政《まつりごと》について話し合うためでございました。

太閤殿下が、待ちかねた末にようやく生まれた男のお子に、あとを継がせたい御意向だったのはご存じですね。

……そうです。秀頼《ひでより》様のことです。あのときは、たしか六つにおなりだったはずです。

「返す返すも秀頼のこと頼み申し候《そうろう》」

病の床《とこ》に臥《ふ》せられた太閤殿下は、涙ながらに大老方の手を握り、そう懇願《こんがん》なさったのだそうでございます。栄華を誇《ほこ》った殿下が……、と思えば、なんともお労《いたわ》しいかぎりではありませんか。

しかし、五大老筆頭の徳川様は、天下を豊臣家に渡さず……、はい、その通りです。そのあたりの事情は、わたくしなどよりよほど詳《くわ》しくご存じでございますね。

宗虎様は、年が明けた慶長《けいちょう》四年（一五九九）の初夏には、伏見から柳河にお帰りになられましたが、島津で内乱があったということで、すぐさま派兵の準備をせねばなりませんでした。

また、立花家の家臣たちへの所領の宛行《あてがい》も、いま一度見直さねばなりませんでしたので、たいへん忙しくお過ごしでした。

宗虎様が柳河のお城にいらっしゃるあいだ、誾千代姫様は、本丸に八千子《やちこ》様を残して、宮永館《みやながやかた》にお住まいで、用事のあるときだけお城に出向いておられました。

九月になると、宗虎様はまた伏見へとお出かけになりました。

天下が、いよいよどうにもならぬ情勢になってきたのでございました。

留守居《るすい》となれば、闇千代姫様は八千子様のいる本丸に移られました。

領内は平穏《へいおん》でしたが、民百姓《たみひゃくしょう》でさえ、世の中が大きく変わろうとしているのを肌《はだ》で感じていたようで、どうにも心の落ち着かない日が続いておりました。闇千代姫様は女子組を率《ひき》いて、城内と城下はもとより、郷村《ごうそん》の端々《はしばし》までくまなく見まわっておられました。

しばらくして柳河にお戻りになられた宗虎様が、闇千代姫様に仰《おっしゃ》ったおことばを、わたくしもおそばで耳にしておりました。

「まもなく、大きな合戦となるであろう。日《ひ》の本《もと》の大名たちが二つに分かれて戦う天下分け目の大合戦をせねば、どうにも収まりがつかぬことになってきた」

徳川家康《いえやす》様と石田三成《いしだみつなり》様の確執《かくしつ》が大きな火種《ひだね》となっていたのでございます。

……はい。徳川様が天下をお取りになったいまは、たしかに石田様が悪者のように言われております。でも、じつは、太閤殿下のご遺言を踏みにじり、自分勝手に天下の仕置きを始めておられたのは徳川様のほうなのです。そのことに石田様は強い義憤《ぎふん》を感じて徳川様を詰問《きつもん》なさいました。そもそもの確執の発端《ほったん》はそこにあったのです。

石田様は、朝鮮出兵のときの軍目付《いくさめつけ》で、大名たちの戦いぶりを太閤殿下にご報告なさるのがお仕事でした。

ところが、その報告が正確ではないと評判が悪く、加藤清正《かとうきよまさ》様、福島正則《ふくしままさのり》様、黒田長政《くろだながまさ》様ら、豊臣家恩顧《おんこ》の大名たちとは犬猿《けんえん》の仲になってしまわれたのです。

それを見抜いた徳川様は、みなをご自分の味方に引き入れ、石田様を倒すように画策《かくさく》なさったのでした。

宗虎様のご懸念《けねん》は、翌年の六月にはっきりいたしました。

徳川様が、会津討伐《あいづとうばつ》のため兵を集めて下野《しもつけ》まで行かれたとき、大坂で石田様が、毛利輝元《もうりてるもと》様を総大将として挙兵なさったのでございました。

徳川様は、ご自分がお留守になれば、きっと石田様がそのあいだに挙兵なさると読み筋《すじ》を立てて、下野の小山《おやま》まで行かれたようです。ええ、徳川様は、若いころから敵の人質となったりして、ずいぶんご苦労を積まれたらしく、人の心を読み取る術《すべ》を心得《こころえ》ておいでtogether

柳河には、徳川家康様、石田三成様どちらからも、お味方になるようにとの誘《さそ》いの使者が再三やってまいりました。

宗虎様は、むろんお二方と面識《めんしき》がおありです。

重臣たちを集めて評定《ひょうじょう》を開いたところ、さまざまな意見が出ました。徳川を討とという意見があるかと思えば、反対の意見もありました。

九州では、如水《じょすい》と号するようになった黒田官兵衛《かんべえ》様と加藤清正様は、石田様と不仲なので、きっと徳川にお味方なさるはず。まずは黒田様、加藤様とご相談なさるのがよろしかろう、との意見もあったそうです。

じつは、加藤清正様からは、ご懇篤《こんとく》なお誘いの書状が届いておりました。

しかし、結局、宗虎様は大坂方にお味方するとお決めになりました。

太閤殿下への恩義と、毛利輝元様への御崇敬《ごすうけい》の念がなにより強かったからでございます。

毛利輝元様は、かねてより宗虎様に目をかけてくださっておいででした。その毛利様が総大将になられるのですから、従うのが第一等の義だと、宗虎様はお考えになったのでございます。

それからのことは、もうよろしいですね。

……はい。慶長五年七月の末、宗虎様は四千の兵を率いて、大坂城に向かわれたのでございます。

関ヶ原《せきがはら》で天下分け目の合戦があったのは、それからひと月半後の、九月十五日のことでございました。

◇

四千の兵を率いて柳河城を出陣する宗虎を、誾千代は馬で途中まで見送った。筑後《ちくご》三池《みいけ》城《じょう》にいる宗虎の弟高橋直次《たかはしなおつぐ》が一千を率い、山下城《やましたじょう》の筑紫広門《ちくしひろかど》が千二百を率いて加わったため、総勢六千を超える大軍団である。

いつになく長い軍列が、筑後平野を行進する様は、威風堂々《いふうどうどう》として見事であった。朝鮮での歴戦に鍛練《たんれん》されているだけに、将にも兵にも凛冽《りんれつ》な気合がみなぎっている。馬廻衆《うままわりしゅう》の金甲《きんこう》もひときわ燦然《さんぜん》と輝いている。

石田三成からは、「こたびは千三百人を」との申し越しだった。

宗虎は、「そんな寡勢《かぜい》で、なにができるものか」と、むきになって三倍の人数をそろえた。損得を考えぬ夫の直情が、誾千代には慕《した》わしい。

「御武運を」

「ああ、留守を頼む」

久留米《くるめ》まで見送り、筑後川の渡しでそう言い交わした。目を見つめ合っただけで、気持ちの通じ合うのが感じられた。

宗虎が出陣すると、誾千代はまた、宮永の館から、柳河城の本丸に移った。

なにしろこのたびは、蔵《くら》にあった米と金銀をすべて放出して有為《ゆうい》な人士を集め、軍備をととのえての出陣である。兵とはべつに、輜重《しちょう》をはこぶ荷駄隊《にだたい》を編成したため、領内には壮年の男子《おのこ》がほとんどいなくなってしまった。

九州の大名たちは、ことごとく、石田方と徳川方に分かれている。これから柳河でもなにが起こるかわからない。

石田方について味方となったのは、豊前小倉城《ぶぜんこくらじょう》と筑後久留米城の毛利一族、薩《さつ》摩《ま》の島津ら。

徳川について敵となったのは、肥後熊本城《ひごくまもとじょう》の加藤清正、豊前中津城《なかつじょう》の黒田長政ら。

ことに黒田家では、当主の長政が家康に従って関東へ行ったものの、父の如水は多数の兵力を擁《よう》して九州に残り、睨《にら》みをきかせている。熊本の加藤清正とともに、いつ柳河を攻めてくるかもしれず、一時の油断もできない。

「ひときわ心を引き締めますよう」

見送りから帰った誾千代は、女子組を集めると、そんな九州の状況を説明し、柳河を守ってくれるように頼んだ。

「殿方は、よく命に代えて……とおっしゃいます。しかし、命に代えても仕方がありません。女子は生きるために土地と暮らしを守りましょう」

かねて思っているとおりに話すと、一同が深々とうなずいた。守りたいものがあるのは、みな同じらしい。

闇千代は、夫が出陣しているときはいつもそうしているように、起きているあいだはつねに胴丸《どうまる》を着けた。朝は薙刀《なぎなた》と鉄炮の鍛練をし、昼は城下や領内の村々を見まわった。夜は摩利支天を祀《まつ》る御堂に籠《こ》もった。

残っている百姓の男たちを集め、組を作って槍《やり》を持たせた。残っているのは老人が多いが、それはいたしかたない。直接の差配《さはい》は、留守居の番頭《ばんがしら》に任せ、組ごとに隣国との境を見張らせている。

女子組の者たちは、みな気丈《きじょう》にしていたが、どうにも心根《こころね》の定まらないのは、八千子である。

いつも侍女たちとともに座敷に引きこもっている。城の女子たちが、無理にでも明るく振る舞おうとしているときに、そこから陰鬱《いんうつ》な気が発散されているようで、闇千代は気になってならない。

座敷に行って意見した。

「そなたは、もはや公家《くげ》の女子ではありません。側室とはいえ、武門の女となったのです。武門の女ならば、生きるも死ぬも、主人とともに、城とともに。その覚悟をしっかりお持ちなさい」

古来、武門の将は城とともに生き、城とともに死ぬ。妻たる者は、正室、側室を問わず、最期《さいご》は夫と命運をともにする。その覚悟がないのなら、京に帰りなさい――と叱《しか》り、諭《さと》した。

うなだれて聞いていた八千子が顔を上げた。

「どうすれば、御台所様《みだいどころさま》のように、まっすぐで前向きなお気持ちになれましょうか」

問われて、闇千代はしばし考えた。

さて、いったいどうして自分は前向きな気持ちでいられるのか。

ひとつ、思い当たった。

「なによりも、愛《いと》しいもののためです。そなたは大切な人と物を守りたくはないのですか」

「大切な人と物……」

八千子が反芻《はんすう》している。

「そうです。そなたにも大切な人と物があるでしょう。それを失いたくはないでしょう」

たずねると、八千子が眉間《みけん》に小じわを寄せて考え込んだ。

この女には、執着《しゅうじゃく》を感じる人や物がないのだろうか。ただ、細川《ほそかわ》家の斡旋《あっせん》で鄙《ひな》の城に無理に押し込められた境涯《きょうがい》をつらいものとして嘆いているだけなのか。

「御台所様には、なにが大切なのでしょうか」

逆にたずねられて、闇千代は喉《のど》に言葉を詰まらせた。

「……さようなものは、たくさんあります」

「たとえば……」

重ねてたずねられたので、思い切って正直に答えることにした。

「まずは、宗虎様です。それから、お城の者たち、女子たち、領地の民草《たみぐさ》、町人、犬のゴンも……。みな、わたしの大切な者たちです」

八千子がしずかにうなずいた。

「わたくしは……」

そこで言葉を切ってためらっている。

黙って続きを待つと、俯《うつむ》いて口を開いた。

「宗虎様を大切に思うてよろしいのでしょうか」

こんどは闇千代が、答えをためらった。唾《つば》を呑《の》み込み、意を決して口を開いた。

「むろんです。宗虎様を大切に思わずしてなんとしますか」

「ありがとうございます」

両手をついた八千子が、深々と頭を下げた。ゆっくりと上げた顔が、いくらかは晴々《はればれ》としてきたようだった。

柳河城には、ときおり宗虎の遣いの母衣武者《ほろむしゃ》が帰ってきた。

報告によれば、石田方と徳川方は、各地の城で戦いをくり返したのち、しだいに軍をまとめて美濃《みの》に向かいつつあるという。どうやら、美濃で大決戦となる見込みらしい。

暑い夏が、じりじりと過ぎた。

武士は合戦《かっせん》をしているが、柳河の民百姓は、粛々《しゅくしゅく》と田の草取りをしている。若い働き手のいなくなった村では、老人と子どもと女たちが懸命に働いている。

そんななか、「大友宗麟《おおともそうりん》の嫡男吉統《ちやくなんよしむね》が兵を集めている」との報せが届いた。

大友宗麟亡きあと、吉統は太閤殿下の怒りをかって所領を没収されていたのだが、この機会に失地回復を狙《ねら》って兵を集めたのだ。

大友家再興を願って、多数の旧臣が集まったそうだが、加藤清正と黒田如水の軍団が、吉統の拠点豊後立石城《たていしじょう》を攻撃して降伏《こうふく》させた。

それが九月十五日のことである。

その同じ日、美濃と近江《おうみ》の国境の関ヶ原で、二十万になんなんとする東西の大軍勢が激突していた。

その報せが柳河城に届いたのは、九月下旬であった。

城に駆け込んできた母衣武者は、幽鬼《ゆうき》のように疲弊《ひへい》しきっていたが、それでも、はっきりと戦況を誾千代に報告した。

「大坂方が負けましてございます」

「……負けた、……のか」

そう耳にしていたのに、誾千代はたずね返さずにいられなかった。

「はっ。宗虎様お味方の大坂方の負けにござる」

誾千代はうなだれた。夫が参戦するなら、必ずや勝つと信じていた。理由もなく、そう信じていた。

「宗虎様は、九月十五日、近江大津城《おおつじょう》を包囲攻撃し、戦勝なさいました。その翌日に、関ヶ原より西軍敗れたりの報を受けましてございます」

やはり夫は勝っていたのだ。決戦の場である関ヶ原に夫がいれば、戦況はまるで違っていただろうに、と悔《くや》しかった。

「兵をまとめて帰国するゆえ、それまでしっかりと柳河を守れ、との宗虎様のお言《こと》伝《づ》てにござる」

「承知した。ゆっくり休むがよい」

誾千代は、聞いていいて心が震《ふる》えた。

夫は勝ったのに、西軍が負けた。悔しくてならぬが、悔しがっている暇《ひま》はない。こちらは敗軍である。徳川に味方した黒田や加藤の軍勢が、たちまち攻め寄せてくるであろう。

女子組の者たちに、ありのままに伝えると、いやがうえにも城内の緊張が高まった。

宗虎が柳河城にもどってきたのは、九月の晦日《みそか》だった。

前の日、先触れの武者が城に駆け込んできて、「豊後の浜に船が着き、すでに柳河に向かっている」と報せたので、誾千代は騎馬《きば》の女子組をひきつれて迎えに出た。

広い筑後平野を駆けていても、どこから敵に襲《おそ》われるかもしれなかった。

宗虎の軍列を見つけた。馬上で目配《めくば》せしただけで、そこでは止まらず、そのまま馬の首を返して柳河城に帰った。

「お疲れさまにございました」

本丸の館に入り、甲冑《かっちゅう》を脱《ぬ》がせようとすると、宗虎が首をふった。

「たいへんなのは、これからだ」

顔がけわしい。甲冑を脱いでいる暇はないのだと言った。泥と血に汚《よご》れた胴や籠《こ》手《て》に、汗の匂《にお》いがしみ込んでいる。宗虎の匂いが、誾千代にはとても懐《なつ》かしい。

「大坂に籠城《ろうじょう》しようと進言したが、毛利輝元殿には、もはや戦うおつもりがなかった。とにもかくにも、退路をふさがれぬうちにと急ぎ帰ってきた」

「この柳河城は、囲まれましょうか」

たずねると、宗虎が大きくうなずいた。

「必ずそうなる。肥前《ひぜん》の鍋島《なべしま》が降伏して、徳川についた。柳河城を落とせば、大坂方についた罪を許すと言われているらしい。真っ先に攻めてくるであろう」

「承知いたしました」

「まだ数日は大丈夫だ。そのあいだ、兵を休ませる」

宗虎は、鍋島はもとより、黒田如水、加藤清正らの動向を見張らせるため、それぞれに斥候《せっこう》を派遣してあるといった。

柳河の町のまわりに厳重な警戒を布《し》き、さらに多くの斥候を各方面に走らせたうえで、宗虎は兵を休ませた。

女子組は、傷ついた兵たちを手当てし、具だくさんの汁《しる》や煮物《にもの》を作って食べさせた。

「ひさしぶりに柳河の魚を食べた。ここにいるときはなんとも思わなんだが、離れてみると、む
つごろうが妙に懐かしかったぞ」

宗虎は、嬉しそうにむつごろうの煮つけにかぶりついた。

十月十二日になって、黒田の軍勢五千が柳河城から二里（約八キロメートル）余り北東の水田《みずた》に陣取っているとの報せがあった。

南からは、加藤清正が二万の軍勢を率いて柳河に向かっているとの報告である。

さらに、十四日には、北から鍋島直茂《なおしげ》の軍勢三万二千余りが迫りつつあるとの報告である。

柳河城は、六万近い大軍勢に三方から囲まれることになった。

十月十五日になって、白い指物《さしもの》を背負った甲冑武者が柳河城の大手門《おおてもん》に向かって、馬で駆けてきた。

白い指物には、何筋《すじ》もの切り裂きが横に入って、風にはためいている。加藤清正の使番《つかいばん》である。

城門前で、清正から宗虎への書状と口上《こうじょう》がある、と大声を張り上げた。

紫縅《むらさきおどし》の胴丸を着けて薙刀《なぎなた》を掻《か》い込《こ》み、女子組《おなごぐみ》の者たちと大手門にいた誾千代は、その侍の凜《りん》とした風情《ふぜい》に感じ入った。敵の城の大手門前まで、ただ一騎駆けてきたのだ。

弓と鉄炮の届く距離だ。悪くすると、そのまま殺されるかもしれないというのに、武者は毅然《きぜん》としている。

門番の頭《かしら》に命じて書状を受け取らせ、本丸にいる宗虎に自分の手で届けた。

「書状のほかに口上があるので、ぜひとも殿様にお目にかかりたいとのことでございました」

使番の言伝てを、宗虎につたえた。

「さようか」

書状を受け取った宗虎が、すぐに開いて読みはじめた。読みながら、二度、三度、うなずいた。

「その使番をここに呼べ」

宗虎が小姓《こしよう》に命じた。開いたままの書状を、闇千代に見せてくれた。

書状には、達筆とはいえないが、ていねいに書かれた文字がならんでいる。

朝鮮で助けられたことへの感謝からはじまり、このたびの大坂方への加担は、太閤殿下の恩義に報《むく》いるためであろうから、拙者《せつしや》は貴殿《きでん》と戦うつもりがない、と書いてある。

闇千代は、加藤清正に会ったことがないが、宗虎がときおり朝鮮の陣の話をするときには、しばしば加藤清正が登場した。宗虎の話す清正は、豪胆《ごうたん》にして人の情に篤《あつ》い男である。

本丸の庭に使番がやってきた。宗虎が縁に出て対面した。誾千代は、重臣たちともども居並《いなら》んだ。

使番が口上を述べた。

「主《あるじ》加藤は、朝鮮での立花殿のご恩義、けっして忘れてはおりませぬ。こちらの城を攻めるなどは論外のこと。鍋島や黒田が攻め込んできても、けっしてお戦い召《め》さるな、と申しております」

「ご厚誼《こうぎ》かたじけないと伝えてくれ」

「承知つかまつりました。くれぐれもご自重《じちよう》くださいませ」

宗虎は、使番に扇《おうぎ》を与えた。

律儀《りちぎ》に礼を述べ、いま一度不戦の念を押して使番が帰った。

「加藤殿を、朝鮮でお助けになったのですか」

誾千代がたずねると、宗虎がうなずいた。

「ああ、蔚山城《ウルサンじよう》で孤立した加藤殿を助けに行ったことがあった。わしの手勢は八百人しかいなかったが、風雨の強い真夜中に奇襲をかけて二万二千の明《みん》兵を打ち破り、七百の首を取り、千六百人を捕虜《ほりよ》にした。加藤殿は、いたく驚いておられたわい」

そんな話を誾千代は初めて聞いた。

「さような武勲《ぶくん》がございますれば、お話しくだされればよろしいのに」

「自慢話など聞いてもつまらぬであろう」

宗虎が浮かぬ言い方をしたので、誾千代はしげしげと顔を見つめた。

目を細めた宗虎が小さな声でいった。

「そのときも、家来が戦って死んでいる。わしが武功を誇れば、死んだ家来たちに申し訳ない気がするのだ」

そんなふうに語る宗虎のやさしさが、誾千代にはいかにも好ましい。


翌十六日、こんどは、鍋島直茂、勝茂《かつしげ》親子の使者がやってきた。

書状を読んだ宗虎の顔が、たちまち不機嫌《ふきげん》そうに曇《くも》った。

そばで見ていた誾千代には、いったいなにが書いてあったのか分からない。

やはり言伝てがあるというので、使者を二の丸の庭に通して、宗虎が御殿《ごてん》の縁から対面した。

「これは、いかなることか」

宗虎が書状を手にたずねた。

「そこに、したためてあるとおりにござる。立花殿は、朝鮮の陣にて、またこたびの徳川との合戦にても、赫奕《かくやく》たるご活躍。そのため、頼《たの》もしき武者を大勢亡くされてお気の毒なかぎり。寡勢になられました上は、三万余のわれらと城外で戦いますれば、負けは必定《ひつじょう》」

使者がそこまで語って、宗虎の顔色をうかがった。もしも、宗虎の機嫌を損《そこ》ねれば、殺されても仕方がないことを口にしている。

宗虎が、あまり顔色を変えずにいるので、使者がことばを続けた。

「多勢を相手に無益《むえき》に負けるよりは、柳河城に立て籠もりなさいまして、日数をお稼《かせ》ぎなされませ。さすれば、いずれ徳川殿より格別の御沙汰《ごさた》もございましょう。さようにお勧《すす》めしてこい、と主鍋島勝茂の下命《かめい》にござる」

使者は、わざとらしくしれっとした顔でそんな口上を述べた。なんとも厭味《いやみ》な言い様《よう》である。

まわりで聞いていた重臣たちは、みな険《けわ》しい顔になっている。

たしかに、立花方は、近在の支城の人数を合わせても、戦える将兵は、四千人に満たない。城から討ち出して野戦《やせん》で鍋島勢とまともにぶつかれば、負けは見えている。

しかし、だからといって、籠城を勧めにくる敵の使者がいるものか。

不戦を勧める内容は、加藤清正の使番と同じだが、言い方がまるでちがっている。清正の使番の話しぶりには、温情がにじみ出ていた。

鍋島の使者は、ただ、いやがらせを言いにきたにすぎない。

「承知した。われら城中にあるうちは、門前まで寄せてこられよ、せいぜい矢玉《やだま》を馳走《ちそう》つかまつらん、と勝茂殿に伝えてくれ」

余裕のある笑顔をうかべた宗虎は、使者に菓子を与えて帰した。

そのまま館に入ると、宗虎は重臣たちと評定を開いた。

むろん、いかに鍋島勢と戦うかを議論するためである。

「鍋島のいまの口上、なんとも面憎《つらにく》し。たとえ多勢に無勢とはいえ、武士の面目《めんぼく》をほどこさねば、口惜《くちお》しゅうてなりませぬ」

まっさきに口火を切ったのは、一族のなかでも若い立花吉右衛門《きちえもん》であった。

若い将たちは、みな、吉右衛門の意見に賛成した。

宗虎も大きくうなずいて口を開いた。

「いかにも無礼千万《ぶれいせんばん》。あのような言い様を許してしまえば、道雪《どうせつ》公に申し訳が立たぬ。もともと大坂方だった鍋島が徳川に加担するのも許しがたし。寡勢なりとも出撃して乾坤一擲《けんこんいってき》、勝つか負けるか、合戦したい」

城を出て戦うべし、と唱えた宗虎に、若い将たちは大いに沸《わ》き立った。

穏《おだ》やかに首をふって、反対の意見を述べたのは、由布雪下《ゆふせっか》である。

「しばしお待ちくだされ。あの使者の口上は、われらを城から誘《おび》き出そうとの鍋島の策謀《さくぼう》にござる。ここは隠忍《いんにん》自重して城に籠もるのが上策」

籠城を説《と》く由布の意見に、立花吉右衛門がさらに反対した。

「しかし、たとえ策略であれ、虚仮《こけ》にされて城に籠もっているのはなんとも業腹《ごうはら》。堂々と城から出撃し、華々《はなばな》しく戦おうではありませんか」

立花吉右衛門の反論に、由布がまた首をふった。

「大坂では丹半左衛門《たんはんざえもん》が、徳川殿に立花家安泰を願い出ております。そのこと、お忘れ召されますな」

言われて、宗虎が腕を組んで黙《もく》した。

大坂城に残してきた一族衆の丹半左衛門には、立花家がなんとか存続できるように、徳川家と交渉するよう命じてあるという。

立花家の存続と面目を天秤《てんびん》にかければ、存続のほうがどうしても重い。

一座の武者たちは、しばらく議論を戦わせたあとで、沈黙した。

出撃して戦うか、城に籠もって守りに徹するか、どうにも議論が定まらず、堂々めぐりの感が強い。出陣を説いた宗虎は黙ったままだ。

主に反対して、老臣たちは執拗《しつよう》に籠城を説いた。

誾千代は、宗虎のとなりにすわっていたが、口を開かなかった。

男たちの軍議には、なるべく口を挟《はさ》まないようにしている。

「そなたはどのように思うか」

　こちらに向き直ってたずねたのは宗虎だった。

　意見を求められたのなら、存分に述べたい。

「籠城なさるのが賢明でしょうが、ただ城に籠もっているだけでは、領内を好き放題に荒らされてしまいます。殿様が陣頭指揮なされば大事《おおごと》になりましょうが、軍勢を出して、侵入者を小当《こあ》たりに叩くだけならば、徳川も咎《とが》めはいたしますまい」

　闇千代が述べると、宗虎は、しばらくのあいだ腕を組んだまま考え込んでいた。

「そうだな。そうするか……。いや、それしかあるまい」

　男たちは、どうしても極端に走りがちだ。現実的な策を考えるのは女子《おなご》のほうが巧《うま》い。

「それがよろしかろうと存じます。なにしろ、この柳河城は、たくさんの水路に囲まれておりますので、小勢《こぜい》にて戦いやすくできております」

「そのとおりだ」

「また、十六夜《いざよい》の今宵《こよい》は、大きな月が夜空に輝きましょう。このところ天気がよく、明日も、あさっても、大きな月が出そうです。夜襲《やしゅう》といえども、闇にまぎれて敵兵に迫ることはできますまい」

「たしかに姫様の仰せのとおりです。道雪様でも、そう仰ったに相違ございませ

　往時を思い出したのか、老いた由布雪下が目を涙で潤《うる》ませている。

「やるとするなら、まずは小勢を繰り出して小当たりして逃げ、敵を誘き寄せた上で、軍勢をくり出して討ち果たすのがよいかと存じます」

　そうするのがなによりの策だと闇千代は進言した。

「なるほど、それでいくべし」

　宗虎は納得《なっとく》したようだ。その案でなければ、とにかくこの評定はまとまらない。若い将たちも、闇千代の意見がもっともだとうなずいた。

　十九日になって、立花賢賀《けんが》、立花吉右衛門らの将が、軍勢を率いて柳河城を出陣した。

　大手門にいた闇千代は、その行列が思いのほか長いのに驚いた。ざっと見て、三千は超えている。とても小勢とはいえない。男たちがみな戦いたがったにちがいない。

「これでは、城内の兵のほとんどが出ていくのではありませんか」

「ああ、各部隊が敵に小当たりして、引き寄せ、伏兵に襲わせる。危なくなったらとにかく城に駆け込むように言い含めてある。大事はない」

合戦は勢いで動く。果たして、その通りに動いてくれるかどうか。

男たちがいなくなって、城の守りがいたって手薄《てうす》になった。

女子組を、城の周辺の斥候《せっこう》に出し、もしも意表を衝《つ》く方角から敵が攻め寄せてきたときのために、守りの準備をととのえた。いつなんどきでも戦えるように命じてある。

出陣の軍列を見送ってから、闇千代は本丸にある八千子《やちこ》の座敷を訪ねた。なにしろ合戦に怯《おび》えているので、このごろ、日に一度は顔を見に行くことにしている。

いつだったか、懇々《こんこん》と叱り、諭してから、すこしは元気を出したが、どうにも、すぐにまた怯えて落ち込んでしまうようだ。

座敷に入ると、今日もぽつねんとすわっている。なにも手につかないらしい。

「いましがた、城兵が出陣しました」

「はい。ここにすわっておりましても、城内の人のさざめきが、波のように伝わってまいります」

闇千代は、八千子の正面にすわって、まっすぐ目を見すえた。

「この城は、敵に攻め込まれるかもしれません。あなたは、京に帰ってもよいのですよ」

そう言うと、八千子の顔が輝いた。

「京へ……、帰れましょうか」

「十人ばかりなら、武者をつけられます。敵のいる久留米を迂回《うかい》して逃げれば、なんとか小倉まで辿《たど》り着けましょう。そこから船にお乗りなさい」

「京は、どうなっておりますでしょうか……」

京のようすはわからない。さぞや混乱しているに違いないが、徳川家康は、内裏《だいり》や公家までは攻めない男だと聞いている。そのまま話した。

「はい……」

八千子は決めかねている。柳河から逃げ出したとて、無事に京に着けるとは限らない。京が安全とも限らない。

「いまなら、なんとか逃げられます。その気になったら、わらわに声をかけなさい。すぐに警固《けいご》の武者を手配し、路銀《ろぎん》を用意します」

それだけ言い置いて立ち上がろうとすると、八千子が顔を上げてたずねた。

「もしも、敵が攻め込んできたら、どうなりますか」

いまの手薄な守りで、数万の大軍に攻められたら、とても持ちこたえることはできない。正直に話すことにした。

「みな討ち死にです」

「女子も……」

「できるだけ戦って死にましょう。最後の最後は、殺されるより、互いに喉を突き合って果てましょう」

　八千子がうなずいた。

「そのときは、わたくしを殺してくださいますか」

　まっすぐに見つめてたずねられた。

「わかりました。まだ、わらわが敵に殺されていなければ、ここに来て、そなたの喉を突きましょう」

　両手をついた八千子が頭を下げた。

「お願いいたします。こんど生まれてくるときは……」

「男に生まれてきますか」

「いえ。やはり女子に生まれたい。御台所様のような、強い女子に生まれてきます」

淡《あわ》い微笑《ほほえ》みを浮かべて、そう言った。

　城中に気がかりなことは多いが、むく犬のゴンもそのひとつだった。

　ゴンはすでに老いて、痩《や》せさらばえ、歩くこともままならない。病気ではなく、歳《とし》をとって衰《おとろ》えたのだ。

考えてみれば、まだ子犬だったころから、いっしょに立花山を駆けまわっていた。

闇千代は、いま三十二である。ほとんど二十年近くもいっしょにいる。人間にしたら百歳ほどの高齢であろう。

宮永館から連れてくるのがためらわれるほど元気がないが、置いてくるのも可哀《かわい》そうなので、戸板にのせて連れてきた。

いまは、本丸館の縁の下に、莚《むしろ》を敷いて寝かせてある。

「ゴン……。痩せたね」

撫《な》でてやると、嬉しそうな顔を向ける。

餌《えさ》はもうほとんど食べず、わずかに水を舐《な》めているだけなので、どんどん痩せていく。死期を察して、消えるように死んでいくつもりなのだとしか思えない。

黒く長い毛を撫でていると、悲しくなった。

命あるものは、必ず死ぬ。

ならば、うつくしく死にたい。

それまで、うつくしく生きたい。

しみじみそう思った。

夕刻になって、遠くで鉄炮の音が聞こえた。

すぐ、宗虎とともに物見櫓《ものみやぐら》に登った。いまだに丸太を組んで梯子《はしご》をかけただけの櫓だが、はるかに筑後の平野が見渡せる。

鍋島が本陣を布いたのは、久留米のそばの大善寺《だいぜんじ》である。この柳河城からは三里（約一二キロメートル）ほど北だ。

鍋島軍の先鋒《せんぽう》は、柳河に一里ほどのところまで近づいていると聞いている。城島《じょうじま》というあたりだ。

「城島はあのあたりでしょうか」

たずねると、宗虎がうなずいた。

「およそ、その見当だ」

薄暮《はくぼ》が迫っていて、残念ながら旗や軍団までは見分けがつかない。

目をこらしたが、どこでなにが起きているのかは、さっぱり様子がつかめない。

とっぷり暗くなってから、全軍が城にもどってきた。立花吉右衛門が、戦闘のようすを報告した。

「城島の砦《とりで》に兵を残してきましたので、百人ばかりで迎えに行きましたところ、鍋島の先手が五町《ちょう》（約五四五メートル）先にいるのを見つけました。せっかくの遭遇《そうぐう》ですので、ひそかに近づいて鉄炮を撃《う》ち掛けました」

「そのとき撃たれたのか」

宗虎がたずねた。吉右衛門の肩に巻いた布が血で赤く染《そ》まっている。

「はい。銃声を聞きつけたわれらの本隊がやってきて、ともに撃ち合いました。たいした傷ではございませぬ」

あいだに水路があったので、それ以上の激突にはならなかった。暗くなったので、城に引き上げたのだと話した。その日は、それ以上の合戦はなく、兵たちはみな城に引き上げてきた。


翌日は、夜明けに城兵が出陣した。

大手門で見送ったあと、誾千代はすぐ物見櫓に登った。

誾千代は、なにかいやな予感がしている。

――逸《はや》らねばよいが。

と案じている。

小さな軍勢を出して、敵の先鋒に打撃を与えるのはよい作戦だ。敵は船の数が少ない。城に近づけた上で、水路をつかって少人数での奇襲をくり返せば、効果の高い反撃ができる。

男たちは、功を焦《あせ》りがちだ。正面からぶつかりたがる。

それが裏目に出なければよいが、と心配している。

まだ明け初《そ》めたばかりの筑後平野は、初冬の冷たい靄《もや》にうすく覆《おお》われている。

大手門を出た城兵は、隊列を組んで筑後平野を北に向かっていく。

あちこちに水路が多いので、ときに折れ曲がりながらも、しだいに遠ざかっていく。

やがて、靄の底に沈むように消えて見えなくなった。

日が昇った。青空でよく晴れている。あたりは明るくなったが、野はまだ霞《かす》んでいるので、人馬も旗も見えはしない。

それでもじっと見ていると、さらに胸騒《むなさわ》ぎが高まった。

落ち着かないままに眺めていると、櫓に登ってくる者があった。

見れば、宗虎である。

「早いな」

「はい。出陣した者たちの気持ちが、どうにも逸っているように思えて気がかりでなりませぬ」

「ふむ。合戦だ。気が逸らねば、命を懸けて戦えない」

「しかし、こたびはあまりに敵が多いため、出撃しても、小当たりするだけ。むしろ、守り専一《せんいつ》にするとお達しになられました。それが守られるかどうか」

闇千代が言うと、宗虎が口元をゆがめた。

「いささかのことは仕方あるまい」

「仕方がないのでしょうか」

「ああ、男はな、攻めて戦う生き物だ。守るようには生まれついていない。勇《いさ》んで戦うのを止められはせぬ」

その言い方が闇千代の腹にすとんと収まった。死ぬも生きるも、男の性《さが》だと夫は言おうとしている。そこまで言うなら許してあげたい気持ちになった。

「たしかに、そうかもしれません」

「守るのは、女子が得意だ。守るのは女子に任せたい」

闇千代は淡く笑って首をふった。

「女子とて、守るばかりではありません。女子の闘《たたか》いは緩急自在《かんきゆうじざい》。千年でも万年でも耐《た》えますし、電光石火《でんこうせつか》のごとく攻めるのも得意です」

「はは。そなたは千年も万年も生きるか」

「わたくしの命は消えましても、愛憎《あいぞう》の念はずっとこの世に残ります。愛《いと》しみも、憎しみも、女子のほうが、男子《おのこ》よりよほど深《ふこ》うございますもの。千年も万年も、愛しみ、憎みます」

聞いていた宗虎が、かろやかに笑った。

「女子とは、げに恐ろしく、そして、頼もしい生き物だな」

「はい。男子の出方によりまして、どちらにでも変化《へんげ》いたしますとも」

答えて、満面の笑みを浮かべた。

その日、柳河勢は鍋島勢と激突して、大敗を喫《きっ》した。

三千の将兵が出撃し、三百人が討ち死にする大きな負けぶりであった。立花家の一族衆をはじめ、十時《ととき》ら重臣たちの一族でも死者が多かった。


加藤清正が、一千の軍勢を率いて、柳河城のすぐ東の久末《ひさすえ》に陣を布いた、と物見が報せたのは、十月二十四日のことである。

久末は、柳河城の大手門からわずか半里余り（二キロメートル強）の近さだ。馬で駆ければ一息である。

「千人か。後詰《ごづ》めはどこまで来ている」

本丸の板敷きの座敷で、床几《しょうぎ》にすわった宗虎が物見にたずねた。戦時のことなので、居並ぶ重臣たちともども、みな甲冑に草鞋履《わらじば》きのままである。

加藤清正には二万の手勢がある。それを連《つら》ねてこちらにきたはずだ。

「いえ、後詰めはございません。本隊はずっと後方に残し、ただ千人だけ率いてまいられたようにございます」

「ふむ。千人な……」

宗虎がつぶやいた。

「やはり、お文《ふみ》にありましたように、戦うつもりがない、ということでございましょうか」

となりの床几にすわっている闇千代がたずねると、宗虎がうなずいた。

「そのようだな。さて困った。加藤殿がたった千人では、こちらから攻め掛けるわけにいかんな」

それほど城に近い野陣《やじん》に千人しかいないのなら、こちらから出向いて攻めたてれば、間違いなく大勝できる。

加藤清正は、それを見越《みこ》したうえで、あえて少人数でやってきたに違いない。戦うつもりはないと、はっきり示しているのである。

物見の報告を聞いていると、座敷に小姓が駆け込んできた。

加藤清正の使番がやってきたという。

宗虎が本丸の庭に通すように命じた。

闇千代は、重臣たちとともに縁に居並んだ。

先日と同じ武者だった。

書状を読んだ宗虎は、大きな溜《た》め息《いき》をついて、掌《てのひら》で顔をなでた。目に涙がにじんだのかもしれない。

「加藤殿のご厚情、まことにありがたいかぎりだ。さて、これはもう潮時《しおどき》か……」

宗虎が見せてくれた書状は、開城を勧めるものであった。

肥後で清正が宗虎と家臣たちをあずかり、けっして疎《おろそ》かにはしない。そのうえで、家康殿にはいかようにも申し開きをして許しを請《こ》う、といたって慇懃《いんぎん》に説いてある。

「加藤殿は、わしを討てば、筑後一国を与えると、徳川から言われているそうだな」

宗虎が使番にたずねた。

徳川家康が、そんな甘言《かんげん》で加藤清正をその気にさせようとしているという噂《うわさ》を、肥後に潜入《せんにゅう》した物見が聞きつけてきた。

「その話は、まことでござる。されど主は、立花を滅ぼして、なんの筑後一国か、と笑い飛ばしております。徳川の意のままに動くつもりはさらさらございませぬ」

「ありがたいことよ」

宗虎の声に真の情がこもっている。戦場で苦楽を共にした友の厚意が身に染《し》みるらしい。

「これ以上の戦いは、無益な人死《ひとじ》にを出すばかりか……」

宗虎がつぶやいた。

じつは、つい昨日、大坂に残してきた丹半左衛門が、この柳河城に帰ってきた。徳川家康の腹心を通じて、城を開けば宗虎の身を安堵する、という旨《むね》の朱印状《しゅいんじょう》を取り付けてきた。家康としては、なんにせよ、立花家が柳河を出ていき、筑後が手に入ればそれでよいのだ。従わなければ、鍋島をつかって徹底的に攻撃をかけるだろう。

そのことを考えても、たしかに開城すべき潮時かもしれない。

「ご家来衆をお救いになるため、ぜひにもご決断くださいませ」

片膝《かたひざ》をついたままの加藤の使番が、涙声になった。負ける者への惻隠《そくいん》の情があふれている。

「ふむ……」

仮にこのまま籠城して戦ったところで、味方となってくれそうな大名は九州には島津しか残っていない。

加藤清正とともに肥後で二十万石を領していた小西行長は、関ヶ原で敗れたのち、石田三成とともに、京の六条河原《ろくじようがわら》で斬首《ざんしゆ》されたと聞いている。どこからも援軍がやってくる見込みはない。

城に籠もっても渇殺《かつえごろ》しにされるばかりだ。

「みなはどうか……」

宗虎が左右の縁に目をやった。

両側に控えた重臣たちは、目をぬぐい、鼻をすすっている。状況は、それぞれ冷静に把握《はあく》している。

——これまでか。

との悲壮な思いが一同の面《おもて》に強く滲《にじ》んでいる。

あくまでも戦うべし、との声は誰からも出ない。

「決めた」

毅然とした気持ちのよい声で、宗虎が言って立ち上がった。

「城を開く。みなの者、異存はないか」

本丸の庭には、金甲《きんこう》の馬廻衆が立ち並んでいる。宗虎は隅々《すみずみ》まで見渡して、なにか声があるか、しばらく待った。

聞こえてくるのは、すすり泣きだけだ。

「加藤殿にすべておまかせいたすと、伝えてくれ」

宗虎の声が、いささか震えている。

使番が深々と頭を下げた。

「よくこそご決断くださいました」

「されば、誓紙《せいし》を賜《たまわ》りたい」

加藤清正を信用してはいるが、開城などという一大事では、約束を確かに守るとの清正の書きつけが必要となる。

こちらの使者を久末の陣に送って、誓紙をもらってこさせることになった。それを受け取ったら、宗虎が陣に赴《おもむ》いて、加藤清正に会う段取りである。

使者には、立花賢賀を送った。

一刻《いっとき》(二時間)ほどで帰ってきた賢賀が、八咫烏《やたがらす》をあしらった熊野牛王《くまのごおう》の誓紙をさしだした。その紙に加藤清正自筆の文言《もんごん》が書きつけてある。

「けっこうだ。では、わしが挨拶《あいさつ》に行こうか」

立ち上がった宗虎に、賢賀が声をかけた。

「久末には、加藤清正殿だけでなく、黒田如水殿、鍋島直茂殿もおいでにございました。よほどお気を付けられませ」

鍋島の名を聞いて、一同が色めき立った。

加藤清正と黒田如水は、もとから徳川に味方していた。立場の違いこそあれ、遺恨《いこん》はない。

しかし、鍋島直茂、勝茂親子は、立花家とともに、毛利《もうり》を総大将として仰《あお》いでいた。

それが、敵に降《くだ》って、先鋒となり、こちらを攻めてきたのだ。

——裏切られた。

との感がどうしても強い。

「鍋島がおるのか……」

宗虎があごをなでた。考えている。

「はい。父御の直茂殿がおいででございました」

「そうか……」

しばらく考えていた宗虎が、苦《にが》く笑った。

「こちらが敗軍だ。いやというわけにもいくまい」

開城するとは、まさにそういうことなのだ。夫はさぞやつらかろうと、そばにいるだけで、誾千代の心が痛んだ。


すでに夕刻となったが、今宵のうちに加藤清正の陣所を訪ねることになった。

宗虎は、立花賢賀ら近臣五人だけを供に選んだ。

馬に跨《また》がると、ただ六騎のみで久末の加藤清正の陣に向かった。

大手門で見送った誾千代は、門脇に組んである櫓に登って、久末あたりのようすをうかがった。

加藤清正は信用できようが、鍋島や黒田がなにを企《たくら》んでいるかわかったものではない。それを思えば不安がよぎる。

万が一のとき、いつでも救い出しに出陣できる準備をととのえさせた。

物見櫓から見れば、深い藍色《あいいろ》に暮れた刈田《かりた》に、篝火《かがりび》や焚《た》き火《び》がたくさんゆらめいている。

静かな夜である。火の数が多いまんなかあたりが陣所だろう。

ただよっている気配《けはい》は穏やかで、緊迫感はない。そよ風にのって足軽たちの笑い声さえ聞こえてきそうだ。

――だいじょうぶだ。

加藤清正は、信用できる武将に違いない。だからこそ、夫は身をすっかりゆだねて敵陣に行ったのだ。

――しかし……。

わずか五人の供では、よもやのとき、抗《あらが》うことも、逃げ出すこともできまい。

そんなことを案じ始めると、陣のあたりの炎《ほのお》のゆらめきさえ、不吉に見えてくる。

――罠《わな》ではないのか。

誓紙は加藤清正と交《か》わした。黒田、鍋島がひょっとして……。心配し始めると、きりがない。

すでに空は闇が深い。星がたくさん瞬《またた》いているが、月はない。

「だいじょうぶでございますとも」

侍女のみねが静かな口調で言った。

「そうだとよいのですが」

闇千代が口にした刹那《せつな》、突然、甲高《かんだか》い馬の嘶《いなな》きが夜気《やき》を切り裂《さ》いた。

加藤の陣所の方角だ。人々のざわめく声も聞こえてくる。

なにかあったに違いない。

「なにごとでしょうか」

まだ陣所のあたりを見つめているみねにかまわず、闇千代は梯子を降りはじめた。

「たしかめに行く」

櫓の下につないであった馬に跨った。右の脇に、薙刀を掻い込んでいる。

「開門ッ」

叫ぶと、たちまち門が開いた。

馬に鞭《むち》をくれて駆け出した。数騎の女子組があとについてくる。

あたりは闇だが、よく知った道だ。ところどころに篝火があるので、水路に飛び込む懸念《けねん》はない。

駆けて、すぐさま久末の陣所に達した。

加藤の足軽たちが槍《やり》を構《かま》えて遮《さえぎ》ろうとしたが、薙刀で払って通った。

「のけッ」

足軽たちを蹴《け》散《ち》らし、そのまま駆けた。

幔幕《まんまく》が張ってある。

「ご無事かっ。立花の殿はご無事かっ」

薙刀で幔幕を切り裂き、馬のまま飛び込んだ。

床几に腰を下ろしていた大勢の甲冑武者たちが、慌《あわ》てて立ち上がった。驚いて腰が引けている。

いかつい顔の武者が加藤清正か。

頭巾《ずきん》を被《かぶ》っているのは黒田如水であろう。

しわの多い老いた男が鍋島直茂に違いない。

ほかの武者たちともども、驚いた顔でこちらを見ている。

「これは立花殿の奥方《おくがた》か」

いかつい顔の武者が馬上の誾千代を見上げた。

「いかにも。そなたは肥後の加藤殿でありましょう。さきほどの馬の嘶きと騒ぎ、なにごとが起こったのか。わが夫は無事であるか」

薙刀を清正に突きつけた。

「あっははは。これは勇ましい。噂どおりの姫じゃな」

清正が大声をあげて笑った。

「なにを笑う。夫はどうした」

薙刀の石突《いしづ》きを地面に突くと、闇千代は柄《え》を軸《じく》にして体を回転させ、馬から飛び下りた。

そのまま清正に迫り、喉元に薙刀の切先《きつさき》を突きつけた。

まだ笑っている。女だと思って見くびっているのだ。

清正の膝《ひざ》を、薙刀の石突きで思い切り払って転《ころ》ばせた。

すかさず、闇千代は清正に馬乗りになった。腰に帯びている脇差《わきざし》を抜いて両手で握り、喉輪《のどわ》の隙《すき》に突きつけた。

周囲の武者たちが、刀を抜いた。白刃《はくじん》や槍の穂先が闇千代に向けられているのをひしひしと感じる。

こうなったらば、たとえ斬《き》り殺されても、清正の喉を突いてから死ぬ。

「わが夫宗虎はどこだ。いったいなにをした」

清正が真顔《まがお》になった。闇千代が本気だということに、やっと気付いたようだ。

「いや、笑って失礼した。許してくれ」

「夫はどこだ」

「ご案じ召されるな。さきほどの嘶きと騒ぎは、馬が暴《あば》れただけのことだ。大事はない」

「まことにそれだけか」

「まことだ。嘘《うそ》は言わぬ」

真顔の清正に嘘はなさそうだ。

「これ、刀を引っ込めよ。無礼《ぶれい》をするな」

後ろから声がかかった。宗虎の声だ。どこからか戻ってきたらしい。

立花賢賀らの重臣もいっしょだ。

「ご無事でしたか」

夫の顔を見て、大きく安堵《あんど》した。

「無事なものか」

「なんとっ。やはり……」

「いや、そなたの雄叫《おたけ》びが聞こえたので、急ぎ飛び出していったのだ。止めようとしたが、いやはや、馬に蹴られてさんざんだわい」

言いながら宗虎は笑っている。どうやら加藤の足軽とまちがえて蹴散らしたらしい。

「それにしても、噂に違《たが》わぬ武者ぶりだな。宮永館を避けて賢明であったわい」

清正が言った。誾千代は、馬乗りになっていた清正に詫びて立たせると、頭を下げてたずねた。

「宮永館を、避けたと仰せですか……」

「おお。避けたとも。宮永館には、なにしろ勇ましい奥方が、二百騎の女子組を率いて守備しているとのもっぱらの評判。そちらから柳河に寄せれば、たちまち手傷を負わされ、追い払われたであろう」

男たちの軍団が城を留守にしたときは、女子組が柳河城の周辺全域を見張っていた。

男たちの軍勢が城にもどってきてからは、宮永館を拠点に南方面の守りを固めていた。

たしかに、加藤清正がこちらではなく宮永に来ていたら、たちまち攻めかかっていた。勝つか負けるかなどは、考えもしなかっただろう。

「それにしても、いまのはあっぱれな奇襲ぶりである。わが足軽どもはなにをしておったか」

立ち上がった清正が床几にすわりながら言った。

「たいへん失礼をいたしました」

闇千代はすなおに頭を下げた。ただの早合点《はやがてん》で、陣所に踏み込んでしまった。

黒頭巾《くろずきん》をかぶった男が口を開いた。

「いやいや、いまほどの勢いがあればこそ、万一の危難のときに立花殿が救える。戦の勢い野戦ならば、みごと、敵の本陣を急襲し、大将の首を取る勢いであった。誉《ほま》れはかくあるべきという手本じゃ。奥方のあっぱれな勝ちでござるとも」

「おそれいります」

闇千代は、その男にも頭を下げた。

「拙者は黒田官兵衛。如水と号しておる」

黒田如水は、深謀遠慮《しんぼうえんりょ》の策士だと聞いている。世辞《せじ》でも褒《ほ》めてくれたのなら、誉れとすべきだろう。

「いやはや、立花殿はよくこそ開城してくださった。合戦となったら、ずいぶん手こずらされたでありましょうな」

鍋島直茂が言った。

「いいえ、手こずらせはいたしませぬ」

「それはどういうことかの」

直茂がけげんな顔でたずね返した。

「女子組が出て行けば、鍋島勢などは早々に撃退いたします。そちらが手こずっているいとまはございませんとも」

　誾千代は澄ました顔で笑って答えた。

　立花家が、柳河城を立ち退《の》いたのは、それからひと月余りたった十二月三日のことであった。

　城内をきれいに片づけて、加藤清正の家臣にひきわたした。

　家臣のなかで、身分の低いものはそのまま城下に住めることになった。清正は、家中一同の希望にそうように意を尽くしてくれた。残りたい者は残れるように、加藤家や他家に仕《つか》えたい者はそうできるように、誠心誠意とりはからってくれた。

　立花賢賀は、黒田如水に高禄《こうろく》で召し抱えられた。肥前の唐津城《からつじょう》に召し抱えられた家臣もいた。

　加藤清正は、百人の侍を旧禄のまま召し抱え、熊本に屋敷を与えて住まわせることになった。その頭となる小野和泉《おのいずみ》には、四千石の高禄である。

「まことに、加藤殿は友誼《ゆうぎ》に篤い方でございますね」

　誾千代は、清正の俠気《おとこぎ》に感嘆した。命の恩人とはいえ、敗軍の将にそこまで気をつかってくれるのは清正の人格の高潔《こうけつ》さゆえに思える。

「ありがたいかぎりだ」

じつは、宗虎が久末で加藤と談判して開城を決めたのち、十一月になって、加藤清正と黒田如水は、島津討伐《とうばつ》に出かけた。

そのとき、清正は宗虎に人夫《にんぷ》一千人、駄馬《だば》五百を出すように言ってきた。働かせるのが目的ではなく、立花家に対する徳川家康のおぼえをよくしておくためであった。

島津はまもなく降伏《こうふく》したので、戦闘にはならず、しばらくして宗虎は柳河にひき返してきた。

「肥後で十万石取ってくれ」

清正はそう勧めてくれたが、宗虎は断り、千人扶持《ぶち》だけもらうことにした。

清正のはからいで、肥後でも筑後にちかい高瀬《たかせ》という町に住むことになった。菊《きく》池川河畔《ちがわかはん》の繁華《はんか》な湊町《みなとまち》である。

「生きていれば、いつかまた旧に復する日もあろう」

暢気《のんき》にそんなことを言っている。

連れて行く侍は、十時連貞《つらさだ》、由布雪下ら旧臣二十一人だけである。

「そなたも来てくれるな」

宗虎が言ったとき、闇千代は首をふった。

「いえ、八千子をお連れなさいませ」

「ふむ……」

「わらわには子ができませぬ。八千子とはまだお過ごしになった時間が短《みじこ》うございます。むつまじゅうなさって、子を生《な》されませ」

宗虎が黙ってうなずいた。

闇千代は、やはり加藤清正が用意してくれた腹赤《はらか》という村に住むことにした。海のそばのおだやかな村だと清正に勧められた。

柳河城を出る朝、門前に、城下の百姓たちが大勢集まっていた。

「城をお出になるのはなんとも理不尽《りふじん》。筑後の百姓は、殿様、奥方様のために命を捨てて戦います。ぜひとも、この城におとどまりくださいませ」

庄屋《しょうや》がそんなことを言った。

見れば、闇千代が郷村《ごうそん》をまわって声をかけた百姓たちが多い。慕《した》って止めに来てくれたのはなんともありがたい。

宗虎は、馬から降りて百姓たちに声をかけた。闇千代もそれにならった。

「そう言ってくれるのはありがたい。しかし、ここで騒ぎを起こしてなんとする。みなは、前にもまして田を耕《たがや》し、魚を獲《と》れ。それが筑後のためぞ」

宗虎が言うと、百姓たちはすすり泣きながら、ようやく道を開けた。

腹赤村《はらかむら》

腹赤村《はらかむら》にお移りになってからの闇千代姫《ぎんちよひめ》様は、長い黒髪こそ、それまでのままでしたが、まことに尼《あま》のようなお暮らしぶりでございました。

姫様がお住まいになられたのは、村のはずれにある阿弥陀寺《あみだでら》でございます。それでも和尚《おしよう》様のほかには、小坊主《こぼうず》さんが二人いるだけの小さなお寺でしたが、本堂のほかに庫裏《くり》があり、庫裏には檀家《だんか》用の客間もありました。

もとより、加藤清正《かとうきよまさ》様が直々《じきじき》にお願いに来られたとのことで、御住持《ごじゆうじ》の淡海《たんかい》様はたいそう丁重《ていちよう》にあつかってくださいました。

淡海様は、ざっくばらんな親しみがありながらも、人の世の酸《す》いも甘いもご存じの方でございました。僧侶《そうりよ》として、人々のさまざまな生と死に接して、人間を見つめる豊かな目をおもちになったようでございます。

ご厚情を得て、姫様は、御母堂《ごぼどう》の仁志《にし》様とともに、客間をお借りになりました。

鄙《ひな》ながらも、書院の付いた瀟洒《しようしや》なお座敷でした。

書院に、誾千代姫様は、摩利支天《まりしてん》の像をお祀《まつ》りになりました。立花《たちばな》家に婿入《むこい》りなさる前に、宗虎《むねとら》様が手ずからお彫りになった像でございます。

ほかにたくさんありました摩利支天の像や絵は、欲しいという家臣たちに分け、宗虎様の手彫りの像ひとつだけを残されました。いささか黒ずんでおりましたのは、姫様がいつも抱きしめておいでだったからでございます。

姫様と女子組《おなごぐみ》が使っておりました鉄炮《てつぽう》、薙刀《なぎなた》、胴丸《どうまる》などの武具は、すべて柳河《やながわ》城《じよう》に残し、ほかの武具や什器《じゆうき》とともに、目録《もくろく》をつくって加藤清正様にお引き渡しいたしました。

姫様のお召し物やお道具のたぐいは、ことごとく売り払い、銀に替えて家中の者たちにすこしずつでも分け与えました。

その上で、城内をきれいに掃除し、御殿《ごてん》のすみずみまで塵《ちり》ひとつなく磨《みが》き上げたのでございます。あのときの無念さといったら……。戦《いくさ》は勝たねばならないのだと、口にはしませんでしたが、みなそう思っていたはずです。

仁志様は、五十を過ぎておいででしたが、いたってお元気でございました。

……はい。柳河城を退去いたしましてから、しばらくは領内各地をまわっておりましたので、腹赤村に着いたのは、年が明けた慶長《けいちよう》六年（一六〇一）のこと。

闇千代姫様は三十三におなりでした。お道具のほとんどを処分なさいましたので、腹赤村にお着きになったときの姫様には、身のまわりの品にしてもお召し物にしても、質素な品がわずかにあるだけでございました。

ふだんのお召し物は、白無地《しろむじ》の小袖《こそで》が二枚だけ。寒いときは、紫色《むらさきいろ》の打掛《うちかけ》を羽《は》織《お》られます。白い頭巾《ずきん》を被《かぶ》られますと、まことに尼御前《あまごぜ》のお姿で、髪の長いのがむしろ不思議なほどでした。

負けて城を退《ひ》いたとはいえ、合戦《かっせん》が終わって、やはりほっとなさっておいでだったのでしょう。あのころの闇千代姫様は、じつにしっとりと美しいお顔で毎日をお過ごしでした。

慈悲の心をもった方は、内からにじむように美しさが光るものですね。わたくしも、つくづく姫様を見倣《みなら》い、まわりの人々を慈《いつく》しみたいものだと思いました。

……いえ、腹赤村についてきた女子は、三人だけでした。

もちろん、女子組のほとんどの者が、どこまでも姫様に付き従いたいと望んでおりました。

「それはならぬ」

姫様は強く拒《こば》まれたのです。

二百人いた女子組のうち、たび重なる合戦で、夫や懸想人《けそうびと》を亡くした者が四十人ばかりおりました。

柳河城を退去する前から、姫様は、まずその者たちのこれからの暮らしが立つ方途《ほうと》を、懸命に考え、手を打っておいででした。

再嫁《さいか》を望む者には、みなで手分けして嫁入り先を探しました。

立花家の旧臣ばかりにこだわってはいられません。加藤様の御家中や、しっかりした殿方《とのがた》が妻女《さいじょ》を求めておられる家ならば、農家、商家でも、ご縁を探しました。

亡き夫の思い出を抱いたままでいたいという者には、奥女中、あるいは水仕女《みずしめ》や下働きにでも雇《やと》ってもらえる家を探しました。

最後に残った三人が、腹赤村までついてまいったのでございます。

むく犬のゴンは、わたくしどもが柳河城を出る前の日に、やせ衰《おとろ》えて、しずかに往生《おうじょう》いたしました。まるでわたくしたちが出ていくのを知っていたようです。莚《むしろ》に包んで宮永館《みやながやかた》に運び、穴を掘って埋めました。

えっ……、はい、わたくしのことでございますか……。

申し上げておりませんでしたが、わたくしの夫は、二度目の朝鮮の陣で亡くなりました。勇《いさ》ましく戦って斃《たお》れたのだと、宗虎様から聞かせていただきました。

……。それは、誉《ほま》れといえば誉れ、正直なところ、無念といえば無念です。

しかし、人はいつか必ず死にます。

その死の刹那《せつな》まで、どのように懸命に生きたかが大切でございましょう。わが夫は、懸命に生き、みごとに果てました。わたくしには、それがなによりの慰《なぐさ》めです。それ以上になにを望むことがありましょうか。

わたくしは、死ぬまで姫様のお供《とも》をさせていただくつもりで、この腹赤村に参ったのでございます。

阿弥陀寺の御住持淡海様は、庫裏の納戸《なんど》を片づけて、わたくしたち三人の女子を住まわせてくださいました。

あとの二人は、はつとたけと申しました。

はつは、その頃、お腹《なか》にやや子がおりました。そのことがじつは……、いえ、このお話はあとでいたしましょう。

もう一人のたけは、顔にたいへんな火傷《やけど》を負っておりましたので、嫁に行く先も下働きの口もありませんでした。姫様にお仕《つか》えするしか道がなかったのです。

それから、まことに尼のごとき暮らしがはじまりました。

毎朝、夜明け前に起きまして、本堂から庫裏、境内《けいだい》のすみずみまで掃除いたします。勤行《ごんぎょう》をして、朝粥《あさがゆ》を炊《た》いていただきます。

畑や田の忙しい時期には、近在の農家にお手伝いにうかがいます。

もちろん、闇千代姫様は、わたくしたち以上にはげまれました。

「この村にいて、ただ無為徒食《むいとしょく》に過ごすのは、罪な暮らしに思えます」

と仰《おお》せで、宗虎様から米や銀は不足なく届いているのに、働くことを喜んでおられました。

寺の菜園を耕《たがや》し、また、村の人に教えてもらって、竹で笊《ざる》や籠《かご》を編むようにもなりました。編んだ籠を持って浜の漁師《りょうし》の家に行けば、干《ほ》し魚《うお》と替えてくれます。

腹赤村は、ほんとうに気持ちのよいところでございます。柳河からせいぜい六里《り》(約二四キロメートル)余りしか離れていないのに、山をひとつ挟《はさ》んでいるせいか、あちらよりたくさんお日様がそそいでいるような。

筑後《ちくご》ではなくて、肥後《ひご》ですからね、あなたがたも、めったに来ることはないでしょう。

……初めてですか。変わった名の村でしょう。いわれは、ご存じですか。

……いえ、ちゃんとしたいわれがあります。

上古《じょうこ》の昔、この地に景行帝《けいこうてい》が行幸《みゆき》されたとき、腹の赤い魚が釣《つ》れたゆえに名付けられたのだと伝わっております。

この村での日々は、穏《おだ》やかに過ぎていきましたが、じつは、ひとつだけ困ったことが起きました。

高瀬《たかせ》にお住まいの宗虎様が、阿弥陀寺を訪ねてこられたのでございます。

闇千代姫様はたいそう困惑なさっておいででした。

◇

腹赤村の阿弥陀寺の客間を借りて、母と三人の侍女《じじょ》たちとの新しい暮らしを始めてみると、闇千代はみょうにこころが落ち着いた。

持っていた一切《いっさい》の財産を失ったのだが、それがかえって心地《ここち》よく、爽快《そうかい》にさえ感じられた。

——わらわの人生は……。

考えてみれば、すべて父の道雪《どうせつ》から与えられた。

闇千代は七つのときに、立花城《たちばなじょう》を譲られて、城督《じょうとく》となった。

「これは、おまえの城だ。たいせつに守れ」

いかめしく書きつけた譲り状を見せられたときは、まだ字もろくに読めなかった。ふだん歩き回って遊んでいる山と楠《くすのき》の森、そして城とそこに蓄《たくわ》えてある物が、自分のものになったということの意味が、よくわからなかった。

そんなこころを見透《みす》かしたように、父が言った。

「おまえに与えるからといって、好き放題にしてよいということではないぞ」

「……はい」

「おまえに譲るということは、おまえに預けるということだ」

「………」

「おまえは、この立花山と城、そして領地に住む者たちをみな等しく愛《いと》しまなければならぬ」

「……はい」

「この世の中にある土地は誰のものでもない。わしのものでもなければ、大友《おおとも》様のものでもない。将軍のものでも、京《きょう》におわします帝《みかど》のものでもない」

「………」

「わしらは、ただ預かっているだけだ」

「どなたから？」

「天からだ」

「天……」

そのとき、立花城の本丸《ほんまる》から、誾千代は天を見上げた。

玄界灘《げんかいなだ》と筑紫《つくし》平野のうえに、青い空がどこまでも広がっていた。

「天とは……」

「さて、天がなにかは、わしにも分からぬ。されど、そこには神仏がおわします。神と仏だ」

「神様と仏様……」

「その神仏からお預かりしている土地だ。貪《むさぼ》ってはならぬ。一点の恥じることもなきようにいたせよ」

「……どうすればよいのでしょうか」

「簡単なことだ。たったひとつ、肝《きも》に銘じておくがよい」

「はい」

「自分のために生きるな。世のため、万民のために生きて死ね。それが人の上に立つ者が、必ず持たねばならぬ心がけだ」

父に言われて、闇千代はとたんに気が重くなった。

自分のものだが、好きにしてよいのではない。

むしろ、他人のために生きて死ね、と言われた。

そんな難しい生き方ができるかどうか分からなかったが、できるだけそうしたいと願った。

父の言ったことを、こころの内で何度もくり返しながら大きくなった。

ちかごろになって、ようやくほんのすこし分かった気がしている。

あの秀吉《ひでよし》は、この天地《あめつち》をわがものにしようとしていた。

そんな気概をもった男子《おのこ》はすばらしい。

しかし、ただ私利私欲のために天地を動かそうとするのは愚《おろ》かなことだ。

そう感じるようになった。城の主《あるじ》となり、土地を天から預かる者は、万民のために生きねばならない。

ただ、一直線には進めない。

土地があれば、隣国の者が狙《ねら》って攻めてくる。隣国がほしくなって、こちらから攻めて出てしまう者もいる。

やっかいな話だ。

攻められれば、土地は守らねばならぬ。

土地にしがみつき、取ったり取られたりをくり返して、一生を終える者は多い。

いや、その戦いで命を失う者のなんと多いことか。

いま、立花家は、すべての土地と財産を失った。

誾千代に残っているのは、流浪《るろう》の身となった立花宗虎という男の妻であるという身分だけだ。

それも、子ができぬゆえに、いまは離れて暮らしている。それはそれで、しかたがない。

たくさんのものを失ったが、路頭に迷っているわけではない。加藤清正と阿弥陀寺の淡海和尚、それに村の人々の厚意で、寝るところ食べるものに不自由はない。むしろ、思い煩《わずら》うことがなくなった分、清々《すがすが》しく生きていける。

闇千代についてきた女子が三人いる。

女子組をたばねていたみねは、朝鮮の陣で夫を失った。みね一人は、なんとしてもついてくるだろうと思っていた。

若いはつは、初めての子を身ごもっている。最後の鍋島《なべしま》との戦いで、夫を亡くし、途方に暮れていた。とてもほうっておけないので、そばにおいて面倒《めんどう》をみるつもりである。お腹がしだいに大きくなりつつある。

たけは、ずっと独り身《ひとりみ》である。まだ立花城にいたとき、夜中に攻めてきた秋月党《あきづきとう》の侍《さむらい》と戦ったことがあった。そのとき、敵兵が、手にしていた松明《たいまつ》を、たけの顔に押しつけ、ひどい火傷になった。薬を塗《ぬ》ったが、醜《みにく》く爛《ただ》れてひきつったまま、いっこうに治《なお》らない。嫁に行けず、奉公する家も見つからない。

母の仁志と、三人の女子とともに、阿弥陀寺に住まわせてもらってから、闇千代は日々平安に過ごしている。気持ちはとても満ち足りている。

——このまま尼になろうかしら。

そんなことを考えていた。

自分のためでなく人のために生きるなら、尼になるのがいちばんよかろう。

天から預かった土地はなくなったが、人のために生きるのは、すばらしい道にちがいない。


そろそろ桜が咲こうかという季節になったある日のことだ。みねたちと菜園の土おこしに鍬《くわ》をふるっていると、馬蹄《ばてい》の音が聴こえた。

竹藪《たけやぶ》のむこうで姿は見えないのに、乗り方の調子で夫が乗っていると感じた。

阿弥陀寺に山門はない。

駆け足の馬が、竹藪の陰からあらわれた。乗っていたのは、やはり宗虎である。

門がないのでそのまま境内に入ってきて、本堂のわきで止まった。ただ一騎だけで供はいない。

「やぁ、息災《そくさい》そうだな」

馬を下り、木の枝に手綱《たづな》を結《むす》びながら言った。なんの屈託もない笑顔である。

誾千代のこころは、千々《ちぢ》に乱れた。

わざわざ高瀬から来てくれたのが、嬉《うれ》しくないはずがない。

しかし、現世での自分の欲は、もう一切、断ち切ろうと考えていたばかりである。

そこに、未練の種《たね》があらわれた。

「いかがなさいましたか」

「ふむ。高瀬におっても退屈でな。近隣なら自在に動いてよいと加藤殿が言うので、ちょっとやってきた。ここは、高瀬から近いのだな」

「そのようですね」

高瀬がどこにあるのか、闇千代は、淡海和尚に絵図を描いてもらって知っていた。

この腹赤村から、二里（約八キロメートル）足らず。どうしても寂しくてたまらなくなったら、高瀬の町まで歩いて行ってみるつもりだった。逢《あ》うつもりはなかった。宗虎が見ているのと、同じ風景を見てみたかった。

「馬で駆ければ、あっというまであったわい。まずは、水を一杯所望《しよもう》じゃ」

言いながら、境内の隅《すみ》にある古井戸まで歩いた。石積みの囲いはあるが、滑車《かつしや》はない。井戸のわきに置いてある釣瓶《つるべ》に手をかけた。

「その井戸の水は飲めません」

闇千代は、大きく手をふって止めた。

「なんだ、飲めぬのか」

「なぜか水が濁《にご》るので、いまは畑にしか使っていないのです」

「さようか」

「持ってまいります」

行こうとするみねを制して、闇千代は自分で裏の井戸に行き、桶《おけ》に汲《く》みたての水を持ってきた。

宗虎は柄杓《ひしゃく》で汲むと、喉《のど》を鳴らして何杯も飲んだ。

「うまい。うまい水だな」

「そうでしょうか」

阿弥陀寺の水がとくべつ美味《おい》しいと思ったことはなかった。柳河の水とあまり変わらない。

「はは。そなたが汲んでくれたゆえにうまいのかな」

じっと見つめられて俯《うつむ》いた。

宗虎は、母の仁志と淡海和尚に挨拶《あいさつ》し、本堂で阿弥陀如来の像を拝《おが》んだ。

淡海は、しばらく加藤清正の話をしてから、用があるといって庫裏に引っ込んだ。

気をきかして二人だけにしてくれたらしい。

本堂を出た宗虎が、縁に腰を下ろした。

桜の蕾《つぼみ》が大きく膨《ふく》らみそうな暖かな日和《ひより》である。空の青さが目にしみる。

闇千代は、宗虎のとなりにならんですわった。

「ここでの暮らしはどうだ」

「はい。みなさんよくしてくださいますので、とても安穏《あんのん》にしております」

「それはなによりだ」

「高瀬はいかがですか」

「ああ、賑《にぎ》やかな町でな。川の舟がいくらでもやってきては、荷を下ろして積んでいく。商人がたくさんおってな、立花城とも柳河城ともちがうな」

宗虎は、高瀬にある清源寺《せいげんじ》という大きな寺の客殿に住んでいるのだと言った。丘の上にある臨済宗《りんざいしゅう》の巨刹《きよさつ》で、すぐとなりに保田木城《ほたきじょう》という城があって、加藤清正の家来がいるのだという。

高瀬の町がいかに賑やかかという話をしきりとしてくれた。

二刻《ふたとき》（四時間）ばかり楽しく話し、馬に乗って帰っていった。

次の日も、宗虎は来た。

闇千代は、ちょうど畑の土に堆肥《たいひ》を鋤《す》き込んでいるところだった。もうすこし暖かくなってから、茄子《なす》の苗や菜っ葉の種を植える。そのための準備である。

「やらせてくれ」

宗虎はいきなり、闇千代が手にしていた鍬をつかんだ。

鍬の振り方を見ていれば案外、腰がすわっている。鍬の先が正確に土に食い込んでいく。

感心して見ていると、宗虎が手を休めずに言った。

「農作業などできぬと思っておったか」

「いえ……、はい」

最初は遠慮したが、正直に答えた。

「これでも、高橋《たかはし》の家で、父にやらされた。弓箭《きゆうせん》だけが武門の道ではない。実際にやるやらぬは別として、田畑を耕し、実りをよくする術《すべ》を知っておかねば、土地は治められない、とな」

闇千代も父の道雪から同じ理屈を言われて、屋敷の菜園をやらされた。

そんなところでも、二人の父親の気脈が通じていたのかと、あらためて思った。

「天からお預かりしている土地ですものね」

夫婦で、そのことを話したことはなかった。でも、きっとそう教えられたはずだ。

「そうだ。領主のものではない。疎《おろそ》かにしては罰《ばち》が当たるぞ。そう教えられて育ったわ」

やはり、思った通りだ。道雪が言い出したのか、宗虎の実父紹運《じょううん》が言い出した

いたのかもしれない。道雪と紹運は、しばしば共に出陣していたから、陣の夜に、そんな話もしていたのかもしれない。

夕暮れまで畑を耕して、宗虎は帰った。

つぎの日も来るかと夕暮れまで畑で待っていたが、来なかった。

夕餉《ゆうげ》を終えて後片付けをしていると、表で馬の気配《けはい》があった。

台所から出てみると、ちょうどおぼろな赤い月が、東の空に昇ったところであった。

薄暮《はくぼ》の境内に、宗虎が立っている。

「そなたの龍笛《りゆうてき》が聴きたくてな」

言われて、うなずいた。家財、道具のほとんどは売り払ったが、龍笛は手放さなかった。

座敷に龍笛を取りにいくと、母の仁志が笑っていた。

「婿殿《むこどの》は、そなたにご執心《しゆうしん》ですね」

「お退屈なのですよ」

つぶやいてから思った。高瀬には八千子《やちこ》がいるのに、なぜわざわざやってくるのか。

答えはひとつのはずだが、すなおに受け入れられない自分がいる。離れて暮らしている引け目かもしれない。

そんな想《おも》いを込めて、本堂の縁で龍笛を吹いた。宗虎は、となりであぐらをかいて聴いている。

まだ浅い春の夜に、龍笛の音が嫋々《じょうじょう》と流れた。

空に昇ったばかりの月が、中天《ちゅうてん》高くに輝くまで、闇千代は龍笛を吹き続けた。

宗虎が聴いていてくれるのなら、いつまででも吹いていたかった。

月を見上げ、龍笛を膝《ひざ》に置くと、宗虎が闇千代を抱き寄せて、耳元でささやいた。

「……空《あ》いている座敷はあるか」

闇千代はくちびるを噛《か》んで逡巡《しゅんじゅん》した。拒む理由はなかった。

本堂わきの控えの間にみちびいた。

そのまま朝まで過ごした。宗虎は夜が明けてから帰った。

それからも、宗虎はしきりと腹赤村にやってきた。

昼に来て畑仕事や竹籠編みを手伝い、夕方に帰ることもあったし、夜に来て褥《しとね》をともにして朝帰ることもあった。

菜園で汗を流している宗虎の背中を見ていると、もしも農民になって二人で暮らせたら、どれほど幸福か、と考えたりした。

耕した畑を眺《なが》めながら休んでいるとき、宗虎にたずねた。

「これから、宗虎様はいかがなさるおつもりなのですか」

「わしは、いま、待っておるのだ。長い人生には、待たねばならぬときもあろう」

「なにをお待ちなのですか」

「内府家康《ないふいえやす》公のお沙汰《さた》だ。このたびの合戦で徳川家の敵となったのは、豊臣《とよとみ》家を大事に思ったばかりで、なにも徳川家や内府殿に遺恨《いこん》あってのことではない。されば、十万石の領地、旧に復してもらってなんの差し障《さわ》りもなかろう」

聞いていて、誾千代は、わが夫のあまりにもまっすぐな考え方に、あらためて驚いた。腹芸とか根回しといった小賢《こざか》しい処世術とはまるで無縁の男である。

「そうですね。その通りですね」

何度もうなずいていた。

——この人には、表も裏もないのだ。

ただただ一直線に、世の中を見ている。そんな人間は愚か者であるような気がするが、宗虎は愚物《ぐぶつ》ではない。

大友家中で重きをなす高橋紹運の嫡男《ちゃくなん》として生まれ、なんの苦労も屈託もなく育ってきたからこそ、そんな純粋な思考ができるのだ。

「それならば、内府様に直々にお願いなさいますればよろしいのに」

闇千代がつぶやくと、宗虎が大きくうなずいた。

「そうだな。そうするか」

「内府様は、大坂城《おおさかじょう》ですか」

「伏見城《ふしみじょう》にも行かれるそうだ。いずれにせよ、どちらかの城でお目通《めどお》りがかなうだろう」

「ならば、京でお待ちになったほうがよろしゅうございましょう。大坂にいらっしゃいますと、豊臣家との関係が深いと疑われます。太閤殿下《たいこうでんか》へのご恩は、もう充分にお返しになったはず」

「そうだな。それがよい」

膝を叩《たた》いて、宗虎が立ち上がった。


それから三日ばかり宗虎が来ないと思っていたら、八千子が阿弥陀寺にやってきた。

「宗虎様が、京に行くと仰《おお》せでございます。わたくしにも同道せよとおっしゃっておいでなのですが、果たしてだいじょうぶでございましょうか」

不安そうに眉《まゆ》を曇《くも》らせている。闇千代が勧《すす》めたことを知らずに、相談に来たらしい。

「ええ、だいじょうぶですとも。殿は、きっと内府様のお許しを得て、柳河に再封《さいふう》されます」

八千子が首をかしげた。

「なぜそのようなことが、おわかりになりましょうか」

閭千代は笑って首をふった。

「宗虎様は表と裏のないまっさらで素直なご気性《きしょう》。人に好かれこそすれ、嫌《きら》われるなどということはありません」

「それはその通りかと存じますが……」

「内府様も、宗虎様の二心のないご気性をよくご存じ。立花家を味方につけておけば、けっして裏切られる心配はなく、九州の外様《とざま》は安泰だとお考えになるはず」

「そうでしょうか」

「かならずそうなります」

根拠はないが、そう確信している。

「御台所《みだいどころ》様は、なぜそこまではっきりと、言い切れるのでしょうか」

「二世《にせ》を契《ちぎ》った夫婦《めおと》です。離れていても、それくらいのことが分からずになんとしますか」

きっぱりと闇千代が言うと、八千子は深々と頭を下げて帰っていった。

宗虎は、それからもしきりと腹赤村の阿弥陀寺にやってきた。

菜園に茄子の苗を植え、村の田植えが終わり、田圃《たんぼ》の雑草取りと畑の水やりに忙しくなったある日、宗虎が切り出した。

「明日、京に行く。加藤清正殿の許しが得られた。路銀《ろぎん》も用意できた」

「それはよろしゅうございました。内府様にお目にかかれれば、きっと柳河に帰れますとも」

「ああ、吉報《きっぽう》を持って帰るゆえ、待っておるがよい」

宗虎が、二十余人の家臣と八千子をつれて京に旅立ったのは、慶長六年七月のことであった。

「便りのないのがよい知らせ、と思うております。ここのことなど、お気になさいますな」

京は遠い。消息一本送るにしても、たいへんなことである。闇千代は、こころの内で、これが今生《こんじょう》の別れと思いを定めた。

宗虎が京に発《た》ってから、阿弥陀寺での暮らしはいたって穏やかだった。

菜園の茄子はよく実り、菜はやわらかい葉をひろげた。田圃の草むしりを手伝って一日を終えると、夕餉のなんと美味しいことか。ときおり、柳河の農民や漁民たちが、わざわざ米や味噌《みそ》、野菜、干し魚の荷を担《かつ》いできてくれる。断るのも失礼なので、ありがたく頂戴《ちょうだい》している。

いかにも満ち足りた日々であった。

そんな暮らしのなかで、侍女《じじょ》のはつが、産気づいた。宗虎が京に旅立ったすぐあとのことだ。

「寺ではご迷惑でしょうから、どこかよそで産んで育てさせます」

闇千代が寺に遠慮していうと、淡海和尚に叱《しか》られた。

「なにを言うか。行き場のない新しい命ひとつ、受け入れられずに寺じゃとは、胸が張れぬわい」

「ありがとうございます」

深く感謝して、女たちの部屋で産ませてもらった。元気な男の子だった。

赤子《あかご》の誕生は、母の仁志にとっても、闇千代にとっても、大きな喜びだった。

笑った、泣いた、乳《ちち》を飲んだ、とただそれだけのことなのに、女たちはこころがときめいて、毎日が楽しくなった。母の仁志までが、しきりと抱きたがり、襁褓《むつき》を替えたがった。

稲刈りがすんで冬になったが、このあたりは、さほどに寒くない。冬には蕪《かぶ》も里《さと》芋《いも》も大きくなり、畑での喜びもあった。

慶長七年（一六〇二）の年が明け、また桜の季節になった。

寺のわきにある満開の桜の花びらが、そよ風に吹かれ、青空を舞っている。

満ち足り過ぎていることが、闇千代はなにか怖《こわ》かった。

――尼になろうかしら。

ずっとそう考えている。

ただ得度《とくど》するだけでなく、できれば、この寺を出て各地を行脚《あんぎゃ》してまわりたい。

日《ひ》の本《もと》のあちこちには、幸《さち》のうすい女子が大勢いる。苦しみながら生きている女子がいる。自分の力では、辛《つら》い境涯《きょうがい》から抜け出せぬ女子がいる。

慈悲をほどこす――、などと大それたことは考えていない。

なにができるわけではない。手助けなどとんでもない。ただ、いっしょに悲しみたい。いっしょに苦を嘗《な》めたい。いっしょに泣きたい。

それが、城督の娘に生まれ、満ち足りた半生を過ごしてきた自分の後半生の務めである気がしてきた。

思い切って母の仁志に相談すると、尼になることは賛成してくれた。

「尼になるのもよいでしょう。ただ、在家《ざいけ》のままにしておきなさい。それなら御台所のままでいられます。行脚に出たいなどとは無謀な願い。宗虎殿がお許しになりませんよ」

言われて考えこんだ。たしかに夫はきっと許すまい。

住持の淡海和尚にも、こころを打ち明けて相談した。しきりとうなずきながら話を聞いてくれたが、答えはくれなかった。

「ああ、それは、あなたが阿弥陀様に直接おたずねなさい。わしらなんぞが、よいの悪いのと言う筋合《すじあ》いのものではありません」

そう言われて、本堂で須弥壇《しゅみだん》にまします阿弥陀如来《にょらい》の木像の前にすわった。

毎朝勤行しているが、いつも掌《てのひら》を合わせて経《きょう》をあげ、念仏を唱《とな》えるばかりである。あらためて向き合い、なにかを問いかけたことはなかった。

身の丈《たけ》二尺《しゃく》（六〇センチ強）ほどの木像は、お立ちになった阿弥陀様のお姿である。

ずいぶん古いものらしく、白い肌のところどころが剝《は》げている。いかにも実直そうなお顔立ちだが、なにかのときに倒れたことでもあったのか、鼻から口のあたりがすこし欠けている。

そのせいか、とても無口そうな阿弥陀様に見える。

掌を合わせ、声に出してたずねてみた。

「尼になり、日の本のあちこちを行脚してまわりたいと思うております」

阿弥陀様は無口だった。なにもお答えにならない。

それでも、どこかから、無言の声が聴こえた。

――まだ、迷っていますね。

「はい。そのようです」

じつは、自分でも出家に踏み切れない未練に気がついている。

後ろ髪を引かれ、捨てきれないものがある。

座敷から宗虎が彫った摩利支天像を持ち出し、膝の前に置いて向き合ってたずねた。

摩利支天様が、淡く笑っているように見える。

――ほんとうは、行きたくないのですね。

こころの奥まで、すっかり見透かされている気がした。

誾千代のこころでは、出家得度して尼になり、全国を行脚してまわりたい気持ちと、このままここに留《とど》まっていたい気持ちがせめぎ合っている。

京に行った宗虎は、かならずや柳河に再封されると誾千代は信じている。

そうなれば、また御台所として、宮永館に住める。八千子が子を生《な》せば、立花家は安泰だ。そんな未来を信じて疑っていない。

出家して行脚に出てしまえば、もう、宗虎の笑顔が見られなくなる。

それがいちばん辛い。

日々、阿弥陀如来にたずね、摩利支天と語り合った。

迷いばかりが、こころの内を往来する。

決断はつかなかった。


夏が過ぎて、稲刈りが終わったころのことである。

弥吉《やきち》と名付けたはつの子の具合が悪くなった。

もう、一人で立って歩き、すこしずつ言葉を話し始めていた。可愛《かわい》い盛りである。

その弥吉が、血の気《け》のない顔をして元気がなく、ぐったり寝ている。

母親のはつは、乳がよく出ていたし、粥《かゆ》や野菜を煮て潰《つぶ》したものもよく食べていた。悪いものを食べさせた心当たりはなかったが、気がつかないうちに、なにか見つけて自分で口に入れたのかもしれない。

最初はさほど心配していなかったが、日毎《ひごと》に具合が悪くなっていった。くちびるが紫色になることもあった。

乳が飲めず、どんどん痩《や》せていく。

医師《くすし》に診《み》せようにも、腹赤に医師はいない。

「高瀬なら、医師がいる。呼んでみよう」

淡海和尚が命じて小坊主が走り、高瀬の医師を呼んできてくれた。

初老の医師で、弥吉を裸《はだか》にして、たいへんていねいに触診《しょくしん》してくれた。

母親のはつはもちろん、闇千代も仁志も、女たちは、みな取り囲んで、じっとそのようすを見ていた。

しばらく考えてから、医師が口を開いた。

「このお子は、ときどき、しんどそうなことはなかったかな。咳《せき》をしたり、くちびるが紫になったり」

「はい。ございました。一生懸命歩いたあとなど、息を切らせて咳をし、くちびるが紫色になっておりました」

はつが答えた。

「やはりそうか」

「とおっしゃいますと……」

「生まれつき、五臓《ごぞう》のどこかに虚《きょ》があるようだ。血がうまくめぐっておらぬ。そういう子はときにいる」

「お薬は……」

闇千代がたずねると、医者が首をふった。

「乳を飲ませ、粥や柔《やわ》らかいものを食べさせ、ゆっくり寝かせておくのが一番だ。滋養《じよう》をつけて育てばよし、育たねば、いかんともしがたい」

言われて、女たちは沈黙するしかなかった。

それから懸命に看病した。野菜や魚を柔らかく煮て、すり鉢《ばち》であたって汁《しる》にして、匙《さじ》で飲ませようとしたが、ほとんど飲めなかった。

二日、三日とたって、しだいに息が細くなり、くちびるが深い紫色に変じた。

とうとう弥吉は動かなくなり、すこしずつ冷たくなってしまった。

そして、そのまま息が絶えた。

はつが、境内の井戸に飛び込んだのは、弥吉が死んで四日目、忘れもしない十月十七日の明け方であった。

弥吉が息を引き取ってから、はつは、ずっと骸《むくろ》を抱いたまま泣きじゃくっていた。

亡くなってすでに三日、弥吉の白い柔肌《やわはだ》は、黒く変じている。

「気持ちはわかるが、そろそろお別れのときじゃ。わしが懇《ねんご》ろに弔《とむら》って進ぜよう。いっしょに経をあげよう。成仏《じょうぶつ》させてやろう」

淡海和尚がやさしい言葉をかけたが、はつは弥吉を抱いたままけっして離さなかった。

「困ったことじゃ」

力ずくで奪い取るわけにもいかず、和尚は懇々《こんこん》と、はつに説《と》いた。

「人は死ねば土に還《かえ》る。土に還れば、そこからまた新しい命が芽生《めば》える。それを信じなさい」

闇千代はなにも言わず、本堂で、ずっとはつのそばにいた。

はつは、阿弥陀如来像の前で、ただただ泣いているだけだった。

十七日の、夜が白々《しらじら》と明けたころ、本堂で寝入ってしまった闇千代が目を覚ますと、薄縁《うすべり》で弥吉の骸に添い寝していたはつがいなかった。

——ようやく決心がついたのかしら。

竹藪のむこうにある寺の墓所には、すでに穴が掘ってある。

小さな棺桶《かんおけ》も用意してある。

それに納めて、自分で埋《う》めに行ったのかと思った。

棺桶は、本堂に置いたままだった。

寺の庫裏や境内を探したが、はつはいない。起きてきた女たち、住持と小坊主にたずねたが、みな見ていないと答えた。

手分けして、村のあちこちで訊《き》いてまわったが、はつを見かけた者はいなかった。

「どうしたのかしら」

とりあえず、寺に帰って朝粥を食べた。

――ひょっとしたら。

思い当たる場所があった。

弥吉が死んだ夜、はつと女たちは、境内の古井戸を覗《のぞ》き込んで、大きな声で弥吉の名を呼んだ。闇千代も、懸命に呼んだ。

井戸の底は、黄泉《よみ》の国に通じていると聞く。底に向かって名前を呼べば、三途《さんず》の川を渡りかけている霊魂《れいこん》が、この世にもどってくるかもしれないと、たけが言い出したからだ。

声をかぎりに呼び続けたが、結局、弥吉はあの世に旅立ってしまった。

悪い予感がして、闇千代は古井戸を覗いた。

暗がりのなかに、水面《みなも》に浮かんでいる人の背中が見えた。

村人の手助けを借りて井戸から担ぎ上げると、やはりはつであった。弥吉をしっかり抱きしめている。

本堂にはこび、濡《ぬ》れた小袖を脱《ぬ》がして体を拭《ふ》き、乾いた小袖に着替えさせた。

弥吉も下着を着替えさせて、薄縁に添い寝させた。

はつの顔が苦しげだ。苦悶《くもん》にゆがんでいる。

目と口を閉じさせようとしたが、なかなか閉じてくれない。夫を失い、こころの拠《よ》り所としていたわが子を亡くしたはつにとって、この世に居場所はなかったのだろう。

闇千代は、身が震《ふる》えた。

体のうちから震えて止まらなくなった。

人は悲しい。

生きていることは悲しい。

女は悲しい。

男も悲しかろう。

「わらわは、死にます」

そう口にしていた。

思いつきではない。深い決意をもっての言葉であった。

「えっ……」

みねが、驚きの声をあげた。

「今日をわらわの命日とします。死んで、生まれ変わります」

そう言ってから、淡海和尚に向き直った。

「出家しとう存じます。御授戒《ごじゅかい》をお願いできますでしょうか」

淡海和尚が深々とうなずいた。

「本来ならばな、拙僧《せっそう》は授戒の儀を行うことはできぬ。本山に届け出て、あれこれとやっかいな手続きがある。しかし、さようなことを言うても詮《せん》ないばかり。闇千代殿は、当たり前の比丘尼《びくに》より、よほど仏法に執心じゃ。仏の慈悲もわきまえておられる」

その場で、剃髪《ていはつ》してもらうことになった。

長い黒髪を束《たば》ね、闇千代は、まず、襟足《えりあし》のところを自分の手で断ち切った。

残った髪に、淡海が剃刀《かみそり》をあてて、静かに剃《そ》り下ろした。

頭が涼《すず》やかになり、一切の迷いが消えている。

闇千代は、断ち落とした長い髪を二つに分けて、束ね直した。

「和尚様、あの古井戸はいかがなさいますか」

「さて、あのまま置いておくのは功徳《くどく》が悪そうじゃ。なにか思案がありますかな」

「はい。いったん水を掻《か》い出し、あの古井戸を、はつと弥吉とわらわの墓所にさせていただけませんか」

束ねた髪のひとつを差し出し、いっしょに埋めてほしいと頼んだ。

「よろしい。そういたしましょう」

もうひとつの髪の束を、闇千代は母の仁志に差し出して、両手をついた。

「わらわは、あの井戸に身を投げて亡くなりました。さように、宗虎様にお伝えくださいませ」

母は、じっと黙ったままだった。しばらくしてやっと口を開いた。

「尼になりたいと言うから、それはたしかに賛成しました。尼になっても、在家なら御台所でいられますもの。……なにも死んだことにしなくともよいのではありませんか」

闇千代は、はっきりと首をふった。

「いいえ。死にます。闇千代は死にます」

「……………」

「ひとたび死んで生まれ変わり、これからは、尼として世の悲しい女子のために生きまする」

「……………」

「この世には、悲しいことが満ちあふれております。つらいことが多すぎる。あの古井戸の底に耳をお傾けください。この世、あの世の女たちの悲しい叫び声が湧《わ》き、とめどなく流れ出しております」

母がうなずいた。母にもつらいことがたくさんあったはずだ。みねとたけが泣いている。つらい思いをしたことのない女子など、この世には一人もいるまい。

「わらわは、これから旅に出ます。たけ、ついてきてくれますね」

闇千代はたけを見すえた。醜く爛《ただ》れたたけの顔が、やわらかい笑顔になってうなずいた。

「みね。ここに残って、母者《ははじゃ》の世話と古井戸の墓守《はかもり》をお願いできますか」

みねがくちびるを噛んだ。ほんとうは、みねもいっしょに来たいにちがいない。

「承知いたしました」

決心したように両手をついたみねが、深々と頭を下げた。

◇

それが今生の別れでございました。

お言葉通り、闇千代姫様は、たけ一人を供に連れて、その日のうちに行脚に出られたのです。

淡海和尚様は、はっと弥吉の亡骸《なきがら》、闇千代姫様の御髪《おぐし》を棺桶に納め、村人の手を借りて丁重に井戸におろし、土で埋められました。井戸の上に土饅頭《どまんじゅう》を盛り、香《こう》華《げ》を絶やさず、朝に夕に勤行なさっておいででした。

そのとき、和尚様は、光照《こうしょう》という戒名《かいみょう》をおつけくださいました。まことに世の無明《むみょう》を照らしたいという、姫様にふさわしいお名前と存じます。

それにしましても、世の中の転変というのは、人間にはまるで見通せません。まことに不可思議《ふかしぎ》で、一寸《いっすん》先は闇《やみ》でございます。

闇千代姫様が行脚に出られた翌月、阿弥陀寺は火事でことごとく焼けてしまいました。

それにつづいて、腹赤村では疫病《えきびょう》がたいそう流行《はや》り、命を落とした者が大勢おりました。

火事も疫病も、古井戸に飛び込んだ闇千代姫様の怨念《おんねん》のせいだと、村ではしばらく囁《ささや》かれておりました。古井戸への埋葬などを手伝ってくれた村人には、堅《かた》く口止《くちど》めしてありましたので、村の人々は、姫様が古井戸に飛び込んだのだと信じておりました。

村人たちの話すことが、あながち間違っていたとは思いません。

いいはつが古井戸に飛び込んで冥界《めいかい》に旅立ったせいでしょうか、あの古井戸からは、まさに、この世で嘆き悲しみつつ死んでいった女たちの怨嗟《えんさ》が噴き出していたのでした。井戸の底と冥界が通じて、一気に悪霊《あくりょう》たちが飛び出してきたように思えてならないのです。

それを淡海和尚様がお鎮《しず》めになられたので、悪霊となった女子たちの魂魄《こんぱく》が、最後の祟《たた》りをなした気がします。

火事は真夜中でした。

火は本堂から出ました。本堂のお灯明《とうみよう》は、わたくしが寝る前に消してあるのを確かめました。ほかに火の気はありません。庫裏の台所でも、囲炉裏《いろり》と竈《かまど》の火を寝る前に用心して確かめました。油がもったいないので、寝るときはみな灯明を消します。火の不始末から火事が出るはずはないのです。

丑《うし》の刻《こく》（午前二時）ごろだったでしょうか、火のはぜる音に目を覚《さ》ましまして外を見ますと、すでに本堂が真っ赤に燃え上がっていました。庫裏にも火が移っています。

仁志様を起こし、和尚様、小坊主さんに声をかけまして、とにかく庫裏から外に出ました。

燃え上がる本堂を見た和尚様は、とっさに本堂に飛び込まれました。阿弥陀如来の像をお救いに入られたのです。

止める間はありませんでした。すぐに本堂の棟《むね》が焼け崩《くず》れ、とてもお助けすることはできませんでした。

翌朝、まだくすぶっている本堂の焼け跡を探しますと、真っ黒に焦《こ》げた和尚様の亡骸が見つかりました。

身を丸くして突っ伏していた和尚様を仰向《あおむ》かせますと、なにかを抱きしめておられます。

しっかりと抱いておられたのは、驚いたことに阿弥陀如来像でした。焼けずに、白いお肌はそのままでした。

この歳《とし》まで生きておりますと、いろいろと不思議な体験もいたしましたが、あのときほど心をしめつけられた光景はございません。なにかを助けるということは、とりもなおさず、おのれの身を犠牲にすることなのでございますね。そうはっきりと悟《さと》りました。

仁志様とわたくしは、それから村の庄屋様のお屋敷にごやっかいになりました。しばらくしてから、火事のことをお知りになった加藤清正様がお堂を建ててくださいました。

……それがこのお堂でございます。

淡海和尚様が守り抜いた阿弥陀如来像が、それでございます。

……お鼻が欠けておりますが、ほんによいお顔でございましょう。

ややあって、仁志様は、熊本《くまもと》に行った米多比三左衛門《ねたみさんざえもん》様に招《まね》かれて、あちらに移られました。

わたくしも熊本にお供して……、と申し上げたのですが、仁志様に、ここに残って墓を守るように言われ、結局、わたくし一人、このお堂に住まわせていただいております。食べる物は、庄屋様や村の方々が布施《ふせ》してくださいますので困りません。

宗虎様が、徳川家のお許しを得て、柳河に再封されたのは、元和《げんな》七年（一六二一）でございましたね。そのころには、もうお名前を宗茂《むねしげ》と改めておいででした。

その前に奥州《おうしゆう》で三万石を拝領された、と風のたよりにうかがったときは、もはや柳河にお戻りになることはないのかと案じました。

でも、やっぱり、姫様が見抜いておられた通り、柳河に帰ってこられました。関《せき》ケ原《がはら》のときに大坂方についた将で、旧領を減らさずに復してもらったのは、立花家だけだそうですね。まことに希有《けう》なことでございます。

ほとんど二十年ぶりに柳河にお戻りになった宗茂様は、すぐにこの腹赤村にやってこられました。阿弥陀寺が消えているのに、たいそう驚いておいででした。

「姫様は、世をはかなんで古井戸に身を投じられたのでございます」

そのことは、当時、姫様に命じられて、すぐ消息《しようそく》をしたため、加藤様の御家中にお願いして、京にお報せしておりました。それから二度、三度、消息を書き、やはり加藤様の御家中にお願いして、姫様がお亡くなりになった旨《むね》をお報せしたのでございます。

しかし古井戸の跡を見つめた宗茂様は、眉間《みけん》に深いしわを寄せられました。

「馬鹿を申せ。さような話が信じられるものか。消息はたしかに受け取ったが、まやかしの文《ふみ》に決まっておるゆえ、すぐさま破り捨てたわ」

そう仰《おつしや》って、わたくしを睨《にら》みつけられました。

「あの闇千代が、身投げなどするはずがない。ほんとうはどうした。どこに行ったのだ」

わたくしの嘘《うそ》を見抜いて、けっしてお信じになりませんでした。

仁志様からお預かりしておりました御髪《おぐし》をお渡ししましても、首をふられるばかり。

あまりにまっすぐに姫様のおこころを信じておられるさまに、わたくしは、つい本当のことを打ち明けようかと気持ちが揺らぎました。

それでも、ここが正念場《しようねんば》と思い、姫様のお言いつけ通りに嘘をつき通しました。

宗茂様は、いっかなお信じになりませんでした。

「しょうがない。姫がそう言えと命じたのであろう。尼にでもなって諸国行脚に出たにちがいあるまい」

姫様の御髪を手に、じっとわたくしの目を見すえておっしゃいますので、わたくしは、つい俯《うつむ》いてしまいました。

「図星《ずぼし》のようだな」

わたくしは俯いたまま、顔を上げることができませんでした。

「闇千代なら、ここにいて、きっとさような願いを抱いているのではないか、と、京でも陸奥《みちのく》でも思うておった。行脚に出たのなら、悲しみに泣き暮らす女子たちとともにいたいとの大願があってのことだろう」

わたくしは、息が苦しくて、なにも申し上げられませんでした。それでもなんとか顔を上げ、かろうじて声をふりしぼりました。

「いえ、姫様はあの古井戸に身を投じて……」

「わかった。立花家では、そういうことにしておく。いや、身を投じて……では外聞が悪い。瘧《おこり》の病《やまい》であったことにする。それでよいな」

わたくしは、じっと身を硬《かた》くしているしかありませんでした。

宗茂様は、闇千代姫様の死を信じておられませんでしたが、ふたたび柳河城主となった立花家としては、そのままに放置しておくわけにいきません。

闇千代姫様の菩提寺《ぼだいじ》として柳河に良清寺《りようせいじ》を建立《こんりゅう》なさり、墓を建てられたのです。

先に淡海和尚様がつけてくださっていた光照という法名を院号にして、光照院《こうしよういん》殿泉誉《でんせんよ》良清大禅定尼《りようせいだいぜんじように》という戒名が改めてつけられました。

良清という名は、宗茂様がお付けになったのですよ。ご存じありませんでしたか。そのことだけでも、宗茂様が姫様のことを、どれだけ清々しいお方と愛していらっしゃったかがわかります。

世の中には、ひとつ屋根の下に暮らしていても、まるでこころの通わぬ夫婦がおります。かと思えば、離れていても、いつも同じ気持ちで遠近《おちこち》の月を眺めている夫婦もいるのでございます。

宗茂様と誾千代姫様は、まさに、深く深くおこころの通じあった御夫婦でございました。

ちかごろでは、姫様が柳河城を出て、宮永館に移って別居されたのは、夫婦仲が悪かったからだと言われているそうですね。それも、姫様が男勝《おとこまさ》りの気性の激しさで、なにかお気に召さぬことがあればすぐに柳眉《りゆうび》を逆立《さかだ》てる我《わが》ままぶりだったと、まことしやかに話す方もおいでですね。

そんな話をなさる方は、一度でも姫様に拝謁《はいえつ》なさったことがおありなのでしょうか。

ないはずですね。なぜ、そんな馬鹿げたことが言えるのか、わたくしは腹立たしくてなりません。姫様のことをそんなふうに愚弄《ぐろう》するなど、まったく許しがたい冒《ぼう》瀆《とく》です。わたくしも、たまさか耳にして、叱《しか》りつけたことがありますが、もしも耳にすることがあったら、きちんと叱りつけてくださいよろしいですね。

幕府への人質として江戸屋敷にお住まいだった八千子様がお亡くなりになったのは、寛永《かんえい》元年（一六二四）でしたか。結局、お子は生《な》さずじまいで、跡をつがれたのはご養子。闇千代姫様が、どれほどお子を望んでおられたか……。いえ、そんな話はよろしゅうございますね。

八千子様の墓所は、瑞松院《ずいしょういん》。ご承知のように、良清寺とは、道をはさんで向かい合っております。

あの噂《うわさ》はご存じですか。そうです。夜になると、両方のお寺から火の玉があらわれては、空中で争っているという。なるほど、柳河ではみなが知っていますか。おもしろいお話ではございませんか。わたくしは耳にしたとき、笑ってしまいました。

もし、本当にそうなら、嫉妬《しっと》や恨《うら》みがあってのことではございません。お二人で、宗茂様を懐《なつ》かしんでおいでなのでございましょう。

いえ、闇千代姫様が亡くなったというお話は届いておりません。

わたくしは、いまでもきっとお元気に行脚しておいでなのだと信じております。日《ひ》の本《もと》の津々浦々《つつうらうら》を、たけとともに歩いて、悲しみに泣く女子たちといっしょに、姫様も泣いておいでのはずです。

包み隠さず真実をお話ししました。

わたくしが死んでしまえば、ほんとうのことを知っている者がいなくなってしまうのを恐れたからです。

あなたがた若い人が、立花家の事跡を調べて家譜《かふ》をつくるというのなら、誾千代姫様の慈《いつく》しみのおこころを書かねば嘘です。

……それはそうですね。たしかに家譜には、男子の功績しか綴《つづ》られますまい。しかし、七歳のとき、正式に立花城の城督となられた姫様ですよ。そのことはきちんとお書きなさい。

ええ、柳河に良清寺があるのですから、菩提寺はやはりあのお寺。いまさらそれを覆《くつがえ》せなどとは申しません。立花家としての法要はあちらにおまかせしておけばよろしいでしょう。

ただ、この腹赤村の墓にこそ、誾千代姫様のまことのお気持ちがこもっております。

いまは、まだお元気で行脚をつづけておいででしょうが、姫様がお亡くなりになったとき、魂《たましい》は必ずここに戻ってこられます。

ここここそ、姫様の美しくも悲しいおこころが安らぐ場所でございますとも。

闇千代姫様は、摩利支天のごとく猛《たけ》くまっすぐなこころをお持ちでございました。

いいえ、まこと摩利支天の化身《けしん》でございました。

〈完〉

解説――作家の魂がこもる作品

植松三十里《うえまつみどり》

『まりしてん誾千代姫《ぎんちよひめ》』は、文庫型の月刊文芸誌「文蔵」で、二〇一〇年の十一月号から連載が始まり、二〇一二年八月号で完結。その年の十一月二十六日に、単行本の初版が発行された。

翌二〇一三年の「歴史街道」一月号で、山本兼一さんは、この作品についてのインタビューに答えている。

それによると誾千代を書こうと思ったきっかけは、息子さんだったという。当時、中学生だった息子さんが、戦国ゲームで遊んでいて「お父さん、誾千代、知らないの？」と聞いたのだ。

戦国武将として名を残した女性は、ほかにもいる。たとえば二〇一七年のＮＨＫ大河ドラマの主人公、井伊直虎《いいなおとら》も、そのひとりだ。

当時も女性には、しとやかさが求められただろうが、生きるか死ぬかの時代だけに、黙って奥に引っ込んでいられなかった女丈夫《じょじょうふ》がいたとしても不思議ではない。ただ、ほかならぬ闇千代が、山本さんの心をとらえたのは、彼女が鉄炮の使い手だったからだ。山本さんは火縄銃《ひなわじゅう》の会に属しており、そこの先輩からも、闇千代の活躍ぶりを耳にしたという。

昔の武術は長槍《ながやり》や弓《ゆみ》など、相当の腕力が必要だ。真剣の大刀《だいとう》も、かなりな重さがあり、たおやかな女性が使いこなすのは、なかなか難しい。

火縄銃も重量はあるものの、剣のように振り回すわけではないし、女性でも集中力があれば、名手になるのは不可能ではない。美しきアスリートのようなイメージだ。

この作品で特徴的なのは、みねという侍女《じじょ》の存在だ。闇千代に付き従い、女子組《おなごぐみ》という親衛隊のひとりとして、銃も使いこなす。

みねは冒頭から一人称で登場し、闇千代の魅力を「まりしてん」になぞらえて語る。また「あの頃は」と過去を振り返る語り口で、激動の生涯だったことを、ほのめかす。

山本さんは「歴史街道」のインタビューで、こんなことも言っている。

「闇千代の魅力を書きたくても、自分がすばらしいとは書けないんです。他者が魅力を語ってくれないと。それで侍女の視点を加えました」

確かに、みねの語りによって、たとえ戦国時代に詳しくない人にも、誾千代の姿が伝わる。この導入部によって、読者は物語に引き込まれていく仕掛けだ。

その後も、みねは要所要所に現れては、合戦の勝敗などの状況を語る。

これは誾千代が武術に優《すぐ》れながらも、城を守る役目に徹し、男たちの出陣には同行しなかったことと、無関係ではないだろう。

合戦の場にいないのだから、もし誾千代の視点を貫《つらぬ》こうとすると、すべて伝聞の体裁をとらなければならず、小説の文章としては、かなりもたつくことになる。

合戦のシーンだけを、毎回、夫である立花宗虎《たちばなむねとら》、後の宗茂《むねしげ》の視点に変えるのも、ひとつの手ではある。しかし、そうなると男たちの武勇伝に引っ張られて、誾千代の物語ではなくなってしまう。

それを避けるためには、みねのひとり語りが鍵《かぎ》になるのだ。それも伝聞には違いないが、ドラマのナレーターのように端的《たんてき》に語ることで、もたつきを回避している。

また、みねは冒頭でもラストでも、宗虎と誾千代の夫婦仲がよかったと、力を込めて語る。

ふたりは仲が悪かったために、柳河《やながわ》移封後に別居したとする史料がある。そのために夫婦険悪説が、ちまたには流布《るふ》しているのだ。

ただ史料が、すべて正確かどうかはわからない。殿さまを称えるあまり、別居したり側女を持ったりした理由を、妻側に求めるのは、歴史にはありがちなことだ。史料を元にしつつも、それをどう判断し、どんな物語を立ち上げるかは、歴史小説家の自由であり、また腕次第でもある。

山本さんは時代小説の「とびきり屋見立て帖」シリーズでも、仲のいい夫婦を描いている。

それも妻の知恵と機転で、さまざまな事件を解決していく。賢《かしこ》い妻に花を持たせる物語づくりが、基本的に上手《じょうず》なのだ。

ちまたの認識に反して、闇千代が宗虎と仲睦《なかむつ》まじかったとしたのは、山本さんの人柄のなせる技《わざ》だろう。

いちどだけ私は、山本さんにお目にかかったことがある。確か日本ペンクラブのパーティで、人に紹介されて名刺交換させていただいたのだ。

その時、すでに直木賞の候補になった経験をお持ちだったのだが、うかつなことに、私は、それを知らなかった。

それで新刊が出た時に、気軽に献本したところ、お返しに山本さんからも新刊が届き、本の交換が始まった。

最初にいただいたのが『いっしん虎徹《こてつ》』だった記憶があるので、お会いしたのは、おそらく二〇〇七年頃だったと思う。刀にお詳しいのですねと、ハガキを書き送ったところ、これまた返事が来て、学生時代に京都の道具屋さんでアルバイトをしたことがあるという話だった。

その後「とびきり屋見立て帖」シリーズの第一作『千両花嫁』が二度目の直木賞候補になったと知り、私は正直「そんなにすごい人だったのか」と驚いた。

初対面の印象が、とても穏やかで、気負ったところや嵩高《かさだか》いところが、まったくなかったのだ。

まして私の作品に対しての感想やアドバイスもいただいており、お忙しいのに丁寧に読んでくださっていたのだなと、頭が下がった。

そして翌年『利休にたずねよ』で三度目の直木賞候補になり、今度こそ取られるといいなと祈っていたところ、まさに今度こその受賞となった。

以来、ハガキを差し上げるのは遠慮した。いよいよお忙しいはずだし、あのお人柄では返事をわずらわせかねないと案じたのだ。ただし本の交換は続いた。

そして二〇一四年二月、私は山本さんの訃報《ふほう》を、インターネットのニュースで知った。ただただ信じがたい思いだった。

直木賞受賞後も、次から次へと本が出ていたし、まして、まだ五十七歳の若さだった。

後で知ったことだが、『まりしてん誾千代姫』の単行本が発売された頃には、すでに病床にあったという。

山本さんは京都在住だったし、私は東京住まいで、たびたびお会いしたわけではなかったこともあり、亡くなったという実感がなかった。

山本さんからの新刊は、その後も届いた。雑誌に連載された作品などが、亡くなった後に一冊にまとまり、単行本の献本先リストに、私の住所と名前が載っていたために、送られてきたのだろう。

本には作家の魂《たましい》がこもっている。そのせいか、真新しい本を手に取るたびに、まだ山本さんが、どこかで生きていらっしゃるような気がしてならなかった。

でも、とうとう本が途切れ、その代わりであるかのように、この文庫解説の原稿依頼が来たのだ。


本書の内容に話を戻そう。

物語の序盤には、次から次へと合戦が降りかかり、本来の立花城主である誾千代は「女は生きにくい」と嘆きつつも、ひとつ、またひとつと難題を乗り越えていく。

中盤からは、秀吉の天下統一が九州にも及び、ストーリーも佳境に入っていく。合戦は減りはしたが、誾千代は人質として大坂に出て行き、城を守るだけの立場ではなくなる。

九州平定後、宗虎は大幅に加増され、柳河に移ることになる。誾千代が、誰もいなくなった立花城に立ち、慣れ親しんだ城との別れを惜《お》しむシーンは印象的だ。

この作品の取材で、山本さんは立花山に三度も登ったという。

現在、城の名残《なご》りは、古井戸と石垣の一部があるだけだというが、博多《はかた》の町の眺望《ちょうぼう》や、周囲の地形は、さほど変わってはいないはずだ。

また立花山は、楠《くすのき》の巨木の群生地でもある。本州では神社の境内《けいだい》で見かけるくらいだが、近づくと、ほのかな清涼感がただよう樹木だ。

山本さんは、そんな大木の下に立った誾千代の心情を思い、同じ景色を見たはずの誾千代の目になって、シーンを描いたのだろう。

終盤の山場は、関ヶ原の合戦だ。宗虎自身は勝利していたのに、負け組に属してしまい、家中離散の憂《う》き目《め》を見る。夫婦が別居せざるを得なかったのも、この時だ。

史料によると、その後、誾千代は三十四歳で病没したことになっている。

だが山本さんは不仲説同様、早世説も退け、余韻《よいん》のあるエンディングにまとめている。

　世の中には義経《よしつね》伝説のように、実は、どこかで生きていましたという伝説が少なくない。それは人々が、その人物に生きていて欲しいと願うからだ。

　山本さんも闇千代を、若くして死なせたくなかったのだろう。どこかで生きていて欲しかったのだ。

　それは山本さん自身が、今でも生きているかのように思えるのと、通じ合うものがある。

　こうして山本兼一の文庫本が一冊、また世に出ていく。本が書店に並ぶ限り、作家は確かに生きている。


（作家）

この作品は、二〇一二年十一月にＰＨＰ研究所から刊行された。

著者紹介
山本兼一（やまもと　けんいち）
1956年、京都市生まれ。同志社大学卒業後、出版社勤務、フリーランスのライターを経て作家になる。
2002年、『戦国秘録　白鷹伝』でデビュー。
2004年、『火天の城』で第11回松本清張賞を受賞。
2009年、『利休にたずねよ』で第140回直木賞を受賞。
その他の著書に、『雷神の筒』『いっしん虎徹』『命もいらず名もいらず』『信長死すべし』『花鳥の夢』『修羅走る　関ヶ原』『夢をまことに』など、また「とびきり屋見立て帖」「刀剣商ちょうじ屋光三郎」のシリーズがある。2014年、57歳で逝去。

PHP文芸文庫　まりしてん闇千代姫《ぎんちよひめ》

2015年11月24日　第1版第1刷
2023年7月27日　第1版第2刷

著者　山本兼一
発行者　永田貴之
発行所　株式会社PHP研究所
東京本部　〒135-8137 江東区豊洲5-6-52
文化事業部　☎03-3520-9620(編集)
普及部　☎03-3520-9630(販売)
京都本部　〒601-8411 京都市南区西九条北ノ内町11
PHP INTERFACE　https://www.php.co.jp/
組版　朝日メディアインターナショナル株式会社
印刷所　大日本印刷株式会社
製本所

ISBN978-4-569-76449-8

PHP文芸文庫

第140回 直木賞受賞作

利休にたずねよ

山本兼一 著

おのれの美学だけで秀吉に対峙し天下一の茶頭に昇り詰めた男・千利休。その艶やかな人生を生み出した恋、そして死の謎に迫る衝撃作。

PHP文芸文庫

戦国の女たち

司馬遼太郎・傑作短篇選

司馬遼太郎 著

北政所や細川ガラシャら歴史に名を残した女性から歴史に埋もれた女性まで……司馬遼太郎は戦国の女たちをどう描いたか。珠玉の短篇小説集。

PHP文芸文庫

あるじは信長

岩井三四二 著

織田信長に振り回されながらも、懸命に生き抜こうとする有名無名の家臣たちを、彼らの目線で描く連作短編。「あるじシリーズ」第1弾！

PHP文芸文庫

幸村

嶋津義忠 著

目指すは家康の首、ただ一つ——大坂の陣、真田幸村の鬼謀が炸裂する！　猿飛佐助、霧隠才蔵ら忍びの者も縦横無尽に活躍する長編小説。

PHP文芸文庫

本屋が選ぶ時代小説大賞2011受賞作品

黒南風《くろはえ》の海

「文禄・慶長の役」異聞

伊東潤 著

日本と朝鮮——敵として出会った二人の人生が交錯した時、熱きドラマが！ 気鋭の歴史作家が、文禄・慶長の役を真正面から描いた力作。

PHP文芸文庫

霖《りん》雨《う》

葉室 麟 著

辛いことがあっても諦めてはいけない――豊後日田の儒学者・広瀬淡窓と弟・久兵衛が、困難に立ち向かっていくさまが胸に迫る長編小説。